Salt to the Sea

아무도 기억하지 않는

Salt to the Sea

아무도 기억하지 않는

루타 서페티스 글
안진희 옮김

노란상상

나의 영웅.

아버지에게 이 책을 바칩니다.

생존자들은 진정한 목격자가 아니다.

진정한 목격자는 말할 수 없는 진실을 품고 있는

익사자, 사망자, 실종자들이다.

- 프리모 레비

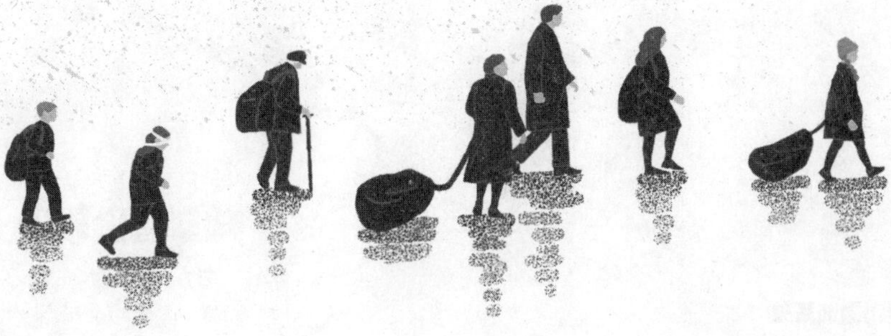

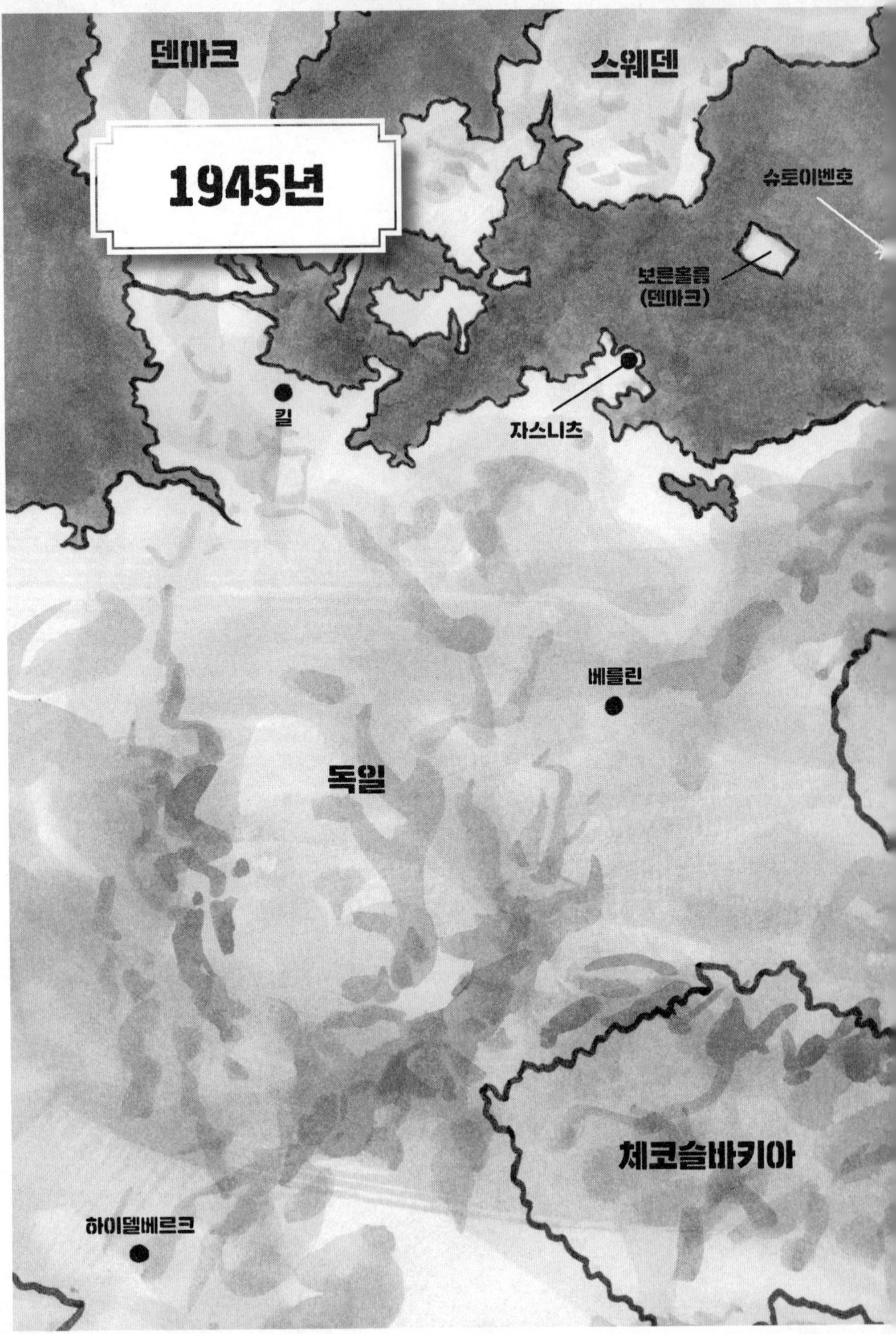

덴마크
스웨덴
1945년
슈토이벤호
보른홀름
(덴마크)
킬
자스니츠
베를린
독일
체코슬바키아
하이델베르크

라트비아
발트해
빌헬름
구스틀로프호
고이아호
비르자이
리투아니아
필라우
틸지트
카우나스
인슈터부르크
빌뉴스
쾨니히스베르크
고텐하펜
네메르스도르프
동프로이센
프라우엔부르크
바르샤바
폴란드
르보프

요안나

죄책감이 내 뒤를 쫓고 있다.

나의 양심은 나를 조롱했고 심통 사나운 아이처럼 내게 싸움을 걸어왔다.

'다 네 잘못이야.' 목소리가 속삭였다.

나는 발걸음을 빨리하며 앞선 무리 쪽으로 다가갔다. 독일군이 우리를 발견한다면 도로 밖으로 끌고 갈 것이다. 도로는 군대를 위해 비워 둬야 했다. 아직 철수 명령이 정식으로 내려지지 않았기 때문에 동프로이센에서 도망치는 사람은 탈영자로 낙인찍힌다. 하지만 그게 무슨 문제란 말인가? 4년 전, 리투아니아에서 도망쳤을 때 나는 이미 탈영자가 됐다.

리투아니아.

내가 1941년에 떠난 곳. 집은 어떻게 됐을까? 거리에서 들리는 끔찍한 일들이 정말 일어난 걸까?

도로의 가장자리에 있는 흙더미로 다가갔다. 작은 소년이 훌쩍거리며 흙더미를 가리켰다. 소년은 이틀 전에 무리에 합류했다. 혼자서 길을 잃고 숲속을 헤매다가 말없이 우리 뒤를 따르기 시작했다.

"안녕, 꼬마야. 몇 살이니?"

이틀 전 처음 봤을 때 내가 물었다.

"6살이요."

"누구랑 같이 가고 있어?"

소년은 고개를 떨어뜨렸다.

"할머니요."

나는 숲을 쳐다보며 소년의 할머니가 뒤따라 나오는지 확인했다.

"할머니는 어디 계시니?"

소년이 창백한 두 눈으로 나를 올려다봤다.

"일어나지 못했어요."

그래서 이 어린 소년은 우리와 함께 다니게 됐다. 조금 앞서거니 뒤서거니 하면서. 그리고 지금 소년은 새하얀 눈에 덮인 짙은 색 양모 덮개를 가리키며 얼어붙어 있었다.

나는 무리에게 앞으로 나아가라고 손짓한 다음 사람들이 앞으로 움직이자 눈 덮인 흙더미를 향해 뛰어갔다. 바람이 한 겹의 얼음 조각들을 쓸어 올리자 20대로 보이는 한 여자의 새파란 얼굴이 드러났다. 그녀의 입과 눈은 공포에 사로잡힌 채로 벌어져 있었다. 얼어붙은 주머니를 뒤졌지만 이미 누군가에게 털린 후였다. 재킷 안감에서 그녀의 신분증명서를 발견했다. 신분증명서를 코트 주머니에 쑤셔 넣고서 그녀의 시체를 끌어 들판으로 옮겼다. 그녀는 이미 죽었고 꽁꽁 얼어붙었지만 탱크들이 그녀를 깔아뭉개고 지나갈지도 모른다는 생각에 몸서리가 쳐졌다.

나는 다시 도로에 있는 무리에게 달려갔다. 소년은 길 한복판에서 있었다. 눈송이가 소년의 사방으로 흩날렸다.

"그녀도 일어나지 못한 거죠?"

소년이 나지막이 물었다.

나는 고개를 절레절레하면서 소년의 장갑 낀 손을 잡았다.

바로 그때 멀리서 그 소리가 들렸다.

'쾅.'

플로리안

운명이 내 뒤를 쫓고 있다.

머리 위를 날아가는 전투기들이 윙윙거렸다. '흑사병'. 사람들은 전투기를 흑사병이라고 불렀다. 나는 나무들 아래에 몸을 숨겼다. 전투기들이 보이진 않았지만 느낄 수 있었다. 가까웠다. 앞뒤 양쪽 모두에서 암흑이 발목을 잡는 가운데, 나는 어떤 선택을 내려야 할지 저울질해 봤다. 폭탄이 터졌고 죽음은 서서히 기어 와서 희뿌연 손가락으로 나를 움켜잡으려 했다.

나는 달렸다.

전속력으로 내달리는 마음과는 다르게 다리는 자꾸 꺾이고 굼떴다. 다리를 움직이려고 필사적으로 애썼지만, 양심이 양 발목에 올가미를 씌우고 세게 넘어뜨렸다.

"너는 재능 있어. 플로리안."

어머니는 이렇게 말했다.

"너는 프로이센인이다. 스스로 결정을 내려라, 아들."

아버지가 말했다.

아버지는 내 결정에 찬성했을까? 내가 지금 등에 지고 있는 이 비밀을 말이다. 히틀러와 스탈린의 이 전쟁 한가운데에서 어머니는 여전히 나를 재능 있는 청년이라고 생각했을까? 아니면 범죄자라고 생각했을까?

소비에트는 나를 죽일 것이다. 나를 어떻게 고문할까? 나치도 나를 죽일 것이다. 하지만 이건 모두 그들이 내 계획을 알아냈을 때 이야기다. 그러나 그것이 얼마나 오랫동안 비밀로 남아 있을까? 이 질문들은 나를 차가운 숲을 뚫고 앞으로 나아가게 만든다. 나는 한 손으로 옆구리를 움켜잡고 다른 한 손으로 권총을 움켜잡았다. 숨을 들이마시고 내쉬며 한 걸음 한 걸음 내디딜 때마다 고통이 밀려들었다. 그리고 벌겋게 곪은 상처에서 뜨듯한 피가 흘러나왔다.

전투기 엔진 소리가 희미해졌다. 나는 며칠 동안 쉬지 않고 도망쳤고 이제 정신도 다리만큼 지칠 대로 지쳤다. 사냥꾼은 지치고 피곤한 먹이를 사냥한다. 쉬어야 했다. 고통 때문에 속도가 점점 느려졌다. 천천히 달리다가 마침내 터벅터벅 걸었다. 숲의 빽빽한 나무들 사이로 나뭇가지들에 가려진 오래된 감자 창고가 보였다. 나는 그곳으로 뛰어들어 갔다.

'쾅.'

에밀리아

수치심이 내 뒤를 쫓고 있다.

나는 잠깐 쉬었다. 아주 잠깐, 아닌가? 나는 차갑게 얼어붙은 땅 위로 미끄러지듯 동굴의 뒤로 향했다. 땅이 떨리듯 흔들렸다. 군인들이 가까이에 있었다. 움직여야 했지만, 너무 피곤해서 몸이 천근만근이었다. 숲의 감자 창고 입구를 나뭇가지들로 가리면 될 것 같았다. 좋은 생각이었다. 그렇지 않나? 아무도 이렇게 도로에서 멀리 떨어진 곳까지 오진 않을 것이다. 설마 그러진 않겠지?

나는 분홍색 양털 모자를 귀 아래까지 푹 눌러쓴 후 코트를 목까지 단단히 여몄다. 온몸을 몇 겹이나 싸맸지만 1월의 차디찬 이빨이 사정없이 내 온몸을 물어뜯었다. 손가락은 아무 감각이 없었다. 바삭바삭 언 채 코트 옷깃에 닿아 있던 머리카락이 내가 고개를 돌리자 조각조각 바스러져서 바닥에 떨어졌다. 아우구스트가 생각났다.

두 눈꺼풀이 털썩 떨어져 감겼다.

그러고 나서 다시 눈을 떴다.

눈앞에 러시아 군인 한 명이 서 있었다.

그는 빛을 등진 채로 내게 몸을 구부리더니 권총으로 내 어깨를 쿡쿡 찔렀다.

나는 벌떡 일어나 미친 듯이 몸을 뒤로 밀쳤다.

"아가씨네."

그는 내가 살아 있다는 사실에 기뻐하며 씩 웃었다.

"이리 와, 아가씨. 몇 살이야?"

"15살이요."

내가 낮은 목소리로 말했다.

"제발요, 전 독일 사람이 아니에요."

그는 내 말을 듣지도, 알아듣지도, 신경 쓰지도 않았다. 그는 권총을 겨누며 내 발목을 확 잡아당겼다.

"쉬잇, 아가씨."

그가 권총으로 내 턱뼈 아래를 세게 눌렀다.

나는 양손으로 배를 움켜잡고 애원했다.

그가 앞으로 움직였다.

안 돼. 이건 안 돼. 고개를 뒤로 돌렸다.

"차라리 쏘세요, 군인 아저씨. 제발요."

'쾅.'

알프레트

공포가 내 뒤를 쫓고 있다.

용맹한 전사들인 우리는 공포를 한 손으로 툭툭 털어 버려요. 공포와 마주하고도 껄껄 웃으며 그것을 길거리의 돌멩이처럼 걷어차 버리죠.
맞아요, 하넬로레. 나는 이 편지들을 마음속에 쓰고 있어요. 당신을 생각할 때마다 전우들을 두고 자리를 비울 수 없기 때문이에요.
당신은 당신의 유능한 동반자, 해군 알프레트 프리크를 자랑스러워하게 될 거예요. 오늘 나는 한 젊은 여성이 바다에 빠질 뻔한 걸 간발의 차이로 구했어요. 별일 아니었지만, 그녀는 엄청 고마워하며 제게 매달리더니 놓아주질 않더군요.
"고맙습니다." 그녀의 따뜻한 속삭임이 귓가에서 맴돌았어요. 그녀는 상당히 예뻤고 막 낳은 알 같은 냄새가 났어요. 하지만 내게 고마워하는 예쁜 아가씨들은 이전에도 많이 있었죠. 오, 걱정하지 말아요. 내 머릿속에는 당신과 당신의 빨간 스웨터가 맨 앞에 자리 잡고 있으니까요. 빨간 스웨터를 입고 있던 하넬로레, 당신과 보냈던 시절이 매일매일 애틋하게 떠올라요.

당신이 여기에서 이 광경을 보지 않아서 얼마나 다행인지 몰라요. 당신의 여린 마음은 여기 고텐하펜 항구의 환경을 견딜 수 없을 거예요. 지금 이 순간, 나는 매우 위험한 폭발물을 지키고 있어요. 나는 최선을 다해 독일에 충성하고 있어요. 아직 열일곱 해밖에 살지 않았지만, 나보다 두 배나 더 산 사람보다 훨씬 더 용맹하지요. 훈장 수여식에 대해 얘기가 나오고 있어요. 그러나 나는 히틀러 총통을 위해 매일같이 최선을 다해 싸우느라 훈장에 신경 쓸 여유 따위 없어요. 나는 동료들에게 훈장은 전사자들에게나 수여하는 거 아니냐고 말했어요. 살아 있는 동안에 우리는 모두 쉬지 않고 계속 싸워야만 하니까요!

오, 하넬로레. 나는 독일의 모든 국민에게 나 자신을 증명할 거예요. 내 안에 진정한 영웅이 살아 숨 쉬고 있어요.

'쾅.'

나는 머릿속 편지를 지워 버리고 비품 창고 안에 쭈그리고 앉았다. 아무도 나를 찾지 못하길 바라면서. 밖으로 나가고 싶지 않았다.

플로리안

나는 감자 창고 안에서 죽은 러시아 군인에게 권총을 겨눈 채 서 있었다. 그의 뒤통수가 떨어져 나가 있었다. 나는 놈을 여성으로부터 떼어 냈다.

그러나 그녀는 여성이 아니었다. 분홍색 양털 모자를 뒤집어쓴 소녀였다. 소녀는 기절해 있었다.

러시아 놈의 얼어붙은 주머니를 뒤져서 담배, 휴대용 술병, 종이에 싸인 커다란 소시지, 권총, 탄약을 꺼냈다. 놈은 양쪽 손목에 손목시계를 두 개씩 차고 있었다. 희생자들로부터 수집한 전리품이었다. 그것들은 건드리지 않았다.

저장고 구석에 쭈그리고 앉아 차가운 방안을 훑어보았다. 식량이 조금이라도 있는지 살펴봤지만, 빵가루 한 점 없었다. 나는 탄약을 내 배낭에 넣었다. 천에 싸인 작은 탄약 상자가 흔들리지 않게 조심스럽게 넣었다. 탄약 상자. 어떻게 이 작은 것이 그렇게 막강한 힘을 휘두를 수 있을까? 전쟁은 얻는 것보다 잃는 것이 더 많았다. 나는 정말로 그것을 위해 기꺼이 죽을 준비가 되어 있을까? 말린 소시지를 잘근잘근 씹으며 입에 고이는 침을 음미했다.

바닥이 약하게 흔들렸다.

이 러시아 놈은 혼자가 아니었다. 더 많은 놈이 있을 게 분명했다. 서둘러 움직여야 했다.

휴대용 술병의 뚜껑을 열고 코에 갖다 댔다. 보드카였다. 코트와 셔츠의 단추를 풀고 옆구리의 상처에 보드카를 부었다. 엄청난 고통으로 눈앞이 번쩍였다. 터진 생살이 부들부들 떨렸다. 고함이 터져 나오는 것을 꾹 참으며 심호흡을 했다. 그러고선 남은 보드카로 깊은 상처를 마저 고문했다.

소녀가 흙바닥에서 꿈틀거렸다. 그러더니 죽은 러시아 군인으로부터 고개를 홱 돌렸다. 그리고 내 발치에 있는 권총과 내 손에 들린 술병을 훑어봤다. 소녀는 눈을 깜박이면서 몸을 일으켜 앉았다. 소녀의 분홍색 모자가 머리에서 미끄러져서 조용히 흙바닥에 떨어졌다. 소녀의 코트 옆쪽은 피가 흘러내려 길게 얼룩져 있었다. 소녀가 주머니에 손을 집어넣었다.

나는 술병을 집어던진 후 권총을 움켜잡았다.

소녀가 입을 열더니 뭐라고 말했다.

폴란드어였다.

에밀리아

러시아 군인이 입을 벌린 채 초점 없는 눈으로 나를 바라봤다.

죽어 있었다. 어떻게 된 거지?

구석에 민간인 옷을 입은 청년이 쭈그려 앉아 있었다. 코트와 셔츠를 푼 상태였는데 온몸이 피투성이에 시퍼런 피멍이 들어 있었다. 그는 총을 들고 있었다. 나를 쏘려는 걸까? 아니다. 그는 러시아 군인을 죽였다. 나를 구해 준 것이다.

"괜찮아요?"

나도 모르게 물었다. 내 말을 들은 그의 얼굴이 일그러졌다.

그는 독일인이었다. 나는 폴란드인이었다.

그는 나랑 엮이고 싶지 않을 터였다. 아돌프 히틀러는 폴란드 사람들은 인간 이하라고 선언했다. 우리 폴란드인은 말살당할 운명이었다. 독일인들이 제국을 위해 필요한 땅을 차지할 수 있도록 말이다. 히틀러는 독일인들은 폴란드인들보다 더 우월하기 때문에 폴란드인들과 함께 살 수 없다고 말했다. 폴란드인들은 독일화하는 것이 불가능하다. 하지만 우리의 땅은 독일화하는 것이 가능하다.

나는 코트 주머니에서 감자 한 알을 꺼내서 그에게 내밀었다.

"고마워요."

바닥이 약간 흔들렸다. 시간이 얼마나 흐른 걸까?

"빨리 이곳을 떠나야 해요."

내가 그에게 말했다.

나는 할 수 있는 한 최고의 독일어를 해 보려 애썼다. 머릿속에 떠오른 문장들은 완벽했다. 하지만 그 문장들이 입 밖으로도 완벽하게 나오는지는 알 수 없었다. 때로 내가 독일어로 말할 때 독일 사람들이 웃으면 그제야 내가 말을 틀리게 하고 있다는 사실을 깨닫곤 했다. 나는 팔을 내리고서 소매를 봤다. 러시아 군인의 피가 튀어 있었다.

이것이 언젠가 끝나기는 할까? 마음속에서 눈물이 차올랐다. 그러나 울고 싶진 않았다.

독일 청년은 피로와 불만이 섞인 눈빛으로 나를 뚫어지게 쳐다봤다. 아무 말도 하지 않았지만 무슨 말인지 알아들을 수 있었다.

감자를 보는 그의 두 눈이 말하고 있었다.

'에밀리아, 나는 배가 고파.'

셔츠의 말라붙은 핏자국이 말하고 있었다.

'에밀리아, 나는 다쳤어.'

하지만 배낭을 움켜잡은 몸짓이 가장 크게 말하고 있었다.

'에밀리아, 이건 절대 만져선 안 돼.'

요안나

우리는 좁은 길을 따라 터벅터벅 걸어갔다. 열다섯 명의 피난민이었다. 마침내 태양이 무릎 꿇고 뒤이어 기온도 항복했다. 눈먼 소녀 잉리트는 말이 끄는 수레에 묶어 놓은 밧줄을 잡고 걸었다.

나 역시 잉리트와 함께 전쟁의 어두컴컴한 통로 안으로 걸어 들어가고 있었다. 한 치 앞에 무엇이 놓여 있는지 조금도 모르는 채. 그녀가 시력을 잃은 것은 어쩌면 축복일지도 몰랐다.

그러나 눈먼 소녀는 나머지 사람들이 듣지 못하는 걸 듣고 냄새 맡을 수 없는 것들을 맡을 수 있었다. 잉리트는 몇 킬로미터 전에 한 노인이 수레 바퀴 아래에 미끄러져 깔렸을 때 노인의 마지막 헐떡거림을 들었을까? 눈 위에 흩뿌려진 신선한 피 위를 걸어갈 때 입안에서 비릿한 동전 맛을 느꼈을까?

"가슴이 찢어지는군. 그것이 그녀를 죽였어."

뒤에서 목소리가 들렸다. 늙은 구두장이였다. 나는 발걸음을 멈추고 그가 가까이 오기를 기다렸다.

"저 뒤에 있던 얼어붙은 여자 말이야. 그녀의 신발이 그녀를 죽였어. 모두에게 늘 말하는데도 아무도 귀 기울이지 않지. 형편없이 만든 신발은 발을 고문하고 전진을 방해하지. 그러다가 결국 멈추게 되는 거야."

그가 내 팔을 꽉 잡았다. 모자 아래 축 처진 그의 붉은 얼굴이 나를 바라봤다.

"그렇게 되면 죽는 거지."

늙은 구두장이는 늘 신발에 대해서만 이야기했다. 엄청난 애정을 담아서. 그래서 우리 무리에 있는 어떤 여자가 그에게 '신발 시인'이라는 별명을 붙여 주었다. 그녀는 구두장이에게 별명을 붙여 준 후 하루 만에 실종됐지만 이 별명은 살아남았다.

"신발은 항상 이야기해 준단다."

신발 시인이 말했다.

"항상은 아니겠죠."

내가 대꾸했다.

"아니야, 항상 그래. 네 부츠를 보렴. 잘 만들어진 값비싼 부츠지. 이 부츠를 보면 네가 부유한 집안 출신이라는 사실을 알 수 있어. 하지만 나이든 부인을 위한 스타일이야. 그걸 보면 이 부츠가 네 어머니의 것이었다고 추측할 수 있지. 어머니가 딸을 위해서 자신의 부츠를 희생한 거야. 그걸 보면 네가 사랑받고 자랐다는 것도 알 수 있단다, 얘야. 그런데 네 어머니는 여기 안 계시지. 그걸 보면 네가 슬프다는 사실을 알 수 있지. 신발은 항상 이야기해 준단다."

나는 얼어붙은 길의 한복판에서 잠시 멈춰 서서 왜소한 늙은 구두장이가 발을 질질 끌며 걸어가는 모습을 지켜봤다. 신발 시인의 말이 맞았다. 엄마는 나를 위해 희생했다. 우리가 리투아니아로부터 도망쳐 나올 때 엄마는 나를 아는 친구를 통해 인슈터부르크로 급히 보냈다. 그리고 내가 병원에서 일할 수 있도록 해 주었다. 4년 전 일이었다. 엄마는 지금 어디 있을까?

자유를 향해 힘겹게 그리고 끝없이 걸어가고 있는 무수한 피난민에 대해 생각했다. 얼마나 많은 사람이 전쟁 때문에 집과 가족을 잃었을까?

나는 미래를 꿈꾸라는 엄마의 말에 그러겠다고 했다. 하지만 마음속으로는 과거로 돌아가는 것을 꿈꾸고 있었다. 혹시 아빠나 남동생의 소식을 아는 사람이 있지는 않을까?

눈먼 소녀가 팔을 들어 하늘을 가리켰다.

그러고 나서 소리가 들렸다.

전투기들이었다.

플로리안

가까스로 감자 창고 밖으로 기어 나오자 폴란드 소녀가 울기 시작했다. 소녀는 내가 자신을 버릴 줄 알고 있었다.

선택의 여지가 없었다. 소녀가 있으면 이동이 느려질 것이다.

히틀러는 모든 폴란드인을 몰살할 계획이었다. 히틀러에게 그들은 열등하게 태어난 사람들이었다. 아버지는 나치가 수백만 명의 폴란드인을 죽였다고 말했다. 심지어 지식인들은 사람들 앞에서 잔인하게 공개 처형됐다. 히틀러는 독일이 점령한 폴란드 땅에 강제 수용소들을 세우고 그 땅에 죄 없는 유대인들의 피가 스며들게 했다.

히틀러는 겁쟁이였다. 아버지와 내가 의견을 같이한 유일한 사실이었다.

"프로셰……. 비테."

소녀가 폴란드어와 엉터리 독일어를 섞어 가며 말했다. 계속 소녀를 보고 있을 수가 없었다. 소녀가 입은 코트 소매 아래로 죽은 러시아 군인의 핏물이 후드득 떨어졌다. 나는 성큼성큼 걸어가기 시작했다. 하지만 내 뒤에서 소녀의 흐느낌이 커져 갔다.

"기다려 줘요. 제발요."

소녀가 소리쳤다.

소녀가 흐느끼는 소리는 고통스러울 정도로 친숙했다. 내 여동생 아니의 흐느끼는 소리와 비슷했다. 어머니가 숨을 거두던 바로 그날 복도에서 들었던 그 소리.

아니. 아니는 어디에 있을까? 아니도 컴컴한 숲속 동굴에서 머리에 총을 겨냥당하고 있지는 않을까?

옆구리를 찢어 놓는 고통으로 걸음을 멈출 수밖에 없었다. 소녀의 발이 재빨리 다가왔다. 나는 다시 걷기 시작했다.

"고마워요."

소녀가 뒤에서 소곤거렸다.

해가 지고 나자 추위가 더 기승을 부렸다. 내 계산으로는 서쪽으로 2킬로미터는 더 걸어가야만 이동을 멈추고 밤을 보낼 수 있었다. 들판에 있는 도로 어딘가에서 피신처를 찾는 게 더 빠를지도 몰랐다. 하지만 군대와 마주칠 가능성이 더 컸다. 숲의 가장자리를 따라 계속 걷는 게 더 현명했다.

소녀가 나보다 먼저 그 소리를 들었다. 소녀가 내 팔을 움켜잡았다. 뒤에서 전투기 엔진의 윙윙거리는 소리가 커지더니 점점 더 가까워졌다. 러시아 전투기들이 근처에 있는 독일 육군을 표적으로 삼고 있었다. 독일 육군은 우리 앞에 있는 걸까? 우리 뒤에 있는 걸까?

폭탄이 떨어지기 시작했다. 폭탄이 폭발할 때마다 몸속의 뼈 하나하나가 흔들리고 쿵쾅거렸다. 마치 살가죽이 종루라도 되는 듯 격렬하게 부딪치며 쨍그랑거렸다. 총소리가 하늘에 울려 퍼지면서 선제 공격에 화답했다.

소녀가 나를 앞쪽으로 끌어당겼다.

나는 소녀를 거칠게 밀쳤다.

"저리 가!"

소녀는 고개를 흔든 다음 앞을 가리키면서 나를 눈 사이로 끌고 가려고 애썼다. 나는 뛰고 싶었다. 소녀를 숲속에 버려두고 잊어버리고 싶었다. 하지만 바로 그때 소녀의 두툼한 코트에서 핏방울이 눈 위로 뚝뚝 떨어지고 있었다.

나는 뛸 수가 없었다.

에밀리아

그는 나를 떠나고 싶어 했다. 그는 나와 인종이 달랐다.

이 독일 청년은 누구일까? 독일 국방군에 소속돼 있어야 할 만큼 충분히 나이가 많지만, 민간인 옷을 입고 있는 이 청년 말이다. 그는 엄마가 들려주던 이야기에 나오는 정복자나 잠자는 기사 같았다. 폴란드에는 왕과 용감한 기사들에 대한 전설이 있다. 이 기사들은 평소에 큰 동굴 안에서 잠들어 있다가 폴란드에 위기가 닥치면 깨어나서 나라를 구하러 온다.

나는 이 잘생긴 청년이 잠자는 기사라고 생각했다.

그는 장전한 권총을 들고 나아갔다. 나를 버리고 떠나고 있었다.

왜 사람들은 모두 나를 떠날까?

전투기가 머리 위에서 폭격을 가했다. 귀에 들리는 윙윙거리는 소리 때문에 머리가 어지러웠다. 폭탄 하나가 떨어졌다. 뒤이어 또 다른 하나가 떨어졌다. 땅이 부들부들 떨면서 입을 쩍 벌리고 우리를 집어삼키려 했다.

나는 코트 아래에서 올라오는 통증과 수치심을 무시하고 그를 따라잡으려고 안간힘을 썼다. 왜 내가 달릴 수 없는지 설명할 시간도, 용기도 없었다. 그 대신 나 자신에게 눈을 헤치면서 가능한 빠르게 걸어가자고 말했다. 기사는 내 앞에서 내달렸다. 나무들 사이로 들어갔다 나왔다 하며 쏜살같이 달렸다. 통증으로 옆구리를 움켜잡은 채 얼굴을 일그러뜨리며 달리고 있었다.

다리에 힘이 다 빠져 버렸다. 나는 우리에게 다가오고 있는 러시아 군인들과 감자 창고에서 내게 겨눠졌던 권총에 대해 생각했다. 그러자 가까스로 발을 움직일 수 있었다. 깊은 눈밭을 헤치면서 오리처럼 뒤뚱뒤뚱 걸어갔다.

그 순간 갑자기, 엄마가 들려주던 자장가의 달콤한 선율이 머릿속에서 흐르기 시작했다.

작은 아기 오리들이 머리를 물속에 잠그고 있네.
머리를 물속에 잠그고 있네.
작은 아기 오리들이 머리를 물속에 잠그고 있네.
오, 사랑스러운 작은 아기 오리들.

아기 오리들은 지금 어디에 있을까?

알프레트

"프리크, 뭐 하고 있나?"

"탄약 재고를 보충하고 있습니다, 장교님."

나는 선반을 더듬거리며 뭔가를 찾는 시늉을 했다.

"그건 자네 임무가 아니야. 자네는 보급품 창고가 아니라 항만에 있어야 해. 명령이 있을 거야. 대기해야 해. 우리는 출항 가능한 모든 배를 배치할 거야. 꼼짝 않고 여기에만 있는다면 모스크바에서 온 살인범이 자네를 애인으로 만들어 버릴걸. 그러고 싶나?"

당연히 아니다. 나는 소련군의 머리카락 한 올도 보고 싶지 않다. 그들이 닦은 파괴의 길은 크고도 넓었다. 공포에 사로잡힌 사람들은 어린아이의 이로 만든 목걸이를 걸고 다니는 러시아 군인 이야기를 거리에서 쏟아 냈다. 그리고 지금 러시아 군대는 스탈린의 돛에 순풍을 불어 주는 동맹국인 미국, 영국과 함께 우리를 향해 쳐들어오고 있다. 배에 탑승해야 한다. 고텐하펜에 남는 것은 죽음을 의미한다.

"모스크바 놈의 애인이 되고 싶냐고 물었는데?"

장교가 고함을 쳤다.

"아닙니다, 장교님!"

"그렇다면 소지품 챙겨서 항만으로 가. 일단 거기에 가면 자세한 지시를 받을 걸세."

나는 보급품 창고에서 뭐라도 슬쩍해야 하는 건 아닌지 잠시 주춤거렸다.

"뭘 기다리고 있나, 프리크? 당장 나가, 이 한심한 게으름뱅이야."

맞아요, 하넬로레. 군복 말이에요. 저는 군복이 정말 잘 어울린답니다. 시간이 허락한다면 당신 침대 옆에 놓을 사진을 찍어서 보내 줄 텐데요. 하지만 여기 용맹한 남성들에게 한가한 시간이란 없답니다. 저는 용기 있는 행동을 한 덕분에 곧 진급할 것 같습니다.

오, 달링. 당연히 동네 사람들 모두에게 말해도 괜찮아요.

요안나

떠돌이 소년이 길에서 떨어진 곳에서 버려진 헛간을 발견했다. 우리는 그곳에서 하룻밤을 묵기로 했다. 우리는 며칠 동안을 쉬지 않고 걸었고 기력과 의욕이 모두 떨어져 있었다. 시도 때도 없이 날아드는 폭탄들로 신경이 바짝 곤두서 있었다. 나는 이 사람 저 사람을 옮겨 다니면서 물집, 상처, 동상을 치료했다. 하지만 정작 사람들이 가장 괴로워하는 것은 치료할 수가 없었다.

그건 바로 공포였다.

1941년, 독일은 러시아를 침공했다. 그리고 지난 4년 동안 두 나라는 말로 다 할 수 없는 잔혹 행위를 저질렀다. 서로를 향해서뿐만 아니라 길에 있는 무고한 민간인들을 향해서도 마찬가지였다. 피난길에서 마주치는 사람들은 저마다의 이야기들을 들려줬다. 히틀러가 수백만 명의 유대인들을 몰살시켰고 앞으로 죽이거나 감금할 위험인물들의 목록 또한 점점 늘어나고 있다고 했다. 스탈린은 폴란드, 우크라이나, 발트해 연안 사람들을 죽이고 있었다.

잔혹함이 인간의 도를 넘어섰다. 도저히 인간이 저지를 수 없는 수치스러운 만행들이었다. 누구도 적의 손아귀에 떨어지고 싶지 않아 했다. 하지만 누가 적인지 점점 구분하기 어려워졌다. 며칠 전에는 한 독일인 할아버지가 나를 한쪽으로 불렀다.

"독약 가진 거 있니? 사람들이 독약을 구하고 있어."

"저는 독약을 쓰지 않을 거예요."

내가 대답했다.

"알아. 하지만 너는 예쁜 여자아이야. 만약 러시아군이 우리를 덮친다면 너도 독약이 필요해질 거야."

어디까지가 헛소문이고 어디까지가 진실인지 알 수 없었다. 하지만 여러 가지 장면을 목격하기는 했다. 치마가 돌돌 말려 올라간 채로 배수로에 죽어 있던 여자아이. 놈들이 자신의 작은 집을 불태워 버렸다고 흐느끼던 할머니. 공포가 사방을 뒤덮으며 우리를 뒤쫓아 왔다. 그래서 우리는 아직 점령당하지 않은 독일 지역을 향해 도망쳤다.

지금 우리는 버려진 헛간에 쭈그리고 앉아서 몸을 녹이려고 불을 지피고 있었다. 장갑을 벗고 트고 갈라진 양손을 주물렀다.

지난 4년 동안 나는 인슈터부르크에 있는 한 병원의 외과 의사 아래서 일했다. 전쟁이 걷잡을 수 없어지자 병원 직원들이 줄어들었고 나는 병원 비품을 관리하는 일을 하다가 수술실에서 외과 의사를 보조하는 일로 자리를 옮겼다.

"요안나, 너는 침착하고 비위가 강해. 의학을 전공하면 성공할 거야."

외과 의사가 내게 말했다.

의학. 의학은 내 오랜 꿈이었다. 나는 학구적이고 헌신적이었다.

스스로 그런 줄도 몰랐다. 예전 남자 친구는 내가 자신보다 공부를 더 좋아한다고 말했다. 하지만 내가 그 말이 틀렸다고 증명할 겨를도 없이 그는 다른 여자에게로 떠나 버렸다.

나는 뻣뻣한 손가락들을 문질렀다. 사실 내 손이야 별로 걱정되지 않았지만, 보급품은 걱정이었다. 남은 게 얼마 없었다. 길가에 죽어 있던 여인에게 뭔가가 있기를 바랐다. 실, 차, 아니면 깨끗한 손수건이라도. 하지만 깨끗한 건 아무것도 없었다. 모든 게 지저분했다.

특히 나의 양심이.

우리는 그들이 헛간 안으로 들어오자 일제히 그들을 올려다봤다. 권총을 들고 있는 청년의 뒤로 분홍색 털모자를 뒤집어쓴 금발 머리 소녀가 따라 들어왔다. 두 사람은 모두 초췌했다. 금발 머리 소녀는 힘든지 얼굴이 벌겠다. 청년의 얼굴 역시 홍조를 띠고 있었다.

청년은 열이 나고 있었다.

플로리안

다른 사람들이 우리보다 먼저 그곳에 도착해 있었다. 물품들을 가득 실은 허름한 수레들이 덤불에 숨겨져 있었다. 피난민들의 자유를 향한 여정을 그대로 보여주는 장면이었다. 나는 밖에 머무르는 게 더 편할 것 같았지만 그럴 수 없었다. 폴란드 소녀가 내 소매를 잡아끌었다.

소녀는 눈밭에서 걸음을 멈추더니 수레에 실린 물품들을 눈여겨보면서 어떤 물건들인지, 물건의 주인이 어떤 사람들일지 가늠했다. 군대의 흔적은 없었다.

"괜찮은 것 같아요."

소녀가 말했다.

우리는 안으로 걸어 들어갔다. 열다섯에서 스무 명쯤 되는 사람들이 작은 장작불을 둘러싸고 웅크려 앉아 있었다. 조심스레 들어가 문 옆에 서 있자 그들이 고개를 돌려 나를 쳐다봤다. 엄마들, 아이들, 노인들이었다. 모두 기진맥진하고 쇠약해 보였다. 폴란드 소녀는 비어 있는 한쪽 구석으로 걸어가서 털썩 앉은 다음 양팔로 가슴을 꼭 껴안았다. 한 젊은 여자가 내게로 걸어왔다.

"다쳤나요? 전 정식으로 의료 훈련을 받았어요."

그녀는 독일어를 유창하게 구사했지만, 독일인은 아니었다. 나는 대답하지 않았다. 누구와 대화를 나눌 필요는 없었다.

"혹시 먹을 거 좀 갖고 있어요?"

그녀가 물었다.

나는 대답하지 않았다. 내가 무엇을 가지고 있는지는 다른 사람이 상관할 바가 아니다.

"저 소녀에겐 먹을 것이 있나요?"

구석에 쭈그리고 앉아 몸을 까딱까딱 흔들고 있는 폴란드 소녀를 가리키며 물었다.

"소녀의 눈이 사나워 보여요."

나는 그녀와 눈을 마주치지 않은 채 말했다.

"소녀는 숲속에 있었어요. 러시아 군인이 덮치려고 했죠. 나를 따라서 여기까지 왔어요. 아마 감자 몇 개를 가지고 있을 거예요. 이제 나를 가만 내버려 둬요."

젊은 여자는 러시아 군인이라는 말에 움찔하고 놀랐다. 그녀는 재빨리 소녀에게로 향했다. 나는 사람들에게서 떨어진 구석에 자리를 잡았다. 배낭을 헛간 벽에 세우고 그 위에 비스듬히 기댔다. 다른 사람들이 있는 장작불 근처에 앉는다면 더 따뜻하겠지만 위험을 감수하긴 싫었다. 사람들과 대화를 해선 안 된다.

죽은 러시아 군인에게서 가져온 소시지 조각을 먹었다. 그러고선 젊은 여자가 소녀와 이야기를 나누려 애쓰는 모습을 지켜봤다. 사람들은 도와달라며 그녀를 큰 소리로 불러 댔다.

그녀는 간호사였던 게 분명했다. 나이는 나보다 몇 살 더 많아 보였다. 예뻤다. 태어날 때부터 예쁜 얼굴이었다. 지저분한 몰골이어도 여전히 매력적인, 아니 오히려 더 매력적인 그런 얼굴이었다. 만약 쾨니히스베르크에서 그녀를 지나쳤다면 분명 뒤를 돌아봤을 것이다.

헛간에 있는 사람들 모두 구질구질했다. 땀에 전 악취, 지린내, 그리고 무엇보다 그들에게 스며든 공포가 끔찍한 냄새를 풍겼다.

눈을 감았다. 예쁜 여자를 보고 싶지 않았다. 나는 그녀를 죽일 수 있어야 했고, 모두를 죽일 수 있어야 했다. 만약 그럴 필요가 있다면 말이다. 몸은 간절히 잠을 원했지만, 정신은 사람들을 믿어서는 안 된다고 경고했다. 그러다 뭔가 발에 닿는 느낌이 들어서 두 눈을 떴다.

"당신은 소녀가 폴란드 사람이라고 말하지 않았죠."

간호사가 말했다.

"러시아 군인은요?"

그녀가 물었다.

"처리했어요."

내가 그녀에게 말했다.

"잠 좀 잡시다."

그녀가 내 옆에 무릎을 꿇고 앉았다. 잠이 가물가물해서 그녀의 말이 거의 들리지 않았다.

"숨기고 있는 상처를 보여 줘요."

나는 헛간 밖에 있는 수레들을 떠올렸다. 수레에는 피난민들의 소지품들이 잔뜩 쌓여 있었다. 여행 가방, 짐 보따리, 가구. 심지어 엄마가 가지고 있던 것과 비슷한 재봉틀도 있었다.

"왜 원피스는 하나도 만들지 않으세요?"

어느 날, 햇빛이 눈부시게 내리비치는 부엌 조리대에 걸터앉아 엄마에게 물었다.

재봉틀 앞에 앉아 있던 엄마는 내 쪽을 향해 몸을 돌렸다.

"비밀 지켜 줄 수 있어?"

나는 열심히 고개를 끄덕인 다음 폴짝 뛰어내려 엄마를 향해 달려갔다.

엄마가 두 손으로 둥그런 배를 감싸며 미소 지었다.

"남자아이인 것 같아. 그냥 그런 느낌이 와. 그게 무슨 뜻인지 아니? 네가 세상에서 제일 좋은 누나가 될 거라는 뜻이야, 에밀리아."

엄마는 나를 꼭 껴안은 다음 따뜻한 입술로 내 이마에 입을 맞췄다.

그리고 지금 나는 집으로부터 너무나도 멀리 떨어진 차디찬 헛간에 앉아 있다. 이 사람들은 짐을 꾸릴 시간이라도 있었다. 하지만 나는 짐을 꾸릴 새도 없었다. 산산조각 난 삶을 통째로 버리고 떠나야만 했다. 이제 엄마의 재봉틀은 누가 쓰고 있을까?

기사는 헛간에 들어오기 싫어했다. 그의 이름은 무엇일까? 그는 누구로부터 도망치는 걸까? 나는 안으로 들어가도 안전한지 확인하기 위해 수레들과 거기에 실린 소지품들을 살펴보았다. 그리고 어떤 물건들인지, 물건들의 주인이 어떤 사람들일지 생각해 봤다. 하지만 우리에겐 선택의 여지가 없었다. 바깥에서 자는 것은 목숨을 내놓는 것이나 마찬가지였다.

나는 구석에 앉아서 몸을 따뜻하게 하기 위해 밀짚을 코트 안에 채워 넣었다. 일단 거동을 멈추자 통증이 잦아들었다. 나는 두 손에 얼굴을 파묻었다.

손 하나가 내 어깨를 건드렸다.

"괜찮아요?"

고개를 들어 젊은 여자를 쳐다봤다. 그녀는 독일어로 말했지만, 억양을 들어 보니 독일인은 아닌 것 같았다. 그녀의 갈색 머리카락은 귀 뒤로 얌전히 넘겨져 있었다. 상냥해 보이는 얼굴이었다.

"다쳤어요?"

그녀가 물었다.

나는 참으려고 애썼다.

안간힘을 썼다.

그 순간 눈물 한 방울이 뺨 아래로 흘러내렸다.

그녀가 몸을 숙였다.

"어디 아파요? 저는 의료 훈련을 받았어요."

나는 코트를 단단히 여민 다음 고개를 흔들었다.

"아니에요. 고맙습니다."

그녀가 머리를 약간 위로 젖혔다. 억양 때문에 내 정체가 드러났다.

"독일인?"

그녀가 속삭였다.

나는 아무 말도 하지 않았다. 다른 사람들이 나를 뚫어지게 쳐다봤다. 그들에게 내가 가진 음식을 준다면 나를 혼자 가만 놔둘까? 코트 주머니에서 감자 한 개를 꺼내서 그녀에게 건넸다.

고요를 위한 감자였다.

요안나

독일 청년과 어린 소녀의 등장으로 불안해졌다. 둘 다 뭐 하나 터놓고 이야기하지 않았다. 소녀는 고통에 사로잡힌 눈으로 어깨를 덜덜 떨고 있었다. 나는 에바에게 걸어갔다. 에바는 50대 여성이고 바이킹처럼 덩치가 컸다. 그녀의 손발은 여느 남자의 손발보다 더 컸다. 우리 무리의 어떤 사람들은 에바를 '미안하지만 에바'라고 불렀다. 에바는 끔찍한 이야기들을 들려줄 때가 많았는데 그때마다 이야기의 앞이나 뒤에 "미안하지만……."을 붙이곤 했다. 마치 주사를 놓기 전에 살을 문지르듯이 말이다.

"에바 아줌마, 폴란드어 좀 할 줄 알죠? 그렇죠?"

내가 속삭였다.

"아니."

그녀가 대답했다.

"아무한테도 말하지 않을게요. 불쌍한 소녀가 괴로워하고 있어요. 제 생각에 폴란드 사람인 것 같아요. 한번 이야기해 봐요. 제가 도울 수 있게 설득해 주세요."

"소녀와 함께 들어온 독일 청년은 누구지? 왜 군복을 입고 있지 않는 거야? 대피 명령이 아직 떨어지지 않았어. 만약 히틀러의 부하들이 우리가 탈영병과 함께 있는 것을 발견한다면 우리 모두 머리에 총구멍이 날 거야. 미안하지만."

에바가 말했다.

"그가 탈영병인지 아닌지 아직 몰라요. 그가 누구인지도 모르고요. 하지만 그는 부상을 입었어요. 숲속에서 소녀를 발견했대요."

나는 목소리를 낮췄다.

"러시아 군인이 저 아이를 덮치려 했나 봐요."

에바의 얼굴이 창백해졌다.

"여기서 얼마나 떨어진 곳에서?"

에바가 물었다.

"모르겠어요. 소녀에게 말을 걸어 보세요. 정보를 얻을 수 있을 거예요."

에바의 남편은 너무 나이가 많아서 군대에서 복무할 수는 없었지만, 그 대신 민병대인 '폴크스슈투름'에 징집됐다. 이제 히틀러는 마지막 발악을 하고 있었고 남아 있는 모든 남자들과 소년들을 있는 대로 끌어모았다. 하지만 어쩐 일인지, 저쪽 편에 앉아 있는 청년은 징집되지 않았다. 왜일까?

에바의 남편은 에바에게 서쪽으로 계속 걸어가야 한다고 주장했다. 그는 히틀러가 패배하고 러시아가 동프로이센을 차지할 것이라고 확신했다. 그리고 그 과정에서 모든 것을 파괴해 버릴 것이라고도.

우리는 학교에서 동프로이센은 세상에서 가장 아름다운 지역 중 하나라고 배웠다. 하지만 우리는 이 말이 새빨간 거짓말이라는 사실을 두 눈으로 확인했다. 북쪽으로는 리투아니아, 남쪽으로는 폴란드와 국경을 접하고 있는 동프로이센은 깊은 호수들과 어두운 숲들로 가득 찬 땅이었다.

나머지 사람들도 에바와 같은 계획이었다. 아직 점령되지 않은 독일 지역으로 도망가서 전쟁이 끝난 후 가족과 다시 만나는 것이다.

나는 헛간에 있는 사람들을 최선을 다해 돌봤다. 대부분 자리에 앉자마자 곯아떨어졌다.

"그들의 발."

신발 시인이 내게 부드럽게 말을 걸었다.

"발을 잘 관리해야 한단다. 그렇지 않으면 모두 끝이야."

"아저씨 발은 어때요?"

내가 물었다. 신발 시인의 짧은 척추가 굽어 있었다. 마치 품 안에 큰 공을 잡고 있는 것처럼.

"나는 천 킬로미터도 걸을 수 있단다, 얘야. 신발이 훌륭하거든."

그가 씩 웃었다.

그때 에바가 나를 옆으로 잡아끌었다.

"네 말이 맞았어. 저 애는 폴란드 아이야. 이름은 에밀리아. 르보프 출신이고 15살이래. 하지만 신분증명서는 없어."

"르보프가 어디에요?"

"폴란드 남동쪽에 있어. 갈리시아 지방이지."

이제 이해가 됐다. 갈리시아 지방의 일부 사람들은 이 소녀처럼 금발 머리와 푸른 눈을 지니고 있다. 아리아인 같은 외모가 소녀를 나치로부터 보호했을지도 몰랐다.

"아버지가 수학 교수인데 안전을 위해 동프로이센에 보냈나 봐. 그래서 얼마 전까지 농장에서 일했대."

에바가 목소리를 낮췄다.

"네메르스도르프 근처에 있는."

"설마."

에바가 고개를 끄덕였다.

"그곳 이야기는 안 했어. 네메르스도르프를 통과해 도망쳤고 계속 도망 중이었다고만 말했어."

네메르스도르프.

모두 그 소문을 알고 있었다. 소문에 따르면 몇 달 전, 러시아군이 그곳을 기습했고 야만적이고 잔인한 행위들을 저질렀다고 했다. 여자들은 헛간 문에 못 박혔고 아이들은 사지가 절단됐다고 했다. 대학살의 소식은 빠르게 퍼져나갔고 사람들을 극심한 공포로 몰아넣었다. 사람들은 즉시 짐을 꾸려서 서쪽으로 이동하기 시작했다. 자신이 사는 마을이 다음으로 스탈린 군대의 손아귀에 떨어질까 봐 겁에 질린 채로 말이다. 이 어린 소녀가 거기 있었다.

"안됐어요. 게다가 독일 청년이 말하길 러시아 군인이 숲속에서 소녀를 발견했다고 그랬어요."

내가 에바에게 속삭였다.

"그 러시아 군인은 지금 어디 있고?"

에바가 걱정 가득한 목소리로 물었다.

"독일 청년이 죽인 것 같아요."

소녀를 생각하니 가슴이 아팠다. 소녀는 무엇을 보았을까?

나는 진실을 알고 있었다. 히틀러는 '발트해의 독일인들', 즉 나같이 독일인 유전자를 가진 사람들을 위한 공간을 만들기 위해 에밀리아 같은 폴란드 소녀들을 쫓아내고 있었다. 나의 아버지는 리투아니아 사람이지만, 내 외가는 독일인 뿌리를 가지고 있었다. 그렇기 때문에 우리는 스탈린으로부터 도망쳐서 히틀러의 가시 돋친 품 안으로 들어올 수 있었다.

"음, 심각한 문제야."

에바가 말했다.

"무슨 뜻이에요?"

"남편이 말했었어. 히틀러가 폴란드 지식인들이 반나치 활동을 한다고 의심했다고. 르보프에 있는 중견 교수들 모두 처형당했대. 그러니까 소녀의 아버지도, 미안하지만……. 아마 피아노 줄로 목이 졸렸을 거야. 그리고……."

"그만 해요, 에바."

"소녀를 데려갈 순 없어. 코트가 피범벅이잖아. 골치 아픈 일에 휩쓸린 게 분명해. 게다가 폴란드인이라고."

"그리고 저는 리투아니아인이죠. 저도 내팽개칠 건가요?"

'오직 독일인만'이라는 말에 넌더리가 났다. 우리가 정말로 집을 잃은 이 죄 없는 아이들을 모른 척할 수 있을까? 아이들은 군인이 아니라 희생자였다. 하지만 다른 사람들은 그렇게 생각하지 않았다.

나는 한쪽 구석에 쭈그리고 앉아 있는 소녀를 건너봤다. 지저분한 얼굴에 눈물이 줄줄 흐르고 있었다. 소녀는 15살이고 혼자였다. 소녀의 눈물을 보니 누군가가 생각났다. 어떤 기억이 마음속 작은 문을 슬그머니 열었고 그 사이로 어두운 목소리가 스르르 미끄러져 나왔다.

"다 네 잘못이야."

플로리안

나는 간호사 여자가 갈색 가죽 가방을 들고 이 사람에게서 저 사람에게로 옮겨 다니면서 사람들을 치료하는 모습을 지켜봤다. 나는 열이 났고 앞일을 위해서는 열을 떨어뜨려야만 했다. 상처는 옆구리 너머 한참 뒤 쪽까지 번져서 전체를 보거나 만질 수 없었다. 그녀를 꼭 믿어야 할 필요는 없었다. 그녀를 다시 볼 일은 없을 것이다. 그녀가 내 쪽을 보자 나는 고개를 끄덕였다.

"생각이 바뀌었나요?"

그녀가 물었다.

"모두 잠든 후에요."

내가 속삭였다.

얼마 걸리지 않았다. 추운 헛간은 이내 몸을 뒤척이는 소리와 코 고는 소리로 가득 찼다. 간호사 여자는 장작불에 감자를 구워서 먹기 시작했다. 그녀는 감자를 천천히 깔끔하게 베어 먹었다. 몹시 굶주렸을 텐데도 전혀 조급해하지 않았다. 좋은 집안 출신인 것 같았다.

그런 다음 그녀가 가방을 가지고 내게로 왔다.

"총상인가요?"

그녀가 속삭였다.

나는 고개를 저었다. 통증을 꾹 참으며 천천히 코트 소매에서 팔을 빼냈다. 그러고는 고개를 그녀의 반대쪽으로 돌린 채 모로 누웠다. 그녀는 핏덩어리에 눌어붙은 끈적거리는 셔츠를 벗겼다.

그녀는 여자들이 소름 끼치는 뭔가를 볼 때 보통 그러는 것처럼 헉하고 숨을 몰아쉬거나 울음을 터뜨리지 않았다. 그녀는 내 상처를 보고도 아무 소리도 내지 않았다. 아마 간호사들은 이런 것에 익숙하리라. 나는 어깨 뒤로 넘어다보며 그녀가 아직 거기에 있는지 살폈다. 그녀는 상처에 얼굴을 바짝 대고 있었다. 그녀는 상처를 유심히 살펴본 다음 내 오른쪽 귀에 속삭였다.

"포탄의 파편이에요. 이틀쯤 지났군요. 당신이 압박을 해서 지혈했겠지만, 그래서 파편들이 더 깊숙이 더 들어갔고, 통증이 더 심해진 거예요. 그리고 염증이 생겼어요. 어느 시점엔 술을 부어서 소독했네요."

"보드카예요."

그녀의 목소리가 다시 귀에 들렸다.

"파편이 여러 조각 있어요. 꺼내야 해요. 하지만 마취제가 하나도 없어요."

"술은 없나요?"

내가 물었다.

"있어요. 하지만 상처를 소독할 때 필요해요."

그녀가 내 어깨를 짚었다.

"지금 당장 해야겠어요. 염증이 더 심해지기 전에요."

그 순간 작은 부츠가 내 얼굴 앞에 나타났다. 폴란드 소녀가 눈덩이를 손수건으로 싸서 내 앞에 무릎 꿇고 앉았다. 소녀가 내 머리를 옆으로 쓸어 넘긴 다음 내 이마를 눈에 적신 차가운 손수건으로 눌렀다.

"저리 가."

내가 소녀에게 말했다.

"잠깐만."

간호사 여자가 폴란드 소녀를 쳐다봤다.

"밖에 나가서 커다란 나뭇가지를 구해다 줄 수 있겠니?"

소녀는 고개를 끄덕이고 밖으로 나갔다. 그런 다음 간호사 여자가 내 앞에 앉았다. 나는 속삭이는 그녀의 입술을 쳐다봤다.

"저 아이 이름은 에밀리아예요. 폴란드 남부 출신이래요. 아버지가 안전을 위해서 멀리 보냈대요……. 네메르스도르프 근처로요."

"빌어먹을."

나도 모르게 욕이 튀어나왔다.

그녀가 고개를 끄덕인 다음 가죽 가방을 열었다.

"나는 요안나예요. 몇 년 동안 의사의 조수로 일했어요. 독일인은 아니고 리투아니아인이에요. 문제가 되나요?"

"당신이 어디 사람이든 상관없어요. 전에도 이런 걸 해 본 적이 있나요?"

"비슷한 수술을 해 봤어요. 이름이 뭐예요?"

그녀가 물었다.

나는 아무 말도 하지 않았다. 뭐라고 말해야 하지?

"나뭇가지는 뭐에 쓰려고요?"

그녀는 내 질문을 무시한 채 내게 다시 물었다.

"이름이 뭐예요?"

열이 펄펄 끓었다. 몸에 힘이 하나도 없고 어지러웠다. 내 이름. 내 이름은 어머니가 제일 좋아하는 16세기 화가의 이름을 따서 지어졌다.

아니다. 나는 그녀에게 내 이름을 말하지 않을 것이다.

간호사 여자가 한숨을 쉬었다.

"나뭇가지를 입에 물고 있어야 해요. 굉장히 아플 거예요."

나는 두 눈을 감았다.

'플로리안.' 말하고 싶었다. '내 이름은 플로리안이에요.'

그리고 나는 죽은 목숨이에요.

에밀리아

거인 같은 몸집의 에바는 내게 간호사 여자가 리투아니아 사람이라고 말해 줬다. 그녀의 이름은 요안나라고 했다. 그녀는 친절해 보였다. 하지만 믿을 수 있을까? 만약 그녀가 기사를 치료하려 든다면 치료가 끝날 때까지 옆에서 지켜봐야겠다는 생각이 들었다. 나는 그에게 빚이 있다.

그는 나에게 계속 저리 가라고 말했다. 그의 목소리는 폴란드인이 '영원히' 사라지기를 원했던 사람들의 목소리와 같았다. 네메르스도르프를 통과해 도망친 이후 나는 르보프에서 탈출한 한 할머니를 만났다. 그녀의 눈에는 죽음에 대한 공포가 가득했다. 그녀는 나치가 르보프에서 수천 명의 유대계 폴란드인들을 죽였다고 말했다.

"베이겔스 집안은요?"

내가 물었다.

"다 죽었어."

나는 목소리를 낮추고서 작은 목소리로 물었다.

"렘펠스 집안은요?"

"왜 계속 물어보는 거야? 말했잖아. 다 죽었다니까. 아마 수십만 명은 죽었을 거야."

왜 계속 묻냐고? 라헬과 헬렌은 내 친구들이다. 아빠가 나를 동프로이센으로 떠나보내기 전날 밤, 라헬과 헬렌은 우리 집에 몰래 들어와 내게 사탕과 선물을 건넸다.

'다 죽었어.' 그녀는 어떻게 그런 말을 그렇게 단호하게 할 수 있을까? 믿고 싶지 않았다.

예쁜 리투아니아 여자 요안나는 내게 커다란 나뭇가지를 구해 오라고 했다. 나는 헛간 밖으로 걸어 나갔다. 눈보라가 얼굴을 후려쳤다. 겹겹이 껴입은 옷에 코트까지 두툼해서 뒤뚱거릴 수밖에 없었다.

요안나에게 모두 털어놓는 게 좋을까? 아마 그녀라면 나를 도와줄 수 있을지도 모른다. 하지만 어떤 일이 벌어질지 뻔했다. 그녀는 나를 역겨워할 것이다.

갑자기 무슨 소리가 나서 위를 올려다봤다. 그 순간 나는 그것을 봤다. 헛간 지붕 꼭대기에 지금까지 본 중 가장 커다란 새 둥지가 자리 잡고 있었다.

알프레트

안녕, 사랑하는 하넬로레!

당신의 이름을 쓰거나 그냥 떠올리는 것만으로도 얼마나 위안이 되는지 몰라요. 때로 나는 간이침대에 누워서 어둠 속에서 당신의 이름을 천천히, 천천히 속삭여 봅니다. 하-넬-로레. 나의 작은 로레.

지금은 늦은 저녁이에요. 나는 당신이 집에서 좋아하는 책을 읽으며 손가락으로 머리카락을 배배 꼬는 모습을 상상하고 있어요. 거기도 여기처럼 눈이 내릴까요?

하이델베르크의 집은 너무 멀게 느껴집니다. 거리를 핑계 삼아 비밀 하나를 알려 주고 싶네요. 이렇게 말하는 게 무례할지 모르겠지만, 당신 집 부엌 창문이 우리 집 1층에 있는 화장실 창문 바로 맞은편에 있다는 사실을 알고 있었나요? 나는 우리 집 화장실에서 당신 어머니가 오리고기를 굽는 냄새를 맡을 때가 많았답니다. 맞아요. 당신이 학교 가기 전에 아침을 먹는 모습도 자주 볼 수 있었죠. 오, 부끄러워하지 말아요. 로레. 이웃은 곁에서 많은 걸 나누기 마련이니까요. 물론 우리는 더 많은 것을 나눴지만요. 이 기억들은 내 심장이 얼어붙지 않게 불을 지펴 주는 석탄과 같아요.

하지만 이곳에서 회상을 위한 시간은 사치예요. 용감한 독일 해군에게 휴식이란 존재하지 않아요. 당신도 알다시피 나는 상당히 뛰어난 보초병이에요. 세부 사항에 주의를 기울이는 것은 나의 최고 강점 중 하나죠. 그래서 나는 당신에게 알려 주기 위해 모든 걸 하나도 빠짐없이 이렇게 편지에 쓰고 있어요. 대량 해상 대피 작전이 있을 거라는 소식이 있었고 우리는 지금 항구에서 그 준비를 하고 있어요. 내가 마침내 바다에 나가게 된 거예요. 수로를 가로질러서 커다란 바다로 나가는 거지요. 당신이 좋아하는 소설에 나오는 모험가들처럼 말이에요.

정말 대단한 모험이 될 거예요, 로레. 사람들은 이미 항구에 속속 도착해서 줄을 서고 있어요. 커다란 배 중 하나에 타려고요. 어떤 사람들은 말이 끄는 수레와 썰매에 온갖 살림살이를 쌓아서 몽땅 가져왔어요. 값비싼 양탄자, 시계, 도자기, 의자 등을 모조리 가져왔어요. 물론 배에 공간은 충분하지 않아요. 어떤 물건들은 탑승을 거부당하겠죠. 오늘 나는 한 수레 위에 있는 아름다운 크리스털 나비 장식품을 봤어요. 그걸 보자마자 당신 생각이 났어요. 당신의 비단결 같은 짙은 머리카락은 나비의 섬세한 날개처럼 펼쳐져 있죠. 만약 나비 장식품이 탑승을 거부당한다면 내가 가지리라고 마음먹었어요. 가질 만한 가치가 있는 사람이 갖는 게 도리에 맞는 것 아닌가요.

만약 착한 당신이 이 항구에 있는 사람들을 본다면 마음이 무척 아플 거예요. 기나긴 길을 걸어온 사람들은 잔뜩 지치고 먼지투성이에요. 어떤 사람들은 에스토니아같이 먼 나라에서 오기도 했어요. 상상되나요? 스탈린은 땅만 도둑질한 것이 아니에요, 하넬로레. 스탈린은 인간의 존엄성도 도둑질해 갔어요. 사람들의 피폐한 눈빛과 축 처진 몸을 보면 알 수 있어요. 다 빌어먹을 공산주의자 놈들 때문이에요. 그놈들은 짐승들이에요.

스탈린의 군대가 점점 더 가까워지고 있어요. 사람들은 공포에 휩싸이고 있고요. 이런, 무서워할 필욘 없어요. 나는 자신감에 가득 차 있고 내 능력을 확신해요. 훈련을 받는다고 모든 사람이 이런 상황을 이겨 낼 수 있는 건 아니에요. 그냥 타고나는 거죠. 그리고 신께 감사하게도 저는 그런 사람이에요.

나는 몸을 뒤집어 엎드린 후 간이침대 밑에서 군용 주머니를 바깥쪽으로 잡아당겼다. 주머니 안에서 반질반질하게 닳은, 히틀러 총통의 자서전 〈나의 투쟁〉을 꺼냈다. 책에는 어머니가 보낸 편지가 끼워져 있었다. 내일은 정말로 어머니께 답장을 써야겠다.

요안나

성냥불을 켜고 메스를 소독하면서 말을 시작했다. 인슈터부르크에서 나를 가르쳤던 의사는 환자들에게 말을 걸면 진정하는 데 도움이 된다고 했다.

"우리 가족은 스탈린이 리투아니아를 점령했을 때 도망쳤어요. 엄마에게는 독일인의 피가 흘러요. 그래서 히틀러는 우리가 독일로 송환될 수 있게 해 줬어요. 저는 인슈터부르크까지밖에 못 가 봤어요."

"그래서 히틀러, 그자가 당신의 구세주인가요?"

그는 더 이상 말을 덧붙이지 않았다. 하지만 그의 빈정대는 코웃음이 그를 대변했다. 나치당을 비난하거나 내가 독일로 송환된 것을 비난하거나 둘 중 하나였다. 아니 둘 다일지도 몰랐다. 나는 그의 비난을 들을 이유가 없었다. 이미 충분히 죄책감을 느끼고 있었다. 나는 많은 잘못을 했다. 학교에서는 최고 점수를 받았지만, 인격적으로는 미숙했다.

"추운 건 알지만 코트를 다 벗는 게 좋겠어요. 배를 땅에 대고 엎드리세요."

내가 그에게 말했다.

그가 코트 소매에서 팔을 빼내자 그의 연녹색 신분증이 코트 주머니에서 살짝 삐져나왔다. 좋아. 그가 이름을 말해 주지 않는다면 내가 직접 보는 수밖에.

"상처 주변을 누르면서 염증이 어디까지 퍼졌는지 살펴볼 거예요."

그가 대답하지 않았다.

"아프면 말해요."

나는 한쪽 손으로 상처 주변을 부드럽게 누르면서 흐물흐물해진 부위들을 확인했다. 그리고 다른 한쪽 손으로는 코트 주머니에서 신분증을 꺼내려고 애썼다.

"멈춰요."

그의 포악한 목소리에 깜짝 놀랐다.

"내 신분증을 줘요."

"뭐라고요?"

"들었잖아요. 당장 줘요."

그가 뒤로 팔을 뻗었고 나는 그의 손에 신분증을 놓았다.

"그리고 접힌 종이도요. 그것도 주머니에 있었잖아요."

그가 말했다.

나는 크림색 종이 한 장을 꺼내면서 슬쩍 보려고 애썼다. 하지만 접혀 있어서 안의 내용을 볼 수가 없었다. 그가 종이를 잡아챈 후 신분증과 종이를 자신의 가슴 아래에 찔러 넣었다.

에밀리아가 나뭇가지를 가지고 돌아왔다. 새하얀 눈송이들이 소녀의 분홍색 모자 위에서 반짝였다.

"또 눈이 와?"

내가 물었다.

소녀가 고개를 끄덕였다. 내일 일정에 차질이 생길 터였다.

"어서 이것부터 끝냅시다."

환자가 말했다.

통증에 대한 그의 인내심은 내가 이제껏 봤던 그 누구보다 강했다. 그는 나뭇가지를 이로 꽉 물었다. 필요에 의해서가 아니라 반항의 표현이었다.

에밀리아는 주의 깊은 조수였다. 나의 어려움과 그의 어려움 모두에 신경을 썼다. 하지만 무척 피곤해 보였다. 나는 소녀에게 구석 자리로 돌아가서 휴식을 취하라고 했다. 그러나 소녀는 잠을 자지 않았다. 내 움직임 하나하나를 지켜보고 있었다.

포탄 파편의 마지막 조각은 몸 깊숙이 박혀 있었다. 파편을 꺼내기 위해 상처 안으로 손을 집어넣었을 때 손가락이 거의 안 보일 정도였다. 괴저가 생길까 걱정됐지만 입 밖으로 꺼내지 않았다. 그는 통증과 싸우기만도 벅찼다. 나는 몸을 숙이고서 속삭였다.

"이제 모두 끝났어요. 파편이 깊이 박혀 있었고 상처가 꽤 커요. 구두장이 할아버지를 깨워서 꿰매 달라고 해야겠어요. 아마 그가 튼튼하게 꿰맬 수 있을 거예요."

그가 나뭇가지를 뱉었다.

"안 돼요. 당신이 해요."

잠시 후 그가 말을 이었다.

"제발요."

벌어져 있는 상처를 쳐다봤다. 신발 시인은 많은 가죽을 꿰맸고 나보다 더 깔끔하게 상처를 봉합할 수 있을 것이다. 하지만 만약 노인이 피와 살에 질색한다면 상황이 더 나빠질 것이다.

나는 상처를 꿰매고 드레싱을 했다.

"당신의 신분증은 보지 못했지만, 주머니에 담배가 있는 건 봤어요."

내가 손을 닦으면서 그에게 말했다.

"치료비가 있다곤 말하지 않았잖아요."

그가 나를 올려다봤다. 가스등처럼 두 눈이 깜박거렸다. 그의 얼굴에서 고통이 읽혔다. 내가 병원에서 근무할 때 늘 보았던 신체적 고통만이 아니었다. 부모님에게서 봤던 감정적 고통 또한 읽혔다. 그가 나를 뚫어지게 쳐다봤다. 그의 두 눈이 천천히 내 얼굴을 훑었다.

"같은 주머니에 성냥이 있을 거예요."

마침내 그가 말했다.

담배 한 개비를 꺼낸 다음 손가락으로 돌돌 말아 길고 고르게 폈다. 그러고선 담배 끝에 불을 붙이고 만족스럽게 한 모금을 빨아들였다. 뜨거운 담배 연기가 차디찬 가슴을 덥혔다. 나는 그를 향해 몸을 숙이고 그의 입술에 담배를 부드럽게 갖다 댔다. 담뱃불이 그의 얼굴을 비췄다. 멍 자국들과 꾀죄죄한 몰골도 잘생긴 얼굴을 다 가리지는 못했다.

"몇 살이에요?"

내가 물었다.

“나머지는 남겨요. 구하기 어려우니까.”

그가 담배 연기를 내뿜으면서 말했다. 나는 신발 밑창에 담배를 비벼 끈 다음 그의 주머니에 다시 넣었다.

“제가 꺼낸 파편 좀 볼래요? 이 마지막 조각은 거의 병마개만큼 커요.”

파편을 보여 주기 위해 그에게 손을 뻗었다. 그때 그가 내 손목을 움켜잡았다.

“다시는 내게서 뭘 훔치려 들지 말아요.”

그가 속삭였다.

“무슨 얘기하는 거예요?”

내가 그의 손아귀에서 손목을 빼내려고 애쓰면서 말했다.

그가 손목을 더 꽉 움켜잡았다.

“내 신분증을 봤잖아요.”

“아니에요, 안 봤어요. 놔줘요, 아프잖아요.”

“당신은 나에 대해 뭔가를 알고 있어요. 이 상처 말이에요.”

그의 약한 목소리에 걱정이 묻어 있었다. 통증 때문에 헛소리를 하는 걸까? 그는 잠시 웅얼거리더니 말했다.

“당신에 대해 말해 줘요.”

그가 움켜잡은 손아귀 힘을 살짝 뺐다.

“저에 대해 알고 싶어요?”

내가 물었다.

그의 지친 얼굴을 내려다봤다. 그는 나의 말을 기다렸고 곧이어 눈꺼풀이 내려앉기 시작했다. 눈꺼풀이 들썩거리다가 이내 감겼다. 그의 손가락들은 내 손목을 부드럽게 놔주었다. 나는 그가 숨 쉬는 것을 지켜봤다. 그의 신분증명서는 아직 그의 가슴 밑에 있었다. 그는 나에 대해 뭔가를 알고 싶어 했다. 나는 몸을 숙인 다음 그의 귀에 입술을 가까이 댔다. 그리고 들릴락 말락 속삭였다.

"나는 살인자예요."

플로리안

잠을 자는 내내 간호사 여자에 대한 생각이 머리에서 떠나지 않았다. 심지어 잠에서 깬 이후에도 계속됐다. 그녀와 이야기 나누는 꿈을 꾼 걸까?

갑자기 화가 났다. 하루하루 지나갈수록 모든 것이 더 위험해지고 있다. 쾨니히스베르크에서는 아직 발견하지 못한 걸까? 그녀가 아름답다고 해서 나를 곁길로 새게 만들 수는 없다.

헛간은 아직 캄캄했다. 피난민들의 공허함 때문인지 텅 비어 있는 느낌이었다. 손목시계를 보니 새벽 4시가 다 되어 갔다. 나는 몸을 일으켜 앉았다. 통증을 참느라 저절로 이가 악물어졌다. 아무도 내 배낭을 건들지 않았고 문서들도 내가 깔고 앉아 있었다. 나는 문서들을 코트 안주머니에 다시 넣은 다음 자리에서 일어섰다.

내가 헛간 출입구를 향해 몇 걸음 떼자 눈먼 소녀가 몸을 일으켜 앉고서 희뿌연 두 눈을 깜박였다. 간호사 여자는 눈먼 소녀 옆에서 자고 있었다. 가죽 가방은 열려 있었고 예쁜 갈색 머리가 물결처럼 펼쳐져 있었다. 그녀가 자기 이름이 뭐라고 했더라? 아니다. 중요하지 않다. 그녀는 아름답지 않다. 나는 속으로 되뇌었다.

나는 무릎을 꿇고 앉아서 간호사 여자의 가죽 가방을 뒤졌다. 눈먼 소녀가 지붕을 향해 코를 들었다. 그런 다음 고개를 돌려서 나를 똑바로 응시했다. 그녀는 무엇을 볼 수 있을까? 그녀의 눈은 성에가 낀 유리창처럼 반투명이었다. 그녀의 눈은 빛과 어둠을 통과시킬 수 있을까? 아니면 그녀의 세계는 완전히 검게 커튼이 드리워져 있을까? 나는 조용히 간호사 여자의 물건들을 샅샅이 살폈다. 내가 뭘 하는 거지? 이 여자는 담배 한 모금을 대가로 내 목숨을 구해 줬다. 도둑질하는 게 아니다. 나는 나 자신을 보호하려는 것이다.

그녀의 옷가지들, 의학 서적, 감자를 먹을 때 사용한 포크 따위를 자세히 살펴보다가 전혀 예기치 못한 뭔가를 발견했다. 나는 간호사 여자의 흘러내린 갈색 머리 물결을 잠시 바라보다가 그 물건을 코트 주머니에 넣고 자리를 떴다.

숲속에는 러시아 군인들이 있다. 나는 그 사실을 이미 알고 있었다. 정찰병들이거나 탈영병들일 가능성이 높았다. 군인 한 명쯤은 나도 처치할 수 있다. 하지만 떼로 몰려올 때까지 얼마나 걸릴까? 원래는 2주 안에 항구에 도착할 생각이었다. 그게 계획이었다. 배에 올라탄 후 서쪽으로 항해를 한다. 그러면 임무 완수다. 일단 헛간 밖으로 나와서 배낭을 다시 꾸렸다. 그러다가 내 신분증과 함께 있는 편지를 봤고 그것에서 눈을 뗄 수가 없었다.

랑게 박사.

랑게 박사는 쾨니히스베르크에 있는 박물관의 관장이다. 그는 나를 복원 미술 수습생으로 채용해서 훈련시키고 가장 좋은 미술 학교에 보냈다. 나는 그를 존경했다. 미술 학교에 다니면서도 그에게 편지를 써서 예술과 철학에 대한 생각을 전부 공유했다. 랑게는 내게 재능이 매우 뛰어나다고 수도 없이 칭찬했다. 그는 나의 재능이 독일에 크게 이바지할 것이고 고향인 린츠에 국립미술관을 세우고자 하는 총통의 꿈을 실현할 것이라고 말했다. 그러고서 나를 에리히 코흐에게 소개했다. 코흐는 나치당의 쾨니히스베르크 대관할구역 지도관이었다.

동시에 그는 괴물이었다.

미술 작품이 담긴 상자들이 박물관에 도착하자 랑게 박사의 흥분은 극에 달했다. 그는 어떤 작품들을 보고 흐느끼기까지 했다. 때로는 새 작품의 덮개를 벗길 때 그를 옆에서 붙잡고 있어야 했다. 그는 상자가 새로 하나하나 도착할 때마다 내게 즉시 작업에 들어가게 했다. 때때로 나는 랑게 박사가 바로 다음 날 코흐 지도관에게 보고할 수 있도록 밤새 복원 작업에 매달리기도 했다. 자지도 않고, 먹지도 않고 작업에 매달렸다. 심지어 랑게 박사를 기쁘게 하기 위해 작업을 서둘러 끝내느라 아버지의 생일을 잊어버리기도 했다.

"우리는 위대한 팀이야. 그렇지, 플로리안?"

랑게 박사는 활짝 웃으며 말하곤 했다.

어느 날 아침, 랑게 박사는 내게 노끈 두루마리를 어디에 뒀는지 모르겠다며 찾아오라고 시켰다. 나는 노끈 두루마리를 찾다가 내가 미술 학교에서 그에게 보낸 편지 꾸러미를 발견했다. 잉크와 문구류가 들어 있는 맨 아래 서랍에 아무렇게나 처박혀 있었다. 단 한 장도 뜯어져 있지 않았다. 들여다볼 마음조차 없었던 것이다.

그때 어둠 속에서 목소리가 튀어나와 상념에서 나를 끌어냈다. 나는 권총을 꽉 잡고서 뒤로 돌았다.

"잠깐만요, 제발요!"

눈밭에서 폴란드 소녀가 상기된 얼굴로 나를 향해 헐레벌떡 달려왔다.

에밀리아

헛간에 있는 사람들을 믿을 수 없었다. 거인 같은 몸집의 여자는 내가 폴란드인이라고 하자 흠칫 놀랐다. 그래서 나는 애써 발걸음을 더 빨리했다. 기사에게 내 이야기를 하면 이해해 줄 것이라고 속으로 되뇌면서. 그는 내가 그의 나라를 위해 한 일을 알아줄 것이다. 그리고 나를 보호해 줄 것이다.

뱃속에서 아우성을 쳤다. 배고픔이 사라지는 때가 올까? 끊임없는 노크를 그만두고 조용히 뒤로 물러설 때가 올까? 공포와 배고픔이 없었던 때가 기억나지 않는다. 뱃가죽이 등에 붙지 않았던 때가 언제였는지. 르보프에 대한 기억이 점점 희미해지는 것 같다. 마치 햇살 아래 놔둔 사진처럼.

르보프는 항상 미소를 잃지 않는 도시였다. 폴란드에서 교육과 문화를 대표하는 곳이었다. 르보프 사람 중 몇 명이나 살아남았을까?

기사의 뒷모습이 시야에 들어왔다. 나는 힘을 내서 걸음을 더 빨리했다. 내가 소리쳐 부르자 그가 총을 겨눈 채로 뒤를 돌아봤다.

“잠깐만요. 제발요!”

내가 말했다.

“저도 같이 가요.”

그는 내게서 몸을 돌리고 가던 길을 계속 갔다.

그가 눈 위에 밟은 길을 따라갔다. 기운이 났다. 1월의 아침 공기가 콧구멍을 할퀴었다. 걸음을 멈추지 않고 계속 그의 뒤를 따랐다. 몇 미터를 걸어간 후, 그는 걸음을 멈추더니 뒤를 돌아보고 몹시 화를 냈다.

"가라고!"

"싫어요."

내가 거절했다.

"다른 사람들과 있는 게 더 안전해."

그가 말했다.

더 안전하다고? 그는 알지 못했다.

내가 이미 죽었다는 사실을.

요안나

늘 아침이 되면 뭔가 나아지지 않을까 하는 희망이 있었다. 다음 머무를 곳에 대한 기대와 희망을 품었다. 우리는 모두 헛간보다 좋은 곳이 있으리라 믿었다. 신발 시인은 동프로이센의 부유한 귀족 계층이 소유한 저택에 대해 이야기했다. 시골 지역 곳곳이 그들의 사유지였기 때문에 그중 하나쯤 맞닥뜨릴 만도 했다. 신발 시인은 전쟁이 터지기 전에 그러한 저택 한 곳을 방문한 적이 있었고 그곳이 이 근처에 있는 것 같다고 말했다. 우리는 부유한 가족이 우리를 집안으로 들인 다음 자기로 된 그릇에 진한 수프를 듬뿍 담아 주고, 난롯가에서 언 발가락을 녹이게 해 주리라고 꿈꿨다.

신발 시인은 헛간 안을 여기저기 걸어 다니면서 지팡이로 사람들의 발바닥을 툭툭 쳤다. 떠돌이 소년이 그 뒤를 따라다녔다.

"일어날 시간이야. 발은 아침에 가장 튼튼하다고."

신발 시인이 말했다.

"아직 상태가 매우 좋군. 그 부츠 말이야. 물집은?"

"없어요. 시인 아저씨."

나는 벌떡 일어서서 옷을 털었다.

"모두 출발할 준비됐나요?"

"독일인 탈영병과 폴란드 소녀는 사라졌어."

모두가 그 독일 청년이 탈영병이라고 생각했다. 그가 내 손에서 신분증과 편지를 낚아채 가던 모습이 생각났다.

"이렇게 일찍 움직여도 될 만큼 회복된 게 놀랍네요."

"그가 신은 부츠는 군용품이었어. 수선하기는 했지만."

신발 시인은 백발로 뒤덮인 머리를 흔들면서 한숨을 쉬었다.

"이 전쟁은 정말이지……. 젊은이들이 태평양에 있는 작은 섬들에서 전투를 벌이고, 북아프리카의 사막을 행군하고 있단 걸 알고 있니? 우리는 얼어붙고 있고 그들은 더위 때문에 죽어 가고 있지. 불운한 아이들이 너무 많아. 그 어린 폴란드 소녀는 진이 다 빠져 있더라고. 두 발이 다 퉁퉁 부어 있었어. 동글납작한 효모 빵처럼 발이 부풀어 오른 거지. 하지만 애석하게도 아마 이게 최선일 거야. 우리는 그들이 우리 무리에 끼지 않길 바라니까. 만약 내 정신이 내 발만큼 아직 멀쩡한 게 맞다면, 우리는 해거름 전에 저택에 도착할 수 있을 거야. 하지만 탈영병이나 폴란드인과 함께 있다면 아무도 우리를 안으로 들이지 않겠지."

"당연히 최선이죠."

에바가 말했다.

"탈영병과 폴란드 소녀라고요? 미안하지만, 그들은 하루도 못 돼 길바닥에서 죽을 거예요."

"이런, 당신은 물집 같아. 에바. 심술궂은 작은 물집."

신발 시인은 껄껄 웃은 다음 에바를 향해 지팡이를 흔들었다.

알프레트

아침 하늘이 항구에 차가운 그늘을 드리웠다.

내 사랑하는 조국 독일도 무너지고 있을까? 그런 일이 가능할까? 뤼베크, 쾰른, 함부르크. 소식에 따르면 그곳들 모두 폐허가 됐다고 한다.

미 육군 제8 공군이 몇 달 전 이 항구를 폭격했다. 100대가 넘는 미국 전투기가 고텐하펜에 폭격을 했다. 그 때문에 대형 선박 '슈투트가르트호'가 바닷속으로 가라앉았다.

그들은 이전에도 폭격을 했다. 그리고 다시 폭격할 것이다.

폭격 강도에 따라 세 가지 종류의 공습경보가 만들어졌다. 나는 이 세 가지를 외웠다.

비.

우박.

눈.

공습이 있을 때면 나는 내가 반격하는 모습을 상상했다. 탄약 무더기를 그들에게 떨어뜨리는 모습을. 머릿속으로 그러한 대형 전투를 수도 없이 그려 보았다.

하지만 그러는 와중에도 나는 짐승 같은 폭력보다는 날카로운 관찰력을 발휘했다. 총통은 꼼꼼한 기록 관리를 요구했다. 내가 기록병으로 승진할 만한 자격이 있다고 증명하고 싶었다. 그러나 아직 나는 보초병에 불과했다. 나는 관찰한 것들을 기록하고 되뇌면서 내 정신 속 목록을 점점 더 정교하게 만들었다. 동료들은 내가 자꾸 중얼거리며 암송하는 통에 영 성가신 눈치였다. 하지만 내 능력을 질투하는 것을 어떻게 뭐라고 하겠는가?

또한 내게는 비장의 무기가 있었다. 총통의 인종적, 사회적, 정치적 장애물들을 기억하기 위해 총통의 목록에 멜로디를 붙였다. 노래로 부르면 기억하기가 더 쉬웠다. 아이가 공부 내용을 노래로 만들어 암송하는 것과 비슷하다. 입에 잘 붙는 멜로디였다.

공산주의자, 체코슬로바키아인, 그리스인, 집시,
장애인, 동성애자
-호흡 조절-
유대인, 정신병자, 흑인, 폴란드인, 매춘부, 러시아인,
세르비아인, 사회주의자
-호흡 조절-
스페인 공화주의자, 노동조합원, 우크라이나인 그리고
-대미를 장식하기 위해 호흡 조절-
유-고-슬라비아인!

'유-고-슬라비아인!'은 내가 가장 좋아하는 부분이었다. 3음절로 된 강력한 핵심 구절이었다. 다른 임무를 수행하면서도 늘 머릿속으로 멜로디를 흥얼거렸다.

항구에서는 공식 작전이 펼쳐지고 있었지만, 구체적인 세부 사항들은 아직 알려지지 않았다. 신경이 곤두서고 두려움에 휩싸인 채로 이런저런 대화들만이 넘쳐났다.

"엿들으면서 서 있지 마, 프리크. 빨리빨리 움직여! 러시아 전투기한테 박살 나고 싶어?"

"아닙니다."

나는 잔뜩 쌓인 파란색 구명조끼 더미를 가까스로 들고서 옆으로 빼꼼 내다봤다.

"어디로 가져가야 합니까?"

장교가 불길해 보이는 하늘과 잘 어울리는 진한 회색의 거대한 배를 가리켰다.

"저 배로 가져가."

장교가 말했다.

"빌헬름 구스틀로프호."

플로리안

"가! 가라고!"

짜증이 났다. 왜 가지 않는 걸까? 오랫동안 걸어서 진이 다 빠졌을 텐데.

"멀리 떨어져서 따라가고 있어요. 당신 나 안 보여요."

소녀가 서투른 독일어로 말했다.

"나는 너를 지켜 줄 수가 없어."

"아마 내가 당신을 지켜 줄걸요."

소녀가 말했다. 진심 어린 얼굴이었다.

"나는 보호 같은 거 필요 없어."

"그렇다면 왜 멀쩡한 길로 가지 않는 거죠?"

소녀가 하룻밤 사이에 얼음으로 변해 버린 눈 더미를 발로 찼다.

"길로 가는 게 훨씬 빨라요. 식량을 구할 가능성도 더 크고요. 들판이 더 예쁠지는 모르지만, 시간은 더 오래 걸려요. 다른 사람 눈에 띄고 싶지 않은 거죠?"

소녀가 분홍색 모자를 귀밑 아래로 죽 잡아당겼다.

내가 원치 않는 건 시간 낭비였다. 나는 소녀로부터 몸을 돌리고서 다시 걸어가기 시작했다. 소녀가 폴란드어로 혼잣말을 하는 게 들렸다.

소녀의 지친 몸으로는 그리 멀리 가지 못할 것이다. 소녀는 지쳐서 나가떨어질 것이고 걸음을 멈출 수밖에 없을 것이다. 하지만 여동생에 대한 생각들이 나를 쪼아 댔고 결국 뒤를 돌아봤다. 내가 걸음을 멈추자 소녀도 걸음을 멈췄다. 소녀는 나무에 등을 기대고 휴식을 취했다. 나는 배낭에서 러시아 군인의 권총을 꺼냈다. 그러고선 소녀에게 다가갔다.

"이거 가져가. 이걸 써야 할 때가 온다면 두 손으로 꽉 잡고서 방아쇠를 당겨. 알았지? 이제 가."

소녀는 고개를 끄덕였다. 하지만 나는 소녀가 알아들었는지 확신할 수가 없었다. 소녀의 장갑에 들려 있는 권총은 소녀의 몸집에 비해 너무 커 보였다.

나는 소녀를 떠났다. 내가 미친 건가? 세 발짝 뒤에 소비에트의 권총을 든 폴란드 소녀가 나를 뒤따르고 있었다. 제국을 날려 버릴 만큼 거대한 비밀을 짊어지고 있는 프로이센인인 나를 말이다. 상처가 비명을 질렀다. 판단력도 비명을 질렀다. 빨리 검문소에 보고하지 않으면 모든 일이 끝장날 것이다.

요안나

우리는 도로를 따라 터덜터덜 걸어갔다. 잿빛 하늘이 무겁게 내려앉았다. 나는 구름을 올려다봤다.

"눈이 오려나 봐요."

잉리트가 말했다.

"느껴져?"

"가끔요."

잉리트가 고개를 끄덕이며 수레 뒤에 묶어 놓은 밧줄을 고쳐 잡았다.

"그들에 대해 말해 줘요."

잉리트가 말했다.

"청년과 폴란드 소녀 말이에요. 어떤 사람들인지 알 것 같은데, 내 짐작이 맞는지 알고 싶어요."

흥미롭게도 잉리트는 사람들이 어떻게 생겼는지 느낄 수 있었다. 잉리트는 사람들의 체격, 몸가짐, 심지어 때때로 머리 색깔까지 알아차릴 수 있다고 말했다. 하지만 잉리트가 가장 먼저 알아차리는 것은 사람들의 내면이었다.

"소녀는 두려워하고 있어요. 소녀의 움직임은 긴장돼 있고 공포로 가득 차 있어요. 호흡은 거의 헐떡거리는 수준이죠. 반면 청년은 정반대예요. 그의 움직임은 부드러워요. 조용히 움직이는 데 익숙한 것 같아요."

그는 며칠 동안 병뚜껑 크기의 파편을 몸 안에 지닌 채 움직였다. 갑자기 그의 상처에 대해 생각났고 아직도 열이 나는지 궁금했다.

"소녀의 이름은 뭐예요? 겁에 질린 소녀요."

잉리트가 물었다.

"에밀리아."

"네, 어울리네요."

잉리트는 앞에 있는 돌부리에 발이 걸려서 거의 넘어질 뻔했다. 잉리트는 밧줄을 꽉 붙잡고 재빨리 움직여 균형을 잡았다.

나는 잉리트의 어깨에 손을 얹었다. 오래 걷는 이 여정은 멀쩡하게 앞이 보이는 사람도 충분히 힘들었다. 잉리트는 2주 전, 정신없는 기차역에서 자신의 이모와 떨어지게 됐다. 잉리트를 남기고 기차가 출발했고 잉리트는 기차를 타지 못했다. 그리고 이틀 내내 기차역에 혼자 서 있었다. 온몸을 덜덜 떨면서 이모가 돌아오기만을 기다렸다. 셋째 날엔 사람들에게 도움을 청했다. 사람들은 그녀를 무시했고 누군가가 그녀의 짐을 훔쳐 갔다. 마침내 한 소녀가 잉리트를 내게 데려왔다.

"저를 불쌍히 여기지 마세요. 저는 여러 가지를 볼 수 있어요. 사람들이 보지 못하는 것들을요. 소녀는 금발인가요?"

"그래. 에밀리아는 금발 머리를 양 갈래로 땋고 동그란 얼굴에 푸른색 눈을 가졌어. 청년은 키가 크고 어깨가 넓고 갈색 머리야. 머리는 곱슬곱슬하고 약간 길어. 이름이 뭔지 어느 지역 출신인지는 나도 몰라."

"눈은요? 눈동자 색깔이 어떤가요?"

"기억 안 나. 아마 갈색?"

"아마 회색일 거예요."

"회색? 아닐걸. 눈동자가 회색인 사람은 별로 없어."

"도둑은 그래요."

잉리트가 말했다. 나는 잉리트를 향해 고개를 돌렸다.

"그가 도둑이라고 생각해?"

잉리트는 아무 말도 하지 않았다.

기온이 떨어졌고 찬 공기에 닿은 얼굴이 따끔거리기 시작했다. 우리는 6시간을 넘게 걸었다. 에바는 쉬지 않고 불평해 댔다. 그녀는 오래 걷는 것을 증오했고, 추위를 증오했고, 러시아인들을 증오했고, 전쟁을 증오했다. 신발 시인은 오늘 우리가 저택을 발견할 것이라고 장담했다. 나는 그의 말이 미덥지 않았고 사람들에게 헛된 희망을 심어 주지 말라고 경고했다. 특히 어린 아이에게. 떠돌이 소년은 이미 풀이 잔뜩 죽어 있었다.

"하지만 만약 내 말이 맞다면, 난롯가에서 내 발을 마사지해 줘."

내기를 받아들여야 할지 알 수 없었다.

에밀리아

걸음을 빨리했다. 나무들을 보니 헛간 지붕에서 본 황새 둥지가 생각났다. 황새 둥지는 엄마를 떠올리게 했다. 따뜻하고 화창한 날이면 엄마는 나를 데리고 숲속에 버섯을 따러 가곤 했다. 르보프 근처 숲에는 오래된 아름다운 떡갈나무가 있었는데 나무 안에 들어앉을 수 있을 정도로 커다란 구멍이 있었다. 우리는 매번 바구니를 들고 그 나무로 갔고 나는 구멍 안에 쏙 들어가곤 했다. 그러면 엄마는 나무 몸통에 등을 기대고 치마 밑의 발목 부분을 꼬고 앉았다.

"에밀리아, 너는 이야기를 좋아하지. 나무들은 수백 년의 이야기들을 가지고 있단다. 생각해 봐. 이 나무들이 보고 느낀 모든 것에 대해. 나무 안에는 많은 비밀이 숨어 있어."

엄마는 나무껍질을 만지며 말했다.

"나무들은 황새 한 마리 한 마리를 전부 다 기억할까요?"

나는 서늘한 나무 구멍 안에서 물었다.

"물론 기억하지. 나무들은 모든 것을 기억한단다."

엄마가 가장 좋아하는 것이 나무라면 내가 가장 좋아하는 것은 황새였다. 우리 마을에서는 1년에 6개월은 황새를 볼 수 있었다. 매년 여름이 끝날 무렵 황새들은 우리가 사는 지역을 떠나서 아프리카로 날아갔다. 황새들은 겨울 동안 나일강 주변에서 따뜻하게 지냈다. 그리고 다음 해 3월이 되면 자신들이 떠났던 둥지를 찾아서 폴란드로 돌아왔다. 사람들은 황새를 둥지로 불러들이기 위해, 높은 기둥 꼭대기에 마차 바퀴를 못으로 박았다. 우리 집 마당에도 그런 게 하나 있었다. 우리는 매년 3월마다 황새가 둥지로 돌아온 것을 축하하곤 했다. 8월이 저물 무렵 황새들이 떠나는 것은 여름이 끝나가는 것을 상징했다.

6년 전, 우리 집에 둥지를 지었던 황새가 떠나던 날, 엄마도 세상을 떠났다. 엄마는 내 남동생이 되었을 아기를 낳다가 세상을 떠났다.

목이 멨다. 마른 침을 삼켰다. 그리고 엄마가 영원히 사라진 것은 아니라고 속으로 되뇌었다. 나무들 사이에서 엄마를 느꼈다. 나뭇잎에서 엄마의 손길을 느끼고 엄마의 웃음소리를 들을 수 있다. 그래서 나는 나무들에게 말을 건다. 나뭇가지들이 하늘에 있는 엄마에게 내 메시지를 전해 주기를 바라면서. 내가 어떻게 해 나가고 있는지, 또 무엇보다 내가 더 용감해지기 위해 최선을 다하고 있다고 엄마에게 알려 주기 바라면서.

요안나

"왜 우리가 구두장이 말을 믿어야 하지? 그는 그냥 구두장이라고. 예언자가 아니라."

에바가 투덜거렸다. 인정하지 않았지만, 나 역시 희망을 잃기 시작한 지 한참이었다.

"아저씨가 이 지역을 잘 안다고 했어요. 젊었을 때 가족과 함께 저택으로 여행을 갔다고요."

내가 그녀에게 말했다.

"우리는 너무 오래 걸었어. 만약 더 무리한다면 말이 쓰러질 거고, 그러다 결국 내일 못 움직일 거야."

에바의 말이 맞았다. 우리는 몇 킬로미터 전에 작은 헛간을 발견했다. 몇몇은 거기에 묵겠다고 무리를 떠났다. 우리는 원래 계획대로 밀고 나가기로 했다. 신발 시인과 그의 자신만만한 지팡이를 따르기로 했다.

우리에게는 말이 한 마리밖에 남아 있지 않았다. 며칠 전만 해도 수레 두 대와 말 세 마리가 있었다. 하지만 우리와 마주친 독일 군인들이 전쟁 물자가 필요하다며 수레 한 대와 말 두 마리를 가져가 버렸다. 그들이 우리가 대피 명령을 기다리지 않은 것을 눈감아 줬기 때문에 따져 물을 수도 없었다.

독일 군대는 모든 것을 징수했다. 자동차, 휘발유, 라디오, 가축, 식량. 독일군은 연합군의 무게를 이기지 못하고 침몰하고 있는 것이 분명했다. 하지만 이 지역 지도자인 에리히 코흐는 민간인들의 대피를 허락하지 않았다. 그래서 일부 사람들은 러시아 약탈자들의 무자비한 손아귀에 떨어지느니 차라리 총통을 거역하고 떠나는 쪽을 택했다. 우리처럼.

만약 신발 시인이 말한 저택이 존재한다면, 독일 군대에 뜯기고 강탈당해 껍데기만 남아 있을 가능성이 컸다. 아니면 한술 더 떠서 독일 군인들이 저택 안에 주둔하고 있을 수도 있었다. 그들은 우리에게 공식 대피 명령을 따르지 않은 것을 추궁할지도 모른다.

"곧 눈이 올 거예요."

잉리트가 조용하게 말했다.

신발 시인이 갑자기 걸음을 멈추더니 얼어붙은 도로를 지팡이로 두드렸다.

"아하! 바로 여기야!"

'여기'는 아무 곳도 아니었다. 우리가 멈춘 곳은 우리가 지난 몇 시간 동안 계속 맴돈 소나무 숲 근처였다.

신발 시인은 떠돌이 소년을 부르더니 숲속을 가리키며 소년의 귀에 뭐라고 속삭였다. 소년이 앞으로 달려나갔고 우리는 추위에 벌벌 떨면서 제자리에서 기다렸다.

"친애하는 에바 여사, 만약 내 말대로 정말로 저택이 있다면, 내게 사과할 건가요?"

신발 시인이 물었다.

"만약 저택이 있다면 당신과 함께 춤이라도 추지. 영감탱이 양반."

에바가 화난 목소리로 딱딱거렸다.

"가까이서 추는 춤이 좋겠소."

신발 시인이 고개를 끄덕였다.

"왈츠로 부탁해요."

떠돌이 소년이 갑자기 우리 앞에 있는 도로에 나타났다. 소년은 잔뜩 흥분한 채로 작은 몸을 위아래로 깡충거리면서 우리에게 손짓했다. 소년은 나무들 사이의 작은 틈 가운데 서 있었다. 그 뒤로 풀이 제멋대로 자란 좁은 진입로가 보였다.

"매우 영리하군! 진입로를 숨겨 놨어. 그 커다란 나뭇가지들을 치우렴, 얘야. 말과 수레를 몰고 가야 하니까."

떠돌이 소년은 신발 시인이 시키는 대로 나뭇가지를 치웠다. 우리는 작은 틈을 뚫고 나아갔고 좁은 길은 더 큰 길로 이어졌다. 우리가 모두 덤불 안으로 들어간 후에 신발 시인과 떠돌이 소년이 나뭇가지들을 원래 있던 자리에 놓아두었다.

"우리 발자국을 없애야 할까요?"

내가 물었다.

"걱정 붙들어 매. 눈이 발자국을 다 없애 줄 거야. 서둘러."

에바가 소리쳤다.

우리는 좁고 긴 길을 따라 터벅터벅 걸어갔다. 검고 키가 큰 나무들이 우리 주변을 에워싸고 있었다. 우리는 공터에 도착했다. 저 멀리 낮은 언덕에 큰 창문들과 여러 개의 굴뚝이 있는 우아한 저택이 보였다.

"젠장, 망했군."

에바가 속삭였다.

플로리안

잠시 걸음을 멈추고 목을 축이기 위해 눈을 집어 먹었다. 배낭에서 노트를 꺼내 이전에 스케치했던 지도를 보면서 내가 어디쯤 있는지 알아내려 애썼다. 지금쯤 나는 해안에 더 가까이 있어야 했다. 그렇지 않은가? 일단 얼음 호수에 다다르면 얼음판 위를 건너 보트로 갈 것이다. 헛간에 있던 무리와 같이 가야 했을까? 숲속을 걸어오면서 뜻하지 않게 목적지로부터 더 멀어진 것일까? 만약 그렇다면, 나는 러시아 군인들을 향해 직진하고 있는 것일지도 모른다.

갑자기 목 뒤가 아팠다. 다시 열이 났다. 나는 주머니에서 소시지 남은 것을 꺼내서 입안에 쑤셔 넣으려다가 소녀를 보았다. 폴란드 소녀는 눈밭에 털썩 앉아서 눈을 몇 움큼 째 먹고 있었다. 나는 혼자 있고 싶었다. 하지만 그때 또 여동생이 생각났다.

잭나이프를 꺼내 소시지를 반으로 잘랐다. 소녀를 향해 휘파람을 분 다음 소시지 조각을 던져 줬다. 소녀는 소시지를 받고 빙그레 웃었다. 소녀는 장갑 낀 작은 손으로 소시지를 감싸 쥐고 코로 냄새를 맡더니 입안에 집어 넣었다.

"고향이 여기예요? 동프로이센? 동프로이센 사람처럼 말하네요."

소녀가 물었다.

소녀의 분홍빛 볼이 분홍색 모자와 잘 어울렸다. 나는 소녀의 고향이 어디인지 알고 있고 거기에서 어떤 일이 벌어졌는지도 알고 있었다. 소녀는 알고 있을까?

"맞아, 동프로이센. 쾨니히스베르크."

내가 말했다. 소녀에게 진실을 말해 줄 수도 있었다. 사실 나는 쾨니히스베르크의 북동쪽에 있는 틸지트가 고향이다. 러시아 군인들이 틸지트를 점령했는지 궁금했다. 그리고 동프로이센이 어떻게 될지도. 동프로이센은 예전에 독일 왕국이었다. 리투아니아의 남쪽, 폴란드의 북쪽에 있으며 발트해와 맞닿아 있다. 스탈린은 이미 리투아니아를 점령했다. 동프로이센 역시 점령할 것이다.

소녀가 소시지를 씹으면서 티 없이 순진한 눈으로 나를 쳐다봤다.

"하일 히틀러?"

소녀가 나지막이 물었다.

나는 아무 말도 하지 않았다.

소녀는 하늘을 올려다봤다. 그러더니 하늘을 가리키면서 나무와 별 따위에 대해 이야기하기 시작했다.

나는 오늘 밤 소녀를 버릴 것이다.

알프레트

항구는 1분 1초가 지날수록 긴장감이 팽배해졌다.

독일의 최전선이 2주 전에 무너졌다는 소문이 돌았다. 나는 일시적인 현상이라고 동료들을 안심시켰다. 러시아 군대가 '강간과 약탈'이라는 중세 때의 군사 명령을 부활시켰다는 소문도 있었다. 그리고 지금, 그 무자비한 러시아 놈들이 점점 다가오고 있다. 피난민들이 항구를 향해 구름 떼처럼 몰려왔다. 공산주의자들로부터 필사적으로 도망쳐서. 집을 잃은 이 지친 영혼들은 수십만, 아니 수백만은 될 것이다.

독일 최고 사령부는 재빠르게 대규모 해상 탈출 작전을 짰다. 그들은 이 작전을 역사상 가장 위대한 군사 작전 중 하나의 이름을 따서 '한니발 작전'이라고 불렀다. 선박들로 이루어진 거대한 수송대가 서쪽으로 이동할 것이다. 부상 입은 독일 군인들을 가득 실은 병원 열차들이 항구를 향해 전속력으로 달려오고 있다.

고이아호, 우베나호, 로베르트 라이호, 우룬디호, 게네랄 폰 슈토이벤호, 한자호, 프레토리아호, 카프 아르코나호, 도이칠란트호, 그리고 빌헬름 구스틀로프호. 탈출 작전을 위해 곳곳의 항구에 배치된 배들이었다.

이 항해는 내가 태어나서 처음으로 하는 항해이다. 나의 첫 항해는 이미 내게 도전 과제들을 던졌다. 양손과 양 겨드랑이에 벌써부터 발진이 돋은 게 느껴졌다. 망할 놈의 공산주의자 놈들.

동료들은 계속해서 탈출 계획에 대해 말했다. 내 조언이 한 마디 필요한 것 같았다.

"시간이 충분치 않습니다. 수십만 명을 단 며칠 안에 등록하고 배에 태운다니요. 가능하지 않다고 생각합니다, 장교님."

내가 장교 중 한 명에게 말했다.

"안 되면 되게 해."

나는 앞으로 닥칠 광경을 상상하며 부두를 건너다봤다. 많은 사람이 해안으로 몰릴 것이다. 항구들은 아수라장이 될 것이다. 물론 독일 군인들이 가장 먼저 우선권을 가질 것이다. 절박한 피난민들은 분류 작업과 등록 작업을 거친 후 차례대로 탑승할 것이다. 수천 명의 피난민이 수레에 살림살이를 높이 쌓은 채로 이미 도착해 있었다. 그들은 초췌했고 눈밭에서 잠이 들기도 했다. 너무 배가 고파서 양초를 먹는 남자도 있었다.

"제발, 도와주세요."

내가 지나가자 그들이 애원했다.

이번에는 뭔가 해야 하지 않을까.

어쩌면.

몇몇만을 위해서라도.

나는 적들의 목록을 담은 노래를 불렀다.

"유-고-슬라비아인!"

전쟁이 끝난 후 하이델베르크의 집에 돌아간 내 모습을 상상해 봤다. 나를 에워싼 수많은 여자들과 아이들에게 내가 마대 자루에서 오렌지를 꺼내 조금씩 나눠 주는 것이다.

맞아요, 하넬로레. 여긴 매우 위험해요. 나는 이 땅을 깨끗하게 청소하는 매우 중요한 임무에 선발됐어요. 하지만 우리 같은 영웅들은 아침식사로 위험을 얹어서 먹지요. 별일 아니에요, 소중한 당신.

별일 아니다. 만약 탈출 작전이 실패하고 항구가 폭격을 맞는다면 50만 명이 넘는 사람들이 죽을 뿐이다.

바다 근처에서 우레 같은 '쿠쿵' 소리가 울렸다. 어떤 사람이 비명을 질렀다. 공포에 목이 죄여 금방이라도 숨이 넘어갈 것 같은 소리였다. 손가락이 씰룩거리기 시작했다. 오싹한 기운이 순식간에 휙 등골을 타고 올랐다.

에밀리아

프로이센 기사가 앞에서 걸어가고 있다. 그에게는 비밀이 있다.

내게도 비밀이 있다.

다리가 아팠다. 학교가 그리웠다. 나는 내 책상, 담임 선생님, 필통 속에 차분히 놓여 있던 막 깎은 연필 냄새를 사랑했다.

그날, 나는 수학 시험 때문에 불안해하며 학교에 도착했다. 엄마는 내가 아빠를 닮아서 자연과 숫자라면 사족을 못 쓴다고 놀리곤 했다. 학교 운동장을 향해 걸어가는데 어떤 장면이 보였다. 책상들과 의자들이 화물차에 쌓여 있었고 교과서 무더기가 불타고 있었다. 선생님 한 분이 울고 있는 나를 향해 뛰어왔다.

"서둘러, 에밀리아. 어서 집에 가. 그들이 학교를 폐쇄했어."

"왜요?"

내가 화물차를 향해 걸어가며 물었다.

"잠깐만요, 책상 안에 제 물건들이 있어요."

"안 돼. 얼른 집으로 뛰어가, 에밀리아."

선생님이 흐느끼며 말했다. 선생님의 뺨 위에 눈물이 흘러내렸다.

나치는 폴란드인인 내게 교육이 필요하지 않다고 했다. 폴란드 학교들은 폐쇄되었다. 우리의 책상과 학습 장비는 독일로 이송됐다.

독일 소녀가 책상 서랍에서 내 소중한 보물들을 발견했을까?

나치는 폴란드인들이 독일인들의 노예가 될 거라고 말했다. 그들은 우리가 숫자를 세고 자기 이름만 쓸 줄 알면 된다고 생각했다. 아빠는 르보프 수학 대학원의 교수였다. 아빠는 아이들에게 읽기, 쓰기, 연산을 가르치지 않아도 된다는 생각에 절대 동의하지 않았다. 나치는 폴란드어로 된 책들을 불태워 버렸다. 하지만 나는 읽는 법을 매우 어릴 적에 배웠다. 나치는 내게서 그 능력을 결코 빼앗아 갈 수 없었다.

음식, 휴식, 포근한 침대, 따뜻한 담요에 대해 생각하며 걸었다. 하지만 건초 더미와 감자 한 개면 족할 것이다. 눈이 내리고 있었다. 모든 것이 깨끗해 보였다. 새하얀 눈이 새카만 진실을 덮었다. 마치 지저분한 테이블 위에 잘 다림질한 하얀 테이블보를 덮어 둔 것처럼, 혹은 얼룩진 매트리스 위에 막 세탁한 빳빳한 침대 시트를 깐 것처럼.

대자연.

자연 또한 전쟁이 내게서 빼앗아 가지 못한 한 가지이다. 나치라도 바람이나 눈을 막을 수는 없었다. 러시아라도 태양이나 별을 빼앗을 수는 없었다.

나는 발걸음을 늦추고 숲속으로 걸어 들어갔다. 잠시 자연을 위안 삼으면 기분이 나아질 것 같았다. 기사는 걸음을 멈추지 않았다. 땅바닥에 쭈그리고 앉아 웅크리고 있는데 무언가가 보였다. 군복을 입은 군인이 숲에서 슬며시 나오더니 기사 뒤로 다가갔다.

그에게는 총이 있었다.

그가 총을 겨눴다.

나는 벌떡 일어나서 비명을 질렀다.

'탕.'

플로리안

'탕.'

나는 맨 먼저 소녀를 보고, 그다음 벌떡 일어서는 소녀의 다리를 보고, 그다음 소녀가 총을 빼 드는 모습을 봤다. 그리고 한 군인이 어깨를 관통당한 채로 땅바닥에 누워 몸부림치는 모습을 봤다. 그가 권총을 들었지만 내가 더 먼저 쐈다.

총을 쏘자 반동으로 머리가 울렸다. 나는 황급히 숲 쪽을 훑어봤다. 또 다른 군인이 있을까?

군인으로부터 권총을 멀리 걷어찬 다음 잽싸게 그의 배낭에서 탄약, 식량, 신분증, 휴대용 물통을 꺼냈다. 뭔가 잘못됐다. 매우 잘못됐다.

내가 폴란드 소녀에게 속삭였다.

"독일 군인이야. 러시아 군인이 아니라."

빠르게 주변을 살폈다.

"서둘러. 누군가 총소리를 들었을 거야."

나는 물품들을 챙겼다.

"뛰어야 돼. 이것들을 주머니에 넣어."

소녀에게 물품들을 건넸다.

하지만 소녀는 반응을 보이지 않았다. 소녀는 얼어붙은 채로 우두커니 서 있었다. 분홍색 장갑을 낀 손으로 권총을 든 채 온몸을 덜덜 떨고 있었다.

내가 소녀에게 주었던 러시아 군인의 권총이 소녀의 손에서 눈밭으로 툭 떨어졌다.

요안나

우리는 언덕을 행군하듯 걸어 올라가 저택으로 향했다. 오늘 밤은 눈으로부터 우리를 지켜 줄 두꺼운 벽, 따뜻한 난롯불, 튼튼한 지붕이 있는 곳에서 머무를 수 있을 것이다.

"내가 기억하는 그대로야. 대단해! 둘레를 빙 돌아서 뒤로 걸어가야 해. 거기에 부엌 입구가 있을 거야."

신발 시인이 말했다.

나는 잉리트에게 그림을 그리듯 저택을 설명해 줬다.

"베이지색 돌로 지어진 집이야. 커다랗고 기다란 창문들이 1층과 2층에 줄줄이 있어. 다이아몬드 모양의 벽에 출입구가 있어."

잉리트가 내 팔을 와락 움켜잡았다.

"맘에 안 들어요."

잉리트가 속삭였다.

"맘에 안 들게 뭐 있어? 잠시 머물 곳인데."

잉리트는 코를 들고 주변의 공기를 들이마셨다. 아무 대답도 하지 않았다.

우리는 저택의 뒤편에서 눈 덮인 정원 울타리를 지나갔다. 그런데 신발 시인이 갑자기 걸음을 멈췄다. 높은 유리문들이 산산조각

난 채로 정원을 향해 활짝 열려 있었다. 다 찢어진 커튼이 축 늘어진 혓바닥처럼 바람에 나부꼈다. 안뜰에는 옷가지, 깨진 그릇, 신발, 책 같은 물건들이 여기저기 흩어져 있었다. 한쪽에는 망가진 유모차가 눈에 뒤덮인 채로 나동그라져 있었다.

떠돌이 소년이 한 발짝 다가섰다. 나는 떠돌이 소년을 팔로 감쌌다.

"미안하지만, 다들 뭘 기대했어? 하인들이 공손히 맞아 줄 거라고 생각한 거야?"

에바가 깔깔거리더니 어깨를 으쓱한 다음 안으로 걸어 들어갔다.

에바의 말이 맞았다. 온전한 것은 아무것도 없었다. 지역 전체가 망가지고, 폭격받고, 약탈당했다. 어떻게 다른 것을 기대할 수 있단 말인가? 우리가 안으로 들어가자 추레한 현관문이 차가운 겨울바람에 쾅 하고 닫혔다.

저택의 1층은 천장이 높은 5개의 커다란 방으로 나뉘어 있고 각 방은 높은 여닫이문으로 연결돼 있었다. 정원과 맞닿은 서재에 서 있으니 집의 반대편이 건너다보였다. 바닥에서 천장까지 닿는 책꽂이들이 서재의 사방을 둘러싸고 있었다. 존엄성이 짓밟힌 책들이 서재 바닥에 수북이 쌓여 있었다. 우리는 책 무더기 위를 뛰어넘은 후 방을 빠져나갔다.

"잠잘 방을 골라 보자. 현관문에서 가까운 곳으로. 그리고 불을 피워서 따뜻하게 덥혀야지."

에바가 사람들을 지휘했다. 그리고 집의 중간쯤에 멈춰 섰다.

"여기면 될 것 같아."

"부엌은 어디죠? 먹을 거나 마실 게 있을지도 몰라요."

내가 물었다.

"그래."

에바가 한숨을 쉬었다.

"마실 거."

에바가 신발 시인에게 벽난로를 피울 수 있도록 나무나 종이를 보이는 대로 긁어 오라고 시켰다.

"책들은 안 돼요. 제발요, 시인 아저씨."

내가 속삭였다.

신발 시인이 고개를 끄덕이며 내 팔을 토닥거렸다.

"이들 물건엔 손대지 않을 거야."

나는 가방을 내려놓고 집안 여기저기를 걸어 다녔다. 아수라장이 된 와중에서도 고고히 빛나는 고풍스러운 화려함에 넋을 잃었다. 1층 맨 끝에 다다르니 식당이 있었다. 작은 그림자가 보였다. 떠돌이 소년이 기다란 식탁 옆에 고개를 숙이고 우두커니 서 있었다. 나는 가만히 다가가서 소년이 뭘 보고 있는지 넘어다봤다.

곰팡이가 핀 빵이 담긴 바구니가 식탁 중앙에 있었고 갈색 쥐들이 들러붙어 있었다. 먼지투성이 테이블보 위에는 반쯤 먹다 만 수프가 말라붙어 있었다. 모두 숟가락이 꽂힌 채였다.

그들은 저녁 식사도 마치지 못한 것이다.

플로리안

죽은 독일 군인을 우거진 숲 안으로 끌고 간 후 눈으로 덮었다. 하지만 누군가가 그를 발견한다면 어떻게 될까? 나는 권총을 움켜잡고서 나무 사이로 불빛이 있는지 살펴봤다. 모닥불 냄새를 길잡이 삼아 재빨리 숲속을 헤쳐 나갔다. 미리 알아차렸어야 했다. 오늘은 너무 조용했다. 폴란드 소녀는 권총을 보고 그가 나를 쏘려고 한다고 생각했다. 소녀는 자신이 나를 보호하고 있다고 생각했다.

소녀가 뒤를 따랐다. 오른쪽으로 고개를 돌리자 숨을 참는 소리가 들렸다. 울음을 삼키려고 애쓰고 있었다. 내 여동생 아니도 아버지가 자신을 북쪽 먼 곳으로 보내던 날 이와 똑같았다. 아니는 울지 않으려 애썼다. 아니는 한 손으로 입을 막아 숨을 참고 다른 한 손으로는 여행 가방을 든 채 떠났다.

이 기억을 떠올리자 꿰맨 상처가 욱신거렸다. 연기 냄새가 났고 이게 휴식처의 신호이기를 바랐다. 만약 지금 휴식을 취하지 못한다면 내일 그다지 멀리 움직이지 못할 것이다.

우리는 숲을 빠져나왔다. 그때 폴란드 소녀가 어딘가를 가리켰다. 저 멀리 저택 하나가 얼어붙은 땅덩어리 위에 서 있었다. 불은 하나도 켜져 있지 않았지만 굴뚝에서 연기가 드문드문 피어올랐다. 잿빛 하늘보다 더 잿빛이었다.

함정일까? 따뜻한 집으로 이어지는 얼어붙은 목초지가 지뢰밭일지도 몰랐다.

소녀가 내게 가까이 다가섰다. 나도 소녀와 똑같이 걱정됐다. 저 집에 독일 군인들이나 러시아 군인들이 머물고 있다면 어떻게 될까? 어느 쪽이든 문제다. 러시아 군인들은 나를 죽이거나 포로로 삼을 것이다. 독일 군인들은 내가 군복을 입고 있지 않은 이유를 캐물을 것이다.

두 쪽 다 소녀에게 어떤 짓을 할지는 상상조차 하고 싶지 않았다.

"나무들을 따라 더 가까이 가 보자. 누가 있는지 볼 수 있을 거야."

내가 속삭였다.

한 가지는 확실했다. 친절한 노부부가 응접실에서 담배를 피우고 뜨개질을 하며 저녁 시간을 즐기고 있을 리는 없었다.

에밀리아

우리는 저택을 향해 걸어갔다. 한 걸음 한 걸음을 뗄 때마다 점점 고통이 커졌다.

내가 그를 쐈다. 내가 사람을 쐈다. 기사는 나를 구해 줬고 이번엔 내가 기사를 구해 줬다. 그런데 왜 기분이 나아지지 않는 걸까?

총소리가 내 마음속 기억의 솔기를 뜯어 버렸다. 버려진 기억들이 새어 나와 뚝뚝 떨어지고 있었다.

부츠. 비명. 산산조각 나는 유리. 총소리. 숲에 쌓인 해골 더미.

기억들을 밀어내려고 애썼다. '제발 사라져.'

하지만 기억들은 움직임을 멈추지 않았다. 기억들이 나를 향해 더 빠르게 밀려들었다. 점점 더 빠르게.

작은 아기 오리들이 머리를 물속에 잠그고 있네.
머리를 물속에 잠그고 있네.
작은 아기 오리들이 머리를 물속에 잠그고 있네.
오, 사랑스러운 작은 아기 오리들.

타는 듯한 통증이 몸을 꿰뚫었고 나는 눈밭에 무너졌다.

요안나

신발 시인은 빨갛게 달아오른 벽난로 앞에 앉아서 난로에서 긁어 낸 램프 그을음으로 부츠에 광택을 냈다. 떠돌이 소년도 신발 시인을 골똘히 보더니 자신의 작은 부츠를 닦았다.

난롯불이 치지직 하는 소리와 펑 하는 소리를 내며 훨훨 타올랐다. 열기가 내 얼굴 앞에서 일렁였다. 눈부시게 아름다웠다. 나는 스카프로 머리를 둘러싸고 코트의 단추를 잠갔다.

"만약 떡갈나무를 발견한다면 나무껍질을 끓여서 물집을 어느 정도 치료할 수 있을 거예요."

내가 신발 시인에게 말했다.

"나도 같이 갈게."

"쉬세요. 힘을 아껴 두셔야죠."

"나는 청년처럼 건강하다고, 아가씨."

그가 모직 바지를 둘둘 말아 올린 다음 앙상한 다리를 보여 줬다. 다리는 하얀색으로 뒤덮여 있었다.

"구두장이의 비밀이란다."

그가 떠돌이 소년에게 말했다.

"흰색 구두약에는 수은이 들어 있거든. 관절염을 퇴치해 주지. 정말로 청년처럼 건강하다고."

떠돌이 소년도 자기 바지를 말아 올리고 자신의 자그마한 다리를 살폈다. 신발 시인은 미소를 지으면서 소년의 머리를 쓰다듬었다. 노인은 여전히 힘이 넘쳤다. 그는 비탄과 상실의 짐에 깔려서 찌그러지기를 거부했다.

"조심하렴, 요안나."

그가 내게 말했다.

어두컴컴한 복도를 지나서 유리문이 박살 난 서재로 돌아갔다. 책 한 권이 펼쳐진 채로 놓여 있었다. 얼음 같은 바람에 페이지가 휙휙 넘어가고 있었다. 나는 허리를 굽히고 책을 집어 들었다. 책 표지에 적힌 이름을 보자 죄책감에 가슴이 욱신거렸다.

찰스 디킨스. 할머니는 리나와 나에게 크리스마스 선물로 찰스 디킨스의 소설을 주셨다.

리나. 내가 무슨 짓을 한 걸까?

나는 책을 테이블 위에 다시 올려 두고 추운 바깥으로 나가 나무들을 향해 걸어갔다. 숲과 저택 사이의 중간쯤 되는 눈밭에 시커멓고 흐리게 보이는 두 사람이 앉아 있었다. 분홍색 모자 아래로 땋은 금발 머리가 흔들리는 게 보였다. 폴란드 소녀와 파편이 박혀 있던 독일 청년이었다. 나는 그들 쪽으로 다가갔다.

"우리 뒤를 밟은 거예요?"

내가 소리 높여 물었다.

"서둘러요. 소녀에게 일이 생겼어요."

그가 소리를 질렀다.

헐레벌떡 뛰어가 보니 에밀리아가 눈밭에 앉아 있었다. 턱을 툭 떨어뜨린 채였다.

"무슨 일이야?"

내가 소녀에게 물었지만 소녀는 대답하지 않았다.

"쇼크를 일으킨 것 같아요. 숲속에서 군인을 직접 쐈거든요. 꼼짝도 안 해요."

그가 말했다.

나는 소녀 옆에 무릎을 꿇고 앉았다. 소녀는 재빨리 양팔로 자신의 몸을 감싸면서 내게서 떨어지려고 했다.

"괜찮아. 에밀리아. 뭐가 문제인지 말해 줘. 내가 도와줄게."

내가 말했다.

"일단 안으로 들어가자."

소녀는 움직이려 하지 않았다. 대신 눈밭에 드러누워서 코트의 단추를 풀기 시작했다.

나는 소녀가 단추를 푸는 것을 돕고 나서 겹겹이 껴입은 옷들을 살폈다. 그리고 헉하고 숨을 쉬었다.

"오, 하느님."

플로리안

우리는 소녀를 데리고 저택 안으로 들어갔다. 구역질이 올라왔다. 폴란드 소녀는 내 여동생과 같은 나이였다. 도대체 인간들이 무엇으로 변한 것이란 말인가? 전쟁이 우리를 악마로 만들었을까? 아니면 우리 안에 숨어 있던 악마를 깨운 것일까?

오늘 하루는 허탕이었다. 나는 그녀의 무리보다 더 먼저 출발했지만 그들이 나보다 더 먼저 도착해 있었다. 한심하다.

내 감각은 정상이 아니었다. 심지어 숲속에서 살해당할 뻔했다. 그리고 지금 내 목숨을 구한 15살짜리 아이가 죽어 가고 있다.

예쁜 간호사 여자는 소녀를 다독이며 뭐라고 속삭였다. 나는 그녀를 보고 있었다. 몇 분 후, 간호사 여자가 내 옆에 다가왔다. 그리고 내 어깨를 가볍게 툭 쳤다.

"불에서 떨어져요."

그녀가 말했다.

"추워요."

"열이 나서 추운 거예요. 불에서 떨어져요."

그녀는 나를 데리고 신발 시인이라고 불리는 남자 앞을 지나갔다. 그와 작은 남자아이는 스타킹만 신고 있었다. 그들의 부츠는 벽에 등을 대고 가지런히 놓여 있었다. 두 켤레 모두 거울같이 반짝거렸다.

작은 남자아이가 나를 향해 손을 흔들었다.

"안녕하세요, 난 클라우스예요."

소년이 자신을 소개했다. 나는 소년에게 조심스레 윙크를 했다. 소년이 미소를 지었다.

"여기 앉아요."

간호사 여자가 말했다.

나는 그녀와 있는 것이 불편했지만, 그녀가 있어서 마음이 놓이기도 했다.

"이름이 뭐라고 했죠?"

내가 그녀에게 물었다.

"요안나. 당신 이름은 뭐라고 했죠?"

나는 입을 떼려다가 간신히 정신을 차렸다. 그녀의 입술에 웃음기가 서렸다. 나를 보고 웃고 있는 건가? 내가 자신의 가방에서 뭔가를 가져갔다는 걸 알고도 여전히 나를 보고 웃을까?

"꿰맨 곳을 보고 싶어요. 셔츠를 벗어요."

그녀가 말했다.

부적절한 농담이 머릿속에 떠올랐다. 하지만 그녀는 나를 보고 있지 않았다. 그녀의 시선은 폴란드 소녀에게 고정돼 있었다. 그녀는 깊게 인상을 썼다.

"소녀가 이겨 낼 수 있을까요?"

셔츠의 단추를 풀면서 물었다. 그리고 곧바로 후회했다. 나는 소녀에게 신경 쓸 여유가 없었다. 소녀는 그저 전쟁이 낳은 또 하나의 비극일 뿐이다.

간호사 여자가 나를 향해 고개를 돌렸다.

"소녀의 생존은 당신에게 달려 있어요. 당신이 어떻게 하나 지켜 보죠."

그녀는 조심스럽게 붕대를 풀어 상처를 살폈다.

"음, 생각했던 것만큼 나쁘지는 않네요."

"나는 소녀를 돌볼 수 없어요. 이미 예정보다 늦어졌어요."

내가 말하자 그녀가 무릎을 꿇고 앉았다. 그녀가 들릴락 말락 하는 소리로 말했다.

"러시아군이 이 지역을 포위했어요. 탈출 경로는 두 가지뿐이죠. 고텐하펜의 항구를 통해서 탈출하거나, 필라우의 항구를 통해서 탈출하거나. 우리 모두 똑같은 곳으로 가고 있어요. 함께 여행한다면 더 안전할 거예요."

그녀가 내 셔츠의 단추를 잠글 때 차가운 손가락이 내 가슴팍을 스쳤다.

그녀는 아무것도 몰랐다. 그 누구도 나와 같이 있으면 '더 안전하지' 못할 것이다.

"귀엽네."

에바가 난롯가에서 매머드처럼 거대한 발을 쭉 뻗으며 말했다.

"어리고요."

"나한텐 어리지. 하지만 너한테 어린 건 아냐. 몇 살일까? 19살? 20살 정도? 봐, 저 청년이 너를 뚫어지게 보잖아."

그를 흘낏 건너다봤다. 그가 눈길을 돌렸다. 에바의 어림짐작이 맞는 것 같았다. 잉리트의 말도 맞았다. 그의 눈동자는 회색이었다. 나는 남자아이들과의 성적이 그다지 좋지 못했다. 별로인 남자를 고르는 데 천부적 재능이 있는 것 같았다.

"하지만 그에겐 뭔가 이상한 점이 있어. 스파이일지도 몰라."

에바가 말햇다.

잉리트의 말이 생각났다. '그는 도둑이에요.'

에바는 망가진 의자에 등을 기댔다.

"하지만 스파이라도 여자를 따뜻하게 해 줄 순 있지. 안 그래?"

에바가 방을 이리저리 살폈다.

"나치가 이곳을 망가뜨렸어. 분명 아름다운 곳이었을 텐데."

내가 고개를 끄덕였다.

"이제 나치는 오래된 프로이센 귀족들을 절대 신뢰하지 않아, 그렇지?"

에바의 말이 맞았다. 프로이센 귀족들은 다른 독일인들과 잘 섞이지 못했다. 그들을 부르는 말인 '융커'는 '젊은 신사'라는 뜻이다. 프로이센 귀족들은 독일 군대에서 복무하며 자신들의 땅과 작위를 위해 싸웠다. 하지만 그들은 히틀러의 이념과 맞지 않았다. 지난 6월, 프로이센인들은 히틀러 암살 기도 사건에 가담했다. 계획은 실패했고 융커들은 처형당했다.

"그런데 소녀에게 무슨 일이 생긴 거야? 탈진? 아니면 자기 아빠가 더 이상 수학 연구를 못 하게 됐다는 사실을 알게 된 건가. 미안하지만."

에바가 물었다.

나는 고개를 흔들었다.

"아주머니가 소녀에게 은밀히 물어봐 주세요. 소녀를 도우려면 자세히 알아야 해요. 그래 줄 수 있죠?"

"왜 내가 그래야 하지?"

"아주머니가 우리보다 폴란드어를 더 많이 아니까요."

"겁에 질린 것처럼 보여."

에바가 말했다.

"아마 그럴 거예요. 임신 8개월이거든요."

에밀리아

리투아니아 여자는 마음에 들었다. 하지만 에바라고 불리는 꺽다리 여자는 엉터리 폴란드어를 구사하는 데다 성질도 급해 보였다. 그렇게 키가 큰 여자는 처음 봤다.

"그건, 네메르스도르프에서 그런 거니?"

에바가 내 배를 가리켰다.

"아니요. 지난봄에 농장에서요."

내가 그녀에게 말했다.

"농장?"

고개를 끄덕였다. 그녀에게 말해야 할까? 우리 아빠가 나를 폴란드에서 동프로이센으로 보냈다고 설명해야 할까? 농장 주인은 아빠의 친구인 클라이스트 씨라고 말해야 할까? 아빠는 내게 그곳이 더 안전할 것이라고 말했다. 클라이스트 부부는 아우구스트라는 이름의 아들이 있었다. 그를 떠올리자 뺨이 발그레 달아올랐다.

클라이스트 씨가 나무 썰매를 끌고 오는 그을린 피부의 소년을 가리키며 말했었다.

"에밀리아, 우리 큰아들 아우구스트야."

그의 잘생긴 얼굴을 떠올리자 자연스레 입가에 미소가 돌았다.

나는 배에 양손을 얹었다.

"저는 아우구스트를 만나러 가는 길이에요. 그게 계획이에요."

에바는 고개를 끄덕이더니 자리를 떴다.

나는 누워서 아우구스트, 결혼식, 그리고 우리 집 위에 황새를 위한 둥지를 어떻게 지을지 생각했다. 헛간 지붕에서 본 둥지 같은. 상상의 그림들이 너무 평화롭고 완벽해서 이내 잠에 빠져들었다.

알프레트

안녕, 사랑하는 하넬로레!

여긴 강추위가 계속되고 있고 나는 영하 15도의 기온에 용감히 맞서고 있어요. 건물 밖으로 나갈 때마다 속눈썹이 얼어붙어요. 물론 이런 날씨는 부드러운 피부를 가진 여성들에게 좋지 않아요. 그래서 나는 당신이 집에서 스타킹을 빨거나 욕조에 물을 채우는 모습을 생각하는 게 더 마음이 편해요.

오늘은 새로운 뉴스가 있어요. 나는 빌헬름 구스틀로프호에 승선하게 됐어요. 이 항구에서 가장 인상적인 배예요! 엄청나게 커다란 배죠. 길이가 208미터에 높이가 56미터예요. 게다가 건조된 지 8년밖에 안 됐어요. 정말 아름다워요. 유람선 여행을 위해 만들어진 여객선이어서 당신이 좋아할 만한 편의 시설들을 갖추고 있어요. 수영장, 격식을 차린 식당, 무도회장, 도서관 같은 게 있죠. 하지만 이게 다가 아니에요. 다음 얘길 들으면 귀를 쫑긋 세울 수밖에 없을 거예요. 심지어 영화관, 음악 감상실, 미용실, 유리로만 에워싸인 산책갑판도 있어요. 상상이 되나요? 선실은 다 똑같이 생겼어요. 총통만을 위해 만들어진 호화로운 개인 스위트룸만 빼고요. 언젠가 나는 그 개인 선실에 초대받겠지요. 하지만 거절할 거예요. 이건 희생이에요. 로레, 나는 이런 식의 희생을 날마다 하고 있답니다. 다른 사람들에게 내가 가진 걸 양보하는 거예요.

구스틀로프호는 한때 매우 아름다운 유람선이었을 거예요. 하지만 이제는 전쟁 물자로 동원된 터라 전체를 진한 회색으로 페인트칠 했어요. 한때는 병원선으로 사용됐지만, 가장 최근에는 잠수함 훈련소 숙소로 사용됐어요. 상관없어요. 이제 내 배니까요.

그래요. 웅장한 배를 타고 항해하는 특권을 누리다니 나는 정말 운이 좋아요. 내 나이 또래 다른 녀석들은 탱크 참호나 파는데 말이에요. 해야 할 일이 산더미여서 이만 줄여야겠어요. 그렇지만 마지막으로 가장 놀라운 사실 하나를 알려 줄게요. 구스틀로프호의 수용 인원은 1,463명이에요. 하지만 우리는 2천 명이나 태울 거라고 들었어요. 상상해 봐요, 내 사랑. 당신의 알프레트가 2천 명의 목숨을 구하는 거예요.

"화장실 청소 다 했나, 프리크?"

"아직입니다."

내가 대답했다.

플로리안

구석에 앉아서 그들을 지켜봤다. 식량이 많진 않았지만, 그들은 가진 것을 전부 나눴다. 작은 소년이 바닥을 가로질러 오래된 축음기를 끌고 왔다. 소년은 음반도 하나 발견했다. 사라 레안데르라는 이름의 스웨덴 신인 여배우가 부른 노래였다. 그들은 음반을 반복해서 틀었다. 땅딸막한 구두장이는 결국 거인 여자가 자신과 춤을 추게 만들었다. 그는 나이에 비해 춤을 잘 췄다. 거인 여자보다 훨씬 나았다.

나도 춤을 췄던 기억이 났다.

랑게 박사는 내게 자신의 딸을 데리고 무도회 두 곳에 가 달라고 부탁했다. 유감스럽게도 나는 그녀보다 춤을 더 잘 췄고 그것 때문에 그녀는 화가 났다. 딱따구리 같은 코를 가진 이기적인 여자였다.

간호사가 나를 향해 걸어왔다.

"콩 수프밖에 없지만 그래도 따뜻해요."

그녀가 컵을 내밀었다.

"소녀에게 주세요."

"이미 먹었어요. 들어요. 뭔가 먹지 않는다면 내일 더 힘들 거예요."

나는 컵을 받아 들었다. 앉으란 말도 하지 않았는데 그녀가 내 옆에 앉았다.

"전에 이 노래를 들은 적이 있어요. 독일어로 노래한다는 건 아는데 가사 뜻을 정확히 모르겠어요."

그녀가 말했다.

따뜻한 수프를 숟가락으로 떠서 입에 넣었다.

"아직 세상이 끝나지 않았다고 노래하고 있어요."

간호사 여자는 무릎을 세워 앉은 다음 무릎에 턱을 기댔다.

"알게 돼서 좋네요. 음악 듣는 일은 근사해요. 병원에 근무할 때 가끔 환자들을 위해 음악을 틀어 줬어요. 군인들은 '릴리 마를렌'이라는 노래를 좋아했어요."

그녀가 나를 쳐다봤다.

"그 노래 알아요?"

"아니요."

나는 거짓말을 했다.

"아름다운 노래예요. 자신의 연인을 간절히 보고 싶어 하는 한 남자에 대한 노래죠."

굳이 그녀의 얘기를 바로잡고 싶진 않았다. 그 노래는 제1차 세계대전에 한 독일 군인이 쓴 시를 바탕으로 한 노래였다. 가로등 아래에서 자신의 연인을 만났던 것에 관한 노래였다. 그는 전쟁터로 떠났다. 그는 참호 안에서 손전등을 보며 자신의 연인인 '가로등의 릴리'를 떠올린다.

"당신은 춤추는 걸 좋아하죠?"

그녀가 말했다. 질문이라기보다는 확신에 가까웠다.

"나요? 아니요."

신발 시인이 우리를 향해 미끄러지듯 움직여 왔다.

"이리 와요, 소중한 리투아니아 아가씨. 함께 춤추자."

그가 자신의 우툴두툴한 손을 간호사 여자에게 내밀었다.

"가수가 뭐라고 노래하는지 아니?"

"물론이죠. 아직 세상이 끝나지 않았다고 노래하고 있잖아요."

그녀가 미소를 지었다.

"훌륭해! 춤추며 축하하자. 오늘 밤엔 귀족처럼 잘 수 있을 거야."

신발 시인이 말했다.

"귀족이 차가운 바닥에서 잤을 것 같진 않은데요."

간호사 여자가 내게 속삭인 다음 신발 시인이 내민 손을 잡았다. 나는 웃음을 터뜨렸다. 그녀와 계속 이야기 나누고 싶었다. 하지만 그 대신 입을 꾹 다물었다.

신발 시인은 두 눈을 감은 채 그녀를 안고서 방을 빙글빙글 돌며 춤추었다. 아마 그는 젊었을 때 많은 아름다운 여자들과 춤췄을 것이다. 그는 현명하고 친절한 어른처럼 보였다.

그가 밤늦도록 석유램프 옆에서 가죽을 자르고 꿰매는 모습을 상상했다. 아마도 그는 수습생을 고용했을 것이고 정직한 거래에 대해 가르쳤을 것이다. 거짓말로 나를 속였던 랑게 박사와는 달리.

랑게 박사는 나를 쉬운 먹잇감으로 생각한 게 분명하다. 나는 매우 열정적이었다. 오래된 그림들에 사로잡혀서 그들이 자신의 비밀을 들려줄 때까지 며칠이고 쳐다보곤 했다. 랑게 박사는 변색된 광택제를 조심스럽게 녹이고 지우는 법을 가르쳐 줬다. 나는 골동품 표면에 어울리는 안료와 착색 기법을 공부했다. 우리는 옛 거장들이 진짜 석고 가루를 만드는 데 사용한 방법들을 알아내려고 몇 달이고 실험했다. 나는 빨리 배웠다. 곧 온갖 갈라진 패턴과 모든 캔버스와 나무틀의 유형을 알아보게 됐다. 랑게 박사는 화가가 다시 색칠한 작품인지, 모조품인지, 화가가 수정한 작품인지를 내가 얼마나 빨리 알아내는지 보고는 감탄했다. 내가 복원한 작품은 아무도 알아차리지 못한 채로 항상 무사히 통과했다.

"너무 아름다워, 플로리안."

랑게 박사는 내 어깨너머로 속삭였다.

"내 아들. 너는 총통의 일급 기밀이야."

'내 아들.' 역겨움에 배가 뒤틀렸다. 나는 얼마나 바보였나. 결함이 있는 그림은 그렇게 빨리 알아차리면서도 랑게 박사에 대한 진실을 알아내는 데는 왜 그리 오래 걸린 것일까?

노래가 끝났고 간호사 여자가 돌아와서 내 옆에 앉았다. 나는 일어서서 배낭을 어깨에 걸쳤다.

"제대로 작동하는 변기는 없겠죠?"

"배낭은 두고 가도 돼요."

그녀가 나를 올려다봤다. 갈색 눈에 진심이 어려 있었다.

"아무도 안 가져갈 거예요."

나는 배낭을 두고 가지 않을 것이다. 절대. 거기에는 나의 물건,

나의 노트, 나의 미래, 나의 복수가 들어 있기 때문이다. 돌로 된 바닥을 가로질러서 그녀로부터 멀어졌다. 내가 출입구 근처에 갔을 때 신발 시인이 손을 들어 나를 멈춰 세웠다.

"뭘 원해요?"

내가 물었다.

그가 나를 응시하더니 이어서 내 부츠를 내려다봤다.

"신발은 모든 걸 이야기해 주지."

그가 속삭였다.

내 부츠의 굽. 내가 방을 가로질러 걸어갈 때 걸음 소리를 듣고 굽의 속이 텅 비었다는 걸 알아차린 것이다.

그가 알았다.

요안나

잉리트는 조용히 앉아 머리를 땋았다.

"언제쯤 얼음 호수에 도착할까요?"

그녀가 물었다.

얼음 호수. 우리가 오랫동안 힘들게 걸어가고 있는 목적지이다. 만약 우리가 얼어붙은 비슬라만을 건넌다면 띠처럼 좁고 긴 땅을 걸어 내려가서 필라우나 고텐하펜으로 갈 수 있을 것이다. 그리고 필라우와 고텐하펜에서는 배들이 출항을 기다리고 있을 것이다.

"신발 시인이 프라우엔부르크까지 하루면 간다고 했어."

내가 그녀에게 말했다.

"거기에서 얼음 호수를 건너는 거예요?"

잉리트가 물었다.

"응."

잉리트의 손가락이 움직임을 멈췄다.

"불안하군요?"

불안했다. 사람들이 사는 마을에 더 가까워질수록 만나게 되는 군인들과 부상자들도 더 많아질 것이다.

"만약 군인들이 있다면, 속일 수 있을까요?"

잉리트가 속삭였다.

"붕대로 속일 수 있을 거야."

내가 잉리트에게 말했다.

잉리트가 걱정하는 데는 이유가 있었다. 히틀러는 선천적으로 눈이 보이지 않거나 장애가 있는 아이들을 열등한 존재로 여겼다. 이들은 '쓰레기 아이들'이라고 불렸다. 즉 삶을 살아갈 가치가 없다고 여겨졌다. 이들의 이름은 공인 등록소에 등록되었다. 인슈터부르크의 의사는 이 사람들이 살해당할 것이라고 말했다. 그때부터 우리는 장애가 있는 곳에 붕대를 감아서 부상자인 양 행세하게 했다.

"아마 오늘 밤엔 눈에 붕대를 감아야 할 거예요. 군인들이 갑자기 들이닥칠지도 모르니까요."

잉리트가 침착하게 말했다.

"응, 그렇게 할 거야."

손을 뻗어서 잉리트의 어깨를 토닥거렸다.

"뭐 쓸 만한 게 있나 좀 보고 올게."

"조심하세요."

잉리트가 말했다.

나는 잠에 빠진 사람들 사이로 지나가서 높고 무거운 출입문을 밀고 밖으로 나갔다. 오래된 여닫이문이 움직이면서 깊고 으스스한 신음을 냈다. 버려진 저택의 공기는 차갑고 고요했다. 살고 있는 사람이 없어서 그런지 오랫동안 죽어 있던 느낌이었다. 누군가의 집과 소유물들을 헤집고 다니는 일이 범죄를 저지르는 일처럼 느껴졌다.

제복을 입은 노인의 초상화가 회반죽으로 바른 벽에 삐뚤게 걸려 있었다. 이 저택에는 어떤 가족이 살았을까? 프로이센 귀족들은 딱딱하고 오만하다는 평판이 있었다. 하지만 부당한 일반화 같았다. 나는 인슈터부르크에서 매우 친절한 프로이센 가족을 만났었다. 많은 프로이센 귀족들은 성 앞에 '~의'나 '~출신인'을 의미하는 전치사 '폰'을 붙였다.

나는 초상화를 쳐다봤다. 만약 내가 프로이센 귀족이었다면 내 이름은 요안나 폰 필카스가 됐을 것이다. 늑대의 요안나라는 뜻이다.

귀족 살인자.

어둑한 홀에 있는 곡선 모양의 돌계단을 응시했다. 계단은 여러 세대에 걸쳐 내려온 터라 반질반질하게 닳아 있었다. 잠시 망설였다. 위층에 올라가 볼까? 리투아니아에 있는 집에 대해 생각했다. 지금은 얼마나 많은 소비에트들이 그 안에 있을까? 그들이 내 침대에서 잠을 자고 있진 않을까? 그들이 우리 가족의 책을 쓰레기처럼 바닥에 내팽개쳤을까? 폭이 넓은 차가운 돌계단을 몇 계단 올랐다. 창문을 통해 희미하게 비추는 달빛에 토끼 인형이 계단 위에 떨어져 있는 게 보였다. 토끼 인형의 귀 하나가 없었다. 불쌍한 토끼. 장난감들조차 전쟁의 피해자였다.

나는 두 계단을 더 올라갔다. 내게 필요한 것들은 아마도 1층에 있는 부엌이나 세탁실에 있을 것이다. 위층에 올라갈 필요가 없었다. 하지만 호기심이 내게 손짓했다. 한 계단을 더 올라갔다.

그때 갑자기 아래에서 덜거덕거리는 소리가 났다. 황급히 계단

아래로 내려가서 어두컴컴한 복도를 지나 부엌으로 갔다.

독일 청년이 발치에 배낭을 두고 수납장을 뒤지고 있었다. 바닥에 펼쳐져 있는 시트의 한가운데에는 이런저런 물품들이 쌓여 있었다.

"나를 따라다니는 거요?"

그가 물었다.

"잘난 척이 대단하군요. 생필품을 찾는 것뿐이에요."

그가 바닥에 있는 더미를 가리켰다.

"붕대가 필요하다면 시트를 찢어도 돼요. 더미 속에 날카로운 칼이 있어요."

"고마워요."

조리대 위에 블랙베리와 당근이 담긴 단지들이 놓여 있었다.

"이것들을 어디에서 찾았어요?"

내가 물었다.

"에바 아주머니가 식량이 없나 부엌을 확인했다고 했는데."

"난 사람들이 어디에 물건을 숨기는지 좀 알아요."

나는 단지들을 쳐다봤다.

"다 당신이 먹을 건가요?"

"아뇨. 폴란드 아이를 위해 조금만요."

"말했죠. 소녀의 이름은 에밀리아예요."

내가 말했다.

그가 나의 말을 무시했다.

"우리는 프라우엔부르크로 가고 있어요. 우리와 같이 가요. 그러면 수레에 소녀를 태울 수 있을 거예요. 소녀가 설명한 진통과 증상으로 봐선 조산할 수도 있어요. 오래 걸으면 안 돼요."

그는 나의 제안을 잠시 고려하는 것처럼 보였다.

나는 캄캄한 부엌을 뒤져서 말린 허브, 가위, 요리용 실 등을 챙겼다. 충분하진 않았다.

"위층에 가서 담요가 있나 볼게요."

"안 돼요."

그가 재빨리 출입구를 막았다.

"위층으로 가면 안 돼요. 그 어린 소년도 못 가게 해요."

"왜 안 돼요?"

그가 대답하지 않았다.

나는 그에게 더 가까이 다가섰다.

"왜 위층에 가면 안 되는 거죠?"

그가 출입문 쪽을 쳐다봤다. 그가 말하기를 주저하며 한쪽 발로 바닥을 짚었다가 다른 쪽 발로 바닥을 짚었다. 나는 그에게 더 가까이 다가섰다. 그가 숨을 깊이 들이마신 다음 내 눈을 쳐다봤다.

"누구도 그런 것을 봐서는 안 돼요."

그가 속삭였다.

에밀리아

진통이 느껴져서 얕은 잠에서 깼다. 또 화장실에 가야 했다.

모자를 고쳐 썼다. 이 예쁜 집은 실내가 따뜻했다. 난롯불은 여전히 치직 소리를 내며 빨갛게 타오르고 있었다. 바닥에 둔 짐 꾸러미에 그림자가 던져졌다. 어떤 사람들은 잠을 잘 때 정말 웃긴 자세를 하고 자는가 하면 이상한 소리를 내기도 한다. 하지만 기사는 그렇지 않았다.

그는 강하고, 이목구비가 뚜렷하고, 잘생겼다. 심지어 잠을 잘 때도 그랬다. 구석에 앉아 그를 쳐다봤다. 얼굴이 편안해 보였다. 그도 웃거나 미소 지을까? 눈먼 소녀는 붕대를 감고 있었다. 눈이 보이지 않는 사람들은 꿈에서 무엇을 볼까? 현실에서 단 한 번도 꽃을 본 적이 없어도 꿈속에서 꽃을 볼 수 있을까?

간호사 요안나는 친절했다. 나는 그녀가 내게 화를 내거나 나를 역겨워할 거라고 생각했다. 하지만 그녀는 그렇지 않았다. 그녀의 손길과 목소리에는 부드러운 차분함이 어려 있었다. 마치 엄마처럼 말이다. 그녀는 내 배를 만지면서 미소 짓고 고개를 끄덕였다. 그녀는 내 눈을 똑바로 들여다볼 때가 많았고 그럴 때마다 나는 그녀가 모든 사실을 알고 있는 것은 아닌지 궁금했다. 하지만 그녀가 홀로 앉아 있을 때면 생기가 없고 쓸쓸해 보였다. 눈물이 가득 차올라 흐르기만을 기다리고 있는 것 같았다.

그런데 그때 어떤 소리가 들렸다.

비명이었다.

그 소리는 위에서 내려와 장막을 드리웠다. 점점 더 분명해지고 더 날카로워지며 가까이 파고들었다. 그리고 그 소리가 기억의 자물쇠를 풀어 버렸다. 어깨가 떨리기 시작했다.

복도에서 바람이 윙윙거렸다. 문이 쾅 하고 닫혔다. 기사가 잠에서 깨서 벌떡 일어서더니 권총을 빼 들었다. 그는 요안나를 본 다음 나를 봤다. 재빨리 출입문을 향해 갔지만, 미처 다 가기 전에 에바가 길길이 날뛰면서 방으로 뛰어들어 왔다.

"침대에 죽어 있어! 그들 모두 죽은 채로 침대에 누워 있어!"

그녀가 악을 썼다.

에바의 얼굴은 하얗게 질리다 못해 새파랬다. 그녀의 커다란 손에는 토끼 인형이 달랑거리고 있었다. 토끼 인형의 귀 하나가 없었다.

플로리안

여러 가능성이 있었다. 나는 이렇게 퍼즐을 맞춰 봤다.

이 가족은 다 함께 저녁을 먹고 있었다. 그리고 러시아군이 집에 접근한 것을 알게 됐다. 아마 누군가 현관문을 두드렸거나 밖에서 소리가 들렸을 것이다. 가장 나이 많은 신사, 아마 할아버지가 모두에게 위층으로 가서 침대에 누우라고 지시한다. 그런 다음 자신의 방으로 걸어가서 제1차 세계 대전 때 제복을 꺼내 입는다. 명예를 잃으면 모든 것을 잃는다. 그는 자신의 가족이나 가문의 유산이 훼손되게 내버려 두지 않을 생각이다. 그들은 품위 있게 죽을 것이다. 노인은 훈장들로 가슴 왼편을 줄줄이 장식하고 어깨를 쫙 펴고서 침실 하나하나에 들어갔다 나온다. 목숨은 잃지만, 명예는 지킨다. 그런 다음 그는 자신의 방에 가서 창문 밖 저편에 있는 언덕을 바라본다. 그리고 방아쇠를 잡아당긴다.

그들은 지금 죽은 채로 누워 있다. 그들의 유산은 추위와 함께 영원히 얼어붙었다.

아무도 다시 잠들지 못했다. 우리는 날이 밝기 전에 저택을 떠났다.

신발 시인이 작은 소년의 손을 잡았다.

소년은 귀가 없는 토끼 인형을 쥐고 있었다.

얼마나 불쌍한 무리인가. 충격에 얼이 빠진 채로 여기저기 붕대를 감고 있는 사람들. 하지만 대부분의 사람보다는 운이 좋다. 위층의 죽어 있는 가족보다 운이 좋은 건 확실했다. 덩치 큰 여자는 자신이 본 것에 대한 이야기를 멈추지 않았다. 그 장면을 소름 끼치도록 자세히 묘사했다. 그녀를 후려갈기고 싶었다.

"미안하지만, 모두 그걸 못 봤잖아. 그 피 하며, 아이들 하며. 하느님께 감사하게도 위층이 그렇게 추워서 다행이었지. 그래도 그 냄새는 도무지……."

우리는 긴 진입로를 걸어 내려갔다. 큰길과 만나기 직전, 거인 여자가 폴란드 소녀에 대해 말을 꺼냈다.

"수레에서 내리게 해. 우리랑 함께 갈 수 없어. 폴란드 도망자와 탈영병 때문에 붙잡힐 순 없잖아. 우리도 저 가족들처럼 살육되고 말 거야."

"닥쳐요. 난 탈영병이 아니에요."

내가 그녀에게 말했다.

"에바, 소녀가 조산의 기미를 보여요. 휴식을 취해야 해요."

요안나가 말했다.

"글쎄, 지금까지 잘 버텼으니까 분명히 앞으로도 잘 버틸 거야. 다들 소녀를 무리에 두고 싶지 않아 해, 요안나. 단지 말을 못 할 뿐이지."

폴란드 소녀가 수레 뒷자리에서 나를 주시했다. 나는 이 짜증 나는 여자에게 솔직하게 말하고 싶었다. 그때 간호사 여자가 내 앞으로 끼어들었다.

“알겠어요, 에바. 말이 제 소유라는 건 기억하시죠? 저는 에밀리아를 등 뒤에 태우고 말을 타고 갈게요. 나머지 사람들은 알아서 수레를 끄세요.”

단호한 모습을 보이자 그녀가 훨씬 더 예뻐 보였다.

“요안나, 제발 우리를 떠나지 말아요. 제발요.”

눈먼 소녀가 애원했다. 작은 소년은 귀가 하나 없는 토끼 인형을 움켜잡고 울기 시작했다.

“에바, 지금은 그래봤자 별 차이가 없어.”

신발 시인이 말했다.

“우리는 곧 얼음 호수에 도착할 거야. 그리고…….”

그때 갑자기 눈먼 소녀가 손을 들어 올렸다. 대화가 멈췄다. 소음, 목소리, 다른 소리들이 천천히 새어 나왔다. 도로에 누군가가 있었다.

나는 눈밭을 쏜살같이 달려간 후 나무 뒤에서 밖을 내다봤다. 사람들과 수레들의 거대한 행렬이 이어지고 있었다. 시선이 닿는 데까지 끝없이 이어져 있었다.

마침내 대피 명령이 떨어진 것이다. 독일이 국민에게 몇 달 전에 해야 했을 말을 이제야 한 것이다.

자신의 목숨을 위해 도망치라고.

알프레트

안녕, 나의 로레.

오늘 아침, 당신 집 앞길을 쓸던 게 기억났어요. 아마 당신은 제가 당신 집에 특별히 더 정성을 기울였다는 걸 알아차렸을 거예요. 내가 당신을 위해 얼마나 열심히 일했는지 생각할 때면 빙그레 미소가 지어지고 살며시 입술을 깨물게 됩니다.

오늘은 이런 편지를 쓰기에 정말 너무 바쁘지만, 당신이 제 생각을 하고 있을 거라는 걸 잘 알아요. 당신도 알잖아요, 하넬로레. 나는 정신도 관대하답니다. 당신 집 앞길을 쓸 때뿐만 아니라요.

당신의 아버지는 저처럼 착실한 남자를 가구 공장에 쓸 수도 있었어요. 내가 한 번 그렇게 말한 적이 있는데도 나를 무시했지요. 상관없어요. 그런 불합리한 일을 곱씹을 만큼 한가하지 않거든요.

당신도 알겠지만, 항구는 연합군 전투기의 공격이 임박했어요. 어제 밤에 대피 명령이 떨어졌고 이제 동프로이센 지역에 사는 수백만 명의 사람이 도움을 청하러 내게 달려올 거예요. 나는 피난민들을 항구에 줄 세우고 배에 배정할 거예요. 그들을 안전한 곳으로 데려다 줄 배에 말이죠. 그래요, 이건 매우 중요한 임무예요. 하지만 나는 유능하니까 괜찮아요. 저의 예리한 평가 능력을 잊지 않았죠? 나는 생쥐와 치즈를 저울질할 수 있는 고양이에요. 어떤 게 갈망을 달래 줄지 바로 알 수 있죠.

요즘 몇 달은 우리가 지금껏 가장 오래 떨어져 있는 시기예요. 아마 당신은 매일매일 달력에 빨간색 엑스를 커다랗게 그리고 있을 거예요. 현관 계단에 앉아서 내 편지를 기다리는 당신 모습이 눈에 선해요. 나는 나 자신을 아무에게도 내보이지 않아요. 하지만 당신에게는 내보이죠. 앞으로도 우리는 이 편지들을 통해서 비밀을 공유할 거예요. 어쨌든 전쟁은 많은 비밀을 낳기 마련이죠. 하지만 당신에 대한 생각 덕분에 전쟁의 압박이 한결 가벼워지는 건 비밀이 아니에요.

하이델베르크가 매우 멀리 있는 것처럼 느껴져요. 당신과 더 가까워지기 위해, 마음속으로 어두운 저녁 무렵을 그려 봅니다. 따뜻한 노란색 빛이 당신 침실 커튼 뒤를 비추고 있어요. 당신이 빨간색 스웨터를 조심스레 개고 몸을 숙여 작은 발톱에 광택제를 바를 때 당신의 그림자가 벽에 비춰 너울너울 춤을 추죠.

그래요. 고향의 밤은 어둡고 고요해요. 바로 그 어둠 속에서 국가의 부름이 있었고 저는 결정을 내렸어요.

하지만, 내 사랑. 나는 과연 어떤 선택을 한 걸까요?

요안나

이들 모두 어디에서 왔을까? 들판에 난 작은 도로를 꽉 메우고 있는 끝없는 인간 행렬. 난데없이 구덩이에서 기어 나온 걸까? 아니면 우리처럼 숲속에서 기다리고 있던 걸까? 젊은 여자들, 노인들……. 아이들은 너무 많아서 셀 수조차 없었다. 이들은 썰매를 끌거나, 노새가 끄는 수레를 몰거나, 시트에 싸맨 짐을 등에 짊어진 채 걸었다.

한 작은 소년과 소년의 여동생은 황소에 걸터앉아 있었다. 다 헤진 밧줄을 소의 목에 묶고 꽉 붙잡고 있었다.

"제발, 마크누스. 서둘러!"

작은 소년이 발뒤꿈치로 황소를 가볍게 차며 구슬렀다. 여동생의 앙상한 발목은 맨살이 그대로 드러나 있었고 동상 때문에 시커멓게 변해 있었다.

"도와줄게."

내가 아이들에게 큰 소리로 말했지만, 아이들은 내 말을 듣지 못했다. 소년이 황소를 손바닥으로 철썩 때리자 황소가 총총거리며 가버렸다. 원기 왕성한 말이 끄는 수레 몇 대가 우리 옆을 빠르게 지나갔다. 언뜻 보니 수레 뒤에 페인트로 가족의 성이 커다랗게 적혀 있었다. 어떤 사람들은 피곤에 절고 실의에 빠져 있었다. 어떤 사람들은 공포에 가득 차 있었다. 의족을 한 할아버지는 도로를 가로질러 쿵쿵거리며 왔다 갔다 하면서 관자놀이를 움켜잡고 사람들에게 하소연했다.

"그들이 내 암소를 쏴 버렸다오."

에바는 커다란 덩치로 군중들 사이를 느릿느릿 움직이면서 사람들에게 정보를 캤다.

"어느 쪽에서 왔나요? 뭐 들은 소식 없나요?"

사람들 말로는 독일이 무너지고 있다고 했다. 마침내 국민에게 대피를 허락했지만, 이미 많은 사람에게 너무 늦은 뒤였다.

"요안나! 여기 이분이 리투아니아에서 왔대."

에바가 나를 큰 소리로 불렀다.

사람들 무리를 헤치고 할머니에게 급히 다가갔다.

"안녕하세요. 고향이 어디세요?"

내가 리투아니아어로 말했다.

"카우나스. 너는?"

할머니가 말했다.

"비르자이요. 하지만 4년 동안이나 떠나 있었어요. 제 사촌들은 아직 카우나스에 살아요. 거기는 어떤가요?"

할머니는 고개를 흔들면서 말을 잇지 못했다.

"불쌍한 리투아니아. 다시는 조국을 밟지 못할 거야. 서두르렴, 아가야. 계속 움직여."

할머니는 내 팔을 쓰다듬더니 자리를 떴다.

무슨 이야기를 하는 거지? 전쟁은 끝날 것이다. 그리고 우리 모두 고향에 갈 것이다. 그렇지 않나?

온도가 영하로 뚝 떨어졌다. 저택의 따뜻한 벽난로와 위층 침대에 누워 있던 차가운 시체들이 떠올랐다. 저택을 떠나기 전에 한 번 더 그곳을 둘러봤다. 위층 모퉁이에 있던 창문을 머리에서 떨쳐 버릴 수가 없었다. 총알 자국으로 구멍이 뚫려 있고 피범벅이 돼 있던 그 창문을. 저택에서 들었던 사라 레안데르의 목소리가 맴돌면서 속삭였다.

'세상은 아직 끝나지 않았어.'

그녀의 말이 제발 틀리지 않기를 바랐다.

떠돌이 소년과 신발 시인은 수레 앞에서 걸어갔다. 신발 시인은 신발 유형들을 구별하며 소년과 놀아 줬다.

"저기 저 남자를 봐. 좁은 발을 가지고 있지? 저런 사람에게는 옥스퍼드화를 신겨야 해. 쇼트 부츠를 신고 있는 저 남자는 1킬로미터도 못 가서 발뒤꿈치에 멍이 들 거야. 그에게는 단화를 신겨야 해. 확실하지. 있잖니, 클라우스. 어떤 사람의 지문이 필요한데 채취하지 못했다면, 그 사람의 발 모양을 보면 된단다. 발 모양은 신분증보다 더 많은 것들을 말해 주거든."

나는 눈에 붕대를 감은 잉리트 옆에 서 있었다. 잉리트는 계속 걸어가겠다고 고집을 부렸고, 수레 뒤에 매단 밧줄을 붙잡고 걸었다. 에밀리아는 수레 뒤편에 잔뜩 쌓아 둔 짐 보따리에 몸을 파묻고 앉아 있었다. 에밀리아가 쓴 분홍색 모자는 온통 검은색과 회색뿐인 사람들 행렬 속에서 유난히 돋보였다. 에밀리아는 모자를 눈 위까지 푹 눌러쓴 채 내 뒤에 걸어오는 독일 청년에게서 눈을 떼지 못했다. 나는 그와 나란히 걷기 위해 걸음을 늦췄다.

"잉리트가 곧 얼음 호수에 도착할 거래요. 물 냄새가 난대요."

내가 그에게 말했다.

"어떻게 해서라도 오늘 밤 안에 도착해야 해요."

그가 대답했다.

"모두 지친 데다 너무 캄캄할걸요. 아무것도 안 보일 거예요."

"바로 그거예요. 캄캄하면 러시아군이 우리를 보지 못하겠죠. 낮에 우리는 쉬운 먹잇감이에요. 지금처럼요."

거기까진 생각하지 못했다.

"얼음은 밤에 더 단단해져요. 더 추워지니까요."

그가 속삭였다.

"이 사람들 좀 봐요. 이 사람들이 다 얼음 호수를 건넌다면 얼음이 버티지 못할 거예요. 짐을 저렇게 많이 가져오지 말았어야 해요."

"그들한텐 소중한 것들이에요. 그들에게 남은 전부겠죠. 당신의 배낭처럼. 당신에게도 그 배낭이 매우 중요해 보이는데요."

그가 아무 말도 하지 않았다.

"기분이 어때요?"

내가 물었다.

"괜찮아요."

우리는 아무 말 없이 터덜터덜 걸었다. 나는 얼어붙은 도로를 가만히 내려다봤다.

갑자기 그의 숨결이 가까워졌다.

“저 소녀요. 신분증이 없어요.”

신분증.

그의 말이 맞았다. 에밀리아에게는 신분증이 없었다. 까맣게 잊고 있었다. 독일은 모든 민간인에게 법적 등록을 하게 했고 자신의 이름, 사진, 국적, 인종, 생일, 가족 사항이 포함된 신분증을 의무적으로 휴대하게 했다. 그런 다음 신분증의 맨 앞에 식별 문자를 부여했다. 내 신분증에는 ‘재정착민’이라고 적혀 있었다. 내가 리투아니아에서 독일로 이주하도록 독일이 허용했다는 뜻이다. 우리는 신분증을 요구하는 공무원이나 군인 누구에게나 반드시 신분증을 보여 줘야 했다. 신분증은 우리의 운명을 결정했다.

짐 보따리 위에 앉아 균형을 잡고 있는 소녀를 바라봤다. 소녀는 싱긋 웃으며 내게 가볍게 손을 흔들었다.

에밀리아에게는 신분증이 없다.

신분증이 없으면 미래도 없다.

에밀리아

수레에 앉아 있는 건 좋았다. 하지만 다른 사람들은 걷는데 나만 수레를 타고 있는 게 불공평한 것 같았다. 수레에 앉아 있으니 앞뒤로 길게 늘어선 검은 코트들, 농장 수레들, 가축들, 썰매들의 행렬을 빠짐없이 볼 수 있었다. 행렬은 먼 뒤까지 죽 이어져 뱀처럼 꿈틀꿈틀 움직였다. 가장 뒤에서 걷고 있는 사람들은 아주 작은 티끌처럼 보였다.

요안나는 기사와 나란히 걸었다. 그녀의 아름다운 갈색 곱슬머리가 그녀의 모자 아래로 물결쳤다. 기사는 요안나가 말할 때 그녀를 쳐다보지 않았다. 하지만 그녀가 고개를 돌릴 때마다 그의 눈길이 재빠르게 그녀에게로 움직였다.

그는 그녀에게 뭔가 말하고 싶어 했다.

그녀는 그가 자신에게 뭔가 말해 주기를 기다렸다.

하지만 그는 말하지 않았다.

그가 준 잼에 들어 있던 블랙베리 씨가 아직 이 사이에 끼어 있었다. 블랙베리와 까막까치밥나무를 볼 때마다 아빠가 떠오른다. 내가 어렸을 때 아빠는 내게 블랙베리를 따 오라고 시키곤 했다. 내가 통에 열매를 가득 채워서 돌아오면 아빠는 환하게 웃으며 나를 꼭 껴

안아 주었다. 그렇지만 아빠가 나를 보낸 동프로이센의 농장에는 포옹도 미소도 없었다. 그곳에는 마구간, 외양간, 양돈장, 닭장, 그리고 건초 다락이 있는 두 개의 커다란 헛간만 있었다. 그리고 냉장 보관 저장실이 헛간 뒤에 덩그러니 서 있었다. 냉장 보관 저장실에는 어두컴컴한 지하실로 내려가는 계단이 있었다. 나는 거기에서 비트, 순무, 말린 버섯, 양배추 피클이 담긴 통을 가져오곤 했다.

눈을 깜빡이고 두 눈을 비볐다. 배가 씰룩거렸다. 이전에는 그 안에서 나비가 날개를 펄럭이거나 커다란 방울이 터지는 것 같은 느낌이 들곤 했다. 하지만 이제는 배 위에 손을 얹으면 뭔가가 쿵쿵거리는 것을 느낄 수 있었다. 쿵쿵거림이 점점 세지고 있었다.

플로리안

새벽이 낮이 되고 곧이어 오후가 되었다. 우리는 대피가 허용됐다는 사실을 알게 되고 이동 속도를 더 높였다.

프라우엔부르크에 가까워지자 도로가 꽉 막혔다. 앞에 보이는 언덕 위에 붉은 벽돌로 만든 성당이 있었다. 성당에 다가갈수록 독일 군인들이 많아지고 사람들의 광기도 더 뜨거워졌다.

배낭을 다른 팔로 바꿔 멨다. 의심을 사지 않고 검문소를 무사히 통과해야 한다. 아버지의 목소리가 양심을 무겁게 짓눌렀다.

"모르겠니? 랑게는 너를 훈련시키고 싶은 게 아니야. 너를 이용하고 싶은 거지, 플로리안 ."

"모르셔서 그래요. 그는 전 세계의 보물들을 구하고 있는 거예요."

"보물을 구한다고? 그렇게 알고 있는 거니? 그가 너를 속인 방법이 바로 그거야? 탐욕스러운 사기꾼이 너의 머리를 쓰레기로 가득 채웠구나. 그래서 너는 반역자가 될 셈이냐?"

"저는 독일의 명예를 더럽히고 있지 않아요. 그 정반대죠."

"아니야, 아들. 네가 조국의 반역자가 된다는 게 아니야. 훨씬 나쁜 거지. 네 영혼의 반역자가 된다는 거야."

'네 영혼의 반역자가 된다.' 이 말은 아버지가 내게 마지막으로 한 말이다. 내가 아버지의 말을 더 이상 듣지 않고 뛰쳐나가 버렸기 때문이다. 몇 개월 후 내가 충격에 휩싸인 채로 아버지의 조언을 구하러 집에 돌아갔을 때, 그때는 이미 너무 늦은 후였다.

그래서 이젠 모든 것을 각오하고 위험을 무릅쓰고 있다. 목숨을 걸고 운명에 맞서고 있다. 하지만 실패하지 않는다면 죽음을 맞이하지는 않을 것이다.

젊은 독일 군인이 우리 무리를 멈춰 세웠다. 나는 일행이 없는 척하며 걸음을 멈추지 않았다. 그때 폴란드 소녀가 나를 따라서 수레 밖으로 허둥지둥 내리려 했다.

"제자리 서!"

나는 걸음을 멈췄다.

독일 군인이 나를 향해 걸어왔다.

"당신. 신분증."

귀 아래 근육이 떨렸다. 나는 천천히 코트 단추를 푼 다음 안주머니에서 내 신분증을 꺼냈다. 그리고 그에게 가까이 다가가서 접힌 종이를 조심스럽게 펼쳐서 보여 줬다. 그가 미처 참지 못하고 신분증을 내 손에서 잡아챘다. 나는 약간 고개를 돌려 뒤를 봤다. 모두의 시선이 나를 향해 있었다. 어떻게 되어 가는지 자세히 지켜보고 있는 것 같았다.

군인이 신분증을 훑어봤다. 그가 신분증을 내게 돌려준 다음 재빨리 발뒤꿈치를 붙여 거수경례를 했다.

"하일 히틀러!"

안도감이 온몸에 퍼졌다. 나도 거수경례로 답했다.

“하일 히틀러!”

군인이 벌어져 있는 코트 안으로 내 셔츠를 보고 물었다.

“부상을 입으셨습니까, 베크 님?”

“괜찮습니다. 하지만 계속 이동해야 합니다.”

“이 무리와 함께 이동 중이신가요?”

그가 누더기를 걸친 사람들을 보며 물었다. 곁눈질로 보니 분홍색 양털 점이 수레에서 미끄러져 내려오는 것이 보였다.

신발 시인은 내 부츠를 뚫어지게 보고 있었다. 떠돌이 소년은 씩 웃으며 내게 거수경례를 했다.

“저 사람들과 동행이십니까?”

군인이 다시 물었다. 그의 시선이 이리저리 움직이다가 간호사 여자에게 꽂혔다. 그의 눈이 커졌다.

“그녀는…….”

군중의 비명이 나의 말허리를 잘랐다. 잡아 삼킬 듯한 전투기 소리가 머리 위에서 윙윙 울려 퍼졌다.

“도로 밖으로!”

군인이 소리쳤다.

전투기가 투하한 폭탄이 우리 뒤에 있던 사람들을 날려 버렸다.

요안나

아이들의 비명, 나무 쪼개지는 소리, 사람들이 죽어 가는 소리가 치솟았다. 사람들을 향해 뛰어가려고 했지만, 독일 군인이 내 팔을 붙잡고 도로 밖으로 내동댕이쳤다. 나는 눈밭에서 에밀리아에게 기어가서 에밀리아의 몸을 내 몸으로 감쌌다.

마침내 연쇄 폭발이 멈추자 군인이 사람들에게 마을 안으로 빨리 이동하라고 고함을 쳤다.

"하지만 저는 사람들을 도울 수 있어요. 전문 의료 훈련을 받았어요."

내가 목소리를 높였다.

"소용없어. 어서 움직여, 아가씨. 당장!"

군인이 손을 내저으며 우리에게 명령했다. 우리는 다시 모여서 프라우엔부르크를 향해 터덜터덜 걸었다. 그런데 한 명이 없었다.

독일 청년이 사라졌다.

그는 누구일까? 신분증에 뭐라고 적혀 있기에 도로에 있던 군인에게서 존경심을 끌어냈을까.

에밀리아는 슬픔을 가누지 못하고 사방으로 고개를 휘저으며 독일 청년을 찾았다. 소녀는 울부짖으면서 무리를 떠나려고 했다. 네

명이 달려들어서야 소녀를 다시 수레에 태울 수 있었다. 사람들은 더 빠른 속도로 내달렸다. 빨리 프라우엔부르크에 도착해서 마땅한 피신처를 구하려 안달이었다. 나는 앞으로 이동하고 싶지 않았다. 뒤쪽으로 돌아가서 부상자를 돕고 싶었다. 하지만 사람들이 허락하지 않았다.

"네가 다친다면 다 무슨 소용이야."

신발 시인이 말했다.

"다른 사람들을 돕기 위해선 자기 자신을 먼저 지켜야만 해."

신발 시인은 진실을 알지 못했다. 나는 이미 나 자신을 지켰다. 나는 리투아니아와 내가 사랑하는 사람들을 뒤에 남겨 두고 떠났다.

죽기 위해서.

알프레트

'빌헬름 구스틀로프호'는 얼마나 거대한 배인가. 구스틀로프호의 맨 앞에서 맨 뒤까지 걸어가자면 힘에 부칠 정도였다. 나는 힘을 아끼는 게 좋겠다고 생각했다. 때때로 나는 힘을 아끼기 위해 화장실에 몰래 숨어서 한 시간을 앉아 있었다. 두 시간을 앉아 있을 때도 있었다. 가끔, 앉아 있는 동안 나는 신체 단련이 건강한 체격에 중요하다는 사실을 나 자신에게 상기시켰다. 벌레가 기어가는 듯한 발진을 가라앉히고 싶었다. 어쨌든, 여성 해군 보조 부대가 항해에 합류하기 위해 오고 있다는 소식을 들었다. 300명이 넘는 젊은 해군 간부 후보생들이다. 당연히 그들은 내 도움이 필요할 것이다.

예쁜 후보생들에겐 나를 알프레트라고 불러도 좋다고 말할 것이다. 단지 예쁜 후보생들에게만.

나는 구스틀로프호의 무도회장에 서서 한때 그곳에서 춤췄을 사람들을 상상했다.

'오, 안녕하세요, 로레 양! 만나서 반가워요. 저와 춤추시겠어요?'

"이봐, 프리크. 공간을 만들려면 이 가구들을 전부 치워야 해. 어서 부두로 옮겨. 테이블보는 상갑판에 있는 정자에 갖다 두고. 저 위에 병실을 만든다고 하더군."

상관이 지시했다.

"이 무도회장은 어떻게 사용되나요?"

내가 물었다.

"피난민들이 머물 거야. 일단 가구들을 다 치운 다음, 매트리스들을 가득 집어넣어야지."

무도회장을 보면서 그곳이 스펀지 매트로 뒤덮이는 모습을 상상했다. 하넬로레는 춤을 매우 잘 췄다. 창문에 비치는 그녀의 개인 발표회를 보는 일이 얼마나 즐거웠는지 모른다.

발진이 난 부위가 다시 가렵기 시작했다. 그리고 나의 유일한 약점인 하넬로레를 머릿속에서 쫓아내 버렸다. 또 피할 수 없는 진실을 나 자신에게 상기시켰다. 하넬로레는 이제 다른 누군가를 위해 춤추고 있을지도 모른다.

에밀리아

그가 사라졌다.

그를 찾아 나서려고 했지만 요안나가 나를 말렸다.

"가게 내버려 둬."

에바가 말했다.

거인 에바는 나를 무서워했다. 나 때문에 자신의 생존이 위협받는다고 생각했다. 하지만 요안나가 이겼다. 요안나는 이 무리에 절대 없어서는 안 될 존재였다. 모두 그녀를 신뢰했고 모두 그녀가 필요했다.

"검문소에 가서 등록할 거예요."

요안나가 말했다.

"지금은 얼음 호수를 건널 수가 없어요. 전투기들이 얼음을 다 깨버려서요. 밤사이에 얼음이 다시 얼 거예요. 여기 마을에서 기다리다가 아침 일찍 건너요."

독일 제국은 도시들의 이름을 다시 지었다. 그들은 이 마을을 '프라우엔부르크'라고 불렀다. 옛 이름은 '프롬보르크'였다. 아빠는 이곳이 천문학자 코페르니쿠스의 고향이라고 말했다. 지구가 태양의 주위를 공전한다는 사실을 증명한 천문학자 말이다.

"고난을 이겨 내고 별들에게로."

내가 속삭였다. 내가 어떤 일이 힘들다고 불평할 때마다 아빠가 말해 주던 라틴어 구절이었다. 아빠는 지금 어디에 있을까? 아빠는 상황이 이렇게 힘들어질지 상상이나 했을까? 나는 하늘을 올려다보면서 이곳도 별들이 아름다울까 생각했다.

요안나가 에바와 소곤거렸다. 요안나는 얼음 속에 빠진 피난민들에 대해 뭔가 얘기했다. 요안나는 평소에 자기 절제가 강해 보였지만, 군인들이 길에 있는 부상자들을 돕지 못하게 막자 많이 화가 난 것처럼 보였다.

요안나가 수레로 올라탔다. 그리고 속삭였다.

"이거 받아."

요안나가 내게 신분증을 건넸다.

"길에서 죽은 라트비아 여자의 신분증이야."

그녀가 설명했다.

"나는 이 신분증을 적십자에 내서 등록시킬 거야. 이 여자 나이가 약간 더 많긴 하지만 그녀도 금발 머리야. 머리를 풀고 모자를 푹 눌러 써."

나는 재빨리 갈래머리를 풀기 시작했다.

"그리고 코트 단추를 풀고 임신한 배가 보이게 하자. 원래보다 더 나이 들어 보일 거야. 네가 라트비아 사람이라 독일어를 할 줄 모른다고 말할게."

이 계획이 정말로 먹힐까? 만약 그들이 내가 죽은 라트비아 여자가 아니고 신분증이 없는 폴란드 소녀라는 사실을 알아챈다면 어떤 일이 벌어질까?

새들이 머리 위에서 꽥꽥 울면서 경고를 했다.

새들에 관한 전설을 들은 적이 있다. 갈매기는 죽은 군인들의 영혼이다. 부엉이는 죽은 여성들의 영혼이고, 비둘기는 최근 세상을 떠난 미혼 여성들의 영혼이다.

나 같은 사람의 영혼을 위한 새도 존재할까?

플로리안

검문소 앞에서 신분증을 들고 기다렸다. 신분증에 찍힌 활자를 응시했다.

Conderausmeis
특별 통행증

특별 통행증. 진짜처럼 보였다. 아마 지금껏 내가 만든 작품 중 최고일 것이다. 도로에 있던 군인은 내게 아무것도 묻지 않았다. 그는 통행증이 규정하는 특별한 임무를 존중하며 내게 거수경례를 했다. 나는 그에 걸맞은 태도를 보여야만 했다. 만약 내가 자신만만해 보인다면 자세히 따져 묻지 않을 것이다. 하지만 만약 랑게 박사가 없어진 물건에 대해 알아냈다면 이미 전보를 보냈을지도 모른다. 그렇다면 군인들이 나를 기다리고 있을 것이다. 자신감이고 뭐고 다 소용없어지는 것이다.

군인 앞에 놓인 기록부를 쳐다봤다. 반역죄에 대한 체포 명령이 적혀 있지는 않을까? 나는 신분증에 내 진짜 이름을 사용했다. 새 신분증을 위조할 시간이 없었다.

처음에는 시험 삼아 해 본 모험이었다. 친구 쿠르트가 친구들과 함께 축구 경기를 보러 가고 싶어 했는데 모든 입장권이 동나고 없었다.

"이봐, 베크. 너의 그 기술을 발휘해서 입장권 몇 장만 만들어 봐."

쿠르트가 툴툴거렸다. 나는 도전을 받아들였다. 미술 복원 도구들을 이용해서 입장권 몇 장을 위조했다.

"아마 결승 경기 때에도 너의 특별 입장권이 필요할 거야."

쿠르트가 축구 경기를 보고 집에 오는 길에 말했다. 하지만 우리는 끝내 결승 경기를 보지 못했다. 나보다 몇 살이 더 많았던 쿠르트는 바로 군대에 징집됐다. 그 이후 크리스마스에 쿠르트의 어머니에게 인사를 드리러 갔다. 그녀는 검은색 옷을 입고 있었다. 퉁퉁 부은 두 눈에 슬픔이 가득했다. 쿠르트가 군 복무 중에 죽은 것이다. 명예로운 죽음이라고 했다.

만약 내가 죽는다면 누구도 이렇게 말해 주지 않겠지.

내 앞에 있던 여자가 등록을 마치고 테이블을 떠났다. 마침내 혼자였다. 더 이상 어린 폴란드 소녀와 예쁜 간호사 여자에게 부담 받지 않아도 됐다. 나는 거만한 분위기를 풍기는 군인에게 다가가서 내 신분증을 내밀었다.

"나는 지금 건너가야 합니다."

"아무도 지금 건널 수 없습니다. 냉수욕이 하고 싶은 게 아니라면."

그가 내 신분증을 펼치면서 말했다. 그는 특별 통행증을 읽은 다음 나를 올려다봤다. 그런 다음 목소리를 낮추고 말했다.

"죄송합니다. 베크 님. 내일 아침 제일 먼저 건너가게 해 드리겠습니다."

그는 등록 기록부에 내 세부 사항들을 적었다.

"오늘 저녁, 묵으실 숙소를 찾아보겠습니다."

그가 말했다.

"됐습니다. 제가 알아서 하겠습니다."

그에게 말했다. 다른 사람들 눈에 띄지 않아야 했다.

"그렇다면 아침에 건너시면 됩니다. 더 이상 공격이 없다면요. 하일 히틀러!"

그가 말했다.

"하일 히틀러!"

내가 대답했다.

순간 치솟는 구역질을 꾹 눌러 삼켜야만 했다.

요안나

우리는 등록소와 군인들 쪽으로 다가갔다. 에밀리아는 분홍색 모자를 눈 위까지 푹 눌러썼다. 에바는 입을 앙다물었고 떠돌이 소년은 신발 시인의 손을 꽉 잡았다.

우리 신분증을 얼마나 자세히 검사할까? 내가 환자들을 진단하는 것처럼 그들도 우리를 평가할 수 있을까? 만약 그렇다면, 아마 그들은 나에 대해 이렇게 적을지도 모른다.

향수병에 걸림.

진이 다 빠짐.

후회에 가득 차 있음.

나 자신만 생각해선 안 된다. 다른 사람들이 감수할 위험이 훨씬 더 크다. 그들이 진실을 알게 된다면 에밀리아를 어떻게 할까? 게다가 잉리트는? 잘못하면 잉리트는 독일이나 오스트리아에 있는 강제수용소로 보내질지도 모른다.

"검사 군인에 대해 뭔가 말해 줘요."

잉리트가 속삭였다.

"그는 우리 또래야. 금발이고, 왼쪽 발에 버팀목을 댔어. 파란색 스카프를 하고 있어."

검사 군인이 추위에 떨며 장갑 낀 두 손을 비볐다. 그는 우리가 테이블을 향해 다가가자 우리 무리와 수레를 훑어봤다. 그러다가 그의 눈길이 잉리트에게 멈췄다.

"눈에 무슨 문제가 있나요, 아가씨?"

"폭발 때문에 유리 파편이 박혔어요."

잉리트가 준비한 대로 말했다.

"더 가까이 와 봐요."

그가 명령했다.

"테이블에 가까이 와요."

그가 잉리트의 얼굴부터 발끝까지 죽 훑어봤다.

극심한 공포가 목구멍까지 차올랐다.

"요안나."

잉리트가 미소를 지었다.

"내가 앞으로 가는 걸 도와주겠어요? 넘어져서 망신당하지 않게요."

나는 잉리트를 앞으로 데려갔다.

"점점 나아지고 있어요."

잉리트가 군인에게 말했다.

"오늘 거즈 안으로 뭔가가 보였어요. 당신의……. 스카프가 맘에 드네요."

잉리트가 차분하게 말했다.

"파란색은 제가 제일 좋아하는 색깔이거든요."

군인이 잉리트를 뚫어져라 쳐다봤다. 그의 침묵이 마치 살아 움직이는 것 같았다. 천천히 잉리트의 목에 밧줄을 감는 것 같았다. 그는 우리 무리를 쳐다보면서 입술에 검지를 대고 조용히 할 것을 요구했다. 그는 목에서 스카프를 풀었다.

그런 다음 잉르트에게 스카프를 내밀었다.

그가 기다렸다.

스카프의 양 끝이 차디찬 겨울바람에 펄럭였다.

숨을 쉴 수가 없었다.

잉리트가 머뭇거리며 장갑 낀 손을 천천히 들어 올렸다. 떨고 있었다.

"알겠어요. 이걸 가져요, 아가씨."

군인이 미소 지으며 고개를 끄덕였다. 그가 재빨리 잉리트의 손에 스카프를 쥐여 주었다. 그러고선 갑자기 목소리를 낮췄다.

"운이 좋군요. 내 막내 남동생은 앞을 못 보는 상태로 태어났어요."

"왼쪽 발이 불편해 보이는데, 그렇지 않나요?"

그때 신발 시인이 끼어들었다.

"끔찍할 정도요."

군인이 대답했다.

"그래서 이 바보 같은 테이블에 앉아 있는 거요."

"나는 구두장이라오. 어디 한번 봅시다."

신발 시인은 여느 영화배우 못지않은 출중한 연기력을 갖고 있었다. 신발 시인은 군인의 발과 발목을 살폈다.

"발뒤꿈치에 지지 받침이 필요해요."

신발 시인이 말했다.

"여기 우리 무리 검사를 다 마치면 내게 부츠를 줘요. 금세 좋아질 테니까."

"정말요?"

군인이 물었다.

"물론이요. 총통을 위해서 이 정도는 해야죠. 하지만 우리 무리 사람들을 기다리게 하고 싶진 않아요."

신발 시인은 군인이 곧 느끼게 될 편안함에 대해 속사포처럼 떠들어 댔다. 군인은 우리 신분증들을 재빨리 훑어본 후 등록부에 기록했다. 에밀리아는 거의 쳐다보지도 않았다. 신발 시인과 떠돌이 소년은 부츠 수선을 위해 뒤에 남았다.

"곧 따라갈게."

신발 시인이 윙크하며 말했다.

잉리트는 군인이 준 스카프를 가슴팍에 움켜잡고 군인과 마주 서 있었다. 잉리트가 미소를 지었다. 군인도 되받아 미소를 지었다. 나는 잉리트의 팔꿈치를 잡고 조심스럽게 다른 쪽으로 이끌었다. 잉리트는 떨고 있었다.

검사를 마친 우리는 언덕에 있는 혼잡한 성당에 다른 피난민들과 함께 자리를 잡았다. 나는 인파를 헤치고 다니며 사람들을 도우려 애쓰는 한편 쓸 만한 물건이 없는지 찾았다. 한 할머니가 약초 조금과 양말 한 켤레를 바꾸자고 제안했다. 나는 교환을 한 후 여행 가방을 다시 정리하며 어머니에게 편지를 쓸 종이를 찾았다.

어머니에게 한 발짝 더 가까이 다가왔다. 아버지와 오빠가 어디에 있는지 알아내는 일에도 한 발짝 더 다가섰다. 나는 가방에 있는 개인 물건들을 이것저것 살펴보면서 내가 얼마나 많은 것들을 뒤에 남겨 두고 왔는지 되돌아봤다.

나는 가족 저녁 식사 시간이 너무 길다고 불평하곤 했다. 시험공부를 해야 할 때도 끝까지 식탁에 앉아 있는 게 규칙이었다.

"충분히 공부했어, 요안나. 때론 삶을 사는 것 자체가 공부하는 것보다 더 유익하단다."

아버지는 나를 놀리곤 했다.

전쟁은 내 삶의 우선순위를 바꿔 놓았다. 나는 앞으로의 목표나 물건보다 기억에 더 매달렸다. 하지만 그럼에도 나의 영혼을 위로하고 희망을 꿈꾸게 하는 귀중한 물건들이 몇 개 남아 있었다. 그리고 그 순간 알아차렸다.

내 여행 가방에서 뭔가가 사라졌다.

알프레트

가장 소중한 사람에게,

지금쯤 아마 당신의 부드러운 귀에도 새로운 뉴스가 가득 차 있을 거예요. 러시아군이 이 지역을 약탈하고 있다는 소식을 들었겠죠. 천박한 이 볼셰비키 놈들은 네덜란드의 독한 술과 손목시계 말고는 관심이 없어요. 하이델베르크에도 이런 소식이 전해지나요? 로레? 보통 사람들은 이런 세부 사항을 그냥 지나칠 수밖에 없어요. 그래서 나 같은 기록관들이 세부 사항을 전해야 해요. 하지만 잔혹 행위들에 대해 이야기하면 당신의 여린 마음이 다칠까 봐 걱정돼요. 가령 이러한 사실 말이에요. 지난달에 폴란드의 슈톨프에서만 600명의 러시아 아기가 태어났대요. 작년, 러시아 야만인 놈들이 침략한 이후로 말이죠. 우리 총통 각하에 대한 모욕이에요. 그래요. 이런 이야기는 하지 않는 게 좋겠어요.

그 대신 기분 전환을 위해 이 배 구스틀로프호가 얼마나 경이로운지 이야기해 줄게요. 당신은 비밀을 좋아하니까 위험을 무릅쓰고 이야기해 줄게요. 물론 당신에게 전해진 비밀들은 안전할 거예요. 사랑하는 하넬로레. 당신은 비밀을 지키는 것도 좋아하니까요. 하지만 이 편지를 읽고 나면 반드시 난롯불에 편지를 던지도록 해요.

배의 굴뚝은 동료들이 깔때기라고도 부르는데 높이가 13미터예요. 하지만 당신도 나도 겉모습이 사람을 속일 수 있다는 걸 잘 알고 있죠. 놀랍게도 매우 인상적인 이 굴뚝은 가짜예요. 실제로 작동하는 굴뚝이 아니에요. 어떻게 알았냐고요? 글쎄요, 나 같은 남자는 이러한 특별한 정보를 쉽게 접할 수 있답니다.

나는 이번 주에 순찰 근무를 하던 중 이 굴뚝을 발견했어요. 굴뚝 안에는 멋진 철제 사다리가 있고 사다리 끝에는 커다란 선반이 있어요. 나는 거기에 앉아서 갑판을 내다봤어요. 그리고 일부 군인들이 하지 말아야 할 일을 하는 걸 목격했어요. 나는 이 정보를 기록해서 잘 가지고 있다가 나중에 필요할 때 사용할 거예요. 마지막 카드를 쥐고 있는 느낌이 썩 괜찮네요.

우리는 배의 공동 구역에 있는 모든 가구를 치웠어요. 마지막 의자와 테이블 하나까지 말이에요. 피난민들을 수용하기 위해서죠. 그들은 모든 공간과 통로 위에 놓여진 매트리스에 앉을 거예요. 물론 장교들과 고위층 독일인들은 배의 정식 객실에 짐을 풀 거고요.

하이델베르크에 있을 때 어머니는 항상 내가 친구가 없다고 안타까워했죠. 하지만 여기에서는 날마다 새로운 사람을 소개받아요. 바로 오늘만 해도 배의 인쇄 소장인 오이겐 야이슬레를 새로 만났어요. 탑승권을 발행하는 책임을 맡은 사람이죠. 탑승권은 모두가 탐내는, 자유로 향하는 길을 열어 줄 종잇조각이에요.

"이건 금괴보다 더 값비싸질 거야."

야이슬레가 내게 말했어요.

그가 화장실에 가느라 잠시 자리를 비웠을 때 나는 후손들을 위해 탑승권을 한 묶음 챙기기로 마음먹었어요. 그는 전혀 개의치 않을 거예요.

소중한 하넬로레. 오늘 소식은 여기까지예요. 이러한 이야기들이 당신의 그리움을 달래 줄 수 있기를.

마음속으로 쓰는 편지를 이렇게 끝맺었다. 하지만 이내 한 가지 이야기를 빠뜨렸다는 걸 깨달았다.

구스틀로프호에는 구명보트가 12대밖에 없다. 나머지 10대는 어디론가 사라져 버렸다.

플로리안

제단 근처에 쭈그리고 앉아서 폴란드 소녀를 지켜봤다. 소녀는 나를 찾고 있었다. 소녀가 고개를 돌리자 나는 작은 출입구로 쏜살같이 뛰어갔다. 안으로 기어가서 작은 문을 등으로 밀어서 막았다. 어릴 적 틸지트에 살 때 언젠가 동네 교회에 있는 파이프 오르간 안에 들어간 적이 있었다. 그곳은 완벽한 은신처였다. 그래서 나는 이 성당을 보자마자 오르간을 목표물로 삼았다. 어른들이 나를 귀찮게 할 일은 없을 것이다. 따분해 하는 아이들이나 둘러본다면 모를까.

너무 비좁아서 움직일 수 있는 공간이 거의 없었지만, 상관없었다. 드디어 혼자가 됐고 추위를 피할 수 있는 데다, 목표에 한 발짝 더 다가섰다. 나는 파이프 오르간 뒤에서 무리를 지켜봤다. 폴란드 소녀의 분홍색 모자가 지치고 핼쑥한 수백 개의 회색빛 얼굴들 속에서 달걀 모양 사탕처럼 까닥거렸다. 사람들이 모두 삶은 고기처럼 보였다. 간호사 여자는 계속해서 성당 안을 훑어봤다. 도움이 필요한 사람을 찾는 걸까? 먹을 것을 찾는 걸까? 아니면 혹시, 나를 찾는 걸까? 신경 쓰지 않으려 애썼다.

겨우 혼자 있게 된 덕분에 마침내 배낭을 열 수 있었다. 미술 도구와 노트를 꺼냈다. 작은 상자는 그대로 있었다. 랑게 박사가 상자를 열어 봤을까? 때때로 랑게 박사는 자신의 희열을 위해서 상자를 열고 귀한 '호박 방'에서 해체해 가져온 사각형 판들을 바라보며 감탄했다. 마치 사람들이 빈티지 브랜디 병을 보면서 즐기듯이 그 경험을 음미했다. 처음에 나는 그의 반응에 매우 감명을 받았다. 그것이 예술에 대한 열정이라고 생각했다. 하지만 그렇지 않았다. 그를 흥분시키는 것은 비뚤어진 탐욕과 권력이었다.

프로이센에서 만들어서 러시아의 표트르 1세에게 선물한 '호박 방'은 호박, 보석, 금, 그리고 거울들로 만들어진 화려하고 번쩍거리는 방이다. 1941년에 나치는 레닌그라드 근처의 푸시킨에 있는 예카테리나 궁에서 호박 방을 약탈해 갔다. 27개의 상자에 나눠어 포장된 호박 방은 히틀러가 가진 예술적 야망을 상징했다. 히틀러는 호박 방을 운반하는 전략을 짰고 많은 고민 끝에 호박 방은 27개의 상자에 나눠어 담긴 채로 쾨니히스베르크로 비밀리에 수송됐다.

랑게 박사는 호박 방을 보호하는 일의 총책임자였다. 그리고 나는 랑게 박사 밑에서 일했다.

미술계의 어떤 사람들은 호박 방이 저주를 품고 있다고 했다. 하지만 랑게 박사는 그 말을 들으려 하지 않았다. 그는 호박 방이 전 세계의 보물 중 가장 위대한 보물이라고 말했다. 나는 호박 방을 만져도 된다고 그가 허락한 유일한 사람이었다. 그는 내 손에 꼭 맞는 특별 맞춤 장갑을 선물해 줬다.

"우리가 지금 뭘 가지고 있는지 알고 있니, 플로리안?"

랑게 박사는 황금빛 석조에 박혀 있는 반짝이는 보석들을 칭찬하며 숨을 헐떡였다.

러시아 병력이 점점 접근해 오자 랑게 박사는 호박 방이 들어 있는 27개의 상자를 옮기는 일은 제국의 유산을 보존하는 일이라고 확신에 차 말했다. 하지만 사실 랑게 박사와 코흐 지도관은 자신들만의 계획이 있었다. 그들은 자신들을 위해 호박 방을 숨겼고 그 과정에서 최악의 범죄에 나를 연루시켰다. 필요할 때 죄를 뒤집어씌울 수 있는, 어리고 순진한 수습생을 이용한 것은 치밀하고 영리한 계획이었다.

운반하기 전 상자들을 밀봉할 때 나는 한 상자가 다른 상자들과 다르다는 것을 알아차렸다.

"왜 이 상자는 다르게 표시돼 있나요?"

내가 랑게 박사에게 물었다.

그는 잔뜩 흥분해서 말을 제대로 잇지 못했다.

"그 상자 안에는."

그가 숨을 내쉬었다.

"또 다른 매우 작은 상자가 있단다. 그 작은 상자 안에는 호박 방의 왕권을 상징하는 보석이 들어 있지."

"그게 뭔데요?"

"아주 작은 호박 백조야. 총통이 가장 아끼시는 것이지."

랑게 박사는 자신의 가슴에, 정확하게는 심장 위에 손을 올렸다.

우리는 성 아래 비밀 저장고를 파서 상자들을 그 안에 넣고 문을 잠갔다. 그런 다음 오래돼 보이도록 돌바닥에 물감을 칠했다. 그 누구도 저장고로 향하는 문을 알아챌 수 없었다.

하지만 나는 그것이 어디에 있는지 알고 있다.

또한 열쇠도 가지고 있다.

나는 작은 나무 상자의 뚜껑을 조심스럽게 열고서 지푸라기들을 걷어 냈다. 침침한 조명에도 불구하고 호박 백조는 반짝이며 찬란한 빛을 뿜었다. 사람들은 그것을 위해 싸우고, 그것을 위해 죽이고, 그것을 위해 죽었다.

그리고 나는 그것을 가지고 있다.

랑게 박사가 열쇠를 찾아봤을까? 나의 배신을 알아챘을까?

나는 조심스럽게 호박 백조 위에 지푸라기들을 덮고 뚜껑을 덮었다. 열쇠는 랑게 박사를 향한 나의 복수이다. 호박 백조가 담긴 작은 상자는 더 중요하다.

이것은 히틀러를 향한 나의 복수이다.

에밀리아

신발 시인이 아침 일찍부터 사람들의 발을 지팡이로 두들겨 댔다.

"얼음 호수를 건너야 할 시간이야. 여름이면 수영을 해서 건널 텐데. 나는 수영을 정말 잘하거든."

신발 시인이 떠돌이 소년에게 말했다.

신발 시인은 우리가 일단 얼음 호수를 건너기만 하면 좁고 기다란 땅을 따라 걸어서 항구에 도착할 수 있다고 했다. 다른 선택의 여지는 없었다. 러시아군이 사방에서 우리를 둘러싸고 있었다. 그런데 기사는 도대체 어디에 있는 걸까? 혼자 얼음 호수를 건너간 걸까?

나는 요안나와 에바가 말하는 것을 우연히 들었다.

"화장품 가진 것 좀 있어요? 에밀리아를 좀 더 나이 들어 보이게 해야 할 것 같아요. 신분증에 있는 라트비아 사람처럼 말이에요. 군인들에겐 에밀리아가 남자 친구를 만나러 가는 길이라고 말할 거예요."

남자 친구.

나는 아우구스트가 그의 고향에서 얼마나 열심히 일했는지 생각했다. 그는 매우 친절한 사람이라서 부엌 안까지 들어와서 자기 어머니의 잔인한 행동에 대해 사과했었다.

"어머니는 신경 쓰지 말아요, 에밀리아. 언젠가는 뿌린 대로 거둘 거예요."

나는 그저 관찰하는 것만으로 그에 대해 여러 가지를 알 수 있었다. 그를 가장 기쁘게 하는 토끼 사냥 구획이 어딘지, 그가 봄보다 가을을 더 좋아한다는 사실, 그가 아침 식사를 부모님과 함께하기보다 차라리 마구간에서 혼자 빵으로 때우려 한다는 사실 따위를 알아냈다.

나는 엄마의 말을 기억하며 그를 골똘히 관찰했다.

"얘야, 주의 깊게 관찰한다면 물어볼 필요가 없단다."

엄마는 사람들을 잘 관찰했다. 우리 집을 찾은 손님들은 커피에 넣을 크림이나 차와 같이 먹을 잼을 부탁할 필요가 없었다. 엄마는 훨씬 이전부터 그들의 취향을 기억하고 준비해 두었다.

요안나는 누가 다쳤는지 알아내고 나는 기사에 대한 비밀들을 알아냈다. 하지만 나의 비밀은 아무도 알아내지 못할 것이다. 냉장창고 위에 있던 큰 까마귀들은 알고 있을지도 모르지만.

요안나

차가운 돌바닥에서 잠을 자서 그런지 허리와 등이 아팠다. 나는 한밤중에 잠깐 잠에서 깼다. 그러다가 독일 청년이 어둠 속에서 나를 내려다보는 꿈을 꿨다. 눈을 한 번 깜박이자 그는 사라져 버렸고 나는 그것이 꿈이라는 걸 깨달았다.

그의 상처가 걱정됐다. 스스로에게 그렇게 말했다. 하지만 진실이 나를 쿡쿡 찔렀다. 나는 왜 그를 찾는 걸까? 그의 상처는 잘 아물고 있었다. 그는 다른 대부분의 사람보다 더 튼튼했다. 부끄럽지만 인정할 수밖에 없었다. 그를 다시 보고 싶었다. 그의 상처를 보기 위해서가 아니라 그의 이름, 그의 임무, 그리고 그가 내 가방에서 그림을 가지고 간 이유를 알고 싶었다. 잉리트는 그가 도둑이라고 말했다. 하지만 잉리트는 그가 나를 알고 싶어서 그런 거지 나에게 상처를 주기 위해 그런 게 아니라고 했다. 나는 잉리트의 말을 믿고 싶었다. 그러나 전쟁은 야만성으로 넘쳐났다. 괜찮은 청년이 세상에 한 명이라도 남아 있기는 한 걸까?

"그는 여기 어딘가에 있을 거예요."

잉리트가 미소 지었다.

"우리를 지켜보면서요."

나는 전날 밤보다 몇 배는 더 혼잡해진 성당 안을 훑어보면서 잉리트의 말이 맞지 않을까 생각했다.

"요안나."

잉리트가 내 쪽으로 손을 뻗으며 속삭였다.

"러시아군이 점점 더 가까이 오고 있어요. 당신이 없었다면……. 내게 어떤 일이 생겼을지 생각조차 할 수 없어요."

"이제 얼음 호수를 건너기만 하면 돼."

내가 잉리트를 안심시켰다.

"거의 다 왔어. 언덕 아래로 조금만 내려가면 호수를 건널 수 있어."

우리는 짐을 주섬주섬 챙겼다. 잉리트는 독일 군인이 준 부드러운 스카프를 목에 감았다.

성당을 나서는 순간 에밀리아가 빨간색 립스틱을 바른 채 나를 보며 싱긋 웃었다.

얼마나 대단한 집단인가. 사랑에 빠져 임신한 소녀, 친절한 구두 수선공, 고아 소년, 눈먼 소녀, 거기에다 정작 자신이 가장 많은 자리를 차지하면서도 모두가 걸리적거린다고 투덜대는 거인 여자까지. 그리고 나. 가족을 그리워하고 인생의 두 번째 기회를 간절히 구하는 외로운 여자가 있었다.

우리는 첫 번째 대열에 끼어 얼음 호수를 건너게 됐다. 얼음 호수는 넓게 트여 광활해 보였다.

"각 무리 사이에 50미터를 유지하세요."

군인이 지시했다.

"한꺼번에 얼음에 압박을 줘서는 안 됩니다. 서둘러요."

어떻게 서두를 수 있단 말인가? 걸어가야 할 거리는 수 킬로미터였고 얼음 바닥은 미끄러웠다.

"내가 맨 앞에서 갈게요."

잉리트가 말했다. 여전히 눈 위에 붕대를 두른 채였다.

"혼자서요."

"절대 안 돼. 모두 함께 갈 거야."

내가 잉리트에게 말했다.

"내가 잉리트와 함께 가지. 얼음을 시험해 보기엔 신발 밑창보다 지팡이가 나을 거야."

신발 시인이 말했다.

"안 돼요. 혼자 있을 때 얼음을 제대로 느낄 수 있어요. 얼음이 단단한지 그렇지 않은지 확인하고 알려 줄게요. 그런 다음 다른 사람들과 함께 수레를 끌고 오세요."

잉리트는 양손으로 앞을 더듬더듬하면서 얼음판 위를 걸어갔다. 한 발짝 내디디고 멈춰 서서 소리를 들었다.

그런 다음 다시 한 발짝 내디뎠다.

태양이 처음으로 얼굴을 드러내며 얼음 호수 위에 햇볕을 비췄다. 잉리트 앞의 얼음판은 시뻘건 색이었다. 피가 얼어붙은 것이다. 잉리트는 앞으로 나가다가 재빨리 발을 뒤로 뺐다. 마치 얼룩을 느낀 것처럼. 잉리트는 꽁꽁 언 호수 위에서 홀로 꼼짝도 하지 않고 서서 호흡을 가다듬었다. 그런 다음 얼어붙은 핏자국 위로 조심스럽게 한 걸음 내디뎠다. 잉리트는 몇 걸음 더 앞으로 걸어갔고 우리와 20미터는 족히 벌어졌다. 잉리트가 눈에 붕대를 감은 채 홀로 걸어가는 모습을 더 이상 보고만 있을 수가 없었다. 나는 잉리트와 합류하기 위해 앞으로 걸어갔다.

"내가 갈게, 잉리트."

"그래요. 얼음이 튼튼해요. 다 같이 와요."

잉리트가 소리쳤다.

잉리트를 향해 걸어갔다. 무리의 나머지 사람들도 조심조심 천천히 걸어갔다. 얼음의 입을 최대한 빨리 벗어나기 위해서 모두 필사적이었다.

그때 잉리트의 몸이 갑자기 뻣뻣해졌다. 그리고 곧 등이 활처럼 뒤로 꺾였다.

"안 돼!"

잉리트가 비명을 질렀다.

"모두 돌아가요!"

무리 사람들은 재빨리 후퇴했다. 하지만 나는 이미 앞서 있었다. 그리고 소리가 들렸다. 러시아 전투기들이 머리 위에서 기관총을 쏘아 댔다. 제방에 있는 피난민들은 공포에 휩싸여 비명을 질러 댔다. 군인들은 눈 더미 안으로 뛰어들었다. 얼어붙은 호수 표면에 얼굴을 대고 엎드렸다. 태양이 더 밝아지면서 얼음판 그 아래에 숨어 있던 참상을 환하게 드러냈다. 죽은 말과 어린아이의 장갑이 꽁꽁 언 얼음판 아래에서 나를 노려봤다. 섬뜩한 장면에 숨이 턱 막혀서 두 눈을 질끈 감았다.

윙 하는 소리가 내 머리 위를 날아가며 호수를 부수고 깨뜨리고 터뜨렸다. 총알들이 얼음을 찢어발겼다. 후드득, 얼음 파편들이 코트에 튀었고 비명에 고막이 찢어질 것 같았다.

발포가 멈추자 눈을 떴다. 얼음판 한가운데 구멍 주변에서 붉은 핏줄기들이 번지고 있었다.

"잉리트!"

내가 날카롭게 외쳤다.

잉리트가 없었다.

그 순간 잉리트의 장갑 낀 손이 시커먼 물 밖으로 쑥 나왔다.

나는 잉리트를 향해 기어갔다.

잉리트의 손이 까닥거리면서 구멍의 가장자리를 미친 듯이 움켜잡았다.

"잉리트!"

내가 울부짖었다.

얼음판이 깨졌다.

얼음판에 난 구멍이 점점 더 커지면서 순식간에 나를 향해 달려들었다. 잉리트의 손이 절박하게 퍼덕거렸다.

그때 갑자기 두 손이 내 양 발목을 꽉 잡았다. 나는 배를 얼음판에 댄 채 뒤쪽으로 끌려가기 시작했다.

"이거 놔요!"

구멍은 점점 더 넓어졌다. 시커먼 물이 나를 향해 밀려들었다. 뒤에서 공포에 사로잡힌 비명이 터져 나왔다.

"전부 갈라지고 있어요!"

누군가가 나를 끌어당겼다. 나는 빠져나가려고 애썼다. 잉리트에게 가야 했다.

"안 돼요!"

내가 애원했다.

"잉리트!"

나는 시커먼 물이 들어 있는 구멍을 건너다봤다. 미친 듯이 움직이던 잉리트의 손이 갑자기 느슨해졌다. 그리고 손가락에서 힘이 쏙 빠지더니 천천히 동그랗게 말리면서 얼음판 아래로 사라졌다.

플로리안

나는 뒤에서 몰래 그들을 따라가고 있었다.

전투기들이 나타났을 때 폴란드 소녀는 수레에서 뛰어내려서 간호사 여자에게 기어가려고 했다. 나는 소녀를 한쪽으로 밀친 후 간호사 여자에게로 뛰어가 그녀를 잡아당겼다. 작은 소년은 내 다리를 움켜잡고 아래로 끌어당기면서 고정쇠 역할을 했다. 소년은 마른 잔가지처럼 가벼웠지만, 황소 같은 맹렬한 힘으로 나를 끌어당겼다. 나는 간호사 여자를 둑 위로 끌고 간 다음 그녀를 붙잡고 몸싸움을 벌였다.

"놔요!"

그녀가 발을 구르면서 소리 질렀다. 자신의 눈먼 친구를 구하려고 필사적이었다. 우리는 쿵 하고 바닥에 나동그라졌다. 나는 그녀를 내 무릎 위로 끌어당겼다. 그녀가 얼음판을 향해 손을 뻗었다.

"잉리트."

그녀가 몸을 떨면서 속삭였다.

"제발. 안 돼요."

망가진 인형처럼 간호사 여자의 목이 축 늘어졌다. 그녀의 턱이 내 가슴팍에 떨어졌다. 그녀가 울기 시작했다.

얼음판의 부서진 조각이 움직였다. 그리고 눈먼 소녀의 푸른색 스카프가 호수 얼음 너머 나타났다.

작은 소년이 신발 시인의 다리에 머리를 파묻었다.

"멈추게 해 주세요! 제발요, 당장이요."

"쉬이이. 그래, 그래. 클라우스."

신발 시인이 말했다.

간호사 여자는 내게 매달려서 흐느꼈다.

나는 온몸이 마비된 듯 꼼짝도 못 하고 앉아 있었다. 그녀의 어깨를 안아 주고 싶었지만 그럴 수가 없었다.

폴란드 소녀가 우리 옆에 무릎을 꿇었다. 소녀는 간호사 여자의 머리를 어루만지고 그녀의 눈물을 닦아 주면서 조용히 뭐라고 말했다. 그런 다음 소녀는 내 양팔을 들어 올려서 간호사의 어깨에 둘러 주었다.

알프레트

사랑하는 하넬로레,

항구에서 아침 인사를 보내요! 고텐하펜은 미어터질 정도로 사람들로 꽉 들어찼어요. 탈출하려는 사람들이 배에 타길 기다리며 길게 줄 서 있어요. 우리는 이들을 신중하게 등록해야 해요. 탈영한 독일군인이 피난민들 사이에 숨어 있을지도 모르니까요.

나는 자신의 비겁함을 극복하지 못하는 놈들이 불쌍해요. 자신의 약점을 자신 있게 밟고 넘어서지 못하는 놈들이죠. 로레, 당신은 히틀러 청소년단이 우리 집에 왔던 걸 봤을 거예요. 놈들은 내가 겁쟁이고 조국을 위해 복무하기엔 너무 약하다고 놀렸죠. 하지만 얼마나 헛소리인가요. 나는 당신이 그 사실을 알게 돼서 너무 기뻐요. 맞아요. 처음에 나는 히틀러 청소년단에 들어가지 못했어요. 내 아버지는 그런 나를 부끄러워했어요. 하지만 이제 저는 여기에 있어요. 다른 사람들보다 조금 늦게 부름을 받았지만요. 소년들이 실패한 것을 성공하기 위해서는 진짜 남자가 필요하지요. 정말 흐뭇해요. 히틀러 청소년단의 양아치들은 지금 어디 있나요? 아마 죽었을 거예요. 탱크 바퀴에 깔려 죽었겠죠. 그러고 보면, 죽음은 자신만의 판단력이 있는 것 같아요.

이 모두가 잔인하게 들리겠지요. 하지만 이건 전쟁이에요. 용감한 남자들은 숫자들로 치환돼요. 이 숫자들은 우리가 목에 거는 타원형 금속 원반에 두 번 새겨져요. 내가 전사하게 되면 사람들이 원반을 반으로 부러뜨릴 거예요. 절반은 내 시신과 함께 묻고 나머지 절반은 내 신분증, 개인 소지품들과 함께 사령부에 제출될 거예요.
내 군번은 42089예요.

순간 나는 몹시 궁금했다. 하넬로레에게도 번호가 있을까?

에밀리아

둑 위에서 몇 시간 동안 기다렸지만, 전투기들은 돌아오지 않았다. 물은 다시 얼어붙었고, 우리의 손과 발도 얼어붙었다.

군인들은 자신들의 구역으로 돌아갔다. 그들은 우리가 얼음 호수의 다른 부분을 이용해 건너야 한다고 주장했다. 그들은 온 정신이 하늘에 팔린 채로 사람들을 재촉했다. 나는 수레 안에 다시 자리를 잡고 앉았다. 기사는 요안나의 팔꿈치를 붙잡고 있었다. 우리에게서 눈먼 소녀를 앗아간 구멍 속으로 뛰어들까 봐 걱정하는 것 같았다. 그는 요안나와 가까이 닿는 걸 두려워했지만 한편으론 필사적으로 그녀와 닿고 싶어 했다.

얼음 호수를 건너면서 숨을 참았다. 잉리트가 얼어붙은 얼음 호수 아래 있다는 생각에 온몸이 벌벌 떨렸다. 얼음판은 아파하고 신음했다. 마치 너무 오랜 세월을 버틴 나머지 언제라도 부러질 것처럼 삐거덕거리는 노인의 뼈 같았다. 삐거덕거리는 소리가 날 때마다 신경이 곤두섰다. 나는 양손으로 배를 감쌌다. 신발 시인은 맨 앞에서 걸어가면서 지팡이로 얼음판을 툭툭 두드리고 고개를 끄덕였다.

"얼음판이 관절염에 걸리긴 했지만 아직 골절되진 않았군."

신발 시인이 말했다.

"모두 서둘러. 윗부분이 약간 녹았어. 몇 킬로미터는 더 가야 돼."

몇 킬로미터는 더 가야 한다니.

허리 아래에서 다시 경련과 통증이 시작됐다. 더 이상 밖을 볼 수가 없었다. 나는 냉랭한 수레 안에 누워서 눈을 감고 아우구스트에 대해 생각했다. 마음속에는 따뜻한 햇볕이 밝게 내리쬈다. 울타리가 없는 목초지는 반질반질한 벨벳처럼 사방으로 펼쳐져 있었다. 창가의 화단에는 어여쁜 꽃들이 만발해 있었고 나뭇가지들은 잘 익은 자두를 주렁주렁 달고 늘어져 있었다. 아우구스트는 자신의 말인 타베스를 타고 땀범벅이 된 채 농장으로 돌아왔다.

내 아래에서 수레바퀴들이 휘돌고 바닥을 긁는 소리가 들렸다. 아무도 물어보지 않았기 때문에 말하지 않았지만, 나는 수영을 할 줄 모른다.

요안나

몇 시간 후, 우리는 얼음 호수의 반대편에 이르렀다. 아무도 축하하지 않았다. 그 대신 모두 아무 말 없이 둑 위로 걸어 올라갔다. 마침내 에바가 입을 열었다.

"모두 물에 빠져 죽는 줄 알았어. 자루에 든 고양이처럼 말이야."

떠돌이 소년이 에바를 올려다봤다. 눈물이 가느다란 고드름처럼 뺨 위에 얼어붙어 있었다.

"미안해."

에바가 말했다. 갑자기 분노에 휩싸였다. 나는 독일 청년의 팔을 확 잡아당겼다.

"잉리트를 구할 수 있었어요."

"아니요. 구할 수 없었어요. 적군들이 얼음만 쏜 게 아니라 잉리트도 쐈어요."

"물에 빠진 사람을 구할 순 있는 거잖아요! 가능하잖아요. 당신이 방해했어요."

"네, 그랬어요. 수온만으로도 죽기에 충분했어요. 당신도 죽을 뻔했어요."

"당신이 어떻게 알아요!"

“자, 자. 잉리트에 대한 기억을 더럽히지 말자고.”

신발 시인이 독일 청년에게 손짓했다.

“요안나, 그가 너와 에밀리아의 목숨을 구했어. 에밀리아도 잉리트에게 기어가려고 했거든. 내가 봤어. 그가 에밀리아도 막았다구.”

“에밀리아, 괜찮니?”

수레에 타고 있는 에밀리아를 향해서 외쳤다.

“네, 괜찮아요.”

에밀리아가 고개를 끄덕였다.

“여자들 모두를 잃을 수도 있었어.”

신발 시인이 말을 이었다.

“그녀는 아니죠.”

독일 청년이 에바를 보며 말했다.

“그녀의 커다란 발은 땅에 뿌리 내린 듯 꿈쩍도 안 하던데요. 누구를 구하기 위해 조금도 움직이지 않았어요.”

“뿌리 내린 발이라. 그걸 곰팡이 감염이라고 부르지.”

신발 시인이 떠돌이 소년에게 말했다.

군인 한 명이 우리 무리를 향해 걸어오며 말했다.

“신분증!”

나는 독일 청년을 내 쪽으로 끌어당기며 속삭였다.

“당신은 내게 빚진 거예요.”

플로리안

그녀에게 빚을 졌다고? 왜 내가 그녀에게 빚이 있지? 그녀의 목숨을 구해 줬는데.

나는 군인이 내 신분증을 보고 있는 동안 주의를 분산시키려 애썼다.

"저쪽은 모두 패닉 상태예요. 친구 하나가 얼음 호수 아래로 빠졌거든요."

"하나라니 운이 좋네요. 어제는 수십 명을 잃었어요. 빌어먹을 러시아 놈들."

그가 내 신분증을 훑어봤다. 그리고 날카로운 눈으로 나를 쳐다봤다.

"아직 물건을 가지고 있나요?"

"네."

"코흐 지도관이 서명하셨군요."

군인이 말했다.

그의 표정을 읽을 수가 없었다. 묻는 것인가 아니면 인정하는 것인가?

"네, 서둘러야 합니다."

내가 그에게 말했다.

"여기서 기다리십시오."

그가 뒤로 돌더니 다른 군인에게 걸어갔다. 내 맥박이 빨라졌다.

나머지 사람들은 우리의 대화를 엿듣고 있었다.

"이리 와."

신발 시인이 다른 사람들을 모으면서 말했다.

"알아서 하게 내버려 두자고."

폴란드 소녀는 무리에서 떨어져 나와 내 옆에 섰다.

훨씬 쉬울 수도 있었다. 나는 얼음 호수를 혼자 건널 수도 있었다. 이들 무리라는 짐을 지지 않고서 말이다. 모두가 눈먼 소녀를 구하려고 애쓸 수도 있었다. 아마 그랬다면 모두 물에 빠져 죽었을 것이다. 그랬다면 훨씬 더 쉬웠을 것이다. 그리고 훨씬 더 힘들었을 것이다.

"제발."

목소리가 너무 작아서 내가 들은 게 맞는지 확신할 수 없었다. 폴란드 소녀를 내려다봤다. 소녀는 빨간색 립스틱을 발랐다. 그리고 땋았던 금발 머리를 풀어헤쳤다. 또 분홍색 모자를 푹 눌러 쓰고 있었다.

"제발."

소녀가 다시 속삭였다.

"제발요."

군인과 그의 상관이 내 신분증에 대해 논의하고 있었다. 랑게 박사와 코흐 지도관이 벌써 발견한 것일까? 반역자 명단에 내 이름이 있을까? 그렇다면 곧 뒤통수에서 권총의 움직임을 느끼게 될 것이다.

되돌아온 군인이 나를 뚫어지게 쳐다봤다.

"필라우로 간다고 추정하면 됩니까?"

군인이 물었다.

"추정?"

내가 권위를 풍기며 말했다. 그가 본심을 더 드러내게 해야 했다.

"코흐 지도관이 필라우로 가고 있는 길일지도 모른다고 들었습니다."

"아뇨, 나는 필라우로 가지 않습니다."

내가 말했다.

"그렇다면 고텐하펜으로 갑니까?"

그가 물었다.

고텐하펜은 다른 방향이었다.

"맞습니다. 고텐하펜."

"알겠습니다. 베크 님. 하지만 고텐하펜은 걸어서 가기에 상당히 멉니다. 작은 보트를 구할 수 있을 겁니다."

갑자기 그가 폴란드 소녀를 보고서 눈살을 찌푸렸다.

"당신 아이를 밴 건가요?"

그가 활짝 웃으며 말했다.

"신경 쓰지 마시오. 그녀는 저 무리와 일행입니다. 그들은 내가 부상을 입었을 때 도와줬습니다. 결과적으로 코흐 지도관과 총통 각하를 도왔다고 할 수 있죠."

그의 손에서 내 신분증을 낚아챘다.

"코흐 지도관을 만난 적이 있나요?"

내가 묻자 군인이 고개를 저었다.

"아니요. 하지만 그분에 대해 들은 적은 있습니다."

당연히 그럴 것이다. 코흐의 잔인한 악명은 그를 유명하게 만들었다. 그리고 그를 두려워하게 만들었다.

"왜 코흐 지도관은 당신에게 군복을 입히지 않은 건가요? 그편이 더 안전할 텐데요."

"그럴지도. 하지만 어떤 부대에 질질 끌려서 전쟁터에 나갔을지도 모를 일이죠. 알다시피 코흐 지도관은 자신의 일이 널리 알려지는 걸 좋아하지 않거든요. 이건 사적인 용무입니다."

내가 그를 노려보면서 말했다.

그가 고개를 끄덕였다.

"잘 들어요. 고텐하펜으로 가는 그 보트가 필요해요. 지금 당장."

알프레트

"서둘러!"

서둘러라, 서둘러라, 항상 서둘러야 했다. 그러나 나는 서두르면 늘 손이 가려워졌다.

나는 오늘 구스틀로프호의 폐쇄된 상갑판에 배정됐다. 이 상갑판은 산부인과 병실로 차려지는 중이었다. 전쟁 중에 임신을 하면 얼마나 불편할까. 정말 생각 없는 여자들이다. 내 어머니라면 분명 그렇게 하지 않았을 것이다. 나는 아버지와 침실을 따로 쓰던 어머니를 떠올렸다. 하지만 즉시 생각을 떨쳐 버렸다. 아버지에 대해서는 생각하지 않는 편이 더 나았다.

"의사들은 어느 선실에 머물지?"

나무로 된 아기 침대들을 일렬로 세우면서 물었다.

"의사가 여러 명이라도 되는 양 '의사들'이라고 말하는군."

군인이 대답했다.

"의사 한 명이 여자들과 부상 당한 군인들 모두를 돌볼 거라 보는데."

한 명의 의사가 모든 환자를 돌본다고? 하지만 나는 내 실수를 바로 깨달았다.

"그러면 간호사들이 대부분의 일을 하겠네. 그래. 그게 훨씬 낫지."

"간호사들? 간호사는 찾기 어려울걸. 지금은 전쟁 중이야, 친구. 만약 누군가가 아기를 낳는다면 네가 직접 아기를 받아야 할걸."

역겨웠다. 이런 때 임신을 할 만큼 조심성이 없다면 스스로 해결해야 하는 것 아닌가. 총통의 가장 뛰어난 군인 중 하나가 할 만한 일은 아니다.

"글쎄, 의료진이 더 많이 필요할 것 같은데. 우리는 이미 혹사당할 대로 혹사당해 한계에 다다랐다고."

내가 불평했다.

그때 다른 한 사병이 히죽히죽 웃었다.

"그렇지. 테이블보를 접고 매트리스를 까느라 말이지. 그런 일들은 정말로 사람을 혹사시키지. 차라리 최전선에서 러시아 놈들을 죽이고 싶어. 다리가 망가져서 당신 같은 사람들과 여기에 있는 신세지만."

그가 나를 쳐다봤다.

"이건 중요한 임무야. 우리는 2천 명의 사람들을 통솔할 거라고."

내가 그의 말을 정정했다.

"2천 명? 이 커다란 배가 고작 2천 명만 태울 거라고 생각해? 누가 그러던가?"

그가 웃음을 터뜨렸다.

에밀리아

우리는 추위에 몸을 떨며 둑 위에 앉아 있었다. 배가 땅겼다. 나는 피난민들이 호수와 발트해 사이의 좁고 긴 땅을 따라 다시 하염없이 걸어 내려가는 모습을 지켜봤다. 왼쪽으로 가면 고텐하펜이다. 오른쪽으로 가면 필라우이다. 어느 쪽으로 가든 또다시 기나긴 여정이 될 터였다.

우리 무리는 논쟁을 벌이다 마침내 고텐하펜을 택했다. 사람들은 고텐하펜으로부터 출발하는 항해가 더 짧으리라 생각했다. 다음 논쟁은 어떻게 고텐하펜까지 갈 것인지에 대해서였다.

"걸어가면 돼."

에바가 말했다.

"너무 멀어요. 보트를 타면 호수를 가로질러 더 빨리 갈 수 있어요."

요안나가 주장했다.

"러시아 군인들이 우리 머리 위에 있어요. 낭비할 시간이 없어요."

"이렇게 하면 돼."

신발 시인이 조언했다.

"걸어가는 가족에게 우리 말과 수레를 빌려주는 거야. 그들은 이동 수단이 생긴 것에 고마워하겠지. 그럼 우리는 작은 보트를 빌려서 고텐하펜에 간 다음 거기서 그들에게 우리 물건을 돌려받는 거야. 누이 좋고 매부 좋고."

나는 내 것이라고 할 물건이 하나도 없었다. 주머니에 있는 썩은 감자 한 개가 다였다. 이게 내가 가진 전부였다.

아빠가 생각났다. '넌 내가 가진 전부란다.' 아빠는 늘 내게 말했다. 그러나 아빠는 엄마의 죽음으로 완전히 변했다. 어느 날 아빠의 뒤통수에 흰머리 한 줌이 생겼다. 내가 이에 대해 말하자 아빠는 그것이 특별하다고, 천사의 머리라고 말했다. 다른 것들도 변했다. 아빠의 피부는 흠뻑 젖은 빨래처럼 축 늘어진 채로 뼈에 널려 있었다. 또 두 손에 얼굴을 파묻고 있을 때가 많았다.

곧 나의 행복이 아빠를 가장 기쁘게 한다는 걸 알았다. 그래서 행복하지 않아도 행복한 것처럼 보이는 법을 배웠다.

아빠는 항상 나를 걱정했다. 아빠는 나의 안전을 위해 나를 동프로이센에 있는 클라이스트스 아저씨의 농장에 보낼 것이라고 말하면서 눈물을 흘렸다. 나는 싫다고 비명을 지르고 싶었다. 하지만 아빠가 사랑하는 모든 것을 잃고 슬퍼하는 모습을 지켜보는 게 너무 가슴 아팠다. 그래서 나는 아빠에게 아빠 생각이 옳고 그것이 최선이라고, 그리고 나는 괜찮다고 안심시켰다. 또 우리가 몇 년 안에 만날 거라고 말했다. 겨울의 전쟁이 끝나고 봄이 되는 때에.

나는 연기에 능숙해졌다. 너무 능숙해져서 얼마 후에는 진심이 무엇인지, 거짓말이 무엇인지 경계가 희미해졌다. 그리고 때때로 나 자신조차도 속여 넘겼다.

플로리안

폴란드 소녀는 포기하지 않을 것이다. 소녀는 15살에 남자 친구의 아이를 배고 있고 자유에 대한 희망을 품고 있다. 게다가 소녀는 용감했다. 부정할 수 없다.

부정할 수 없는 사실이 또 하나 있다. 시간이 없어져 가고 있다. 나는 시골 전초 기지의 어린 보초 몇 명에게 윽박지르는 방법으로 여기까지 왔다. 하지만 고텐하펜은 완전히 다를 터였다. 고텐하펜은 나치 정권의 독일 해군인 '크릭스마리네'의 주요 기지이다. 주둔군이 더 많고 경계가 더 삼엄할 것이다. 게다가 해군 기지와 항구는 러시아 '붉은 군대'의 첫 번째 표적이다.

군인들은 코흐가 쾨니히스베르크를 떠났다고 했다. 언제 떠났을까? 그리고 지금 정확히 어디에 있을까?

날은 추웠고 눈이 세차게 내렸다. 하지만 날씨는 내게 문제가 되지 않았다. 추위는 상처에 염증이 생길 위험을 줄여 준다. 또한 정신이 번쩍 들게 해 준다.

"베크 님. 저 배를 이용하시면 됩니다."

군인이 외쳤다. 썩어 가는 부두를 향해 작은 보트가 빠르게 다가왔다. 나는 아무 말도 하지 않고 부두를 향해 걸어갔다. 분홍색 모자가 바짝 뒤따랐다.

만약 폴란드 소녀를 보트에 태워야만 한다면 그렇게 할 것이다. 그러나 나는 소녀를 고텐하펜의 혼돈 속에 내버려 두고 떠날 것이다. 소녀는 자신의 라트비아 신분증과 임신 문제를 혼자 해결해야 할 것이다.

안도감이 스쳤다. 곧 다시 혼자가 될 수 있다. 나는 부두 위로 걸어 올라가서 보트의 선장에게 고개를 끄덕였다.

"잠깐만요, 당신들 전부요?"

그가 물었다.

고개를 돌리니 그들이 내 뒤에 서 있었다. 작은 소년이 귀가 하나 없는 토끼 인형을 들고 다가와 자기도 고텐하펜에 갈 수 있느냐고 물었다.

간호사 여자의 눈이 나를 똑바로 바라봤다. '맞아요, 당신은 내게 빚이 있어요.' 그녀의 두 눈이 이렇게 말하는 것 같았다.

알프레트

안녕, 사랑하는 하넬로레.

나는 구스틀로프호의 갑판에서 바람을 쐬고 있어요. 날씨는 영하 10도나 되고 차가운 바람이 휘몰아치지만 자유롭게 숨을 쉬니 정말 좋아요. 너나 할 것 없이 다들 담배를 피우는 것 같아요. 내가 얼마나 담배 연기를 싫어하는지 잘 알 거예요. 만약 여기 있는 많은 젊은 여자들처럼 당신의 어여쁜 입을 불결한 것으로 더럽히는 모습을 본다면 나는 정말 화가 날 거예요. 그런 적이 있나요, 하넬로레? 물론 없겠지요.

갑판 위에서 내려다보면 항구와 그 주변이 한눈에 들어와요. 저 아래에 3만 명은 족히 있는 것 같아요. 탈출 작전은 아직 정식으로 시작하지도 않았는데요.

항구에는 우리 배를 포함해 다른 배들이 한데 모여 있어요. 한자호, 상선들, 오래된 어선들, 저인망 어선들, 심지어 근처 호수에서 피난민들을 실어온 소형 보트들도 있어요. 구스틀로프호는 독일 항구인 킬까지 항해할 것이고 예상 항해 시간은 48시간이라고 해요. 나는 구스틀로프호가 거친 날씨에 잘 버틸 수 있을지 염려돼요. 화창한 하늘 아래에서의 평화로운 항해를 위해 건조된 유람선인 데다 지난 4년 동안은 아예 항해도 하지 않았거든요.

구스틀로프호를 책임지는 선장 중 한 명은 페테르젠 선장이에요. 60대 중반의 유쾌한 백발 신사죠. 해군 중 많은 군인이 항구를 지키기 위해 해안에 있어요. 그래서 구스틀로프호에는 이들 대신에 크로아티아 갑판 선원들이 승선했어요. 모든 걸 이들과 공유해야 한다는 게 무척 성가셔요. 하지만 걱정하지 말아요. 나에겐 방법이 있으니까요. 오늘 나는 화장실 한 곳에 고장 표시를 했어요. 따라서 지금부터 죽 그곳을 독점할 수 있는 거죠. 당신의 알피가 얼마나 영리한지 잘 알겠죠.

고향 사람들은 나의 똑똑함이나 능력을 제대로 인정하지 않았어요. 그들은 나를 날개에 문제가 있는 새라고 생각했어요. 항상 둥지 가까이에 머물러야만 하는. 그들은 진실을 알지 못했어요.

아무도 나의 기발한 능력과 목표를 알지 못해요. 하지만 나는 그들 모두를 놀라게 할 거예요, 하넬로레. 전쟁은 온통 의무와 빠른 판단이 필요한 일투성이에요. 당신도 알겠지만 나는 최선을 다하고 있어요.

맞아요. 특출한 사람은 외로운 법이지요, 달링. 그래서 나는 나만의 둥지를 짓고 당신에 대한 생각의 깃털들로 그 둥지를 채운답니다.

요안나

땅거미가 질 무렵 고텐하펜에 도착했다. 호수에서 불어오는 바람으로 얼굴이 빨갛게 텄다. 에밀리아는 보트를 타고 이동하는 내내 앓았지만, 괜찮다고 우겼다. 항구로 걸어갈 때 보니 에밀리아의 얼굴이 샛노랬다. 에밀리아는 독일 청년의 코트 소매를 꽉 잡고 간신히 몸을 지탱했다. 빨리 에밀리아에게 쉴 곳과 먹을 것을 구해 줘야 했다.

우리는 이 항구에 도착하기 위해 몇 주 동안 먼 길을 걸어왔다. 하지만 무방비 상태로 이곳과 맞닥뜨려야 했다. 주인이 잃어버리거나 내다 버린 가축들이 어찌할 바를 모르고 길거리를 돌아다녔다. 해군 보급품을 실은 회색 트럭들이 쌩하고 지나갔다. 나무 상자, 종이 상자, 짐, 식량 등을 실은 트럭들이 줄줄이 서 있었다.

"메타!"

한 여자가 달려오면서 소리쳤다. 그녀가 내 팔을 움켜잡았다.

"혹시 우리 메타를 못 봤나요? 아직 5살밖에 안 됐어요."

파란색 포대기를 안은 여자가 울부짖으면서 지나갔다.

"아기의 젖은 기저귀가 얼어붙어 버렸어요. 잡아당겨야 할까요? 피부가 찢어지면 어떡하죠?"

사람들은 식량과 잃어버린 가족을 찾으며 비명을 질렀다.

"맙소사, 전쟁이 무슨 짓을 했는지 좀 봐."

에바가 말했다.

떠돌이 소년은 신발 시인의 다리를 붙잡고 있었다. 심지어 독일 청년도 이런 풍경에 놀란 듯 보였다.

신발 시인이 주위를 둘러봤다.

"사람이 너무 많아. 배에 타려면 며칠은 걸리겠어. 서로 떨어지면 안 돼. 만약 떨어지게 되면 저 건물에 있는 커다란 시계탑 아래에서 만나자."

신발 시인이 지팡이를 들어 멀리 있는 시계를 가리켰다.

에바가 한 여자를 멈춰 세웠다. 여자는 숄을 두른 채 유모차를 밀며 종종걸음으로 눈길을 헤쳐 가고 있었다.

"새로운 소식 없나요? 뭐 아는 거 없어요?"

에바가 물었다.

"뭘 아느냐고? 히틀러가 베를린의 벙커에 숨어 있다고 하더군."

여자의 목소리는 남자 목소리처럼 낮고 허스키했다.

"그런데 우리는 여기 있어. 우리를 위한 벙커는 어디 있지?"

그녀가 에바를 올려다봤다.

"청년, 덩치가 크군. 응?"

에바의 얼굴이 어두워졌다.

"실례합니다만, 정리가 잘 된 숙소가 있을까요?"

내가 물었다.

"정리가 잘 된?"

여자가 웃음을 터뜨렸다.

"한번 둘러 봐. 정리된 건 단 하나도 없어. 모두 엉망이지. 순진한 아가씨. 어디든 자리부터 잡고 탑승권을 구하는 데 온 힘을 다해."

무리가 나에게 가까이 걸어왔다. 떠돌이 소년이 유모차에 다가갔다. 소년의 두 눈이 휘둥그레졌다.

"아이는 어떻게 끼니를 때우고 있나요?"

내가 유모차 안을 들여다보며 물었다. 하지만 유모차 안에 누워 있는 것은 아이가 아니었다. 염소였다.

"욕하지 마."

여자가 유모차 앞을 막아서며 말했다.

"내가 가져가지 않아도 다른 누군가가 가져갈 테니까. 내겐 배고픔에 떨고 있는 아이들이 있어."

"욕하지 않아요. 우리 다 배고프니까요."

"글쎄, 이 염소는 내 거야. 당신들 건 당신들이 찾아봐."

그녀는 우리를 죽 훑어본 후 내게 가까이 오라고 손짓했다.

"영화관은 아직 구멍이 나지 않았다고 들었어. 거기는 좀 더 따듯할지도 몰라."

"고맙습니다."

내가 말했다.

그녀는 뭉그적거리며 서 있었다.

"돈을 받고 정보를 팔 수도 있었어."

그녀가 코웃음을 치더니 유모차를 밀며 가 버렸다. 염소가 매매 하고 우는 소리가 계속 들렸다. 우리는 서로를 쳐다보면서 아무 말 없이 둥그렇게 서 있었다.

마침내 에바가 입을 열었다.

"미안하지만, 저렇게 못생긴 아기는 태어나서 처음 봐."

"천만다행이지 뭐야. 요안나, 부디 네 염소는 네가 찾으렴."

신발 시인이 맞장구를 쳤다.

"영화관은 아직 구멍이 나지 않았어."

떠돌이 소년이 여자의 낮은 목소리를 흉내 내며 말했다.

바로 그때 뒤쪽에서 그의 목소리가 들렸다.

"조심해, 클라우스. 돈을 받고 정보를 팔 수도 있었다고."

독일 청년이 말했다.

참으려고 했지만 그럴 수 없었다. 나는 웃음을 터뜨렸다. 떠돌이 소년도 킥킥거리기 시작했다. 에바도 깔깔대기 시작했다. 그리고 바로 그때 가장 놀라운 일이 벌어졌다. 독일 청년이 미소 짓더니 소리 내어 웃었다. 상당히 길게.

"영화관을 찾아보자."

우리가 웃음을 멈추자 에바가 말했다. 우리는 항구와 거대한 배들을 뒤에 두고 걸어가기 시작했다. 내일 어느 배든 탈 수 있게 될까? 그렇다면 어느 배가 우리를 자유의 품으로 데려다줄까?

눈이 내리기 시작하더니 금세 머리와 어깨에 눈이 쌓였다. 독일 청년이 내 손을 꽉 잡고 끌어당겼다.

"유감이에요. 잉리트 일은요."

그가 속삭였다.

나는 고개를 떨어뜨렸다. 하지만 내가 미처 대답도 하기 전에 그는 내 손을 놓고 성큼성큼 걸어가 버렸다.

에밀리아

그는 아름다웠다.

미소를 짓자 더욱 잘생기고 아름다웠다.

그는 누가 그걸 보는 것을 싫어했다.

스스로 그것을 인정하는 것도 싫어했다.

하지만 짧은 순간 그를 봤다. 비밀과 고통에 괴로워하는 인간이 아닌 그 안에 있는 진짜 남자를.

그는 아름다웠다.

그와 아우구스트를 만나게 해 주고 싶었다. 그들은 매우 닮았다. 두 사람 모두 조용하지만 강하다.

나는 엄마가 아우구스트를 만날 수 있기를 바랐다. 아마 엄마는 아우구스트를 식탁에 앉히고서 두툼하게 자른 빵에 끈적끈적한 마멀레이드를 발라서 대접할 것이다. 산딸기 차가 가득 찬 찻주전자의 볼록한 배는 따스할 것이다. 식탁 중앙에 있는 빨간 양귀비꽃들은 유리병에 담긴 채 상냥하게 손을 흔들 것이다. 엄마는 앞치마를 풀고 아우구스트 옆에 앉겠지. 그런 다음 아우구스트의 손등 위에 손을 올려놓으면서 말하겠지. '만나서 반가워요.'

요안나는 아직 엄마가 살아 계시다. 요안나를 움직이는 원동력은 엄마와 다시 만나는 일이다. 요안나는 엄마와 만나기 위해서라면 용도 쓰러뜨릴 수 있을 것이다.

엄마는 닻이다. 엄마는 위로이다. 엄마는 집이다. 엄마를 잃은 소녀는 성난 바다에 내던져진 작디작은 보트다. 어떤 보트는 우여곡절 끝에 가까스로 육지에 다다른다. 그리고 나 같은 어떤 보트는 육지로부터 점점 더 멀어진다.

행복한 생각을 하려 애썼다. 아우구스트, 따뜻함, 황새, 집. 내 안에서 부풀어 오르는 압박으로부터 주의를 돌리게 도와줄 그 어떤 것이라도. 나는 영화관을 찾아 다른 사람들과 함께 걸어갔다. 한 걸음씩 뗄 때마다 진실이 바짝 다가왔다.

더는 무리였다.

플로리안

항구에는 예상보다 군인이 훨씬 더 많았다. 러시아의 붉은 군대가 더 가까이 왔다는 의미였다. 이번만은 무리 안에 있는 것이 감사하게 느껴졌다. 나는 고개를 떨어뜨린 채 그들과 무리를 지어 걸어갔다. 주변 풍경이 몹시 고통스러웠다.

한 여자는 무릎을 꿇고 흐느끼며 말했다.

"오직 한 아이만 선택해서 배에 태울 수 있대요. 어떻게 선택하죠? 제발 내게 선택하게 하지 말아 주세요."

그녀의 절망감이 손에 잡힐 것만 같았다.

독일은 한 치의 예외 없이 모든 남자를 군에 복무하게 했다. 나치 친위대가 순찰을 돌고 있을 것이다. 통행증을 위조하긴 했지만, 어떤 장교라도 내게 당장 임무를 포기하고 그 대신 탱크에 타라고 요구할 수 있었다.

염소를 가지고 있던 여자는 정리된 건 단 하나도 없다고 했다. 하지만 그녀는 틀렸다. 상황이 혼란스러운 것은 사실이지만 독일인들은 항상 정리 정돈을 잘한다. 꼼꼼하다. 독일인들은 모든 일에 규칙을 갖고 있다.

나치당 고위 당원들, 지역의 지도자들, 그리고 그들의 가족은 출발하는 배에 가장 먼저 탑승할 권한을 가질 것이다. 장교들과 부상입은 군인들 또한 탑승 허가를 받을 것이다. 최우선 승객들과 군 인사들이 탑승하고 나면 피난민들을 심사할 것이다. 아이가 있는 여자가 가장 우선이 될 것이다. 나 같은 젊은 미혼 남자는 가능성이 없다.

결국 파편 조각보다 더 큰 부상을 숨기고 있다는 사실을 드러내야 할지도 모른다. 만약 그렇게 된다면 간호사 여자의 도움이 필요하다. 이 전략은 며칠 전에 생각해 낸 것이다. 하지만 그녀가 내게 화가 나 있다면 소용없을 것이다. 나는 그녀의 목숨을 구했다. 그런데 왜 그녀는 화가 나 있는 걸까? 그녀가 화가 나 있다는 사실이 신경 쓰였다.

하지만 나는 그녀의 도움이 필요했다.

그래서 유감이라고 말해야만 했다.

그렇지만 꼭 그녀의 손을 잡을 필요는 없었다.

알프레트

사랑하는 로레.

시간이 지날수록 긴장감이 더 커지고 있어요. 내일 아침 여기 부상병들을 가득 싣고 온 병원 열차가 도착할 거예요. 나는 병동에 배정받았지만 다른 자리를 찾아보려고 해요. 물론 그들은 내 재능이 다른 분야에 더 적합하다는 사실을 곧 알아차리겠죠.

어렸을 적 엄마는 내가 질병과 기형 같은 것을 보지 못하게 했어요. 정말 올바른 일을 하신 거죠. 세상에는 추함과 불완전함이 너무 많아요. 우리는 그런 것이 존재한다는 사실을 알고 있어요. 하지만 억지로 그런 것을 보게 되면 트라우마만 커질 뿐이에요. 어떤 것들은 그냥 무시하는 게 더 나아요.

"프리크, 정신 똑바로 차려!"

나를 부르는 목소리에 고개를 돌렸다.

"이 구역에는 절단 수술을 받은 팔다리가 없는 군인들이 수용될 거다. 하지만 그들 모두를 받을 수는 없어. 내일, 병원 기차가 도착하는 즉시 부상자들을 검사한다. 오직 생존 가능성이 높은 군인들만 승선시킨다."

부상자들을 검사한다고? 젠장, 쓸데없는 짓을.

"죄송합니다만, 장교님."

다른 군인이 물었다.

"생존 가능성이 높은 군인들만 승선시킨다고 하셨는데요. 더 심각한 부상을 입은 전우들은 어떻게 합니까?"

"그들은 여기에 남는다."

장교가 대답했다.

"지극히 현명하십니다."

내가 고개를 끄덕였다.

"썩은 배추는 버려야지요. 멀쩡한 이파리가 별로 없는 배추 통을 살리는 건 말이 안 돼요."

"닥쳐, 프리크."

그들이 동시에 말했다.

요안나

고텐하펜의 시내는 피난민들과 군인들로 터져 나갔다. 신발 시인은 걸어가는 동안 틈틈이 길가에 버려진 짐들을 뒤졌다. 그리고 부츠 두 켤레를 얻었다. 떠돌이 소년이 재빨리 부츠에 반짝반짝 광을 냈다. 신발 시인은 부츠와 뜨거운 죽이 담긴 양동이를 맞바꿨다.

"유용한 기술은 항상 무언가와 교환될 수 있어. 알겠지? 네가 가진 전문 기술은 매우 가치가 크단다."

그가 떠돌이 소년에게 말했다. 소년이 활짝 웃었다.

우리는 작은 영화관에 도착했다.

"곧 앉을 수 있을 거야."

곧 쓰러질 것처럼 보이는 에밀리아를 안심시켰다. 뒷문을 열려 했지만, 잠겨 있었다.

신발 시인이 독일 청년을 향해 고개를 돌렸다.

"아마 자네라면 문을 열 방법을 알 거 같은데, 친구?"

"아마도요. 저를 둘러싸요."

우리는 그가 시키는 대로 했다. 그는 주머니에서 작은 잭나이프를 꺼내서 눈 깜짝할 새에 문을 열었다. 우리는 안으로 조용히 걸어 들어갔고 그는 문을 다시 잠갔다.

"열어 놓아야 해요. 다른 사람들도 머무를 곳을 찾을 거예요."

내가 그에게 말했다. 그러나 안에는 이미 다른 사람들이 의자에 앉아 있고 바닥에 드러누워 있었다.

"염소 엄마가 정보를 팔아서 벌써 몇 푼 벌었네."

에바가 말했다.

"어디에 캠프를 만들까?"

신발 시인이 주위를 둘러보며 물었다.

"2층에 있는 영사실을 씁시다."

독일 청년이 말했다.

"나는 계단을 올라가고 싶지 않아. 피곤해 죽겠어. 그냥 여기 앉아서 식기 전에 죽이나 먹자고."

에바가 말했다.

나도 동의했다. 오늘 하루는 너무 길었다. 보트 타기, 얼음 호수, 잉리트.

잉리트.

목이 메어 왔다.

"그래서, 시체 저택에서 블랙베리와 당근은 누가 챙겼어?"

에바가 말했다.

조용히 식사한 후에 에밀리아를 바닥에 눕히고 다리를 여행 가방 위에 올려 줬다. 떠돌이 소년은 순식간에 잠이 들었다. 에바 또한 금방 곯아떨어졌다. 에바의 커다란 키는 떠돌이 소년 키의 두 배에 달했다. 그녀는 숨을 내쉴 때마다 드르렁 소리를 내뿜었다.

나는 의료용품이 담긴 가죽 가방을 꺼내 도움이 필요할지 모르는 사람들을 위해 준비를 했다.

“어이.”

독일 청년이 나지막이 말했다.

내가 그를 쳐다봤다.

“항구에 배가 여러 척 있어요. 내일 등록대에서 우리 모두 헤어지게 될 거예요.”

그가 말했다.

에밀리아가 나를 쳐다봤다. 그 생각은 못 했다.

“함께 있을 수 있도록 애써 봐야죠.”

내가 그에게 속삭였다.

“글쎄요, 소녀에 대해서는 어떻게 말할 건데요?”

그가 에밀리아를 가리키며 말했다.

“저번처럼 하면 되지 않을까요. 라트비아인 신분증을 가지고.”

그가 고개를 내저었다.

“여기서는 힘들 거예요. 모두 배에 타고 싶어 하니까.”

“임신했다고 설명할 거예요. 코트를 열어서 배를 보여 주고요.”

“하지만 소녀는 그 라트비아 여자만큼 나이 들어 보이지 않아요. 게다가 라트비아어를 하나도 못 하고요. 여기는 훨씬 더 엄격해요. 어린 신병이 아니라 고위급 장교들이 신분증 검사를 할 거예요.”

그가 말했다.

에밀리아가 손을 뻗어서 독일 청년의 무릎을 만졌다.

"제발."

소녀가 말했다.

"미안해. 나는 너를 배에 태울 수가 없어."

그가 소녀에게 말했다.

"하지만 그녀는 할 수 있지."

그가 나를 가리켰다.

"내가요?"

"그래요. 아까 노인이 말했듯이 전문 기술은 매우 가치가 크죠. 큰 배에는 병동이 있을 거예요. 그들은 당신이 필요하죠. 일을 돕겠다고 자원해요. 대신 당신의 환자들을 함께 데리고 타고 싶다고 말해요."

에밀리아가 그를 쳐다봤다.

"당신도 환자예요."

에밀리아가 말했다.

"내게는……. 치료가 필요한 증상이 있어요."

파편 조각. 거의 잊어버리고 있었다.

"맙소사. 건강해 보여서 물어보지도 않았네요. 상처는 어때요?"

"그거 말고요."

그가 말했다.

"뭔데요?"

내가 물었다.

에밀리아가 자신의 왼쪽 귀를 톡톡 가볍게 치더니 독일 청년을 가리켰다.

그가 에밀리아를 빤히 쳐다봤다. 놀란 눈치였지만 금세 웃음을 터뜨렸다.

"뭐야 너, 작은 마녀 뭐 그런 거야? 어떻게 알았어?"

"그게 뭔데요?"

내가 다시 물었다.

그가 에밀리아 쪽으로 몸을 기울였다.

"왼쪽 귀를 다쳤어요."

그가 속삭였다.

"내겐 통행증이 있어요. 매우 중요한 임무를 맡고 있죠. 나는 꼭 배에 타야 해요. 하지만 그들이 내게 배에 타지 말고 여기 남아서 싸우라고 요구할 가능성이 있어요. 꼭 배에 타야 한다는 의학 소견이 필요해요. 당신이 내가 부상에서 회복하고 있지만, 그 대신 청력을 잃어 가고 있다고 말해 줘야 해요."

내게 뭘 해 달라고 부탁하는 거지?

"저는 의사가 아니에요."

내가 그에게 말했다.

"나는 당신의 환자예요."

그가 말했다.

"제발요. 한번 생각만이라도 해 줘요."

그가 자신의 배낭을 움켜잡더니 영사실을 가리켰다.

"저는 저기에서 잘게요."

그가 걸어갔다. 그는 조금 전 5분 동안 우리가 만난 이후로 가장 많은 말을 했다.

신발 시인이 자지 않고 우리 말을 듣고 있었다. 그는 나를 향해 눈썹을 치켜세운 다음 돌아누워 잠을 청했다.

알프레트

어머니가 보낸 편지를 뚫어지게 쳐다봤다. 두 달 전에 도착한 편지였다. 이제야 편지를 열어 보기로 했다.

사랑하는 알피.

엄마는 너무 걱정된단다. 네게 수차례 편지를 보냈는데도 아무 소식이 없구나. 제발 몇 마디라도 적어서 보내 주렴. 네가 안전하다는 사실을 알 수 있게 말이다. 밥은 잘 먹고 있는 거니? 위장은 좀 어떠니? 하이델베르크는 독일의 다른 지역에 비해서는 꽤 조용하단다. 우리가 보호받는 사실에 감사할 따름이란다. 엄마는 네가 곧 집으로 돌아오기를 기도하면서 네 방을 청소한단다. 그런데 지난주에 네 방을 청소하다가 벽장 뒤에 핀으로 꽂혀 있는 나비들을 발견했어. 엄마가 얼마나 놀랐을지 상상해 보렴. 정말 많더구나. 하지만 너는 한 번도 이야기하지 않았지. 얼마나 오래 나비들을 가지고 있었니, 알프레트? 그리고 왜 그랬니?

다른 모든 건 지난번 편지에서와 똑같아. 야르게스 씨네 집은 여전히 쓸쓸해. 헹켈 부인은 야르게스 씨 집에 대해 이야기할 때마다 항상 너를 언급한단다. 너는 하넬로레를 남몰래 좋아했던 것 같은데, 그렇지 않니? 엄마한테 얘기하지 않은 게 있는지 궁금해. 겁먹지 말고 비밀을 말해 주렴. 아버지에게는 말하지 않을게. 전쟁이 끝나면 '올바른 편'에 설 수 있을 거야. '잘못된 편'은 심각한 결과를 낳을 수 있단다. 아버지는 그걸 잘 알고 계시지. 너도 그러기를 바란다.

잊지 말고 양말은 꼭 두 켤레씩 신으렴. 무지외반증에 도움이 될 거야.

항상 사랑하는 마음을 담아.

엄마

나는 펜과 종이를 잡았다.

사랑하는 어머니.

어머니의 편지가 막 도착했어요. 저는 고텐하펜에 있습니다. 잘 지내고 있고 매우 바빠요. 저는 빌헬름 구스틀로프호에서 일하고 있어요. 해야 할 일이 너무 많아서 편지 쓸 시간이 잘 안 나요. 제 나비들을 건드리지 말아 주세요. 그리고 제 방에 들어가지 않으셨으면 좋겠어요. 부탁드려요. 야르게스 씨 집에 대해선 아무것도 몰라요.

어머니의 아들.

알프레트

플로리안

알고 있었다. 간호사 여자가 내 귀를 보고 싶어 하리라는 걸. 그녀가 복도를 걸어와서 계단을 찾는 모습을 지켜봤다. 찾았나? 나는 앉아서 잭나이프로 손톱을 다듬기 시작했다.

그녀가 문을 열었다.

"잠겨 있지 않다니 놀랍네요."

"당신이 올라올 걸 알고 있었어요."

"어떻게 알았죠?"

그녀가 물었다.

나는 어깨를 으쓱했다.

"당신은 책임감이 강하잖아요. 사람들을 치료하고 돕고 싶은 욕구가 지독하죠."

내가 잭나이프로부터 고개를 들었다.

"왜 그러는 거죠?"

"질문을 받아야 할 사람은 당신이에요. 당신은 자신에 대해 거의 말하지 않았어요. 내가 몇 번이나 이름이 뭐냐고 물었지만 대답하지 않았죠. 내가 당신을 뭐라고 부르는지 알아요?"

그녀가 물었다.

"독일 청년."

"나는 프로이센인이에요."

나는 다시 잭나이프를 내려다봤다. 그녀에게 말했어야 했나.

"좋아요. 그러니까 당신은 프로이센 사람이군요."

그녀가 다가와 무릎을 꿇었다.

"귀를 보게 해 줘요."

그녀가 가죽 가방 안에서 작은 손전등을 꺼낸 후 내 귀를 들여다봤다.

얼굴 가까이에서 그녀의 온기를 느낄 수 있었다. 호박 펜던트가 그녀의 쇄골 사이 움푹한 곳에 놓여 있었다.

"멋진 목걸이네요. 호박을 좋아해요?"

세상에 하나밖에 없는 호박 백조를 떠올리며 물었다.

"나는 리투아니아 사람이에요. 물론 호박을 좋아해요. 고막이 파열됐어요. 얼마 안 됐네요. 어쩌다가 이렇게 된 거예요?"

그녀가 물었다.

"폭발 때문에요. 파편 조각과 같은 때죠."

내가 그녀에게 말했다.

그녀가 내 귀 주위를 손으로 눌렀다. 그녀의 손가락이 내 귓불에 가볍게 닿았다. 내가 움찔했다.

"아파요?"

그녀가 물었다.

나는 고개를 가로저었다. 아프지 않았다. 한쪽 귀가 먹었지만 감각까지 없어진 건 아니었다. 간호사 여자의 얼굴은 내 얼굴에서 한 뼘 거리에 있었다. 그녀의 입술이 내 귀로 가까이 왔고 곧이어 그녀의 숨결이 느껴졌다. 나는 두 눈을 감고서 죽을힘을 다해 떨림을 가라앉혔다. 그녀는 나를 시험하고 있었다.

그녀가 뒤로 몸을 뺀 후 똑바로 서서 활짝 웃었다.

“이제 만족스러워요?”

내가 그녀에게 물었다.

“아, 네. 그 귀는 먹은 게 확실하네요.”

그녀가 미소를 지었다.

“당신이 뭔가를 말했다는 건 알아요. 느낄 순 있어요. 듣지 못할 뿐이지.”

“그렇군요. 이 말은 잘 들어요. 내 이름은 요안나예요. 이름을 불러 줘요. 간호사 여자가 아니라. 요안나로요.”

“무례한 것 같은데요.”

내가 그녀에게 말했다.

“당신은 나보다 나이가 더 많아요. 부인이라고 부르는 게 좋지 않을까요?”

그녀가 눈을 부릅떴다.

“누워요. 상처를 확인하고 싶어요.”

나는 누운 다음 머리 뒤로 깍지를 꼈다. 물어야 할 게 있었다.

“혹시 결혼했나요?”

내가 물었다.

"아뇨, 결혼 안 했어요."

그녀가 내 상처를 확인하며 말했다.

"당신은 부인이 있나요?"

나는 움찔했다.

"지금 만지고 있는 그 부위요. 거기가 아직 아파요."

내가 말했다.

"정상이에요. 만약 감염됐다면 열이 나고 상처가 변색됐을 거예요."

그녀는 아무렇지도 않게 치료에 대한 대화로 돌아갔다. 그녀는 제멋대로 자란 내 머리카락을 부드럽게 쓸어 넘긴 다음 이마에 손을 짚었다. 그녀의 손은 따뜻했다.

"열은 안 나요."

그녀가 잠시 말을 멈추더니 목을 가다듬었다.

"당신이 말한 것에 대해 생각해 봤어요. 내일 우리 모두 헤어질 수 있다는 말이요. 나는 에밀리아와 함께 있어야만 해요."

"있어야만 한다고요?"

그녀는 내 상처에 덮인 얼룩덜룩한 붕대를 접어 올렸다.

"맞아요. 출산이 가까워졌어요. 용감한 얼굴을 하고 있지만, 아마 엄청 겁날 거예요."

'당신도 겁이 나나요?' 묻고 싶었다. 어딘가에서 군인 한 명이 그녀를 기다리고 있는 것일까? 그녀가 언급했던 노래 '릴리 마를렌'을 떠올렸다. 리투아니아에 돌아가면 아마 어떤 남자가 가로등 아래에서 그녀를 기다리고 있을지도 모른다.

"폴란드 소녀를 돕고 싶다는 거군요? 그 영국 간호사와 비슷한 건가요? 왜 아픈 사람들 모두를 구하기 위해 어둠을 뚫고 간 그 간호사요."

"아니요."

그녀가 딱 잘라서 말했다.

"나는 플로렌스 나이팅게일이 아니에요. 그냥……. 에밀리아를 보면 누가 생각나요."

순간적으로 나는 진실을 말하는 것이 가장 큰 무기가 될 수 있겠다는 생각이 들었다. 지금 내게 제일 필요한 것.

"나도 에밀리아를 보면 누가 생각나요. 내겐 여동생이 있어요."

효과가 있었다. 그녀가 재빨리 나를 향해 고개를 들었다.

"그래요?"

내가 고개를 끄덕였다.

"지금쯤 16살이 다 됐겠네요. 폴란드 소녀와 비슷하죠. 아버지는 동생을 덴마크 국경 근처로 보내셨어요. 3년 넘게 동생 소식을 못 들었어요. 동생을 찾을 거예요."

그녀의 표정이 부드러워졌다.

"부모님은 아직 살아 계시나요?"

내가 물었다.

그녀의 손이 멈칫했다. 그녀의 손이 내 가슴 위에 가볍게 놓였다. 그녀가 눈길을 돌려 영사실 구석을 빤히 쳐다봤다.

"그러기를 바라죠."

그녀가 한숨을 쉬었다.

가족. 내가 정곡을 찔렀다. 그녀의 믿음을 사기에 좋은 방법이었지만, 기분이 안 좋았다. 그녀는 정말로 좋은 여자다. 그리고 그렇게 예쁠 건 또 뭔가? 거인 여자, 에바처럼 콧수염이 날 순 없었나?

"나는 부정적으로 생각하지 않으려 애썼어요. 어머니는 독일의 피난민 수용소에 계세요. 하지만 아버지와 오빠는 여전히 리투아니아에 있어요. 엄마는 아버지와 오빠가 숲속에서 싸우고 있다고 생각하세요. 사람들에게서 스탈린이 리투아니아 사람들에게 말로 다 할 수 없는 짓들을 저질렀다고 들었어요. 그리고 그 저택 2층에 있던 가족이 생각났어요."

그녀가 잠시 말을 멈췄다.

"그들 모두 죽은 게 정말 확실한가요? 틀림없어요? 아이들 중 한 명쯤 살아 있지 않았을까 계속 생각이 나요. 만약 그렇다면 내가 도울 수 있었을 텐데."

나는 그 장면을 그녀에게 묘사하고 싶지 않았다.

"모두 죽은 게 확실해요."

그녀가 내 눈을 빤히 쳐다봤다.

"바보 같은 짓을 했어요."

그녀의 눈을 쳐다보면서 다음 말을 기다렸다. 그녀를 보호하고 있던 커튼이 미끄러져 내렸다. 그녀의 진실이 밝혀지기 직전이었다. 부드럽고 곱슬곱슬한 머리 한 줌이 그녀의 귀 뒤에서 삐져나와 뺨 위로 흘러내렸다. 저 부드러운 머리. 죽을 것 같았다.

"그 가족에게 쪽지를 남겼어요. 반짇고리를 빌려 간다고요. 그들 물건 중 어떤 걸 가져간다는 게 옳지 않게 느껴졌어요. 물론 그들 모두 2층에 있다는 걸 알기 전에 남긴 거예요. 쪽지에 내 이름을 서명해서 부엌에 두었어요. 내 성과 이름이 그 집에 있어요. 그 가족의 친척들이 돌아와서 죽은 가족과 내 이름을 발견하면 어떡하죠?"

"말할 것도 없죠. 가족을 살해한 다음 반짇고리를 빌려 간다고 쪽지를 남긴 거네요. 정말 치밀한 살인마예요."

내가 웃음을 터뜨렸다.

다시 커튼이 쳐졌다. 내가 너무 많이 나간 것이다.

"살인마가 항상 직접 살인을 하는 건 아니에요. 때때로 그들은 손에 피 한 방울 묻히지 않죠."

그녀는 내 셔츠를 열어 놓은 채 자신의 가방을 챙겼다.

"상처에 꿰맨 실은 며칠 안에 제거해야 해요. 그들이 나를 배에 태워 줄지 잘 모르겠어요. 만약 태워 준다면 당신 귀와 상처의 보증인이 되는 일에 대해 생각해 볼게요. 하지만 그보다 먼저 당신에 대해 더 알아야겠어요. 위험을 감수할 순 없어요. 이름을 알려 주든 신분증을 보여 줘요. 아니면 배낭에 뭘 숨기고 있는지 말해 줘요."

그녀는 자리에서 일어선 후 나를 내려다봤다.

나는 팔꿈치를 바닥에 대고 윗몸을 일으켰다. 하지만 아무 말도 하지 않았다. 정말로 이 여자를 좋아하고 싶지 않았다. 그렇지만 하릴없이 무너지고 있었다.

"당신은 자신이 뭐든 다 숨길 수 있다고 생각하는군요."

그녀가 고개를 흔들며 말했다.

"나는 당신이 내 여행 가방에서 뭔가를 가져갔다는 걸 알고 있어요. 돌려줘요. 내일까지."

"무슨 얘기를 하는지 모르겠군요. 다시 가방을 확인해 봐요."

"솜씨가 대단하더군요. 하지만 엄청나게 대단하진 않아요. 그리고 내 말 믿어요. 당신만 비밀을 가지고 있는 건 아니에요. 잘 자요, 프로이센 사람."

그녀가 문을 닫았다.

나는 차가운 타일 바닥에 드러누웠다. 주머니에 손을 넣어서 그녀가 반짇고리에 대해 쓴 쪽지를 꺼냈다. 도대체 어떤 여자가 피바다 한가운데 약속의 쪽지를 남긴단 말인가?

정직한 사람.

나는 손가락으로 그녀의 예쁜 글씨를 따라 쓰면서 필체를 외웠다. 그녀의 그림은 이미 그녀의 여행 가방 안에 돌려놓았다. 나는 솜씨가 엄청나게 대단하니까.

'잘 자요, 요안나.'

알프레트

좋은 아침이에요, 하넬로레!

오늘은 아주 바쁜 날이 될 거예요. 몇 시간 후에 호수를 건너온 훌륭한 숙녀들의 등록을 시작할 거거든요. 배들이 수천 명을 구할 거예요. 이곳 해군 기지에는 엄청난 함대가 모여 있어요. 그렇지만 우리 해군들이 빌리 G라고 부르는 나의 배, 빌헬름 구스틀로프호가 단연 으뜸이에요.

어머니로부터 편지가 왔어요. 어머니가 알려 주길 참견쟁이 헹켈 부인이 우리 현관에 대해 거짓말을 퍼뜨리고 다닌다고 하더군요. 실제로 나는 그 늙고 뚱뚱한 부인이 자기 집 커튼 뒤에서 훔쳐보고 있는 걸 봤어요. 히틀러 청소년단 녀석들이 우리 집 현관에 찾아와 집안으로 들어오겠다고 우겼을 때 말이에요. 그들은 거만하고 공격적이었어요. 다행히도 어머니는 그들이 방문했을 때 빵집에 가신 참이었죠. 물론 나는 이 사건을 어머니에게 말하지 않았어요. 전쟁 때문에 이미 신경이 날카로워질 대로 날카로워져 신경쇠약 직전이셨거든요. 하지만 늙은 암퇘지 헹켈 부인이 그 말을 꺼낸 게 분명해요. 그러니까 거기에 대해 한마디 할 수밖에 없겠네요.

녀석들이 우리 집을 떠난 후 나는 잠깐 화장실에 갔어요. 나는 히틀러 청소년단 녀석들이 당신 집 문을 노크하자 당신이 즉시 현관을 향해 가는 걸 알아챘어요. 나는 당신이 왜 그렇게 서둘러 현관으로 갔는지 아직도 궁금해요.

우리는 아무리 조심해도 지나치지 않아요. 하넬로레. 누군가가 현관문을 노크한다고 해서 반드시 열어 줘야 하는 건 아니에요. 상냥한 아가씨, 때때로 현관 앞에 늑대들이 기다리고 있기도 하거든요. 만약 우리가 조심하지 않는다면 그들이 우리를 잡아먹어 버릴지도 몰라요.

요안나

우리는 동틀 녘에 영화관을 떠나 항구로 걸어갔다. 항구는 열기가 치솟을 대로 치솟아 광란의 도가니였다.

피난민들은 끌고 올 수 있는 짐이란 짐은 모조리 끌고 왔다. 에바는 자전거를 타고 오는 남자를 재빨리 피하면서 도로 건너편을 가리켰다.

"저거 식탁 맞아?"

지친 말 한 마리가 물건을 잔뜩 실은 식탁을 끌고 가고 있었다.

"제대로 차려 먹어 본 게 언젠지 기억도 안 나, 미안하지만."

에바가 말했다.

몇백 미터 떨어진 곳에 옥스회프트 부두가 있었다. 에바는 사람들 사이를 헤치고 다니면서 정보를 수집했다.

"철로가 아직 멀쩡하다면 부상병들이 열차를 통해 이송될 거래. 몇몇은 러시아군이 이미 철로를 폭파했다고 하지만."

갖가지 소문이 전염병처럼 퍼져 있었다. 어떤 사람들은 베를린이 동프로이센에 있는 독일인들에 대해 더 이상 신경 쓰지 않는다고 말했다. 어떤 사람들은 12살밖에 안 된 남자아이들이 징집돼서 키보다 더 큰 총을 끌고 다닌다고 했다.

"왜 그렇게 불안해하는 거야? 넌 배에 탈 수 있잖아. 추천서를 가지고 있잖니?"

에바가 물었다.

"쉿. 다른 사람들이 알게 하고 싶지 않아요."

나는 누가 근처에 있나 싶어 뒤를 돌아봤다.

"왜 비밀로 하려는 거야?"

"사람들이 내가 특혜를 받거나 기회를 얻었다고 생각하게 하고 싶지 않아서요."

"인슈터부르크의 의사가 네가 유혈이 낭자하고 피비린내가 나도 끄떡 않고 일을 잘한다고 쓴 추천서잖아. 요안나. 미안하지만 그걸 특혜라고 생각하진 않는데."

"모든 게 불공평해요, 에바. 알잖아요. 히틀러는 나를 독일에 받아줬어요. 그는 발트해 지역의 일부 사람들은 '독일화할 수 있다'라고 생각하죠. 하지만 나 같은 사람들을 대신해 에밀리아 같은 불쌍한 사람들을 내쫓았어요."

에바가 어깨를 으쓱했다.

"인생은 원래 공평하지 않아. 넌 그냥 운이 좋은 거고."

내가 운이 좋다고 느껴지진 않았다. 죄책감이 들었다.

"도의를 따질 겨를이 있다고 생각해? 러시아군이 바로 코앞까지 왔어. 꾸물거리다가는 그놈들이 너를 강간하고 죽일 거야. 미안하지만 길 잃은 폴란드 여자애에게 선의를 베푸느라 시간 낭비할 생각일랑 마. 줄에 서서 배에 올라타. 모두와 함께 먼 길을 걸어온 건 좋은 경험이었어. 하지만 이제 우리는 여기에 왔어. 더 이상 무리에 낄 필요 없어. 내 물건들을 찾아서 배에 타면 돼."

에바가 딱딱거렸다.

그 순간, 한 젊은 해군 사병이 짐 무더기를 파헤치는 것을 봤다.

"실례합니다."

내가 말했다.

그 해군 사병은 재빨리 크리스털 나비 장식을 등 뒤에 숨기면서 말했다.

"안녕하세요, 숙녀분들. 알프레트 프리크입니다. 무엇을 도와드릴까요?"

플로리안

나는 신발 시인과 폴란드 소녀의 뒤에 서서 요안나와 해군 사병의 대화를 들으려 안간힘을 썼다. 폴란드 소녀는 최선을 다해 나를 숨겨 줬다.

해군 사병이 횡설수설했다.

"저는 곧 도착할 예정인 병원 열차를 맞이하기 위해 파견됐습니다. 저는 귀중한 시간을 써 가며 값비싼 물건들 일부를 주인에게 되찾아 줘야겠다고 생각했답니다."

그는 우리에게 질문하는 대신 자기 입장을 해명하고 있었다. 그의 계급은 '마트로제', 즉 독일 해군 사병 중 가장 낮은 계급이었다.

"암요. 귀중한 시간을 1분만 빌릴게요. 언제 어디에서 등록이 시작하는지 말해 줄 수 있나요?"

요안나가 말했다.

"아, 그럼요. 오늘의 가장 중요한 질문이죠, 그렇죠? 등록은 부두의 동쪽 편에서 아침 7시 정각에 시작할 겁니다. 물론 보다시피 배가 엄청 많지요. 하지만 저 배."

그가 멀리에 있는 가장 큰 배를 가리켰다.

"숙녀분들, 저 배가 바로 '빌헬름 구스틀로프호'랍니다. 내 배이지요."

요안나가 그 청년을 주의 깊게 쳐다봤다.

"무례한 질문일지 모르겠지만, 손에 무슨 문제가 있나요?"

그가 양손을 주머니에 쑤셔 넣었다.

"아무것도 아니에요. 가벼운 피부 염증이에요. 뱃사람의 직업병이라 할까요. 독일 제국을 위한 자그마한 희생이죠."

에바가 눈을 말똥거렸다.

"제게 연고가 있어요. 그걸 바르면 염증도 가라앉고 손을 보호할 수 있을 거예요."

요안나가 말했다.

청년은 시선을 떨어뜨린 채로 뭐라고 웅얼거렸다.

"저는 전문 의학 훈련을 받았어요. 전에 병원에서 일했어요."

요안나가 말했다.

청년의 눈이 반짝였다.

"배에 배치됐나요?"

"아니요. 그래서 등록 절차에 대해서 묻는 거예요."

요안나가 말했다.

"만약 그렇다면 오늘 운이 좋다고 생각하세요, 아가씨. 나는 병원 기차와 야전 구급차 호송대를 기다리는 중이에요. 우리는 부상 입은 전우들을 구스틀로프호에 태울 거예요. 하지만 의사가 한 명밖에 없어요. 그분이 이쪽으로 오면 당신을 소개해 줄게요."

요안나가 운이 좋은 게 아니었다. 내가 운이 좋은 날이었다. 이 녀석은 멍청이였다. 작업을 시작하기 위해 폴란드 소녀 뒤에서 걸음을 뗐다. 하지만 요안나가 선수를 쳤다.

"이런. 정말 고마워요. 하지만 보다시피 제게는 치료해야 할 중요한 환자들이 있답니다. 이들을 데려가야만 해요."

"음, 만약 모든 사람의 신분증이 제대로 돼 있다면 요청해 볼 수 있을 거예요. 물론 부상병들과 당원들이 가장 먼저 승선하겠지만요. 하지만 훌륭한 숙녀분들을 많이 탈출시킬 거라고 들었어요. 당신과 같은 분들이요."

그가 요안나에게 이상한 미소를 지었다. 윗입술이 올라가며 종잇장같이 얇은 치아가 드러났다.

에바가 짜증이 난 채로 나를 돌아봤다.

"저런 놈들만 남아 있는 거야? 미안하지만, 이 변태 같은 녀석 손에 내 미래를 맡길 순 없어."

알프레트

드디어 행운의 여신이 나를 발견했다. 나는 부상병을 실은 기차가 도착하기 바로 직전에 전문 자격을 갖춘 간호사와 우연히 만났다.

나는 그 젊은 간호사 여자의 소매를 붙잡고서 인파 속을 헤치고 나갔다.

"리히터 박사님! 리히터 박사님! 간호사를 데려왔어요."

내가 간호사 여자를 의사 앞으로 밀쳤다. 그녀는 하마터면 거의 의사 위로 넘어질 뻔했다.

"거기 그대로 있어. 뭐 하는 거야?"

의사가 물었다. 나는 손을 내밀어 간호사 여자를 부축했다.

"죄송합니다, 박사님. 이분이 박사님에게 조수가 필요할지 모른다고 해서요."

그녀는 서류를 꺼내서 박사에게 건넸다.

"저는 인슈터부르크에서 외과 전문의 조수였어요. 서류들 사이에 추천서가 있어요."

"외과 전문의 조수예요. 자격이 출중하죠."

내가 활짝 웃었다.

의사는 빠르게 그녀의 서류를 훑어봤다.

"등록했나?"

그가 물었다.

"아직 안 했습니다, 박사님."

그녀가 대답했다.

"부상병 호송대가 오고 있네. 하지만 그들 모두를 수용할 순 없어. 우리는 그들의 상태를 빠르게 판단해야 해. 항해를 견딜 만큼 건강한 군인들만 배에 승선시킨다."

"저는 위중한 환자들과 동행하고 있어요."

간호사 여자가 말했다.

"임신부도 있는데, 그녀는……."

"출산 보조 경험이 있나?"

의사가 말을 끊었다.

"네, 있습니다."

그가 서류를 돌려줬다.

"여기에서 나를 돕게. 부상병들을 분류한 후에 구스틀로프호에 등록시켜 주지."

"제 환자들은요, 박사님?"

그녀가 물었다.

박사는 짜증을 냈다.

"시간 없어."

그런 다음 그가 나를 쳐다봤다.

"자네. 자네가 간호사를 데려왔지. 이름이 뭐야?"

"프리크입니다. 박사님."

"그녀의 환자들을 등록대에 데려가게. 아마 배 중 하나쯤엔 자리가 있을 거야."

간호사가 자신의 가방에서 청진기를 꺼내서 목에 걸었다.

의사가 나에게 고개를 끄덕였다.

"고맙네, 프리크."

"도움이 돼서 영광입니다."

나는 기쁨에 차올라 의기양양하게 서 있었다. 기회가 주어졌을 때, 나 알프레트 프리크는 그 기회를 잘 잡았고 마침내 영웅의 여정에 올랐다.

요안나

나는 의사의 제안에 솔깃했다. 환자들을 도울 수 있는 기회에 마음이 끌렸다. 하지만 우리 무리를 떠나고 싶진 않았다.

"어서 가, 요안나. 사람들을 도와. 이 젊은 사병이 우리를 등록대에 데려다줄 거야. 등록하고 와서 널 찾을게."

신발 시인이 말했다.

나는 떠돌이 소년 앞에 꿇어앉았다.

"클라우스, 시인 할아버지 옆에 꼭 붙어 있어. 할아버지 손 꼭 잡고."

떠돌이 소년에게 입맞춤했다. 소년이 귀가 하나밖에 없는 토끼 인형을 앞으로 내밀었고 나는 인형에게도 입맞춤했다.

"잘 돌봐 주세요, 시인 아저씨."

나는 신발 시인을 안으며 말했다.

"배에 타기 전에 꼭 저를 찾으셔야 해요."

"시계탑. 시계탑 아래에서 만나는 거야."

신발 시인이 상기시켰다.

검댕이 묻은 기관차가 헐떡거리며 멀리 모습을 드러냈다.

에밀리아가 잔뜩 겁먹은 눈으로 나를 향해 걸어왔다.

"걱정하지 마."

내가 에밀리아에게 말했다.

"나는 이 사람들을 도와야만 해. 하지만 반드시 너도 도울 거야."

나는 소녀의 분홍색 모자를 아래로 잡아당긴 다음 주름을 펴서 바로잡아 줬다.

"립스틱 꼭 바르고."

내가 속삭였다. 나는 소녀의 배에 손을 얹었다.

"아기와 함께 무사히 오늘 밤에 만나."

멀리서 봐도 기차에 부상병과 피난민이 빽빽한 것이 보였다. 승객들은 객실 밖으로 몸을 내밀고서 도와달라고 비명을 질러 댔다. 바퀴 달린 들것과 화물 운반대를 밀면서 사병들이 달려갔다. 의사는 큰 소리로 지시를 내리기 시작했다.

바로 그때 대혼란의 한복판에서 그의 목소리가 들렸다.

"요안나."

목소리를 향해 고개를 돌렸다. 프로이센 사람이 나를 한쪽으로 끌었다.

"알고 싶어 했죠?"

그가 가까이 다가서며 속삭였다. 그의 눈이 나의 눈을 좇았다.

"나는 플로리안이에요. 내 이름은 플로리안이에요."

그가 손을 내밀어 동그랗게 말린 내 머리카락을 손가락 사이에 끼웠다. 순간 얼굴이 빨갛게 확 달아올랐다.

그리고 나를 의사에게 데려간 젊은 사병을 붙잡았다.

"이름이 뭐예요?"

"프리크입니다. 그냥 알프레트라고 불러도 돼요."

"알프레트, 이 사람들은 매우 중요한 사람들이에요. 모두 신분증도 가지고 있어요. 나는 이제 의사 선생님을 도우러 갈 거예요. 이 사람들은 반드시 나와 같은 배에 타야 해요. 알겠어요?"

"네, 아가씨. 물론이죠."

잔뜩 얻어맞아 멍든 싸움꾼처럼 시커먼 기차가 쉬익 하는 소리를 내며 미끄러져 들어왔다.

의사가 내게 서류 파일을 건넸다. 사병을 믿어도 될까?

"알프레트, 우리 사람들을 잘 돌보겠다고 약속해 주겠어요? 이 어린 엄마는 매우 중요해요."

"맡겨만 주세요, 아가씨."

다급한 소리가 기차에서 터져 나왔다.

"가자고!"

의사가 말했다.

나는 프로이센 사람을 붙잡고서 그의 멀쩡한 한쪽 귀에 대고 속삭였다.

"만나서 반가워요, 플로리안."

에밀리아

그녀가 떠났다. 왜 모두 나를 떠나는 걸까? 하지만 요안나는 특별했다. 환자들을 위해 의사가 그녀를 선택했다. 병원 열차가 도착하자 한바탕 소동이 벌어졌다. 우리는 사병을 따라 항구로 향했다.

사병은 보기에 불안한 구석이 있었다. 어두운 무언가가 그 안에 숨어 있었다. 잉리트라면 그것을 느꼈을 것이다. 우리 무리가 요안나와 이야기하고 있을 때 한 굶주린 개가 그에게 접근했다. 너무 쇠약해져서 짖을 힘조차 없는 그 불쌍한 동물은 그의 발치에서 애처롭게 킁킁거렸다. 그는 짜증을 내며 역겹다는 듯 그 개를 발로 걷어찼다.

"명심해, 절대 한마디도 하지 마."

기사가 내게 속삭였다.

"너는 라트비아 사람이야."

기사는 아직 나를 떠나지 않았다. 그는 뭔가에 대해 기뻐하고 있었다. 사병이나 요안나. 혹은 둘 다에 대해. 그렇지만 아마 그 역시 나를 떠날 것이다. 아빠는 나를 떠나보내고 싶어 하지 않았다. 문 뒤에서 엿들었을 때 아빠의 고통을 느낄 수 있었다.

"약속해 주게, 마르틴."

아빠가 클라이스트 씨에게 말했다.

“에밀리아를 지켜 주겠다고. 잘 돌봐 주고 자네의 딸처럼 사랑해 주겠다고 약속해 주게. 에밀리아는 내가 가진 전부라네.”

아빠의 목소리에서 전해진 고통스러운 감정이 아직도 생생하다.

클라이스트 씨는 약속했다.

“알았네, 미할. 우리가 에밀리아를 잘 돌보겠네. 시골과 농장을 맘에 들어 할 거야. 엘제와 아우구스트도 또래가 생긴 걸 기뻐할 걸세.”

“에르나는 어떤가?”

아빠가 물었다.

“그녀가 에밀리아를 환영할까?”

“에르나……. 당연하지.”

클라이스트 씨가 말했다.

나는 그 후 머릿속으로 이 대화를 얼마나 많이 떠올려 봤는지 모른다. 클라이스트 씨는 ‘당연하다’라고 말했지만 무언가가 ‘그렇지 않다’고 절규하고 있었다. 그리고 오랜 시간이 지난 후 나는 진실을 알게 됐다.

마르틴 클라이스트는 나를 환영했다.

엘제 클라이스트도 나를 환영했다.

아우구스트 클라이스트는 진심으로 나를 환영했다.

하지만 에르나 클라이스트, 그녀는 나를 환영하지 않았다.

조금도.

플로리안

동프로이센과 발트해 내륙 지역에서 밀려든 수십만의 사람들이 고텐하펜을 덮쳤다. 그들은 항구 근처에서 서로를 밀며 흘러갔다. 인간 해류 같았다. 자동차들이 날카롭게 경적을 울리며 피난민들의 바다에 좁은 길을 텄다. 자동차에 치인 한 작은 소녀를 군중이 둘러싸고 있었다. 뿔까마귀들이 뒤집힌 마차 앞에 죽어 있는 말 위에서 잔치를 벌였다. 사람들은 '흑사병', 즉 전투기에 대한 공포 때문에 연신 하늘을 올려다보며 돌아다녔다. 탱크가 짓밟고 지나가 땅이 다 파헤쳐진 길가에서는 밤사이에 젖통이 얼어 터져 버린 수척한 젖소가 울부짖고 있었다.

"비켜 주세요. 공식 호위대입니다!"

사병이 우리를 데려가면서 크게 외쳤다.

폴란드 소녀가 내 코트 소매를 잡아당기더니 걱정스러운 표정을 지었다. 그는 불필요하게 사람들의 이목을 집중시키고 있었다. 단순히 경험이 부족한 멍청이가 아니었다. 그는 자신이 중요한 존재라고 느끼기 위해 필사적이었다. 이런 유형의 인간은 잘 알고 있었다.

멀리 나치당 고위 간부들과 부인들이 보였다. 여자들은 두툼한 모피 코트와 값비싼 보석으로 잔뜩 치장하고 있었다. 그들 옆에서 하녀들이 여행 가방과 모자 상자를 나르고 있었다. 그들은 장교들, 부상병들과 더불어서 가장 먼저 탑승할 특별 승객이었다. 또한 나를 애먹일 수 있는 유형의 사람들이기도 했다.

"저기요, 잠깐만 멈춰 봐요."

내가 어깨를 탁 치자 사병이 뒤돌았다. 나는 맹렬한 소음이 우리의 대화를 덮을 수 있도록 그를 우리 무리 옆으로 불러냈다.

"당신은 신뢰할 만한 남자 같네요."

내가 그에게 말했다.

"이거 참, 그렇죠."

"그러니까 제 말은, 신중한 남자 같다고요."

내가 그에게 또박또박하게 말했다.

"간호사 여자가 말한 대로 우리 중 일부는 중요한 임무를 수행하고 있어요."

내가 목소리를 낮췄다.

"심지어 직접 총통 각하를 위해서도요."

내가 코트 안주머니에서 접힌 종이 한 장을 꺼냈다.

"오, 그럼요. 저는 매우 신중하답니다."

그가 호기심 어린 눈으로 종이를 쳐다보면서 자신 있게 말했다.

"그렇다면 당신이 이 편지를 읽어도 발설하지 않으리라 믿을 수 있겠네요."

나는 그에게 편지를 건넸고 그가 편지를 읽기 시작했다. 그의 손등은 딱딱해진 빨간 물집들로 뒤덮여 있었다. 보는 것만으로 가려움이 느껴졌다. 나는 목 뒤를 긁었다.

사병이 갑자기 고개를 쳐들더니 경례를 했다.

"그러지 말아요. 사람들의 관심을 끄니까."

"아, 네. 베크 님. 알겠습니다. 비밀 임무를 수행 중이시군요."

그의 얼굴은 모의에 대한 흥분으로 달아올랐다.

"나는 다른 일이나 탐문에 신경을 뺏겨서는 안 돼요."

내가 그에게 말했다.

"나는 배에 탑승해야 하고 사람들 눈에 띄지 않는 곳에 숨으면 더 좋아요. 하지만 장교 중 일부는 부대로 날 데려가려고 할지도 몰라요. 그럼 나는 임무에서 벗어나게 될 수밖에 없죠. 일단 여기 이 사람들을 데리고 등록소로 가세요. 만약 당신이 나를 도와준다면 훈장 수상 대상자로 코흐 지도관에게 추천할게요. 총통 각하께도."

그의 관심을 끄는 데 성공했다.

"제국이 이곳을 매우 효율적이고 체계적으로 운영하는 것 같네요. 하지만 당신처럼 재능이 뛰어난 남자라면 다른 좋은 생각이 있겠죠?"

그의 입술이 씰룩거리다가 환하게 웃었다.

"여분의 탑승권을 몇 개 가지고 있습니다. 물론 기념품으로 챙긴 거지만요."

"매우 똑똑하네요."

내가 그를 추켜세웠다.

"지금 가지고 있나요?"

"이런, 아니요. 하지만 가지고 올 수 있습니다. 제 침대 밑에 있거든요."

"그렇다면 이 사람들을 데려가서 간호사 이야기를 대고 등록시켜요. 그런 다음 시내 초입에 있는 영화관에 와서 날 찾아요. 세 번씩 두 번 노크하세요. 그러면 문을 열어 줄게요."

그의 손가락이 꼼지락거렸다.

"세 번씩 두 번 노크. 알겠습니다. 베크 님. 그렇게 하겠습니다."

나는 그에게 최선을 다해 진지한 표정을 지어 보이면서 목소리를 낮추고 속삭였다.

"하일 히틀러."

"하일 히틀러, 베크 님."

알프레트

스파이 잡지에서 이런 젊은 신병에 대한 기사를 읽은 적이 있다. 당은 이들을 어릴 때 발굴해서 중요한 임무를 부여한다. 이 사람은 코흐 지도관 본인이 직접 보냈다. 내 도움을 받을 만한 가치가 있다.

작은 소년을 데리고 있는 곱슬곱슬한 백발의 노인이 내게 걸음을 멈춰 달라고 요청했다.

"잠깐만, 다른 사람들을 위해 기다려 주게."

싸구려 립스틱을 바른 어린 임신부가 울면서 젊은 신병에게 매달렸다.

"울지 마. 나도 곧 뒤따라 배에 탈 테니까."

신병이 그녀에게 말했다.

"오, 그렇군요. 그녀가 당신의 아이를 배고 있군요."

내가 그에게 말했다.

"아니요."

두 사람이 동시에 대답했다.

"그녀는 라트비아 사람이에요."

신병이 말했다.

"간호사 여자의 친구죠. 그녀는 독일어를 할 줄 몰라서 걱정하고 있어요. 조금은 알아듣지만 말은 못해요."

"이 탈출 작전을 수행하는 많은 사람이 당신과 같은 걱정을 공유하고 있어요."

내가 그녀에게 말했다.

"배에 크로아티아 갑판원들도 있죠. 그들도 독일어를 못해요. 하지만 어떤 식으로든 의사소통을 한답니다."

"잊지 말아요. 그녀는 매우 약한 상태예요. 의사가 그녀를 배에 태우라는 특별한 지시를 당신에게 내렸어요."

신병이 내게 말했다.

"우리가 잘 지켜볼게."

노인이 어린 임신부를 부축하면서 말했다. 노인은 그녀를 신병으로부터 조심스럽게 떼어 냈고 신병은 인파 속으로 사라졌다.

그녀의 뺨으로 눈물이 흘러내렸다. 약해 빠졌군. 울고 있는 이 여자를 어떻게 해야 하지? 작은 소년은 여자의 한쪽 편에 서 있고 노인은 다른 쪽 편에 서 있었다. 소년이 그녀에게 못생긴 토끼 인형을 내밀었다. 고통과 절망이 그녀의 영혼을 지배하는 것 같았다. 바로 그때 이 넋 나간 호르몬 덩어리가 내게 기회를 마련해 줄 수도 있다는 생각이 들었다.

눈물을 질질 짜고 있었지만 그녀는 아리아인인 데다 지배자 민족의 훌륭한 표본이었다.

그녀를 구해야 한다.

그래요, 하넬로레. 전쟁의 한복판에서 남자의 야성은 내면에 도사리는 불신을 정복하기 위해 모습을 드러내곤 하죠. 나는 칼을 뽑았어요. 이 여인을 해치려는 사람은 누구든 베어 버릴 거예요.

요안나

병원 기차에서 수많은 부상병이 내렸다. 기차가 비워지는 동안 구급차 호송대가 도착했다. 진흙 투성이 야전 상의를 입은 군인들이 전장에서 호송됐다. 그들은 간절한 눈으로 고통에 울부짖으며 나를 향해, 그리고 누군가를 향해 손을 뻗었다.

어떤 부상병은 쉽게 진단할 수 있었다. 발진티푸스, 이질, 폐렴. 그러나 어떤 부상병은 야전 상의를 벗겨야만 팔다리가 없어졌는지, 총에 맞았는지, 탱크에 깔렸는지 알 수 있었다.

리히터 박사의 지시는 분명했다.

"항해를 견딜 수 있다는 확신이 들면 등록시키게. 확실할 때만이야."

많은 부상병은 항해에서 살아남지 못할 것이다. 오랜 시간을 견뎌 내지 못할 것이다. 그들의 몸과 목소리는 죽음에 앞선 두려움으로 떨렸다.

"내 아들은 생일에 책 〈막스와 모리츠〉를 선물해 달라고 했어요."

한 군인이 눈을 감은 채 반복해서 말했다. 입 옆으로 피가 흘러내리고 있었다.

"제발요. 〈막스와 모리츠〉를 생일 선물로 줘야 해요."

"몇 명이나 되나?"

리히터 박사가 부상병들을 진단한 후 물었다.

"73명 등록 가능. 212명 등록 불가능입니다."

"73명? 내 목록과 합치면 벌써 인원이 꽉 차는데. 정말 그들 모두 가능성이 있는 게 확실한가?"

"네."

나는 주저하지 않고 대답했다. 확실하진 않았다. 하지만 최선을 다하고 싶다는 마음만은 확실했다.

나는 군인에게 그가 살아서 아들을 만날 것이고 아들에게 책을 선물할 수 있다고 말해 주려 했다. 그러나 그는 이미 죽어 있었다. 군인들의 상태가 총통의 운명을 말해 주고 있었다. 선명한 목소리로.

패배.

하지만 나는 부상병들을 저 커다란 배에 태울 것이다.

빌헬름 구스틀로프호가 이들을 구할 것이다.

에밀리아

기사가 떠났다. 요안나도 떠났다.

사병은 나지막이 '유-고-슬라브'라는 말을 읊조리면서 우리를 등록대로 데려갔다. 기사는 자신이 사병을 속일 수 있다고 생각했다. 아마 그럴 수도 있을 것이다. 하지만 그게 내게 무슨 소용이란 말인가? 우리는 바닷가 근처에 있는 등록 구역으로 걸어갔다. 지원자들의 줄이 끝없이 구불구불 굽이져 있었다. 호화로운 옷을 휘감은 부유한 독일인들은 한쪽에 줄을 서 있었고 군 인사들은 다른 쪽에 줄 서 있었다. 남은 줄들에는 기진맥진한 피난민들과 그 가족들이 겹겹이 서 있었다.

"나는 줄을 서지 않을 거야. 우리 수레를 기다릴 거야. 내가 가진 귀중품 모두가 그 수레에 있어. 그것들을 놔두고 떠나고 싶지 않아."

에바가 선언했다.

"에바. 당신의 신발은 가장 귀중한 재산을 나르고 있어. 당신 목숨 말이야. 꾸물거리지 마. 다른 건 다 다시 구할 수 있어."

신발 시인이 말했다.

"어머니가 물려준 은 식기가 그 수레에 있어요. 기다릴 거예요."

에바가 고집을 굽히지 않았다.

사병은 계속 앞으로 나아갔다. 우리 무리 중 한 명이 떠났다는 사실은 까맣게 몰랐다. 처음에 그는 우리를 나치당 고위 당원들이 서는 줄로 데리고 갔다. 그런 다음 갑자기 마음이 바뀌었는지 피난민들이 서 있는 줄의 맨 앞으로 데려갔다. 뒤에서 기다리고 있던 피난민들이 큰소리로 항의했다.

격렬한 추위에도 땀이 나기 시작했다. 나는 코트를 열고 심호흡을 했다. 등록 절차를 담당하는 장교들이 사병을 멈춰 세우고 새치기를 한 이유를 설명하라고 요구했다.

"제겐 네 명의 승객이 있습니다. 리히터 박사님이 직접 요청한 승객들이죠."

"세 명밖에 안 보이는데. 숫자도 셀 줄 모르나?"

장교가 지적했다.

사병이 뒤돌아봤다.

"저는 수학을 매우 잘합니다. 덩치 큰 고릴라 여자는 어디 갔죠? 음, 제겐 세 명의 승객이 있습니다. 리히터 박사님이 직접 요청한 승객들입니다. 그리고 이 소녀는 아이를 배고 있죠."

그가 장교를 향해 고개를 돌리더니 빈정거렸다.

"그러니까 네 명이 맞네요, 그렇죠? 숫자도 셀 줄 모르나요?"

그가 나를 등록대 앞에 세웠다. 등록 담당 장교들 바로 앞이었다.

"다 왔어요, 아가씨. 신분증을 꺼내요."

그가 명령했다.

플로리안

영화관 뒷문 근처에 앉아 생각했다. 내가 그 사병을 정확히 본 걸까 아니면 너무 빨리 판단한 걸까? 정말 그의 내면에는 필사적인 영웅이 있을까? 아니면 과민성 피부 질환이 전부일까? 랑게 박사를 믿었을 때 저지른 실수가 떠올라 마음이 무거웠다. 나는 판단력이 그다지 좋지 않을지도 모른다.

아버지는 랑게 박사를 본 바로 그 첫날부터 랑게 박사가 사람을 조종하는 사악한 인간이라고 꿰뚫어 봤다. 하지만 나는 랑게 박사를 위한 변명을 늘어놓으며 그가 나와 함께 일하려고 하는 이유를 설명하려고 필사적으로 애썼다. 나는 랑게 박사의 동기가 예술 세계의 보물들을 지키고 보존하는 것이라고 믿고 싶었다.

폭풍우가 치던 어느 늦은 6월 밤, 무장한 보초병들이 탄 트럭을 통해 커다란 그림이 도착했다. 랑게 박사는 동료들과 저녁 식사를 하고 있었고 나는 군인들로부터 작품을 건네받았다. 나는 작품의 포장을 벗기고 복원 작업이나 수리 작업이 필요한지 꼼꼼히 점검했다.

나는 그림의 겨울 사냥 장면을 바로 알아보았다. 율리안 파와트라는 폴란드 화가의 작품이었다. 파와트의 작품은 미술 학교의 교재에 나와 있었다.

그 그림은 폴란드인들이 국보로 여기는 그림이었다. 폴란드의 재산이었다. 코흐의 탐욕스러운 지휘 아래 나치가 그것을 훔친 것이다.

며칠 후, 나는 랑게 박사의 책상 서랍에서 뜯지도 않은 내 편지들을 발견했다. 고통이 느껴졌다. 랑게 박사는 우리가 한 팀이라고 늘 주장했다. 그런데 내 편지들을 단 한 번도 읽지 않은 것이다. 내가 무슨 말을 하는지 전혀 관심이 없었다. 나는 아버지의 판단이 옳았을까 봐 두려웠고, 그 두려움 때문에 하루 내내 침대에 널브러져 있었다. 머릿속으로 모든 상황을 다시 재생해 보면서 모든 각도에서 자세히 따져 보았다. 방수포로 가린 미술품, 속삭임, 악수, 늦은 밤의 배달.

나는 내가 틀렸기를 바랐다. 하지만 항상 똑같은 결론에 도달할 수밖에 없었다. 코흐와 랑게는 유럽의 보물들을 지키고 있는 게 아니었다.

그것들을 훔치고 있었다.

그리고 나는 나도 모르게 그들을 돕고 있었다.

그 다음 날 박물관 근처에 있는 작은 아파트를 떠나 틸지트 행 기차를 탔다. 아버지라면 어떻게 해야 할지 알 것 같았다. 아버지와 함께라면 뭔가 해결책을 생각해 낼 수 있다고 믿었다.

하지만 집에 도착해서 발견한 것은 한쪽 경첩에 매달려 덜렁거리는 현관문이었다. 도둑이라도 든 듯 집 안도 엉망진창으로 어질러져 있었다. 이웃이 재빨리 집에서 나와 나를 자신의 오두막으로 데려갔다.

“정말 유감이구나, 플로리안.”

그녀가 울면서 말했다.

“네가 너무 늦게 왔어. 네 아버지가…….”

에밀리아

“그들에게 당신 신분증을 보여 줘요.”

사병이 말했다.

이건 내 신분증이 아니다. 이건 그녀의 신분증이다. 전쟁과 추위에 목숨을 잃고 길바닥에 누워 있던 라트비아 여자. 아마 그녀는 쉬기 위해 잠시 걸음을 멈췄다가 얼어 죽었을 것이다. 내게 그녀의 인생을 도둑질할 권리가 있을까? 내가 배에 탄다면 그녀가 살던 인생은 어떻게 되는 걸까?

나는 집에 가고 싶었다.

“분홍색 모자 쓴 당신. ”

장교가 명령했다.

“꾸물댈 시간 없어. 어서 신분증을 보여 줘.”

그가 내가 손을 벌벌 떨며 쥐고 있는 신분증을 가리켰다.

꼼짝도 할 수 없었다.

그가 벌떡 일어서더니 나를 똑바로 바라봤다.

“무슨 일이야?”

신발 시인이 조심스럽게 내 어깨에 손을 얹었다.

“우나, 괜찮아?”

우나. 어떻게 내가 우나의 이름을 훔칠 수 있단 말인가?

"우나는 아주 먼 길을 걸어왔답니다."

시인이 말했다.

"몸이 많이 안 좋은 것 같네요."

사병 알프레트가 내 손에서 신분증을 낚아채서 장교에게 건넸다.

장교가 한숨을 쉬었다.

"아픈 아이도 이미 하나 받았어. 옆으로 치워."

그가 말했다. 신발 시인이 책상으로부터 나를 끌어당겼다. 떠돌이 소년은 내 코트를 만지작거리고 있었다.

"이 여자의 간호사가 지금 리히터 박사님을 보조하고 있습니다. 그녀가 이 임신부를 등록해 달라고 제게 부탁했습니다."

사병이 말했다.

"등록하고 있어. 하지만 탑승은 아직 안 돼."

장교가 말했다.

"일단 검사부터 해야 해."

사병이 기이한 미소를 지으며 나를 쳐다봤다.

"오, 제발 그녀를 검사해 주세요. 보이지 않나요? 저 머리카락, 저 눈."

그가 말했다.

"매우 아름다운 표본이에요. 그녀의 아이도 당연히 그럴 거고요."

"못 하겠어요."

내가 신발 시인에게 속삭였다. 이건 옳지 않았다. 내겐 권리가 없었다.

"해야 해."

그가 고개를 끄덕거렸다.

"아이를 위해서."

장교가 신분증을 훑어봤다. 목 위로 열기가 확 올라왔다. 그때 근처에서 숨죽인 울음소리가 들렸다.

"부인."

알프레트가 우리 뒤에서 울고 있는 여자에게 말을 걸었다.

"무슨 일인가요?"

"아무 일도 아니에요."

그녀가 포대기를 가슴에 바짝 끌어안으며 말했다.

"딸이 자고 있어요."

"아픈가요? 전염병에 걸린 사람은 등록할 수 없어요."

알프레트가 물었다.

여자의 숨죽인 울음소리가 흐느낌으로 바뀌었다.

"아니에요. 아프지 않아요. 자는 거예요."

알프레트가 여자를 쳐다보더니 포대기를 확 잡아당겼다. 그가 코웃음을 쳤다.

"자는 게 아니네요. 죽었어요! 장교님, 여기 죽은 아이가 있습니다."

알프레트가 관찰하는 눈빛으로 죽은 아기를 유심히 들여다봤다.

아기 엄마는 슬픔을 못 이겼다. 그녀는 온몸을 떨면서 꺽꺽거리며 힘들게 말했다.

"아니에요. 제발 부탁이에요. 그냥 자는 거예요. 맹세해요. 제게서 아기를 데려가지 마세요."

장교가 근처에 있는 보초병에게 휘파람을 분 후 오라고 손짓했다. 여자가 흐느끼며 포대기를 꽉 안았다.

"안 돼요! 제발요. 아기를 여기에 버려둘 수 없어요. 내 아기를 데려가지 마세요. 제발, 내 아기를 데려가지 마세요!"

아비규환이 따로 없었다.

신발 시인이 눈물 가득한 눈으로 나를 쳐다봤다.

"봤니? 아가야. 속담이 딱 맞구나. '나는 신발이 없어서 울었다. 발이 없는 사람을 만나기 전까지는.'"

그 순간, 나는 산통이 오는 척 비명을 지르며 땅바닥에 주저앉았다.

알프레트

안녕, 나의 하넬로레.

이미 매우 힘든 날이었지만, 오늘이 끝나려면 아직 한참 남았어요.

온갖 악조건들에도 불구하고 나는 우리 배의 의사인 리히터 박사님을 위해 간호사를 구하는 데 성공했어요. 불가능한 임무였지만, 다른 많은 경우처럼 이번에도 가능하게 만들었어요.

내 첫 임무는 간호사 여자의 환자들을 구스틀로프호에 등록시키는 거였어요. 손가락 관절들이 흉해서 보기 괴로운 늙은 구두장이, 작은 소년, 그리고 독일어를 못하지만 총통 각하가 좋아하는 특징을 가진, 임신한 라트비아 여자 등이었어요. 다시 한번 나는 칼을 뽑은 후 독일을 위해 망토를 펼치고서 그 여자가 안전하게 망토를 밟고 건너가도록 도왔어요. 하지만 또 다른 망토는 조국을 위해서 아껴두었죠!

오늘 아침 놀라운 일이 하나 더 있었어요. 나는 에리히 코흐 지도관을 위해 매우 중요한 임무를 수행 중인 젊은 신병을 만났고, 돕게 되었어요. 당신은 코흐 지도관이 이 전쟁에서 얼마나 중요한 역할을 하는지 잘 모를 거예요. 그는 나치당의 대관할구 지도관이에요. 이 지역에서는 히틀러 총통 각하 다음으로 높은 분이시죠. 이 젊은 신병은 코흐 지도관이 직접 서명한 친서를 가지고 있어요. 그가 총통 각하를 위해 귀중한 보물을 운반하고 있는 특사라는 편지죠. 물론 나는 이 일을 매우 신중하게 다루고 있고 어떤 사소한 사항도 입 밖에 꺼내지 않을 거예요. 결국엔 내가 코흐 지도관을 직접 만나게 될 것 같아요.

내 영웅담이 너무 빠르게 늘어나고 있어서 나도 간신히 따라잡는 중이에요. 지금은 개인 화장실에서 약간의 고요를 즐기며 다음 전략을 짜고 있어요. 젊은 신병이 나를 기다리고 있기 때문에 책임감이 무거워요. 나는 이 임무를 위해 최고의 컨디션을 유지해야만 해요.

화장실 안이 너무 좋고 따뜻해서 약간 더 길게 머물기로 마음먹었다.

요안나

몇 시간도 안 돼 고텐하펜의 인파가 두 배로 늘어났다. 목에 건 청진기 때문에 자꾸 사람들에게 붙들렸다. 청진기를 본 사람들은 폭격에 폐허가 된 건물과 크게 팬 땅에서 달려 나와 치료해 달라고 애원했다. 나는 동상으로 얼굴이 시커멓게 된 한 여자를 돕고 있었다.

"나도 한땐 아름다웠어요."

그녀가 텅 빈 눈빛으로 말했다.

"시간이 지나면 흉터가 희미해질 거예요."

내가 그녀에게 말했다.

"담배 한 개비 줄 수 있어요?"

나는 고개를 저었다.

"하나도 없어요."

담배 한 개비는 금 한 덩어리와 맞먹었다.

그녀는 손가락으로 거칠거칠하고 시커먼 턱 피부를 어루만졌다.

"이제 나는 너무 못생겼어요. 담배 한 개비 줄 수 있어요?"

그녀가 한 번 더 물었다.

나는 청진기를 가방 안에 넣고서 우글우글한 사람 떼를 헤치고 항구로 향했다. 주머니에는 리히터 박사가 준 탑승권이 있었다. 우리 무리는 어디에 있는 걸까? 그 사병이 그들을 무사히 등록시켰을까? 만약 에밀리아가 어려움을 겪고 있다면 내가 도와야만 한다.

"요안나!"

에바의 머리가 인파 위로 우뚝 솟아 있었다.

에바가 나를 향해 걸어왔다. 혼자였다.

"다른 사람들은 어디 있어요?"

내가 물었다.

"못 봤어."

"함께 등록한 거 아니에요?"

"아니. 나는 그 수레와 함께 수백 킬로미터를 걸어왔어. 내 은 식기와 그릇들이 그 수레 안에 있어. 미안하지만, 어떤 무식한 인간들이 내 걸 모조리 챙겨 튀도록 놔두진 않을 거야."

에바가 말했다.

"에바, 시간이 없어요. 러시아군이 코앞에 있어요. 금방이라도 항구에 들이닥칠 수 있어요."

"일단 수레만 도착하면 등록할 거야."

"안 돼요. 지금 당장 등록해야 해요. 박사님이 항구가 곧 백만 명에 가까운 사람들로 가득 찰 거라고 했어요. 구스틀로프호와 다른 배들 모두 곧 출발할 거예요. 빨리 탑승권을 구해요. 수레와 말은 필요한 사람에게 주고요."

에바는 내 재촉을 고민하는 것처럼 보였다.

"다른 사람들은 못 봤어요?"

내가 물었다.

“그 이상한 사병에게 맡겼어.”

에바가 고개를 돌려 또 다른 여자에게 말을 걸기 시작했다.

“에바, 잠깐만요. 에밀리아는 무사히 통과됐나요?”

내가 힘주어 물었다.

“나도 몰라. 사병이 에밀리아와 신발 시인, 떠돌이 소년을 등록대로 데려갈 때 마지막으로 봤어.”

“그럼 플로리안은 어떻게 됐어요?”

내가 물었다.

에바가 어리둥절한 표정으로 나를 쳐다봤다.

“플로리안? 플로리안이 누구야?”

에밀리아

1939년 9월 1일, 독일이 서쪽에서 폴란드를 침공했다.

1939년 9월 17일, 러시아가 동쪽에서 폴란드를 침공했다.

나는 이 날짜들을 똑똑히 기억한다.

전쟁을 벌이고 있는 두 나라는 각각 폴란드를 꽉 잡았다. 인형 하나를 두고 싸우는 여자아이들처럼. 한 나라는 다리를 잡았고 다른 한 나라는 팔을 잡았다. 어느 날 그들은 인형을 너무 세게 잡아당겼고 인형의 머리가 바닥으로 굴러떨어져 나갔다.

나치는 폴란드 사람들을 유대인 거주 지역인 게토와 강제 수용소로 보냈다.

소비에트는 폴란드 사람들을 노동 수용소인 굴라그와 시베리아로 보냈다.

이 모든 일이 시작됐을 때 나는 9살이었다. 사람들은 변해 갔다. 사람들의 얼굴은 구운 사과처럼 쪼글쪼글해지고 움푹 꺼졌다. 이웃들은 낮은 목소리로 이야기했다. 나는 사람들이 게임하는 것을 지켜봤다. 그들이 쳐다보지 않을 때 그들을 관찰했다. 그리고 배웠다.

하지만 내가 이 게임을 언제까지 할 수 있을까? 내가 안팎으로 하고 있는 이 게임을. 정말로 서쪽으로 가는 데 성공한다면 무슨 일이 벌어질까? 르보프 출신의 에밀리아 스토제크라고 실체를 드러낼 수 있을까? 독일은 나에게 안전할까?

전쟁이 끝나고 나면 어느 나라가 폴란드 사람들에게 우호적이 될까?

플로리안

몇 시간이 지났다. 사병은 영화관에 오지 않았다. 여러 가지 가능성을 생각해 봤다. 임무가 많아져서 바쁠 수 있다. 잊어버렸을 수도 있다. 아니면 생각만큼 호락호락한 녀석이 아닐지도 모른다.

요안나는 어떨까? 나를 찾을까?

나는 영화관을 떠나야 할지 말아야 할지 고민했다. 시시각각 점점 더 많은 피난민이 고텐하펜으로 쏟아져 들어왔다. 탈 수 있는 배는 점점 더 줄어들 것이다. 총통은 더 필사적으로 날뛸 것이다. 나치의 선전 및 미화를 책임진 요제프 괴벨스는 수년 동안 말도 안 되는 성명서들을 발표해 왔다. 그는 거짓말로 국민의 사기를 돋우려 애썼다.

"완전한 승리는 우리 것입니다. 강하게 버티십시오!"

하지만 승리는 그들의 손가락 사이로 빠져나갔다. 이제 책임만이 그들의 손에 남았다. 그리고 러시아군은 점점 더 가까워져 오고 있다. 나는 영화관 앞에서 주워 온 전단을 들여다봤다. '승리 아니면 죽음'이라는 제목이 붙어 있었다.

우리는 독일인이다!

우리에게는 두 가지의 가능성만이 있다.

좋은 독일인이거나 나쁜 독일인이거나.

만약 우리가 좋은 독일인이라면, 모든 일이 잘 풀릴 것이다.

하지만 만약 우리가 나쁜 독일인이라면,

다시 두 가지의 가능성이 생긴다.

터무니없었다. 나머지를 마저 읽을 수가 없었다. 나는 전단을 접어서 주머니 속에 넣었다. 괴벨스의 말 중 한 가지는 맞았다. 좋은 독일인과 나쁜 독일인이 있다는 것. 하지만 현재, 꼬리표는 반대로 붙여지고 있다.

탈영병으로 간주된 자들은 처형당할 것이다. 더 오래 꾸물거릴수록 랑게 박사가 나의 배신을 알아차릴 가능성은 더 커질 것이다. 그가 내 아파트나 성 밑에 있는 비밀 방을 수색했을까? 이미 상자들을 살펴본 건 아닐까?

아니면 더 심각한 경우, 에리히 코흐가 지금 이 시각 부두에 서 있을지도 모른다. 나를 기다리면서.

알프레트

구명조끼와 부낭. 이것이 새 임무였다. 찾을 수 있는 구명조끼와 부낭을 최대한 많이 모으는 것. 배 바깥에서 해야 하는 일을 맡은 게 기뻤다. 마침내 영화관을 찾아가서 젊은 신병을 만날 기회가 생겼으니까. 점점 흥미로워지고 있었다. 하넬로레가 그렇게 좋아하는 카를 마이의 모험 소설 같았다.

하지만 영화관은 어디에 있지? 몹시 춥다. 콧물 묻은 코털이 다 얼어붙어 버렸을 정도다. 오랫동안 걷긴 힘들 것이다. 노인과 어린 소년이 커다란 시계탑 아래 서 있는 게 보였다.

낡은 영화관이 시야에 들어오자 맥박이 빨라졌다. 그래, 그래. 난 이 임무를 완수할 것이다. 그리고 신병이 내가 그를 도왔다는 사실을 밝히면 당의 지도자들과 좋은 관계를 맺을 수 있을 것이다.

눈밭을 헤치고 극장 뒤로 걸어갔다. 그때 노크 횟수를 잊어버렸다는 걸 깨달았다. 하지만 문제없었다. 문은 활짝 열려 있었고 사람들은 자유로이 들어왔다 나갔다 했다. 영화관은 피난민들로 넘쳐나고 있었다. 불쾌한 냄새가 났다. 의자들 위에 짐들이 잔뜩 쌓여 있었다. 날카로운 휘파람 소리가 들렸다. 임신한 라트비아 여자가 낸 소리였다. 그녀가 손으로 위를 가리켰다. 나는 그녀가 임신한 여자들이 흔히 겪는 히스테리를 겪고 있진 않나 생각했다. 하지만 바로 그 때 신병이 영사실의 작은 창문 안쪽에 서 있는 게 보였다.

한참 두리번거린 끝에 계단을 찾았고 계단 끝까지 올라가고 나니 숨이 가빴다. 나는 계단 꼭대기에 있는 닫힌 문으로 향했다. 여기가 비밀 노크를 해야 하는 바로 그곳인가? 그때 문이 확 열렸다. 신병이 나를 영사실 안으로 끌어당겼다.

어두컴컴한 작은 방에 담배 냄새가 났다. 나는 공기가 깨끗해지기를 바라며 코앞에서 손을 저었다.

"담배 피울래요?"

신병이 이리저리 서성거리면서 물었다.

"피우지 않습니다."

내가 그에게 말했다.

"그거 가져왔나요?"

나는 그가 무얼 말하는지 알아들었다. 탑승권. 나는 스파이 잡지에서 사용한 전문 용어를 기억해 내려 애썼지만 아무것도 생각나지 않았다. 그래서 그냥 천천히 속삭였다.

"네."

그의 코트가 들춰지면서 허리에 찬 권총이 보였다. 나는 재빨리 탑승권을 내놓았다.

"당신은 좋은 남자예요."

그가 내게 말했다. 그런 다음 그가 내게 '승리 아니면 죽음'이라고 써 있는 전단을 건넸다.

"이거 읽어 봤어요?"

그가 물었다.

"아니요."

"좋은 독일인과 나쁜 독일인에 대해 나와 있어요. 당신은 좋은 독일인이에요."

"고맙습니다."

내 안에서 자신감이 불타올랐다.

"질문을 허락해 주시겠습니까?"

그가 빙그레 웃었다.

"질문을 허락합니다."

"어떻게 할 건가요? 탑승권이 비어 있는데요. 탑승하기 위해서는 담당 장교가 정보를 기재해야 하고 공식적으로 도장도 찍어야 해요. 승객 명단도 작성할 거고요."

"네, 알아요. 내게 맡겨요. 탑승이 시작되고 지옥문이 열리기 전에 간호사 여자를 내게 데려다줬으면 하는데요."

"오늘 아침에 본 예쁜 간호사 말입니까?"

내가 묻자, 그가 서성거림을 멈췄다.

"그녀가 예쁘다고 생각하나요?"

동료들이 여자들에 대해 자주 이야기하는 것을 들었다. 때로는 실제로 보는 것처럼 생생하게 묘사해서 말이다. 물론 내게는 하넬로레가 있지만.

"네."

내가 씩 웃었다.

"경험상 틀림없이 매력적이라고 평가될 겁니다."

그가 탑승권을 뚫어지게 쳐다봤다.

"그녀를 찾아 줄 수 있나요? 환자에게 그녀가 필요하다고 전해 주세요. 반드시 '필요하다'라는 단어를 사용해 줘요."

"하지만 어디에서 찾아야 할까요?"

"그녀는 임신한 소녀에게 꼭 오겠다고 약속했어요. 아마 여기로 오는 길일 거예요."

"오, 알겠습니다. 안 그래도 라트비아 여자를 가장 걱정하는 것처럼 보이더라고요."

신병이 담배꽁초에 다시 불을 붙이며 고개를 돌려 나를 쳐다봤다.

"그 예쁜 간호사."

그가 말했다.

"그녀의 이름은 요안나예요. 그리고 그녀에 관해서 하나 알려 주자면, 이미 약혼했다고 하더군요."

그가 짙은 담배 연기를 내뿜으며 내 어깨를 툭 쳤다.

요안나

리히터 박사는 화를 낼 것이다. 나는 그를 따라 배에 타는 대신 그에게 수백 명의 부상병을 남겨 두고 떠났다.

반드시 약속을 지키는 신발 시인에게 신의 가호가 늘 함께하기를. 그는 강추위 속에서도 시계탑 아래에서 나를 기다렸다. 떠돌이 소년은 발치에 있는 눈 더미를 갖고 놀고 있었다.

"봐. 꼭 올 거라고 했지."

신발 시인이 소년에게 말했다.

떠돌이 소년이 벌떡 일어서서 내 다리를 끌어안았다.

"잘 있었지, 꼬마야?"

나는 신발 시인을 쳐다봤다.

"탑승권 얻었어요?"

"그 줄에서 4시간을 기다렸지. 하지만 다행히 탑승권은 받았어. 군화를 수선하는 일에 징집될 뻔했지만 말이야. 솔직히 말하자면 탑승권을 받은 건 순전히 꼬맹이 클라우스 덕분이야. 작은 아이들은 최우선 순위거든."

"에밀리아는요?"

"엉망진창이었어. 그 실없는 사병이 에밀리아를 줄 맨 앞으로 밀어붙였어. 주의만 더 끌었지."

신발 시인이 얼굴을 찌푸렸다.

"소녀는 겁에 질렸어. 제정신을 찾도록 힘을 줘야만 했지. 하지만 마침내 사태 파악을 했고 땅바닥에 드러누워서 진통이 온 연기를 했어. 그러자 군인들이 소녀를 즉시 배에 태우려고 했어. 하지만 소녀는 자신의 간호사인 너 없이는 가지 않겠다고 말했지. 그들은 소녀를 빨리 치워 버리려고 안달이었어. 그 바보 같은 사병은 소녀가 애를 낳을까 봐 얼굴이 새파랗게 질려서 거의 주저앉다시피 하더군."

"그럼 에밀리아도 탑승권을 받은 거죠? 지금 어디에 있어요?"

내가 물었다.

"오, 다행히 라트비아 소녀도 탑승권을 받았어. 지금은 영화관에 있어. 너를 기다리겠다고 고집 피우고 있지. '미안하지만' 에바는 봤니?"

"에바 아줌마는 등록하기 위해 줄 서 있어요. 서둘러야 해요. 빨리 돌아가야 하거든요. 오늘 밤에 부상병들을 승선시킬 거예요. 나는 에밀리아를 데리고 가고 싶어요. 우리 무리의 나머지 사람들은 내일 승선할 거예요."

그때 젊은 사병이 갑자기 나타났다.

"아하! 거기 있군요, 아가씨."

그가 불편하리만큼 가까이 다가와서 속삭였다.

"당신의 환자가 당신이 필요하대요. 지금 극장에 있어요. 다시 한 번 말할게요, 아가씨. 그가 당신이 '필요하대요'."

나는 혼란스러운 얼굴로 그를 쳐다봤다. 무슨 뜻이지?

"그가 직접 그렇게 말했어요."

사병이 눈을 빨리 깜박이면서 나를 응시했다.

우리는 사병을 두고 영화관을 향해 내달렸다.

플로리안

요안나가 영사실의 문을 거칠게 밀고 들어왔다. 얼굴이 붉게 상기된 채로 숨을 헐떡이고 있었다.

"괜찮아요?"

"빨리 왔네요."

내가 미소를 지으며 말했다.

그녀는 큰일이 아니라는 사실에 짜증 난 표정으로 나를 봤다.

"빨리 배로 돌아가야 해요. 에밀리아를 데려갈게요. 신발 시인과 소년은 내일 탑승할 거예요. 에바는 아직 등록 못 했어요."

내가 고개를 끄덕였다.

그녀가 나를 뚫어지게 보면서 곰곰이 생각하더니 가슴 앞으로 팔짱을 끼었다.

"당신이 내킬 때마다 날 호출할 순 없어요. 무슨 놀이를 하는 건지 잘 모르겠지만 별로 알고 싶지도 않네요. 하지만 내게 당신의 이름을 제대로 알 자격은 있다고 생각해요. 정말로 플로리안 베크가 맞나요?"

"날 못 믿어요?"

나는 주머니에서 신분증을 꺼내 그녀에게 건넸다.

"무슨 이름이 플로리안이에요?"

그녀가 내 신분증 사진을 쳐다보며 물었다.

"어머니가 16세기 화가인 플로리안 아베의 이름을 따서 지어 주셨어요."

그녀는 어깨를 으쓱하더니 흡족한 얼굴로 신분증을 돌려줬다.

나는 가지고 있던 담배꽁초에 불을 붙여서 그녀에게 건넸다.

"나는 빌헬름 구스틀로프호에 타요."

그녀가 담배를 한 모금 빨고 난 후 내게 다시 건네며 말했다.

"나를 초대하는 건가요?"

내가 씩 웃었다.

"당신이 마음만 먹는다면 거기에 타는 거야 식은 죽 먹기겠죠."

나는 그녀가 즐거워하는 건지 짜증이 난 건지 알 수 없었다.

"당신 탑승권 좀 볼 수 있을까요?"

내가 물었다. 그녀가 자신의 신분증에서 탑승권을 떼서 내게 건넸다. 그녀는 작은 영사기를 향해 걸어간 후 극장을 내려다봤다.

나는 그녀의 탑승권을 꼼꼼히 보면서 모든 세부 사항을 외웠다.

"구스틀로프호는 어디로 가나요?"

"킬."

그녀가 대답했다.

킬은 독일 북쪽 끝에 있는 도시로 여기에서 거의 300해리 떨어져 있다. 덴마크의 국경과 근접해 있다. 내 여동생 아니가 있을지도 모르는 곳과 가까웠다. 나는 탑승권을 뚫어지게 쳐다봤다.

"이제 알 것 같아요."

요안나가 말했다.

"당신은 뭔가가 필요할 때만 내게 말을 거는군요. 그렇죠?"

내가 주제를 바꿨다.

"의사와 일하니 행복해 보이네요. 분명 학창 시절에 반에서 항상 1등이었겠어요."

그녀가 웃음을 터뜨렸다.

"맞아요. 1등이었죠. 하지만 그게 지금 무슨 의미가 있어요?"

그녀가 고개를 저었다.

"나는 사람들을 돕는 게 좋아요. 그리고 어머니에게 한 걸음 더 가까워지는 게 좋고요. 저 아이들을 봐요. 너무 많아요."

그녀가 아래층을 내려다봤다.

나도 그녀의 어깨너머로 아래를 내려다봤다. 떠돌이 소년이 토끼 인형을 안고서 우리에게 손 흔들었다. 우리도 답으로 손을 흔들어 줬다.

"나는 저 어린 소년이 특히 마음에 들어요."

내가 속삭였다.

요안나가 뒤를 돌아보자 그녀의 얼굴과 내 얼굴이 매우 가까워졌다.

"왜죠?"

그녀가 물었다.

"귀가 하나밖에 없는 토끼를 돌보잖아요."

내가 씩 웃으며 내 한쪽 귀를 만졌다.

그녀가 작은 소리로 웃었다.

"나는 그게 마음에 들어요."

그녀가 내 입을 가리키며 말했다.

"뭐가요?"

"당신은 웃을 때 완전히 달라 보여요."

우리는 서로를 응시하며 가만히 서 있었다. 우리 사이의 간격은 아슬아슬했다. 매우 가까이에 있어서 얼굴이 닿을락 말락 했다. 그녀가 나를 향해 고개를 들었다. 나는 그녀의 입술을 내려다봤다.

"음……. 가 봐야 할 것 같아요."

그녀가 속삭였다.

나는 천천히 고개를 끄덕인 후 그녀에게 탑승권을 돌려줬다. 우리는 아무 말 없이 가만히 있었다. 그녀는 쑥스러워 하는 것처럼 보였다.

"그럼, 잘 있어요."

그녀가 내게서 천천히 멀어지며 말했다.

나는 아무 말도 하지 않았다. 그녀가 방에서 빠져나가는 모습을 잠자코 지켜봤다. 그리고 숨을 내쉬었다. 나도 모르게 계속 숨을 참고 있었던 것이다.

알프레트

'어호이', 하넬로레!

'어호이'는 뱃사람들이 주의를 끌 때 외치는 말이에요. 지금 나는 구스틀로프호의 상갑판에 서 있어요. 저녁이 찾아와 어둠이 깔렸어요. 우리가 정박해 있는 부두에는 각양각색의 많은 배가 묶여 있어요. 건너편에는 한자호가 있어요. 이 배 역시 여러 준비로 활기차요. 항구어귀에는 등대 두 대가 서 있지만 불을 밝히진 않았어요. 머리 위에 있는 러시아 전투기들에 손 흔들 필요는 없죠.

오늘 나는 한 발 더 발전했어요. 매우 흥미로운 사실을 배웠죠.

기억할지 모르겠지만 빌헬름 구스틀로프호는 특권 계층의 호화 유람선 여행을 위해 만들어지지 않았어요. 히틀러 총통 각하는 목수, 우체부, 자물쇠 수리공, 주부 등 보통 사람들을 위해 구스틀로프호를 만들었어요. 하지만 이제 이 보통 사람들의 배는 사실상 매우 중요한 사람들을 실어 나를 거예요. 구스틀로프호는 우리의 부상병들, 장교들, 내가 돕고 있는 특별 승객들을 수송할 거예요. 젊은 신병에 대해 더 듣고 싶지 않나요? 하지만 오늘은 여기까지만 말할게요. 그물을 너무 빨리 비워서는 안 되니까요. 나의 작은 물고기인 당신이 영원히 물에서 헤엄치도록 해야 하니까요.

당신이 여성이어서 정말 다행이에요. 당신의 손이 주먹 쥐는 법을 알게 되는 일이 없기를. 당신의 귀에 의무의 부름이 울리는 일이 없기를. 이 전쟁이 끝나기 전에 모든 남자는 자신의 참된 자아를 찾게 될 거예요. 나는 이 기회를 환영해요. 영웅이 되기 위해서는 어려운 선택과 희생을 해야만 하죠. 주먹을 쥔 용맹한 손이 전진하라고 신호를 보낼 때, 남자는 부름에 응해야 해요. 그 손이 지금 내게 신호를 보내고 있어요. 하넬로레. 난 느낄 수 있어요.

요안나

에밀리아는 플로리안을 기다리고 싶어 했다. 하지만 나는 에밀리아의 손을 꽉 잡고 영화관 밖으로 끌어냈다. 다른 사람들에게는 내일 보자고 말했다.

수레들과 피난민들의 구름 떼같은 행렬이 항구로 가는 길을 막고 있었다. 자갈을 깐 도로를 따라 줄줄이 서 있는 회색 석조 건물들은 현관문과 창문이 군데군데 떨어져 나가 마치 천연두를 앓고 마맛자국이 난 얼굴 같았다. 인형의 집처럼 건물 안의 방들이 훤히 들여다보였다. 아름다운 마호가니 나무로 만든 책상 위에 타자기가 놓여 있고 천장에 달린 샹들리에가 바람에 이리저리 흔들렸다. 빛깔이 바래고 여기저기 찢어진 히틀러의 선전 현수막이 향수 가게의 깨진 창문 위에서 펄럭거렸다. 현수막에는 '제국의 국민이여 총을 들어라.'라고 적혀 있었다.

리투아니아와 폴란드도 이렇게 상황이 안 좋을까?

우리는 항구에 들어갈 때 한 번, 배에 접근할 때 한 번, 그리고 육지와 배 사이의 트랩에서 다시 한번 신분증과 탑승권을 확인받았다. 군인들은 우리에게 배에 탄 후 B 갑판에 있는 접수처에 보고하라고 지시했다. 우리가 트랩을 따라 올라가 구스틀로프호의 옆면에 있는 입구를 지나갈 때, 내 손을 잡은 에밀리아의 손이 떨리는 게 느껴졌다.

안에 들어가니 이 배는 바다 위에 떠 있는 하나의 도시였다. 따뜻한 도시. 거대하다는 말로는 부족했다. 독일인들은 대혼란 가운데서도 매우 질서정연하게 탑승 절차를 진행하고 있었다. 곳곳에 승객들을 안내하는 표지판들이 부착돼 있었다. B 갑판에 도착하자 군인들이 산책 갑판으로 가면 임시 산부인과 병실이 마련돼 있다고 알려줬다.

"떠나고 싶어요. 배에서 내리고 싶어요."

에밀리아가 속삭였다.

"우선 자리부터 잡자. 그러면 기분이 좀 나아질 거야."

에밀리아를 안심시켰다.

리히터 박사는 우리를 곧 산부인과 병실이 될 곳으로 데려갔다. 빳빳한 하얀 천을 씌운 간이침대들이 줄줄이 누워 있었다.

"여기 도착한 최초의 산모군요."

리히터 박사가 에밀리아에게 말했다.

"의사가 한 명이라도 더 배에 승선하기를 바라지만 아직 확정된 게 없어요."

에밀리아는 아무 말도 하지 않았다.

"모든 게 괴로울 거예요. 자신의 상태, 오래 걸어온 피난길, 언어 장벽, 남편과 떨어져 있는 것 등요."

내가 설명했다.

"물론 그렇겠지."

리히터 박사가 말했다.

"하지만 그중 한 가지 문제는 내가 해결해 줄 수 있어. 승객 중에 여러 언어를 할 줄 아는 사람이 있을 거야. 일단 탑승이 시작되면 라트비아어를 할 줄 아는 사람을 찾아볼게."

리히터 박사가 에밀리아의 어깨를 토닥였다.

"걱정하지 말아요. 곧 있으면 우리에게 모든 걸 이야기할 수 있을 테니까."

그가 뒤로 돌아서 산부인과 병실 밖으로 걸어 나갔다.

에밀리아의 손톱이 내 팔을 파고들었다.

에밀리아

이제 어떻게 해야 하지? 도망쳐야 하나? 공포로 인해 허리 아래의 통증과 경련이 더 심해지는 것 같았다.

"걱정하지 마. 방법을 생각해 볼게."

요안나가 확신에 찬 목소리로 말했다.

나는 이 배가 싫다. 이 배는 강철로 만들어져 생명력이 없고 안이 텅 비어 있다. 차라리 고목을 깎아서 만든 작은 나무 보트나 물 위에 떠 있는 견과 껍질 안에 있고 싶다. 나는 강철로 만든 비행기들과 배들을 혐오한다. 생명력 없는 이러한 배들은 바다에 감사하기 위해 만들어지지 않았다. 강철로 만든 배는 전쟁의 배이다. 나는 이들이 내게 여기 소속이 아니라고 하면서 나를 쫓아내 주기를 내심 바랐다. 그러면 숲과 새들에게로 돌아갈 수 있을 텐데.

요안나는 빌헬름 구스틀로프호가 계층에 상관없이 여가 활동을 즐길 수 있게 만든 배라고 했다. 나는 이미 알고 있었다. 아우구스트가 말해 주었다.

히틀러는 모든 사람에게 기회를 제공할 것이며 모두가 평등하다고 말했다. 하지만 일부가 이렇게 차별을 받는데 어떻게 모두가 평등하단 말인가?

히틀러와 마찬가지로 아우구스트의 어머니는 지배자 민족이라는 개념을 믿었다. 그녀의 의견에 따르면 나는 폴란드인이기 때문에 지배자 민족에 속해 있지 않았다. 내 마음속 굳게 잠긴 문 뒤 어딘가에서 에르나 클라이스트의 엄중한 목소리가 메아리쳤다.

"걔는 안 돼요. 재가 더 예뻐요."

빌헬름 구스틀로프호는 전쟁으로 길 잃은 영혼들을 배고 있었다. 그들은 그녀의 뱃속으로 떼 지어 들어 왔고 그녀는 그들의 자유를 출산할 것이다.

하지만 다들 모르는 걸까? 이 배의 이름은 빌헬름 구스틀로프라는 남자의 이름을 따서 지어졌다. 아버지가 그에 대해 말씀해 주신 적이 있다. 그는 스위스에 있는 나치당 지부의 우두머리였다.

그는 살해당했다. 이 배는 죽음에서 태어났다.

플로리안

밖에서 문을 열 수 없도록 잡동사니들을 영사실 출입문 아래에 잔뜩 쌓았다. 이제 영화관은 온기와 피신처를 찾는 피난민들로 발 디딜 틈이 없었다. 많은 사람이 2층에 올라왔지만 곧바로 그들을 쫓아 보냈다. 권총은 장전한 채로 바로 옆에 두었다. 탑승권을 위조하려면 누구의 방해도 받으면 안 됐다.

폴란드 소녀는 알고 있었다. 소녀가 영화관에 들어왔을 때 내가 다가가자 소녀는 말없이 자신의 탑승권을 건넸다. 나는 고딕 스타일의 글씨체와 잉크 색조를 외우고, 스탬프 자국과 사용된 용어들을 적었다. 요안나의 탑승권은 그녀의 임무 때문에 소녀의 탑승권과 약간 달랐다. 두 가지를 모두 본 게 도움이 되었다.

아버지는 내가 도면 그리기와 시각 기억에 재능을 보이자 매우 기뻐했다. 어린 소년이었을 때 아버지의 지도를 잠깐 보고 혼자 그대로 따라 그렸다. 커 가면서 복제에 흥미가 생겼다. 나는 아버지의 지도를 정확하게 다시 그려서 아버지가 원본과 내 복제본을 구분하지 못하는 걸 즐겼다.

아버지는 나의 재능을 인정하고 칭찬했지만, 내가 복제 대신 창작을 하기를 바랐다.

"너는 재능이 매우 뛰어나. 플로리안. 네 자신만의 어떤 걸 창작해 보는 건 어떠니? 네 상상력으로부터 생겨난 어떤 걸 말이야. 철학자들이 말했듯이 '인생은 짧지만 예술은 길어'. 다른 작품들을 복제하는 대신 예술 작품을 만들어 보렴, 아들."

하지만 나는 창작에는 흥미가 없었다. 오래된 보물들과 미술 작품들을 복원하는 일이 좋았다. 그리고 가끔 그것들을 복제하기도 했다.

탑승권 중 손으로 쓴 부분들은 검은색이다. 잉크 스탬프 자국도 검은색이다. 탑승권 위조는 내게 누워서 떡 먹기였다.

알프레트

안녕, 사랑스러운 아가씨. 내 편지를 기다리느라 힘들었겠군요. 배에서는 더 이상 한가한 시간이나 휴식 시간이 없어요. 출항할 때까지 24시간 내내 일할 거라고 하더군요. 나는 모든 세부 사항을 주목하고 기록하고 있어요. 기온은 영하 10도를 유지하고 있어요. 하지만 해상 사무소는 더 낮게 떨어질 거리고 예측하더군요. 구스틀로프호의 맨 위층에 있는 철책들과 갑판들은 얼음에 뒤덮여 있어요. 계속해서 긁어내라는 명령을 받았죠. 다행히 항해 동안에는 상갑판을 이용하지 않을 거예요.

히틀러 총통 각하는 모든 독일인에게 자신의 의무를 다하고 희생하라고 했어요. 나만큼 많이 희생한 사람도 없을 걸요, 그렇지 않아요? 하넬로레? 나는 부대 배치에 앞서 폐의 기능을 강화하려고 혼자서 훈련하다 한증막에서 질식사할 뻔하기도 했는걸요.

내 가슴속에 존재했던 끊임없는 뇌우가 이젠 가라앉았어요. 안심되죠? 그래요, 로레. 지금 내 가장 큰 고통은 오직 열망의 병뿐이에요. 이 군복을 입고 있으면 권력이 생기는 기분이 들어요. 머지않아 내게 딱 맞는 자리인 기록병에 임명될 거라 확신해요. 보초병이 마침내 승리하는 거죠.

이 최초의 항해를 따라가면서 나는 나의 조국으로 돌아가기만을 기다리고 있어요. 여기 동프로이센 지역은 매우 이상해요. 동프로이센인들은 완전히 다른 게르만 민족이에요. 우리가 아는 독일인들과 완전히 달라요.

프로이센 대지주 계급 중 일부는 여기 항구로 오는 중이에요. 하지만 한 프로이센 사병은 자신의 가족은 오지 않을 거라고 말했어요. 사유지를 포기하길 거부한 거죠. 대신 그들은 배에 하인들을 보냈어요. 그리고 가족들은 정원에 스스로 무덤을 팠다는군요. 러시아 군인들이 도착하면 그 흙구덩이들 속으로 들어가 스스로 목숨을 끊을 거라는 거죠. 상상이 되나요? 총통 각하가 탈출 수단을 제공하셨는데 그들은 자신의 영토를 떠나지 않겠다고 탈출을 거부했어요. 이런 건 희생이 아니라 어리석음이에요. 정말 짜증이 나요. 하지만 그들이 차가운 흙구덩이 안에 있는 모습을 떠올리면 왠지 흡족하기도 해요.

요안나

얼굴에 뜨거운 수건이 닿으니 기분이 좋았다. 빌헬름 구스틀로프호에는 50개의 욕실, 100개의 샤워기, 145개의 변기가 있었다. 리히터 박사는 내게 새하얀 앞치마를 주면서 씻고 옷을 갈아입으라고 했다.

거울 속에 있는 여자는 무서웠다. 그 여자가 나라는 사실을 깨달았을 때 더욱 그랬다. 얼굴은 검댕으로 뒤덮여 있고 두 눈은 그동안 목격한 것들로 슬픔을 담고 있었다. 지금까지 24년을 살았지만, 최근의 몇 달은 나를 완전히 바꿔 버렸다.

손톱 아래 말라붙은 피와 때를 문질러 씻었다. 결코 씻어 낼 수 없을 양심의 가책을 생각하면서.

다른 사람들을 돕는 일, 사람들을 치료하는 일은 머리를 식히기에 좋은 일이었다. 하지만 에밀리아는 어떻게 해야 할까?

남의 눈길을 신경 쓰지 않고 혼자 있을 수 있는 욕실 안에 있으니 지나간 기억이 나를 짓눌렀다. 가족이 그리웠다. 조국의 운명이 궁금했고 사촌 리나의 생사가 걱정됐다.

생존은 대가가 있다. 죄책감.

빌뉴스, 카우나스, 내 고향인 비르자이. 리투아니아 사람들은 어떤 일을 겪고 있을까? 나는 독일어가 아닌 리투아니아어로 말하고 싶었다. 리투아니아 노래를 부르고 싶었다.

내가 사랑하는 모든 것을 뒤에 남겨 두고 떠나야만 했다.

그때 누군가가 욕실 문을 두드렸다. 나는 대꾸하지 않았다. 작은 스틸 욕실을 떠나고 싶지 않았다. 고통과 파괴로부터 떨어진 채 갇혀 있고 싶었다. 강해지고 싶지 않았다. '똑똑한 여자'가 되고 싶지 않았다. 너무 피곤했다. 그냥 모든 것이 다 끝났으면 했다.

4년의 끔찍한 세월이 수면 위로 떠 올랐다.

나는 소리 내어 울기 시작했다.

플로리안

잉크가 다 말랐다. 붓과 미술용품을 가죽 케이스 안에 넣은 다음 배낭 속에 다시 넣었다. 그러고선 노트에 몇 마디를 적었다. 내가 위조 연습을 했던 노트였다.

내게는 두 가지 계획이 있었다.

첫 번째는 일찍 배에 타서 장교들이 내 신분증과 탑승권을 자세히 확인하게 하는 것이다. 이 방법은 위험을 감수해야 한다. 두 번째는 배가 거의 다 찰 때까지 기다렸다가 마지막 순간에 서두르는 승객들과 함께 배에 타는 것이다. 만약 일찍 배에 탄다면 항해하는 동안 몸을 숨길 곳을 찾을 수 있을 것이다. 잠도 더 많이 잘 수 있을 것이다. 하지만 그러기 위해서는 그 알랑거리는 사병의 도움이 필요하다. 위험을 감수할만한 가치가 있을까?

나는 탑승권을 쳐다봤다. 탁월한 위조품이었다. 흥분의 파도가 나를 덮쳤다. 시험해 보고 싶었다. 먹혀들까? 아니면 그들이 승강용 사다리에서 나를 체포할까?

히틀러는 전쟁에서 패배할지도 모른다. 하지만 그는 자신이 훔친 예술 작품을 순순히 포기하지 않을 것이다. 특히 호박 방만큼은 절대 포기하지 않을 것이다.

"총통은 수채화에 재능이 뛰어나시지. 미술 학교에 지원하셨었어."

랑게 박사가 목소리를 낮췄다.

"하지만 학교에서 받아 주지 않았지. 오, 그 학교는 지금 얼마나 후회할까."

그래서 히틀러는 예술 작품을 창조하거나 수집하는 대신 그것을 훔쳤다. 그가 목표로 삼은 예술 작품들의 사진과 목록이 대형 앨범으로 제작됐다. 그 앨범 두 권이 랑게 박사에게 전달됐다. 목록에 있는 예술 작품 중 일부는 유대인 가족들이 소유하고 있었다. 율리안 파와트의 그림 같은 작품들은 박물관에 있었다. 폴란드의 크라쿠프에 있는 차르토리스키 미술관은 나치에게 침탈당했다. 다 빈치, 렘브란트, 라파엘이 그린 걸작들은 지금 나치당 고위 당원들의 사유 아파트에 걸려 있다.

훔친 다른 작품들은 소금 광산, 폐공장, 성터, 그리고 박물관 지하에 숨겨졌다. 랑게 박사는 폴란드에서 독일로만 약 5만 점이 넘는 예술 작품이 '이관됐다'고 추정했다. 랑게 박사는 이게 전혀 아무 문제 없다고 생각했다.

호박 방은 그중에서도 가장 대단한 보물이었다. 순도 100퍼센트의 번쩍이는 호박 6톤과 갖가지 보석으로 장식한 호박 방은 황금색 불꽃처럼 빛났다. 벽에 붙이는 판 뒤쪽에는 금박이 입혀져 있고 앞쪽에는 빛나는 다이아몬드, 에메랄드, 루비, 비취가 새겨져 있었다. 방의 정중앙에는 작은 타원형의 오목한 받침대에 귀중한 보물이 놓여 있었다. 바로 호박 백조였다.

나는 배낭 안에 있는 작은 상자를 내려다봤다. 히틀러는 호박 백조부터 찾을 것이다. 성 아래 깊은 비밀 창고에 숨겨 놓은 27개의 상자를 떠올렸다. 미로 같은 터널에 숨겨져 있는 비밀의 방을 찾는 일은 거의 불가능할 것이다.

랑게는 비밀의 방이 어디에 있는지 알고 있다.

코흐는 비밀의 방이 어디에 있는지 랑게 박사가 알고 있다고 생각한다.

나는 비밀의 방이 어디에 있는지 알고 있을 뿐만 아니라, 위치가 표시된 지도와 열쇠도 가지고 있다.

그것들은 내 부츠의 비어 있는 굽 안에 숨겨져 있다.

리히터 박사가 에밀리아의 상태를 진찰했다.

"정신적 충격을 받은 것 같군."

그가 말했다.

나는 의심을 받지 않도록 최대한 맞장구를 쳤다.

"맞아요. 저도 그렇게 생각해요. 그녀는 항상 자신의 남편인 아우구스트에 대해 말해요. 최전선에서 싸우고 있는 독일 군인이죠. 그녀는 부모님과 헤어진 이후로 그와 만나려고 필사적이에요. 남편이 전사했을까 봐 두려워하고 있어요."

리히터 박사가 고개를 끄덕였다.

"출산을 보조한 적이 있다고 했던가?"

"인슈터부르크에 있는 병원에 있을 때 혼자서 여러 명의 아기를 받았어요."

"산모가 몇 명이나 올지 감이 안 오는군. 겨우 간호사 몇 명과 병원 잡역부 한 명뿐이니 걱정이네. 게다가 자네는 다른 병동에서 부상병을 돕기도 해야 하고 말이야."

리히터 박사가 말했다.

"네, 물론 그래야지요. 오늘 아침에 부상병들을 보고 충격을 받았어요."

리히터 박사에게 말했다.

"인슈터부르크에서는 그렇게 심한 부상은 보지 못했거든요."

리히터 박사가 목소리를 낮추고서 속삭였다.

"부상병들의 상태가 독일의 운명을 말하고 있는 것 같아 두렵네. 짧은 항해야. 그들이 최대한 편안하도록 우리가 할 수 있는 일을 하자고. 자네는 많이 잃었나?"

'저는 제 가족, 제 언어, 제 조국을 잃었어요. 그 모두를 잃었지요.' 이렇게 말하고 싶었다. 하지만 나는 그가 무슨 말을 하는지 알고 있었다.

"바로 어제 얼음 호수를 건너다가 친구 한 명을 잃었어요. 박사님은요?"

"너무 많아서 셀 수가 없을 정도야."

그가 대답했다.

"내일은 더 많은 부상병이 배에 탑승할 걸세. 요양원에서 오는 무리도 있다고 들었어. 러시아 놈들의 손아귀에 붙잡혔던 독일 여자들이지. 오늘 밤은 잠을 좀 자두는 게 좋을 거야. 앞으로 매일매일 긴 하루가 될 테니까."

나는 간이침대를 에밀리아의 침대 옆으로 끌어가 자리를 잡았다. 마침내 우리는 편안하게 보호받을 수 있게 됐다. 눈보라, 강추위, 러시아 군인들을 막아 주는 곳에 있으니 마침내 안전하다는 느낌이 들었다. 이 배에는 전투기를 사격할 수 있는 대포가 부착돼 있다. 오늘 밤,

나는 안전하고 따뜻한 방의 간이침대에 누워 편안하게 잘 것이다.

나는 에밀리아와 얼굴을 맞대고 누웠다. 에밀리아는 아직 분홍색 모자를 쓰고 있었다. 에밀리아가 나를 향해 미소 지었다. 사촌 동생과 보냈던 여름휴가들이 생각났다. 밤이면 우리는 코가 거의 닿을 만큼 바짝 붙어 누워 속삭이고 킥킥댔다. 에밀리아를 볼 때마다 리나가 생각났다. 에밀리아는 리나처럼 부드러운 금발 머리, 강인하고 비밀스러워 보이는 깊은 바다색 눈을 갖고 있었다.

알프레트

기온이 더 떨어졌다. 구명조끼와 부낭을 모으기엔 날씨가 너무 춥다고 결론 내렸다. 그 대신 내가 만든 멜로디를 흥얼거리며 구스틀로프호의 통로를 씩씩하게 행진했다. 다급해 보이게 걸으면 아무도 나를 멈춰 세워 일을 시키지 않을 것이다. 그래서 나는 걷고 또 걸으며 폐에 산소를 공급하며 현재 일어나는 모든 일을 머릿속에 기록했다.

가장 큰 방들의 모든 가구가 치워졌다. 식당, 무도회장, 음악실의 바닥에는 피난민들을 위한 얇은 매트리스가 줄줄이 놓였다. 나는 음악실에 있는 그랜드 피아노의 부드러운 나뭇결을 손으로 쓸었다. 그런 다음 산책 갑판을 걸어 내려갔다. 산책 갑판은 유리로 에워싸인 채 배를 빙 두르고 있었다. 내친김에 배의 맨 밑바닥 가까이에 있는 E 갑판으로 내려갔다. E 갑판에는 아름다운 수영장이 있었다. 수영장의 물을 다 뺐지만 여전히 아름다웠다. 새하얗고 커다란 기둥들이 불투명한 유리 천장 아래에서 수영장의 네 가장자리를 에워싸고 있었다. 수영장의 정면에는 바다의 왕 포세이돈, 헤엄치는 인어들과 물고기들을 그린 커다란 모자이크 작품이 있었다. 나는 타일 속에 포로로 잡혀 있는 인어들을 보는 게 좋았다.

독일 잠수함 부대에 속한 수백 명의 군인이 구스틀로프호로 오는 중이었다. 우리가 독일 본토에 있는 킬에 도착하고 나면 잠수함들에 인원을 배치하기 위해서였다. 그들은 B 갑판과 C 갑판에 있는 객실들에 배정될 예정이다. 당의 고위 간부들과 중요한 독일 인사들도 여기 객실들을 이용할 것이다.

나는 조리실로 향해 행진해 갔다. 모든 승객이 하루에 따뜻한 요리 한 가지를 받을 거라고 했다. 갑자기 뱃속이 가스로 가득 찬 느낌이 들었다. 완두콩 수프가 메뉴의 주요리인 것 같았다.

"무슨 용건이야?"

음식 양을 가늠하던 한 사병이 물었다.

"그냥 관찰하는 거야. 난 기록병이니까."

손가락으로 허공에 갈겨쓰는 시늉을 했다.

"손은 왜 그래?"

사병이 혐오스러워하며 물었다.

"아무것도 아냐. 그냥 약간 염증이 생겼어."

"전염되는 건가?"

그가 물었다.

"뭐, 전염되는 거냐고? 감히 네까짓 게 뭐라는 거야."

"태도 똑바로 하고 의무실에나 가 봐. 전염되기 싫으니까."

의무실에 가서 손을 진찰받는다고? 그러면 예쁜 간호사를 맘 놓고 염탐할 수 있겠네. 왜 진작 이 생각을 못 했지?

에밀리아

요안나는 금세 잠이 들었다.

아랫배에서 시작된 통증이 복부를 따라 올라왔다. 지난 며칠 동안 경험한 경련과 비슷한 아픔이었지만, 정도가 훨씬 더 심했다. 나는 몇 시간 동안 간이침대 위에 누운 채로 버텼다. 통증이 짧은 간격을 두고 반복됐다. 막 잠이 들려는 찰나, 극심한 압박과 통증이 느껴져 다시 잠에서 깼다.

나는 분홍색 털모자를 벗어서 코바늘로 뜬 구멍들을 손가락으로 감았다. 머릿속으로 '작은 아기 오리들' 노래를 불렀다. 그러나 다시 날카로운 통증이 찾아왔다. 비명을 지르지 않기 위해 모자를 꽉 쥐고 이를 악물었다. 통증이 퍼졌다. 배가 찢어지는 것 같았다. 바로 그때, 극도의 고통 한가운데에서 닫혔던 마음의 문이 갑자기 열렸고 나는 더 이상 구스틀로프호의 산부인과 병실에 누워 있지 않았다.

나는 엄마의 침실 바깥에 있는 차가운 마룻바닥에 앉아 있었다. 블랙베리가 담긴 그릇이 얌전히 무릎 위에 놓여 있었다. 모두 무사히 끝나고 나면 침대 가장자리에 앉아 엄마에게 먹여 드릴 참이었다. 드디어 남동생이나 여동생이 생기게 됐다. 몇 년 동안 조르고 기다려왔던.

아빠는 복도를 서성거렸다. 때때로 엄마는 소리를 지르며 내 동생을 세상에 내보내기 위해 필사적으로 애썼다. 몇 시간이고 계속됐다. 배가 고팠다. 내가 블랙베리를 한 줌 집어 입에 넣으려는 순간 엄마의 소리가 바뀌었다. 안간힘의 비명이 공포의 비명으로 바뀌었다. 아빠가 방 안으로 뛰어 들어갔다. 나는 엄마의 비명을 듣고 얼어붙어서 마룻바닥에 꼼짝도 못 하고 앉아 있었다.

잠시 고요해지더니 산파가 큰 소리로 울기 시작했다.

지붕의 덜거덕 하는 소리가 황새가 떠나고 있다는 걸 알려 줬다. 그리고 산파가 복도로 나와서 엄마가 떠났다고 알려 줬다.

나는 산파의 말을 믿지 않았다. 꿈을 꾸고 있다고 생각했다. 두 눈을 감았다가 다시 떴다. '일어나요, 엄마. 일어나요. 제발 날 떠나지 말아요!' 소리를 질렀다. 블랙베리들이 내 원피스 아래로 떨어져 사방으로 데굴데굴 굴러갔다.

그리고 이제, 나는 간이침대에 누워서 엄마에게 묻고 있다.

"나도 죽는 건가요, 엄마?"

요안나가 내 옆에서 몸을 뒤척였다.

"에밀리아?"

나는 엄마를 쳐다보면서 다시 물었다.

"나도 죽는 거죠. 그렇죠? 엄마?"

요안나가 간이침대에서 급히 내려온 후 내 머리와 등 뒤에 베개를 받쳤다. 요안나의 반응을 보니 두려움이 더 확실해졌다.

그래, 이제 나는 죽는 거야.

하지만 나는 엄마처럼 천국에 가진 못할 거야. 내 비밀이 천국으로 가는 문을 잠가 버릴 거야. 나는 죽은 나뭇가지 사이에 낀 찢어진 연처럼 날지도 못하고 옴짝달싹 못 하겠지.

타는 듯한 고통에 온몸이 찢어질 것 같았다. 죽음이 낫으로 나를 난도질하고 있었다. 나를 찢고 썰었다. 견딜 수가 없었다. 그러고선 갑자기 고통이 가라앉았다.

"요안나."

요안나를 향해 손을 뻗었다. 하지만 요안나는 내 몸 밑에서 뭔가를 하느라 바빴다. 그러다 나를 올려다보더니 내 무릎에 손을 얹었다.

"나 여기 있어, 에밀리아."

"들어줘요. 제발. 내 말을 들어줘요."

내가 애원했다.

"알았어. 아우구스트를 생각해, 에밀리아."

또 다른 고통이 찾아왔다. 거짓말했다는 사실이 나를 괴롭혔다. 고통이 더 날카로워지고 더 깊어지면서 숨이 막혔다. 나는 입을 앙다물었다. 이에 너무 힘을 줘서 아랫입술에 구멍이 날 지경이었다. 내 마음속에도 낫이 있었다. 낫이 제 몸을 휘두르면서 나를 베어 댔다.

'진실을 말해야 해, 에밀리아.'

'양심을 지켜. 영혼을 자유롭게 놔줘.'

고통이 물러갔다.

눈물이 흘러내렸다.

"울지 마. 곧 끝날 거야. 아우구스트를 생각해, 에밀리아. 셋이서 얼마나 행복할지만 생각해."

요안나의 말이 맞았다. 곧 끝날 것이다.

온몸을 찢는 난도질에 몸이 타는 것만 같았다. 고통 속에 비명을 질렀다.

'진실을 말해야 해, 에밀리아.'

내 양심, 내 수치심. 모두가 끓어 넘치고 있었다. 나는 요안나를 쳐다보면서 고개를 가로저었다. 눈물이 터져 나와 말을 잇기가 힘들었다.

"아우구스트는 없어요."

내가 속삭였다.

요안나

에밀리아는 고통과 공포에 사로잡힌 채 독일어와 폴란드어를 횡설수설 내뱉었다.

"아우구스트 없어요. 클라이스트 부인. 더 예뻐요."

에밀리아는 "클라이스트 부인, 클라이스트 부인."이라고 반복했다. 무슨 말인지 알 수 없었다.

상황이 빨리 진행되고 있었다. 나는 리히터 박사를 부르러 달려가고 싶었지만, 에밀리아를 두고 떠날 수가 없었다. 에밀리아는 공포에 완전히 짓눌렸고 고통에 완전히 지쳐 버렸다.

바로 그때, 항구에서 만났던 사병이 출입문 근처에 나타났다.

"알프레트!"

"오, 죄송해요. 아가씨. 저는 그냥……."

그는 에밀리아를 보자마자 하던 말을 멈췄다.

"알프레트! 부상병 병동에 빨리 가 줘요. 리히터 박사님을 불러 주세요. 빨리요!"

에밀리아가 간이침대의 가장자리를 꽉 붙잡았다. 소리를 지르면서 온몸을 사시나무 떨듯 떨었다. 두 눈이 툭 불거졌다.

사병은 하얗게 질린 채로 힘없이 서 있었다.

"알프레트! 도와줘요! 어서 리히터 박사님을 데려와요."

그가 돌아서더니 마치 최면에 빠진 것처럼 문틀을 잡고 뭐라고 중얼거렸다. 그런 다음 사라졌다.

"힘을 내, 에밀리아. 같이 호흡하자."

내가 에밀리아에게 말했다. 우리는 두 눈을 꼭 감고서 규칙적으로 호흡했다.

에밀리아가 갑자기 멈췄다. 에밀리아의 입이 고통으로 쩍 벌어졌다. 에밀리아가 비명을 질렀다. 피와 단어들이 에밀리아의 입에서 쏟아졌다.

"거짓말쟁이. 거짓말쟁이. 도와주세요, 엄마!"

그러한 공포는 이제껏 본 적이 없었다. 리히터 박사는 어디 있는 거지?

마취제를 가져와야 하는데 한 발짝도 움직일 수가 없었다. 에밀리아의 입에서 피가 뚝뚝 떨어졌다. 얼굴은 땀으로 범벅이 됐다. 에밀리아가 고통스러워하며 더 크게 비명을 질렀다.

"엄마!"

아기의 머리가 갑자기 나타났다.

"힘을 줘!"

내가 에밀리아에게 말했다. '힘을 줘'를 폴란드 말로 뭐라고 하지? 나는 표정과 몸짓을 최대한 이용했다. 다행히 에밀리아가 무슨 말인지 알아들은 것 같았다.

에밀리아가 힘을 주면서 비명을 질렀다.

"멈추지 마! 힘을 줘!"

에밀리아는 꽉 쥔 두 주먹을 부들부들 떨면서 죽을힘을 다했다. 지독한 고통에 비명조차 지르지 못했다.

아주 작은 아기가 내 손에 들어왔다.

"됐어, 됐어!"

내가 에밀리아에게 말했다.

아래를 내려다보니 완벽한 작은 새가 내 품으로 날아들어 왔다.

에밀리아가 헉하고 숨을 쉬더니 두 손으로 얼굴을 감싸고 흐느꼈다.

"거짓말쟁이. 도와주세요. 엄마."

"끝났어."

내가 에밀리아에게 말했다.

"다 끝났어. 여자 아기가 태어났어, 에밀리아. 아름다운 여자 아기가."

플로리안

신발 시인과 떠돌이 소년을 2층 영사실로 데려와서 재웠다. 작은 소년을 내 긴 코트로 감싸 준 다음 옷깃을 접어서 베개로 만들어 주었다. 소년은 토끼 인형과 함께 곤히 잠들었고, 내가 깬 이후에도 깊이 잠들어 있었다.

신발 시인은 이미 잠에서 깨서 내 부츠를 쳐다보고 있었다.

"자네가 직접 굽을 고쳤군. 솜씨가 아주 좋아. 자네는 공예가인가?"

그가 물었다.

"그런 셈이죠."

내가 말했다. 그가 만약 내 정체를 알게 된다면 나를 고발할까?

"6년이야. 이 전쟁은 세상에서 6년을 앗아 갔어. 나는 독일에서 태어나서 평생을 살았지. 내게는 러시아인인 소중한 친구들도 있어. 그들이 말하기를 러시아 국민들도 몹시 고통받고 있다고 하더군. 스탈린, 히틀러……."

그가 목소리를 낮추더니 속삭였다.

"이 전쟁에 해피엔딩은 없을 거야."

나는 그의 말을 곱씹으면서 고개를 끄덕였다. 전쟁이 끝난 후에 독일인은 세상에 어떤 의미로 남게 될까? 또 프로이센인은 어떤 의미로 남을까? 나는 손목시계를 봤다.

"소년을 깨워야겠어요."

"그래야겠지. 하지만 저 아이를 좀 봐. 나는 녀석의 곤한 잠이 부러워. 녀석의 천진난만함도."

노인이 말했다.

"어디에서 왔나요?"

"숲 밖에서 헤매고 있었어. 베를린 주소가 적힌 종이가 코트에 꽂혀 있었지. 하지만 잘 모르겠어. 누가 이 녀석을 기다리고 있긴 한 걸까? 그 주소가 고아원 주소면 어떡하지? 요안나에게 그랬대. 할머니와 함께 있었는데 어느 날 할머니가 일어나지 못했다고."

아무렇지 않은 척하고 싶은 마음과는 달리 나도 모르게 얼굴 표정이 굳어졌다.

노인이 고개를 끄덕였다.

"그런 말이 있지. '죽음은 삶을 내보내는 천 개의 문을 가지고 있다. 누구나 그중 하나를 찾을 것이다.' 우리는 모두 우리를 기다리고 있는 하나의 문이 있어. 나도 알아. 인정해. 하지만 아이들 말이야. 아이들을 보면 너무 고통스러워."

그가 고개를 절레절레 흔들었다.

"아이들이 무슨 죄야?"

"하지만 소년 덕분에 배에 탈 수 있는 탑승권을 받으셨잖아요. 혼자 가기에 너무 어려요."

"맞아, 맞아. 나도 그 생각을 했어. 아마 아이들은 작은 천사일 거야. 나 같이 시들어 가는 사람들을 돌봐 주는."

"어느 배에 타세요?"

내가 물었다.

"구스틀로프호. 자네는?"

그가 물었다.

"구스틀로프호요."

내가 말했다.

우리는 조용히 미소를 주고받았다.

에밀리아

금속 테이블 위에 놓여 있는 약솜 병을 응시했다. 유리병 안에 작은 하얀 구름이 갇혀 있었다. 나는 뚜껑을 열고 구름과 함께 내 비밀을 날려 보내고 싶었다.

나는 아직 살아 있었다. 왜지?

의사는 아기를 씻기고 진찰했다. 요안나는 그동안 나를 돌봤다.

"정말 잘했어, 에밀리아."

요안나가 이렇게 말한 후 내 눈가에 있는 머리카락을 부드럽게 쓸어 넘겼다.

천장의 밝은 전등을 눈이 아플 때까지 뚫어지게 바라봤다. 모든 게 아팠다. 온몸에 힘이 하나도 없고 기진맥진했다.

진실을 말하면 기분이 나아져야 하는 게 아닐까? 아마 요안나가 내 말을 듣지 못했거나 이해하지 못했기 때문에 마음이 편해지지 않는 모양이었다. 스스로에게나 하늘에게 거짓말을 인정하는 것으로 충분할까? 아니면 누군가에게 말해야만 할까?

지난 몇 개월 동안 나는 매우 잘 해냈다. 대부분의 시간 동안 나는 내 이야기를 정말로 믿었다. 아우구스트 클라이스트는 실제로 존재했다. 그는 내가 농장에 머무는 동안 잠시 농장을 방문했었다. 그는 나를 위해 땔감을 옮겨 주고, 나를 대신해 사다리에 올라가고, 자신의 자두를 나눠 주고, 자신의 어머니에게서 나를 지키려 했다. 그가 그렇게 한 이유는 그가 친절한 사람이기 때문이었다. 하지만 내게 그는 특별한 존재였다. 그는 그 일이 벌어지기 전에 농장을 떠났다.

러시아 군인들이 농장에 도착한 건 5월의 바람 한 점 없는 날이었다. 사방이 고요했고 그들의 부츠 소리만이 돌바닥 위에서 울렸다.

클라이스트 씨는 인민군에 징집되는 것을 피하기 위해 자신의 팔을 일부러 부러뜨렸다. 그는 사고였다고 주장했지만, 나는 그가 헛간에서 자신의 팔을 부러뜨리는 걸 보았다. 그는 러시아 군인들이 도착한 날 팔에 헝겊을 두른 채 집에 있었다. 클라이스트 부인과 그녀의 딸인 엘제가 밖으로 나왔을 때 러시아 군인들이 다가왔다. 클라이스트 부인은 재빨리 엘제에게 안으로 들어가라고 말했다. 하지만 엘제는 꼼짝하지 않았다. 마치 발이 땅에 붙어 버린 것 같았다. 그때 나는 숲속에서 딴 버섯이 가득 담긴 바구니를 들고 저장고로 돌아온 참이었다. 러시아 군인들을 본 나는 커다란 나무 뒤에 숨었다.

클라이스트 부인은 가족 중에서 담이 센 편이었지만 내가 숨어 있는 곳에서도 그녀가 안절부절못하고 있는 게 보였다. 클라이스트 씨는 말을 너무 많이 해서 그들을 짜증 나게 했다. 그들은 음식, 보드카, 손목시계를 원했다. 그리고 엘제를.

"네, 그래요."

클라이스트 부인이 말했다.

"마르틴. 어서 그들에게 시계를 줘요. 빨리요."

군인 하나가 엘제를 향해 한 발짝 다가섰다. 클라이스트 씨가 훌쩍이기 시작하는 순간 그의 아내가 재빨리 끼어들어 협상을 시도했다.

"얘는 안 돼요!"

그녀는 군인들에게 엘제가 병에 걸렸다고 말했다.

"훨씬 더 예쁜 아이가 있어요."

피가 거꾸로 솟았다. 피부가 따끔거렸다.

아니야. 그녀가 그럴 리가 없어.

"에밀리아!"

그녀가 소리쳐 나를 불렀다. 그녀는 나무 뒤로 살짝 튀어나온 내 바구니를 보더니 나에게 소리쳤다.

"그렇죠? 너무 예쁘죠. 정말 예뻐요. 쟤를 대신 데려가요."

군인들이 무표정한 얼굴로 나를 쳐다봤다.

그들은 버섯을 길게 흘리면서 나를 저장고로 질질 끌고 갔다.

* * *

요안나가 포대기로 감싼 작은 아기를 안은 채 내 간이침대로 왔다. 요안나는 아기를 어르고 아기 이마에 입을 맞췄다.

의사도 다가왔다.

"아기가 작은 편이에요. 하지만 건강해 보이는군요. 이름을 지었나요?"

이름? 나는 고개를 저었다.

"오, 알아들었군요! 독일어를 약간 아는군요. 훌륭해요. 그럼, 이름을 생각해 봐요. 수고했어, 요안나."

의사가 병실을 떠났다.

너무 피곤했다. 두 눈을 감고 죽음의 열쇠가 자물쇠에 꽂히는 소리를 기다렸다.

플로리안

일찍 배에 타기 위해 서둘렀다. 귀여운 작은 소년과 지팡이를 짚은 늙은 신발 시인이 나를 훌륭히 가려 줄 것이다. 우리는 영화관을 떠나 거리로 걸어 나갔다. 거리는 부산했다. 사람들 무리가 이리저리 움직이고 흔들리면서 부두를 향해 밀려 나갔다. 주인과 배에 함께 타지 못하고 버려진 배고픈 개들이 거리를 어슬렁거리며 컹컹 짖어 댔다. 길 위에서 부모를 잃어버린 아이들이 추위에 떨며 미친 듯이 울부짖었다. 어떤 아이들은 버려진 건물의 어두컴컴한 출입구에 쭈그리고 앉아서 곰팡이 핀 빵과 사탕무 껍질을 조금씩 갉아 먹었다.

인파에 이리저리 흔들리며 걷던 떠돌이 소년은 신발 시인에게 매달렸다. 신발 시인은 길을 트기 위해 지팡이로 사람들의 발목을 찰싹찰싹 때렸다.

"위로 올라가자."

내가 작은 소년에게 말했다. 소년을 어깨 위로 들어 올리자 상처 부위에 통증이 밀려들었다.

"훌륭한 아이디어야. 고맙네."

신발 시인이 말했다. 그리고 백발의 독일인에게 다가가 말 걸었다.

"뭐 들은 것 있나요?"

신발 시인이 물었다.

"크리스마스이브에 영국 해협에서 독일 잠수함이 군인 수송선을 침몰시켰대요. 배에 타고 있던 미국 군인들 수천 명이 물에 빠져 죽었다고 하더군요."

미국 군인들도 수천 명이나 죽었다고? 나치 선전물은 미국을 인종적으로 불순물이 섞인 나라로 그렸다. 잡종견의 나라, 심장이 없는 땅으로.

멀리서 포탄이 쿵 하고 떨어지는 소리가 우르릉거렸다. 사람들은 비명을 지르면서 서로를 앞으로 밀어 댔다. 여자들의 얼굴은 진흙과 재로 덮여 있었다. 숲을 오래 걸어오는 동안 러시아 군인들로부터 위장하기 위해 바른 것이다. 피난민들은 버려진 썰매와 짐 꾸러미들을 뒤졌다.

"그 부츠를 신어요."

신발 시인이 짐 더미를 뒤지고 있는 한 노인에게 소리쳤다.

"당신 부츠보다 나아요."

그는 고개를 끄덕였다.

걸어가는 동안 온갖 이야기들이 인파 사이로 퍼졌다. 한 여자가 우리 근처에 있던 여자아이에게 달려왔다.

"서둘러! 러시아 전투기가 피난민 무리에게 인을 살포한대. 그걸 맞으면 눈이 멀고 눈밭을 구르게 된대."

연합군이 진입로와 기찻길을 다 차단했다는 소문도 퍼졌다. 우리는 사람들에게 완전히 둘러싸였다. 항구에 가까이 갈수록 인파가 점점 더 빽빽해져 숨 쉬기가 힘들 정도였다. 겁에 질린 피난민들이 등록소에 줄을 서서 온몸을 벌벌 떨었다. 등록하는 곳이 다가오자 아이들이 저당물로 이용되면서 이 사람에게서 저 사람으로 넘겨졌다.

한 여자가 내 팔을 붙잡았다.

"얼만가요? 아이가 없으면 탑승시켜 주지 않아요."

내 어깨 위에 걸터앉은 떠돌이 소년의 다리가 뻣뻣해졌다.

"안 팔아요."

내가 그녀에게 말했다.

"모든 사람에겐 가격이 있어요."

그녀가 말했다.

"모든 사람에게 영혼이 있는 건 아닌 것 같군."

신발 시인이 여자를 향해 지팡이를 들면서 말했다.

"당장 아이한테서 떨어져."

검문소는 여러 곳 있는 것처럼 보였다. 탑승권 없이는 누구도 지나갈 수 없었다. 나는 살을 에는 추위를 견디면서 코트의 단추를 풀었다. 셔츠의 핏자국이 보이게 하기 위해서였다. 물론 내게는 또 다른 얼룩도 있다. 눈에 보이지는 않지만.

혈통 죄. 나치 정권의 법이었다. 만약 가족 중 한 명이 범죄나 반역죄를 저지르면 그의 혈통은 나쁜 혈통으로 간주한다. 한 사람의 범죄에 대해 가족 모두가 연대 책임을 지게 하는 것이다.

나의 아버지는 히틀러를 암살하려던 사람들을 위해 지도를 만들었다. 그리고 베를린으로 끌려가 플로첸제 교도소에서 교수형을 당했다. 지금 나는 호박 방의 열쇠를 부츠 굽에 숨긴 채 히틀러가 가장 소중하게 여기는 보물을 빼돌리는 중이다. 의심의 여지가 없다. 베크 가의 혈통은 나쁘다.

우리는 항구로 들어가는 출입문으로 다가갔다. 무장한 보초병들이 비상 경계선을 치고 사람들의 출입을 통제했다.

번쩍이는 검은색 벤츠가 천천히 인파를 뚫고 지나갔다. 군인들은 옷을 잘 차려 있은 여성들과 제복을 입은 장교들이 탄 자동차가 지나갈 수 있게 울타리를 옮겼다.

안 돼. 아니야. 그럴 리가 없어. 저건 코흐 지도관이 아니다. 불안이 내 정신을 가지고 놀았다.

한 군인이 기다리고 있는 승객들의 줄 사이로 행군하듯 걸었다.

"검사를 위해 신분증과 탑승권을 준비해 주세요."

목울대의 정맥이 펄떡거리기 시작했다.

요안나

에밀리아의 말이 머릿속에서 맴돌았다.

'아우구스트스 없어요. 러시아 군인들. 클라이스트 부인. 쟤를 데려가요. 쟤가 더 예뻐요.'

위장이 뒤틀렸다. 내 생각이 틀렸기를 간절히 바랐다. 나는 간이 침대 위에 깊이 잠들어 있는 에밀리아를 바라봤다. 에밀리아는 아우구스트와 농장에 대해 얘기했다. 그에 대해 이야기할 때면 얼굴이 환해졌다. 하지만 출산의 진통 속에서 에밀리아는 '거짓말쟁이'라고 소리 지르고 엄마에게 도와달라고 애원했다.

작은 포대기를 들여다봤다. 아기는 완벽했다. 자기 엄마처럼 깊이 잠들어 있었다.

임신을 한 여자 세 명이 더 도착했고 그녀들은 임시 산부인과 병실에서 쉬고 있었다.

리히터 박사가 뒤에 또 다른 남자를 데리고 들어왔다.

"요안나, 이분은 벤트 박사야. 그단스크 해군 의과 대학에서 방금 도착하셨어. 우리와 함께 항해할 거야."

리히터 박사가 아기를 가리켰다.

"요안나가 오늘 아침에 첫 분만을 맡았죠."

새로 온 박사와 악수를 했다.

"너무 반갑습니다. 저는 보조 일이 더 편해요."

"훌륭하게 해낸 것처럼 보이는군요."

벤트 박사가 말했다.

"탑승이 시작됐고 승객들이 들어차고 있어."

리히터 박사가 말했다.

"언제 출항할 예정이죠?"

내가 물었다.

"곧."

리히터 박사가 대답했다.

"우리에게는 7명의 임신부와 162명의 부상병이 있어. 물론 숫자가 바뀔 수도 있지만. 수상한 사람을 본다면 상부에 즉각 보고해야 할 거야."

'수상하다.' 잘생긴 플로리안 베크를 설명하는 완벽한 표현이었다. 그는 지금 어디에 있을까. 문득 궁금했다.

에밀리아

방향 감각을 잃은 채로 잠에서 깼다. 요안나는 내가 움직이기를, 조금이라도 걷기를 바랐다. 하지만 그러고 싶지 않았다. 마침내 따뜻했다. 잠시 동안은 아무도 나를 귀찮게 하지 않을 것이다. 게다가 너무 피곤했다. 나는 코끝까지 이불을 잡아당겼다.

요안나는 내게 완두콩 수프를 가져다준 후 내 옆에 앉았다. 요안나는 다른 일을 보러 갔다가도 금세 돌아왔다. 그리고 이전과 다르게 나를 바라봤다.

요안나가 알았다.

요안나는 알고 있었다.

"프로이센 사람은요?"

내가 기사에 대해 물었다.

"몰라."

요안나가 말했다.

"그러길 바라겠죠."

내가 말했다.

요안나가 웃음을 터뜨렸다.

그런데 갑자기 미소가 사라지더니 내 눈을 똑바로 들여다봤다.

요안나는 나에게 몸을 기울인 후 내 두 손을 꼭 잡았다. 연민으로 가득한 그녀의 두 눈에 눈물이 차오르기 시작했다. 그런 다음 내가 그렇게 오랫동안 간절히 듣고 싶었던 말을 속삭였다. 엄마가 살아 있었다면 이렇게 말해 줬을 것이다.

"에밀리아, 정말 너무 미안해."

요안나가 말했다. 천천히 신중하게. 내 두 손을 움켜잡고서.

내 턱이 떨리기 시작했다. 목이 멨다. 나는 고개를 끄덕였고 뜨거운 눈물이 뺨 아래로 쏟아졌다.

"미안해."

그녀가 내 손을 꼭 잡고서 되뇌었다.

"저도요."

내가 속삭였다.

플로리안

신발 시인과 나는 떠돌이 소년을 사이에 끼고서 승선 담당 장교에게 다가갔다.

"오, 안녕. 꼬마야."

장교가 곧장 소년에게 말을 걸었다. 영리했다. 아이들은 거짓말을 못하는 법이니까.

"안녕하세요. 저는 클라우스예요."

"신분증 좀 주겠니, 클라우스."

신발 시인이 소년의 신분증과 자신의 신분증을 함께 건넸다. 나도 신분증을 내밀었다. 장교가 노인의 신분증을 펼치더니 그의 탑승권을 쳐다봤다. 그리고 소년을 보면서 물었다.

"클라우스, 이분은 누구니?"

그가 신발 시인을 가리키며 물었다.

"할아버지."

작은 소년이 대답했다.

할아버지. 맞다, 그는 소년의 할아버지처럼 보였다. 좋은 대답이었다.

"이 신사분은?"

그가 나를 가리켰다.

아무도 내 이름을 몰랐다. 요안나 말고는. 클라우스가 다른 사람들이 그랬던 것처럼 나를 프로이센 사람이라고 부르면 어떻게 하지? 아님 스파이라든지?

“삼촌.”

소년이 환하게 웃었다.

“삼촌의 이름이 뭐지?”

장교가 묻자, 작은 소년은 나를 향해 거수경례했다.

“베크 님이요.”

장교가 소리 내어 웃었다.

떠돌이 소년이 토끼 인형을 내밀었다.

“내 친구.”

“친구가 전투 중에 한쪽 귀를 잃었구나. 부상병 병실에 보내야겠어.”

장교가 내 셔츠를 가리켰다.

“자네도 전쟁터에서 피를 흘린 것처럼 보이는데.”

내가 고개를 끄덕였다.

“파편입니다.”

나는 다시 코트의 단추를 채웠다.

“의료 면제를 받았나?”

“네.”

그가 우리의 신분증들을 건넸다.

"다음 탑승 지점으로 가게."

그는 내 서류들을 봤다. 하지만 탑승권은 힐끗 보기만 했다. 우리는 항구 안쪽으로 걸어 들어갔다.

부두 곳곳이 군인들, 보급품 트럭들, 승객들, 짐 꾸러미들로 발 디딜 틈 없었다. 각 배마다 줄들이 길게 늘어서 있었고 배에 오르는 트랩마다 별도의 줄이 다시 있었다.

떠돌이 소년이 까치발을 하고 폴짝폴짝 뛰었다.

"그래, 신나는구나. 내 생각에 저 엄청 큰 배가 우리 배 같은데."

신발 시인이 말했다.

구스틀로프호는 항구에서 가장 눈길을 끄는 배였다. 유람선이었다. 여러 층의 갑판들, 숨을 곳 천지였다. 나는 상갑판에 있는 고사포를 유심히 봤다. 이 배는 무장을 하고 있었다.

"이봐! 이봐, 당신들!"

몸집이 커다란 여자가 소리를 지르며 인파를 헤치고 나왔다.

"오! 안녕, 에바!"

신발 시인이 손을 흔들었다.

"영감, 운이 좋군요. 당신 가방을 던져 버리려던 참이었어요."

떠돌이 소년이 달려가서 신발 시인의 여행 가방을 단단히 붙잡았다.

"고생했어, 에바. 고마워."

신발 시인이 말했다.

"이 짐들 때문에 내가 얼마나 고생했는지 모를 거예요. 추워 죽겠는데 벌벌 떨면서 기다렸죠. 왜인 줄 알아요? 당신들 중 아무도 우리 수레에 신경을 안 썼거든."

"짐 얘기는 그만 하지. 탑승 등록은 했어?"

시인이 물었다.

"물론, 당연하죠. 나는 저 배에 타요. 한자호."

그녀가 말했다.

"당신들은 어느 배에 타요?"

떠돌이 소년이 구스틀로프호를 가리켰다.

에바가 나를 쳐다보더니 웃음을 터뜨렸다.

"당신도? 응? 어떻게 버텼는지 궁금하군. 이제 난 배에 탈 거야. 얼어 죽을 것 같아. 여긴 죽음 같은 끔찍한 악취가 풍겨. 자 여기. 요안나에게 여행 가방을 갖다 줘. 그리고 내가 잘 가라고 했다고 전해 줘. 미안하지만 당신들 중 요안나가 유일하게 맘에 들었었는데."

에바가 여행 가방을 내 발치에 두었다.

"그럼, 만나서 반가웠어."

"기다려요."

내가 그녀의 코트 자락을 붙잡았다.

"저 줄들은 뭐죠?"

"검사. 모든 사람의 짐을 검사하고 있어."

에바가 말했다.

요안나

에밀리아는 잠든 척했다. 에밀리아는 기운을 찾아야만 했다. 에밀리아는 자신의 아기를 안고 젖을 먹여야만 한다. 만약 그렇게 하지 않는다면 의사들이 수상해 할지도 모른다. 리히터 박사가 에밀리아가 라트비아 사람이 아니라는 사실을 알아낸다면 에밀리아를 신고할 것이다. 나 역시 에밀리아를 몰래 배에 태운 일에 대해 책임져야 할 것이다. 뱃속이 뒤틀렸다.

그때, 한 여자가 다가왔다.

"실례합니다, 아가씨. 통로에 당신과 이야기 나누고 싶어 하는 사람이 있어요."

사병 알프레트가 통로에서 서성거리고 있었다.

"안녕하세요, 알프레트."

나는 직접 물어보기로 마음먹었다.

"혹시 오늘 제 환자를 본 적 있나요? 영화관에서 본 그 환자요."

"아니요. 못 봤어요. 하지만 계속 찾아볼게요."

"그를 보면 제게 알려 주세요."

그가 한쪽 발로 섰다가 다른 쪽 발로 섰다가 하며 양손을 비벼 댔다. 손바닥의 발진이 마치 날고기의 표면 같았다.

"알프레트, 손이……."

"손 때문에 온 게 아니에요. 내가 온 이유는……. 그게, 내가 하고 싶은 말은 당신에게 약혼자가 있다고 들었어요. 하지만 나는 장거리 연애에 대해 잘 알아요. 오늘 저녁 산책 갑판에서 저와 함께 산책하고 나면 기분이 나아질 거예요. 우리 애인들에게는 고향에 가면 이야기하고요. 말해 줘요. 나비를 좋아하나요, 아가씨?"

그가 활짝 웃었다.

무슨 말을 지껄이는 거지? 내게 데이트 신청하고 있는 건가? 오, 싫어. 그와 키스하면 한입 가득 크래커를 씹는 느낌일 거야.

"글쎄요, 알프레트. 출항하기 전까지 우리 모두 엄청 바쁠 거예요. 산책할 시간이 나지 않을 것 같아요. 아마 당신도 그럴 거예요."

그때 리히터 박사가 다가왔다.

"요안나, 날 보조할 수 있겠나? 요양원에서 여자들이 막 도착했어. 어디에 그들을 수용할지 결정해야 해. 그들이 자리를 잡도록 도와줄 수 있겠지?"

리히터 박사가 알프레트를 쳐다봤다.

"자네는 여기서 뭐 하나?"

"피난 작전의 의료 시술을 기록하고 있습니다, 박사님."

알프레트가 말했다.

"누군가는 작업이 어떻게 이루어지는지 확인해야 하거든요."

그가 뒤로 홱 돌더니 성큼성큼 걸어갔다.

플로리안

온도는 영하 근처를 맴돌았지만 진땀이 났다.

짐 검사.

줄은 선 승객들이 움직이는 모습을 지켜봤다. 너무 커서 배에 실을 수 없는 물건들에 대해 다투기도 했다. 골동품들, 가구들, 값비싼 카펫들.

바로 그때 그것을 보았다. 나무 상자들. 내가 조심스럽게 벨트를 둘러 꽉 닫아 잠갔던 많은 상자와 비슷했다. 나무 상자들이 무장한 보초병들에게 둘러싸인 채 차곡차곡 쌓여 있었다. 나치는 승객들만을 태우는 게 아니었다. 그들은 자신들이 훔친 예술 작품과 보물들을 배에 싣고 있었다. 호기심이 치솟았다. 저 상자들 안에는 무엇이 들어 있을까?

사람들은 자신의 대형 물건들이 거부당할 때마다 울부짖었다. 나는 오직 요안나의 작은 여행 가방과 내 배낭만 들고 있을 뿐이었다. 떠돌이 소년은 짐이 없었고 신발 시인은 작은 여행용 손가방과 신발 수선 도구 세트만 가지고 있었다. 내가 막 요안나의 가방을 시인에게 건네려는 찰나 무장한 보초병이 우리를 줄 안으로 몰아넣었다.

"앞으로 걸어가세요. 공간을 만들어 주세요."

독일 특유의 효율성이 내게는 불리하게 작용했다. 그들은 빨랐다. 나는 계획을 채 마무리 짓기도 전에 벌써 신분증을 들고 줄의 맨 앞에 서 있었다. 책상 뒤에 앉아 있는 군인은 더 나이가 많고 노련해 보였다. 그는 신분증을 하나씩 넘기면서 사람들의 얼굴과 신분증에 있는 사진을 비교했다. 또 다른 군인이 우리 주변을 걸어 다니면서 짐을 검사했다. 책상 뒤에 앉은 나이 많은 군인이 이번엔 우리의 탑승권을 살펴봤다. 그가 신발 시인과 소년을 가리켰다.

“거기 둘. 트랩으로 가시오.”

그런 다음 나를 가리켰다.

“당신, 내 뒤에 있는 책상으로 가시오. 추가 검사요.”

추가 검사. 가슴 안에서 심장이 쿵쾅거렸다. 코트를 열고 부상을 보여 주는 걸 깜빡했다. 나는 손을 뻗어 신분증을 받는 척하면서 코트의 단추를 풀었다. 스멀스멀한 한기가 상체 곳곳에 퍼졌다. 나는 한기가 내 땀, 내 절박함을 감춰 주기를 바랐다. 나는 검사 장교가 내가 속여 넘겼던 사병처럼 멍청하기를 빌었다.

하지만 그는 멍청하지 않았다.

그는 20대 후반 정도로 보였고 금발 머리에 거의 밀랍처럼 새하얀 피부를 갖고 있었다. 나치 선전 포스터에 나오는, 딱 히틀러가 친애하는 아리아인처럼 생겼다. 그는 긴 방수포 코트를 입고 상체를 산뜩 뒤로 젖히고 의사를 기울인 채 으스대면서 자신의 권력과 권위를 한껏 뽐냈다. 두 명의 군인이 옆에 서서 그의 말 한 마디 한 마디에 대답했고 필요할 때는 웃음을 터뜨렸다. 나는 그 책상으로 걸어가서 요안나의 여행 가방을 내려놓았다. 배낭은 등에 멘 채였다. 배낭 안에는 권총들, 탄약, 위조에 필요한 도구들, 공책, 그리고 총통이 가장 사랑하는 보물, 호박 백조가 들어 있었다.

금발 장교가 앞으로 몸을 기울였다. 의자가 쿵 소리를 내며 부두 바닥에 떨어졌다.

"서류."

나는 그에게 내 신분증과 탑승권을 건넸다.

"여행 가방 안에는 뭐가 있지?"

그가 물었다.

"내 물건이 아닙니다. 배에 타고 있는 내 간호사에게 갖다 줄 겁니다. 그녀 물건입니다."

"내 간호사? 이런, 이런, 당신에게 전속 개인 간호사가 있단 말인가?"

그가 오른쪽에 있는 군인을 쳐다봤다.

"이 사람에게 전속 개인 간호사가 있다는데?"

"왜 안 그러겠어요."

그 군인이 웃음을 터뜨렸다.

"간호사가 필요한 것처럼 보이는군."

그가 들고 있는 연필로 핏자국이 있는 내 셔츠를 가리켰다.

"보여주게."

"뭐라고요?"

"개인 간호사가 필요할 만큼 심각한 부상이 뭔지 보자고. 나도 개인 간호사가 있으면 좋겠거든. 그러려면 필요한 게 뭔지 봐야지."

재빨리 셔츠를 들어 올리고서 깊은 상처를 보여주었다.

장교가 얼굴을 찌푸렸다.

"끔찍하군. 거의 실밥을 덮을 정도로 새살이 돋았어. 실밥을 빼기에 너무 늦은 건지도 모르겠군. 배에 타고 있는 간호사의 이름이 뭐지?"

나는 망설였다. 타당하지 않았다. 그녀를 연루시키고 싶지 않았다.

"요안나 빌카스입니다."

내가 침착하게 말했다.

다른 군인들이 휘파람을 불었다.

"리트빙카로군."

"뭐라고요?"

내가 알아듣지 못하자 검사 장교가 소리 내어 웃었다.

"당신의 예쁜 리투아니아 간호사의 별명이지. 배에 여자가 그리 많지 않거든. 그래서 그들 모두에겐 별명이 있지."

그가 다시 상체를 뒤로 젖히며 의자를 뒤로 기울였다.

"뭔가가 빠진 것 같은데."

땀이 이마에 송골송골 맺혔다.

"당신은 민간인 신분증을 가지고 배에 타려고 하고 있어. 하지만 당신은 총통을 위해 일할 수 있는 건장한 청년이야."

나는 앞으로 몸을 기울이면서 그를 노려봤다.

"총통을 위해 일하고 있습니다."

나는 코트 주머니에서 다른 서류를 꺼내서 책상 위에 던졌다.

그가 웃음을 터뜨린 후 옆의 군인들을 위해 소리 내어 읽기 시작했다.

"어디 봅시다, 친구들. 여기에……. 리트빙카가 사인한 공식 의료 진단서가 있네. 서명도 매우 예쁘군. 오, 그리고 한쪽 귀도 먹었군. 간편하겠어. 어디 다른 사랑 편지는 어떤 게 있나 볼까."

그가 두꺼운 크림색 종이를 펼치려다가 맨 위에 있는 인장을 보고 갑자기 입을 닫았다. 그는 편지를 쭉 훑어본 다음 나를 올려다봤다. 잔뜩 화가 나 있었다.

"서류를 달라고 할 땐 가진 서류를 모두 내놔야 하는 거야."

나는 지난 세월 동안 쌓여 있던 흉포함을 일제히 일깨웠다. 터지기 직전의 보일러 같은 표정으로 책상 위로 몸을 기울였다.

"코흐 지도관님께 당신이 그분의 다친 특사를 강추위 속에서 불필요하게 붙잡고 있느라 그분의 임무를 지체시켰고 또 그분이 직접 파견한 간호사의 업무를 쓰레기 취급했다고 보고하죠. 코흐 지도관님의 요즘 기분을 보면 그리 너그러우시지는 않을 겁니다."

그도 나를 노려봤다. 책상을 박차고 일어나 나를 한 대 치고 싶은 마음이 굴뚝같아 보였다. 나도 마음 한편으로는 주먹 싸움이 되기를 바랐다. 이 금발의 분별없는 멍청이를 흠씬 두들겨 패 주고 싶었다.

그가 서류 더미를 내 쪽으로 밀치면서 트랩을 향해 고개를 까딱했다.

흥분이 치솟았다. 배에 타고 싶은 마음보다 녀석을 후려치고 싶은 마음이 더 컸다. 나는 서류를 챙긴 다음 코트의 단추를 잠갔다.

"우리 대신 리트빙카에게 안부 전해 주게."

그가 보초병에게 휘파람을 분 다음 나를 가리켰다.

"부상자 병동으로 갈 거야."

내가 트랩을 걸어 올라가 배 안으로 들어갈 때까지 그의 눈이 내 뒤를 쫓는 게 느껴졌다.

알프레트

여자는 원하는 걸 만족시켜 주면 감정에 동요가 생긴다. 그렇게 되면 남자의 위치가 우세해진다. 하넬로레의 마음은 내가 사탕을 가져다줄 때나 그녀 집 앞을 빗자루로 쓸 때마다 부드러워지는 것 같았다. 그렇다. 그 예쁜 간호사를 낚고 싶다면 그녀가 원하는 걸 만족시켜 줘야 한다. 그 젊은 신병을 찾아야겠다.

나는 홀을 여기저기 걸어 다니면서 키가 큰 그 신병을 찾았다. 만약 그가 배에 탔다면 찾기 쉬울 것이다. 그의 나이에 민간인 옷을 남자는 별로 없으니까.

"프리크."

누군가가 내 이름을 불렀다.

"구명조끼를 나눠줘야 해."

나는 거절의 뜻으로 양손을 번쩍 들었다.

"미안해, 제군들. 중요한 임무를 수행하는 중이야."

"오줌싸개."

다른 동료가 대답했다. 그들 모두 깔깔댔다.

나는 손바닥을 긁었다. 깔깔댄 것을 후회할 것이다. 매우 후회할 것이다.

배의 스피커가 윙윙거리며 이런저런 방송을 했다. 실종 아동과 다시 찾은 아동. 분실물들. 하갑판 흡연 금지. 구명조끼 항시 착용.

배를 몇 바퀴 돌고 나니 신체와 정신 모두 생기가 돌았다. 군대에서 권하는 이 신체 단련 과정에는 뭔가가 있을 것이다.

상층 산책 갑판에서 모퉁이를 도는 순간 노인과 작은 소년이 보였다. 소년은 열심히 구두를 닦으며 동전을 벌고 있었다.

"안녕하세요. 영화관에서 만난 젊은 친구를 찾고 있는데요. 그를 봤나요?"

노인이 눈살을 찌푸리더니 눈을 가늘게 떴다. 그가 내 부츠를 내려다봤다.

"당신이 그렇게 하는 걸 봤어."

"뭘요?"

내가 대답했다. 크리스털 나비를 슬쩍하는 걸 봤나?

"부츠로 불쌍한 개를 걷어찼잖아."

"아, 그거요."

내가 한숨을 쉬었다.

"총통께서 말씀하시기를 약자나 불구를 돕는 건 옳지 않다고 하셨어요. 자연에서 더 약한 종은 그냥 죽죠."

나는 그를 향해 몸을 기울이고 그의 얼굴을 살펴봤다.

"누군가는 당신을 약자로 분류할 수도 있겠는데요? 그건 그렇고, 영화관의 그 친구 못 봤나요?"

"무슨 일인데? 추가 검사 기다리고 있어."

"검사. 맞아요. 매우 신중해야죠. 인간쓰레기나 탈영병을 태우면 안 되니까요."

나는 그들의 신발 사업장을 떠나 몇 층 내려가서 트랩 입구로 갔다.

"방금 탑승한 젊은 민간인 남자를 찾고 있어. 키가 크고 갈색 머리야."

"방금 그 설명에 딱 맞는 사람을 부상병 병실로 보냈어. 네가 찾는 남자인 거 같은데?"

나는 가장 가까운 계단으로 뛰어갔다. 신병을 발견하고선 소리쳤다. 그가 걸음을 멈췄고 나는 계단을 올라갔다. 그는 나를 다시 만나서 진심으로 기쁜 것 같았다.

"오. 내가 찾고 있던 바로 그 사람이군."

그가 내 어깨를 탁 쳤고 우리는 함께 계단을 올라갔다.

요안나

나는 에밀리아의 옆에 작은 포대기를 안고서 에밀리아가 아기와 눈을 마주치기를 기다렸다. 그때 새로 온 의사인 벤트 박사가 나타났다.

"요안나, 한 사병이 저쪽에서 당신을 불러요. 좀 급해 보이던데요."

또 알프레트였다. 그는 활짝 웃으면서 손짓했다.

"저를 따라와요."

그는 할 일도 없는 걸까?

"알프레트, 갈 수 없어요. 지금 엄청 바빠요."

"어서 가요. 어서 가요."

알프레트가 애처로웠다. 학교에서 그와 비슷한 남자아이들을 본 적이 있다. 남자가 되려고 필사적이지만, 자신만의 세계에 갇혀 있는 남자. 여자아이들은 알프레트 같은 남자아이는 암소의 젖도 다 말라 버리게 할 거라고 농담했다.

알프레트가 부상병 병동에서 걸음을 멈추더니 호들갑스럽게 두 팔로 안쪽으로 안내했다.

"'구하라, 그러면 얻을 것이다'라고 하죠."

가슴이 두근거렸다. 구석에 있는 간이침대에 플로리안이 앉아 있었다. 그의 발치에 내 여행 가방이 있었다. 나는 반가움을 감추려고 애썼다.

"내 가방이네요. 고마워요, 플로리안."

알프레트가 나를 쳐다보면서 눈을 치켜떴다.

"그리고요?"

"그리고, 고마워요. 알프레트."

내가 말했다.

알프레트는 눈을 치켜뜬 채로 나를 빤히 쳐다봤다. 플로리안이 알프레트에게 이제 가도 좋다는 뜻으로 가볍게 고개를 끄덕였다.

"이번에도 고마워요."

"맞아요, 알겠습니다. 업무에 복귀해야 해요. 엄청 바쁘거든요."

그가 자리를 떴다.

나는 줄줄이 누워 있는 부상병들을 지나 구석으로 걸어갔다.

"성공했군요."

내가 말했다. 자연스레 미소가 퍼졌다.

"거의 못 할 뻔했어요. 부두에 나를 엄청 싫어하는 나치가 있었거든요."

"내 가방을 가져왔네요. 그럼 에바를 만난 건가요? 신발 시인과 떠돌이 소년은요?"

"그들도 이 배에 탔어요. 에바는 한자호에 탔어요. 에바가 당신에게 잘 가라고 전해 달래요."

그가 일어서서 내 얼굴을 쳐다봤다. 그리고 팔을 뻗어서 내 팔에 가볍게 댔다.

"괜찮아요?"

내가 고개를 끄덕였다.

"실밥을 제거해 줄 수 있나요?"

나는 필요한 의료 기구들을 가지러 테이블로 걸어갔다. 에바 이야기는 서운했다. 제대로 작별 인사를 하지 못해서였다.

내가 돌아오자 플로리안은 셔츠의 단추를 풀기 시작했다. 말라붙은 핏자국이 땟자국처럼 보였다.

"다른 옷은 없나요?"

내가 물었다.

"단벌 신사라고 놀리는 건가요?"

내가 미소를 지었다.

"엄청 재밌네요. 누워요."

내가 한숨을 쉬었다.

"한숨을 쉬네요. 무슨 문제예요?"

그가 물었다.

"에밀리아가 아기를 낳았어요."

"아기가 잘못됐나요?"

그는 진심으로 걱정하는 것 같았다.

"아기는 괜찮아요. 하지만 에밀리아가 괜찮지 않아요."

"무슨 일이 있었는데요?"

실밥을 제거하기 시작했다. 그에게 뭐라고 해야 할까? 그가 얼마나 이해할 수 있을까? 그가 나를 응시했다. 이야기를 기다리고 있는 걸까? 아니면 그냥 나를 보고 있는 걸까? 나는 숨을 깊이 들이마셨다.

"남자 친구가 없었어요."

내가 속삭였다.

"에밀리아가 머물던 집의 사람들이 에밀리아를 러시아 군인들에게 넘겼어요. 자신들의 딸을 구하기 위해서요. 남자 친구는 에밀리아가 계속 버티기 위해서 지어낸 이야기예요. 지금 에밀리아는 아기를 쳐다보지도 않아요."

그의 표정이 변했다. 진심과 슬픔이 그의 허세를 지워 버렸다.

"그 소녀. 전사군요."

"맞아요. 하지만 누구와 싸우는 전사죠?"

그가 깜짝 놀란 얼굴로 나를 쳐다봤다.

"모든 사람. 모든 것들. 운명과 싸우는 전사죠."

"이제 알겠어요. 에밀리아가 당신에게 매달린 이유는 당신이 러시아 군인으로부터 자신을 구해 줬기 때문이에요. 당신은 아직 세상에 좋은 남자가 있다는 증거인 셈이죠."

"그만. 그런 말 하지 말아요."

그가 벽을 뚫어지게 쳐다봤다.

나는 그의 근육질 몸통에서 마지막 실밥을 빼냈다.

"배는 언제 출발하죠?"

그가 물었다.

"곧 출발한다고 들었어요."

"사람들 눈을 피할 수 있는 곳을 찾아야 해요."

그가 속삭였다.

"알고 있는 곳 있어요?"

그는 이미 배에 탔다. 그런데 숨고 싶다니?

나는 고개를 저었다.

"아직 배의 구조를 잘 몰라요. 길을 잃어버리곤 해요."

그가 셔츠 단추를 채우는 모습을 지켜봤다.

"플로리안, 나를 위해 뭔가 해 줄 수 있나요? 에밀리아에게 안부를 물어 주겠어요? 제발요. 그러면 에밀리아가 기운이 좀 날 거예요."

에밀리아

꿈을 꾸고 있는 걸까? 정말 기사가 나를 향해 걸어오고 있는 걸까? 나는 재빨리 몸을 일으켜 앉았다. 그의 시선은 즉시 아기에게로 향했다.

"맞아요. 아름다운 여자 아기예요."

요안나가 그에게 말했다.

기사가 걸음을 멈추더니 어깨를 으쓱했다.

"분홍색 모자는? 분홍색 모자 어디 뒀어?"

그가 물었다.

나는 코트 더미를 가리켰다. 기사가 코트 더미를 파헤치더니 분홍색 털모자를 찾아 가져왔다. 그러고 나서 아기를 부드럽게 들어 올리더니 모자를 아기 위에 담요처럼 덮어 주었다. 아기는 작은 초승달처럼 그의 품에 안겼다.

그가 아기를 본 후 나를 보더니 다시 아기를 바라봤다.

"음. 너의 눈, 너의 코를 가졌네. 정말 예뻐."

그가 말했다. 그가 두 눈을 감고 아기 정수리에 입을 맞췄다. 그는 아름다웠다. 요안나도 기사를 보고 있었다. 그녀도 그가 아름답다고 생각했을 것이다.

그가 눈을 뜨더니 내게 속삭였다.

"정말 놀라워. 이 아이는 너야. 이 아이는 너의 어머니이고, 너의 아버지이고, 너의 조국이야."

그가 다시 아기 머리에 입을 맞추고 내 귀에 속삭였다.

"이 아이는 폴란드야."

나는 나도 모르게 아기를 향해 팔을 뻗었다.

플로리안

우리는 아기를 안고 있는 에밀리아를 두고 자리를 떴다. 요안나는 내 뒤를 따라서 병실 밖으로 나왔다. 혼란스러운 얼굴이었다. 그녀가 내 팔을 움켜잡고 출입문 뒤로 끌어당겼다.

"방금 무슨 일이 벌어진 거죠? 누구예요, 당신?"

나는 어깨를 으쓱했다.

"나는 아이들을 좋아해요."

그리고 배낭을 등에 멨다.

"하지만 지금은 내게 숨을 곳을 찾아 줄 그 사병이 필요해요."

"그는 왜 당신을 돕는 거죠?"

나는 웃음을 참으려고 애썼다.

"그에게 훈장을 타게 해 주겠다고 했거든요."

"설마, 그럴 리가요."

요안나가 말했다.

"정말이에요."

"당신 끔찍하군요."

그녀가 크게 웃었다.

"내가 끔찍하다고요? 그럼 당신은 왜 웃는 거죠?"

내가 물었다.

그녀는 훨씬 더 크게 웃었다.

“모르겠어요. 웃으면 안 되는데.”

“그럼 그만 웃어요.”

그녀는 내 어깨에 몸을 기대고 웃었다. 싱그러운 비누 향기가 났다.

“멋지고 깔끔해 보이네요.”

내가 말했다.

그녀의 웃음이 잦아들면서 미소로 바뀌었다.

“고마워요. 그리고 내 가방 가져다줘서 고마워요.”

그녀가 발뒤꿈치를 들고 서더니 내 얼굴을 손으로 감싼 후 입을 맞췄다.

나는 두 팔로 그녀를 안았다. 그리고 입맞춤을 되돌려 주었다. 그러고선 다시 그녀에게 입을 맞췄다.

“하나 더 고마워요.”

그녀가 내 눈을 들여다보면서 속삭였다.

“에밀리아 일이요.”

그녀는 내 팔에서 미끄러져 빠져나간 후 종종 걸어갔다.

요안나

계속 들어오는 승객들로 복도가 비좁아졌다. 모퉁이를 도니 유리로 담을 두른 산책 갑판이 있었다. 창문의 가장자리를 따라 얼어붙은 얼음이 반짝거렸다. 나는 차가운 유리에 손을 대고 건너편을 노려보았다.

나는 똑똑한 여자여야 하는데. 내가 뭘 한 거지? 그는 나보다 더 어리다. 게다가 나는 그에 대해 아무것도 모른다. 또한 그는 부정한 일에 연루된 게 분명하다. 하지만 아기에게 그렇게 부드럽게 대하고, 에밀리아에게 그렇게 친절한데 나쁜 사람일 수가 있을까?

나는 에밀리아 때문에 그에게 입을 맞춘 것이다.

갑자기 양심이 유리 뒤에서 나를 향해 톡톡 두드렸다.

아니면 내가 원해서 그에게 입을 맞춘 것일지도 모른다.

그리고, 크래커를 씹는 느낌과는 완전히 달랐다.

몸을 돌린 후 창문에 기댔다. 1월의 한기가 블라우스 안으로 스며들었다. 오랜만에 처음으로 내 몸이 바깥 공기보다 더 따뜻하게 느껴졌다.

어떤 승객들은 안도하고 있었다. 그들은 배에 타서 신나 했다. 하지만 어떤 사람들은 불안해하면서 새장에 갇힌 새처럼 이리저리 서

성였다. 나는 안도한 축에 속했다. 이렇게 엄청나게 큰 배에 타게 되다니 얼마나 운이 좋단 말인가.

두꺼운 강철 벽과 여러 층으로 이루어진 거대한 구스틀로프호가 마음에 쏙 들었다. 리히터 박사는 이 배가 건조된 지 8년밖에 안 됐고 그중 4년 동안 항해를 하지 않았다고 말했다. 많이 사용하지 않았기 때문에 모든 것이 상태가 좋았다. 일단 고텐하펜에서 출항하면 킬까지는 48시간밖에 걸리지 않을 것이다. 킬에 도착하면 나는 기차를 타고 마침내 어머니와 다시 만날 것이다.

내가 리투아니아를 떠난 이후 많은 것들이 변했다. 어머니는 아버지와 남동생이 숲속에서 게릴라 전투를 벌이고 있을 거라고 했다. 아버지와 남동생은 지하 벙커에서의 생활을 견딜 수 있을까?

구스틀로프호는 나의 벙커이다. 나는 심호흡을 했다. 모든 분투와 걱정. 이것들이 끝날 수 있을까?

알프레트

안녕, 나의 나비,

떨어져 있기 힘들고 혼자 날기 외로울 거라는 거 잘 알아요. 하지만 곧 우리 위대한 조국은 승리할 것이고 충성스러운 국민은 영광스러운 자리에 서게 될 거예요. 그날이 가까워지고 있어요.

탑승 절차가 순조롭게 이루어지고 있고 나는 지금 따뜻한 곳에 있어요. 이렇게 말할 수 있어서 다행이에요. 다른 사병들 일부는 엄청난 추위 속에서 구명 뗏목을 끌고 와야 하거든요. 어디서 구명 뗏목을 그렇게 많이 구했는지 모르겠어요.

승객들을 훨씬 더 많이 태운다고 하는데 어디에 그들을 들일지 모르겠어요. 위층에 있는 객실들은 특권 계급이 다 차지했고 피난민들은 바닥에 깐 매트리스 위에 앉아 있죠. 배가 아직 움직이지도 않았는데 벌써 구명조끼를 입고 있는 사람들도 있어요. 정말 바보 같아 보여요.

빌헬름 구스틀로프호는 이제 숨 쉬는, 살아 있는 도시나 마찬가지에요. 사업도 성황리에 이루어지고 있어요. 사람들은 물물교환도 하고 구두장이와 그의 수습생은 산책 갑판에서 신발을 수선하고 있어요. 그들은 노력의 대가로 동전 한 자루 정도를 두둑이 챙겼어요.

내가 전에 말한 활동들에 대해 궁금할 거예요. 젊은 신병과 나의 우정은 상당히 발전하고 있어요. 우리는 온갖 문제에 대해 중요한 대화를 나눠요. 아아, 나는 더 이상 당신이 기억하는 학교 운동장 구석에서 손을 흔들던 공상에 잠긴 소년이 아니에요.

나는 매일매일 우리 조국과 우리 총통에 대한 충성심이 더 깊어지는 걸 느껴요, 하넬로레. 나는 신병이 배에 비밀 거처를 마련하는 걸 도왔어요. 그가 자신의 임무를 완수하는 걸 돕기 위해서요. 그는 내게 엄청나게 고마워하면서 킬에 도착하자마자 나를 훈장 수여 대상으로 추천하겠다고 다시 한번 말했어요. 이미 많이 있는 훈장에 하나 더 추가하는 것뿐이지만 그래도 감사해야죠. 결국, 내가 성취하는 모든 것, 내가 행하는 모든 것은 전부 당신을 위한 거예요. 당신과 독일 제국을 위하는 거죠. 분명히 당신도 그걸 잘 알고 있겠죠? 그렇지 않나요, 로레?

에밀리아

작은 아기가 내 얼굴에 코를 비볐다. 기사는 이 아이가 내 어머니이고, 내 아버지이고, 나라고 말했다. 만약 이 아이가 우리라면 이 아이가 르보프를 알기를 바랐다. 이 아이는 폴란드를 알아야 한다. 아기를 보고 있자니 갑자기 조국이 몹시 그리워졌다. 통통한 벌들이 사과 꽃에서 꿀을 옮기는 모습, 새들이 개암나무숲에서 노래 부르는 모습을 보고 싶었다.

이 아이가 거짓으로부터 진실을 알게 될까? 전쟁이 벌어지기 전에는 폴란드인, 유대인, 우크라이나인, 아르메니아인, 헝가리인들이 르보프에서 평화롭게 공존했다는 사실을 믿을까? 그때 내가 라헬과 헬렌과 함께 우리 집 부엌에서 차와 도넛을 자주 만들곤 했다는 사실을 믿을까?

음식. 나는 이 아이가 우리 음식을 알기를 바란다. 내 손이 밀가루 반죽을 치대는 느낌을 얼마나 그리워했는지. 또 내 귀가 사과 팬케이크가 프라이팬에서 치직거리는 소리를 그리워했고, 내 눈이 알록달록한 과일들과 채소들이 유리병에 담겨 선반에 줄줄이 놓여 있던 모습을 그리워했다는 사실을 알길 바랐다. 전쟁은 모든 것에서 색깔을 앗아 가고 회색 폭풍만을 남겼다.

나는 이 아이가 단지 폴란드만이 아닌, '나의' 폴란드를 알게 되기를 바란다.

아기를 몸 가까이 끌어당기고서 폴란드어로 속삭였다.

"게토도 없고 완장도 없었단다. 열린 창문에서 솔솔 불어오는 산들바람을 맞으며 잠이 들곤 했지. 정말이야. 한때는 그랬단다."

플로리안

굴뚝 내부는 너비가 약 5미터쯤 됐다. 사다리가 있었고 그 끝에 누울 수 있을 만큼 충분히 널찍한 선반이 있었다. 선반은 차가웠다. 잠을 이룰 수 없었다. 굴뚝은 외딴곳에 있었지만, 이 굴뚝이 내게 몰락을 가져올 수도 있다. 만약 누군가가 안을 들여다본다면 내가 숨어 있다는 사실을 알게 될 것이다. 부상병 병실에 머무르는 게 더 나았을까? 거기는 위장하기도 더 쉬운 데다 따뜻하기까지 하다. 게다가 요안나에게 더 가까이 있을 수 있다. 그렇지만 만약 항구에서 만난 나치가 배에 오른다면 나를 찾기 위해 부상병 병실부터 뒤질 것이다.

내가 여러 선택 사이를 저울질해 보고 있을 때 갑자기 출입문의 경첩이 움직였다.

사병이 사다리를 올라온 후 내 옆에 자리를 잡고 앉았다.

"새로운 뉴스가 있어요."

그가 말했다.

"오, 그래요. 뭐죠?"

그가 물집투성이인 양손을 비볐다.

"방금 여성 해군 보조 부대원들 수백 명이 도착하는 걸 봤어요.

모두 잘 차려입고 아주 깨끗해요."

"여성 해군 보조 부대원들이 배에 타고 있다고요?"

아마 곧 출항한다는 의미일 수도 있다.

"네. 수백 명이고 매우 용감해 보여요."

"그들을 어디에 수용하려는 거죠? 비어 있는 객실이 있나요?"

"아니요. 모든 객실은 이미 완전히 꽉 찼어요. 하지만 배에 있는 누군가가 따뜻한 간이침대를 제공할지도 모를 일이죠."

그가 코를 힝힝거리며 웃었다.

나는 차가운 굴뚝 벽에 등을 기댔다. 이 녀석은 어릴 때 어디선가 날아온 벽돌에 머리를 얻어맞은 게 아닐까?

"군 복무를 한 지는 얼마나 됐나요?"

내가 물었다.

그가 자신의 발을 응시하면서 머뭇거렸다.

"우리는 신뢰를 나눈 사이니까 사실대로 말할게요. 나는 늦깎이 신병이에요. 히틀러 유소년단에 들어가고 싶었어요. 하지만 신체 훈련이 매우 엄격했고 운동 시합을 엄청 중시했지요. 당신은 타고난 힘과 신체 능력을 가진 것 같지만 나는 그렇지 않아요. 빨리 달리거나 높이 점프할 수 없죠. 대신 다른 분야에 재능이 있어요. 내가 테스트에서 떨어지자 아버지는 엄청나게 실망했지만 어머니는 안도했어요. 당연히 어머니도 총통을 사랑하지만, 나를 군대에 보내고 싶지는 않았던 거예요. 나는 외동아들이거든요."

"당신의 어머니가 총통을 사랑한다고요? 정말요?"

사병이 나를 쳐다봤다. 진지하고 날카로운 눈빛이었다.

"물론이죠. 우리는 모두 총통을 사랑하지 않나요. 전단에도 적혀 있었잖아요. '좋은 독일인은 총통을 위해 싸운다'라고요. 나도 그래요. 내가 너무 마음이 여리고 가끔 지배자 민족에 끼지 못한 사람들에게 동정심을 느끼는 건 맞아요. 하지만 이제 그런 불순한 생각들은 다 쫓아 버렸어요. 이런 게 희생이죠, 그렇지 않나요?"

그의 불순한 생각은 나의 불순한 생각과 철저히 달랐다.

사병이 나를 빤히 쳐다봤다.

"물론, 동의하죠? 우리는 좋은 독일인들이니까."

그의 시선이 계속 내게 머물렀다. 그의 말투는 기분 나쁜 억양을 지니고 있었다. 녀석을 한 대 쳐 선반 아래로 떨어뜨리고 싶었다. 하지만 그 대신 나는 그냥 고개를 끄덕였다.

"우리는 좋은 독일인들이죠. 그래서 말인데 음식을 좀 구해다 줄 수 있나요?"

내가 물었다.

요안나

이제 산부인과 병실이 꽉 찼다. 임신부 중 세 명은 출산이 임박했다. 에밀리아는 아기에게 뭐라고 속삭이면서 아기의 작은 손을 들여다보고 있었다.

내가 어린 소녀였을 때 내겐 아기 인형이 두 개 있었는데 그것들을 어디에나 갖고 다니곤 했다. 그러고 나선 학교 공부에 몰두하게 됐고 인형을 가지고 놀 시간이 없었다. 나는 에밀리아와 딸로부터 고개를 돌리고서 목에 뭔가가 걸린 듯한 느낌을 삼키려고 애썼다.

녹색 군복을 입고 무릎까지 올라오는 부츠를 신은 한 군인이 병실로 걸어 들어왔다.

"요안나 빌카스."

군인은 금발 머리에 희다 못해 거의 반투명한 피부를 지니고 있었다. 꼭 독일에서 '순혈'로 일컬어지는 남자처럼 생겼다.

"뭘 도와 드릴까요?"

"'당신'이 도왔다는 누군가에 대해 알아보기 위해 왔소."

그는 미동도 하지 않고 서 있었다.

"당신의 환자 중 한 명이오. 파편 부상을 입고 한쪽 귀가 먹은 환자요."

에밀리아의 자세가 뻣뻣해졌다. 에밀리아는 아기를 꼭 껴안고 군인을 지켜봤다.

"파편 부상을 입고 한쪽 귀를 다친 그 환자의 이름을 확인해 줄 수 있겠소? 빌카스 양?"

나는 그를 향해 걸어간 후 목소리를 낮췄다.

"제게는 환자의 이름을 발설할 자유가 없답니다. 이해해 주시리라 생각해요."

그는 짜증이 난 것처럼 보였다. 거절당하는 것에 익숙하지 않은 사람이었다.

"빌카스 양. 내가 잘못 알고 있는 게 아니라면, 당신은 독일로 이주할 수 있도록 허가받은 리투아니아 사람이라고 하던데. 당신의 자유는 아돌프 히틀러 총통에게 귀속되어 있소. 우리는 언제라도 당신을 다시 스탈린에게 넘길 수 있지."

그가 씩 웃었다. 그의 내면에 있는 괴물이 스스로의 말에 만족을 느끼는 것 같았다.

"하지만 우리는 그렇게 하고 싶지 않아요. 당신은 너무 아름다우니까. 그러니 이제 파편 부상을 입고 귀먹은 환자의 이름을 확인해 줄 수 있겠소?"

"기억이 확실치 않아요."

내가 속삭였다.

"프리드리히? 아니면 프리츠?"

군인이 곰곰이 생각하는 것처럼 보였다. 어디까지 알고 있는 걸까?

그가 눈살을 찌푸렸다.

"플로리안? 성은 베크이고."

그는 말하고 있는 것보다 더 많이 알고 있는 게 분명했다.

"맞아요, 그런 것 같아요."

"어디에서 그를 만났소?"

"수송된 군인들 사이에서요. 그는 피를 흘리고 있었고 열이 펄펄 끓고 있었어요. 무슨 문제라도 있나요, 장교님?"

군인이 금속 테이블의 가장자리를 손가락으로 쓱 닦았다. 먼지가 있는지 확인이라도 하는 것처럼.

"당신이 진실을 말하고 있다면 문제 따윈 없소. 하지만 만약 당신이 탈영병을 돕거나 숨겨 주고 있는 거라면, 문제가 있지. 아주 큰 문제가."

"그에게는 신분증이 있어요. 베크 님이 그걸 보여 드리지 않았나요?"

나는 덜덜 떨리는 손을 감추기 위해 천 조각을 접었다.

"그는 내게 자신의 신분증을 보여 줬소. 또 거만한 태도도 보여줬지. 내가 밀어붙이니, 그제야 자신이 가진 서류 '전부'를 보여 주더군."

이야기의 방향을 바꾸려고 애썼지만 결국 캐묻고 말았다.

"그렇다면 그가 어떤 상황인지 잘 아시겠네요."

"그래요. 그는 코흐 지도관의 사자요. 그는 자신이 부상을 입었고 코흐 지도관이 당신을 그의 개인 간호사로 임명했다고 말했소."

숨이 멎을 것만 같았지만 잠자코 손을 움직였다. 코흐 지도관이 나를 임명했다고? 도대체 뭐라고 말한 거지?

그가 고개를 가로저었다.

"하지만 뭔가가 있소."

그가 에밀리아를 한 번 보고 그런 다음 나를 보고 말했다.

"그를 믿을 수가 없소. 그의 증명서를 다시 한번 자세히 봐야겠소. 그를 부상병 병동으로 보냈는데 거기에서 그를 찾을 수가 없더군. 혹시 당신이 그에게 서명해 준 의료 증명서의 사본을 갖고 있소?"

내가 서명을 한 의료 증명서. 플로리안, 무슨 짓을 저지른 거지?

"죄송하지만 너무 많아서요."

"그러겠지. 부상병이 엄청 많으니까. 그래서 나는 코흐 지도관의 사무실에 전보를 보냈소. 하지만 당신을 만나면 문제를 더 빨리 해결할 수 있을지도 모른다고 생각했지. 그를 봤소?"

"네. 실밥을 제거해 줬어요."

에밀리아가 항의의 표시로 몸을 꿈틀댔다. 플로리안을 보호하려는 마음에서였다.

"그가 뭐라고 했소?"

"그냥 피곤하다고만 했어요."

에밀리아가 사나운 얼굴로 나를 쏘아봤다.

"그리고……. 여기 대신 한자호에 타고 싶었다고 말했어요."

"한자호?"

이때 갑자기 떠돌이 소년이 뛰어 들어왔다. 구명조끼 아래에서 가슴이 들썩거리고 뺨 아래로 눈물이 뚝뚝 떨어지고 있었다. 소년은 토끼 인형을 안고 있었다. 하나밖에 남아 있지 않은 귀가 실 한 가닥에 겨우 매달려 있었다.

"오, 이런!"

내가 외쳤다. 소년이 퉁퉁 부은 얼굴로 고개를 끄덕였다.

"걱정하지 마. 바로 고쳐 줄 테니까."

나는 군인에게 몸을 돌렸다.

"이제 끝났나요, 장교님? 보시다시피 곧 수술에 들어가야 해서요."

에밀리아

플로리안 베크. 기사의 이름은 플로리안이었다. 폴란드의 수호성인인 세인트 플로리안과 같았다. 나치 장교는 문제를 일으키려 안간힘을 썼다. 그는 증오로 가득 차 있었다. 만약 내가 폴란드인이라는 사실을 알게 된다면 그는 나를 발트해로 던져 버릴 것이다.

요안나는 토끼 인형의 귀를 제자리에 붙여 꿰매면서 왔다 갔다 했다. 몹시 화가 났거나, 뭔가를 골똘히 생각하고 있는 것 같았다. 어쩌면 둘 다일지도 모른다. 떠돌이 소년이 내게 걸어와서 아기를 살며시 봤다.

소년이 아기에게 말했다.

"안녕. 난 클라우스야."

나는 소년을 쳐다봤다. 소년의 볼은 추위와 바람 때문에 빨갛게 터 있었다. 커다란 파란색 구명조끼가 무릎까지 내려와 소년을 왜소해 보이게 만들었다. 떠돌이 소년은 혼자였다. 나처럼. 아직 6살 밖에 안 됐는데. 소년의 부모는 어디에 있을까? 엄마는 옮겨 심은 싹은 풍성하게 자라지 못한다고 했다. 그렇지만 신발 시인 할아버지는 소년을 사랑한다. 알 수 있었다. 그는 소년을 잘 돌보고 보호해 줄 것이다. 클라이스트 부인과는 달리 말이다.

"4년이야. 우리는 너를 4년 넘게 데리고 있었어."

클라이스트 부인은 불평하곤 했다.

"돈이 얼마나 든지 아니?"

"아빠가 오실 거예요. 아빠가 돈을 드릴 거예요."

나는 그녀에게 말했다.

그녀는 몹시 화가 난 채로 획 돌아봤다.

"네 아빠는 죽었어. 내가 왜 이렇게 짜증이 났다고 생각하니?"

죽었어.

그녀의 말이 내 목 안으로 비집고 들어가서 폐를 옥죄고 숨을 못 쉬게 만들었다.

"사실이 아니에요."

제발. 사실일 리가 없었다.

그때 아우구스트가 내 옆에 나타났다.

"물론 사실이 아니야."

그가 내 팔을 잡아끌었다.

"이리 와, 에밀리아. 잼 만들 장미 꺾으러 가자."

그가 자신의 엄마를 성난 얼굴로 쏘아봤다.

오래된 공포심이 내 안에서 다시 들끓기 시작했다. 아기가 품안에서 꿈틀거렸다. 아기의 작은 머리가 까닥거렸다. 나를 향해 고개를 끄덕이는 것 같았다. 그러고 나서 우리는 서로의 눈을 뚫어지게 들여다봤다. 아기의 사랑스러우면서도 흔들림 없는 눈빛을 보니 저절로 마음이 차분해졌다. 나는 어깨의 힘을 뺐고 공포심은 자취를 감췄다.

그때 신발 시인이 헐떡이며 산부인과 병실에 들어왔다.

"기다려야지, 클라우스. 이 오래된 다리들은 너처럼 빨리 움직일 수 없단다."

그가 아기를 보더니 두 손으로 얼굴을 감쌌다.

"봐, 이걸 봐. 기적이야, 정말로."

"아름답죠?"

요안나가 말했다.

"아름답다마다. 정말 아름다운 사실은 아기가 이 전쟁을 이겼다는 거야. 길에서 봤잖아. 잉리트는 얼음 아래로 가라앉았고 우리가 가는 곳마다 죽음과 파괴가 전염병처럼 퍼져 있었지. 저 아래 부두에서 일어나는 일들을 봐. 광란의 몸부림이야. 러시아 군인들은 바로 코앞까지 왔고."

그가 앞으로 걸어와서 아기를 가리켰다.

"하지만 그 모든 와중에, 죽음의 한복판에서 새 생명이 꽃을 피웠어. 아기에게 신발을 마련해 줘야겠구나."

알프레트

사랑하는 하넬로레에게

항구에 밤이 내려앉았어요. 나는 가만히 앉아서 이제껏 일어난 일들을 되돌아보고 있어요. 내 시적인 표현 때문에 오해하진 않길 바라요. 나는 단순한 보초병이 아니에요.

나는 생각하는 사람이에요, 로레. 그리고 지금 생각하고 있지요. 나는 엄청난 임무를 하고 있는 남자를 돕고 있어요. 우리는 서로를 전적으로 이해하고 많은 능력을 공유하고 있어요. 오늘 저녁 우리는 충성심에 대해 이야기를 나눴어요. 나는 그에게 독일의 싸움에 대한 내 충성을 확인시켰어요. 또한 한때 열등한 사람들에 느꼈던 동정심을 고백했어요. 이제 나는 이런 동정심의 뿌리를 뽑아 버렸어요. 장담해요. 동정심은 약점이에요. 정원에서 뽑아 버려야 하죠. 우리는 좋은 독일인들이에요. 태어날 때부터 그랬죠. 그러니까 우리는 모래를 거르고, 금을 지키고, 그것으로 더 강한 국가를 세워야 해요. 그게 우리의 의무예요.

당신도 이러한 약점에 친숙하다고 생각하는데요? 나는 내가 당신 집 앞을 쓸고 있을 때 당신이 뱉은 깊은 흠모의 한숨을 기억해요. 오 그래요, 소중한 하넬로레. 나는 알아차렸답니다. 나는 히틀러 유소년단의 머저리들보다 관찰력이 훨씬 뛰어나니까요.

이건 인정할게요. 로레. 나는 어머니가 내가 히틀러 유소년단에 들어가는 걸 막았을 때 깜짝 놀랐어요. 아버지는 내가 다른 사람들에게 낄 준비가 되지 않았다는 것을 수치스러워했어요. 어떤 결과를 낳을지 두려워했죠. 하지만 그러고 나서 나는 이 강압적인 남자아이들에게 싫증이 났고 내가 훨씬 더 중요한 일에 쓰일 사람이라는 사실을 깨달았어요. 참전하기까지 거의 5년이라는 시간이 걸렸지만, 마침내 나는 여기 고텐하펜에서 나의 소명을 찾았어요. 그리고 이제 나와 자질이 비슷한 한 사람에게 인정받았어요. 견고한 용기를 가진 신병이죠. 그래요. 자신의 자질을 깨닫는 일은 말할 수 없을 정도로 사람을 차분하게 만들어요. 이런 기회를 가지는 사람은 별로 없죠. 나는 그런 사람 중 한 명이에요.

이제 나는 우월감이 무엇인지 알겠어요. 그리고 이 느낌이 매우 맘에 들어요.

플로리안

입김이 뿜어져 나왔다. 뱃속이 꾸르륵거렸다. 틸지트에 있는 우리 집의 따뜻한 부엌이 생각났다. 부엌에서는 냄비 뚜껑이 달그락달그락하는 소리와 여동생의 커다란 웃음소리가 집안 곳곳으로 퍼져 나갔었다.

어머니가 폐결핵으로 돌아가셨을 때 아버지의 가장 큰 걱정거리는 내 여동생이었다.

"나 혼자서 어떻게 이 아이를 멋진 숙녀로 키울 수 있을까?"

아버지가 말했다.

마지막으로 봤을 때 아니는 13살이었다. 지금은 16살이 다 됐을 것이다. 길거리에서 지나친다면 알아볼 수 있을까? 지금까지 어디에 있었고 어떤 일들을 겪었을까?

출입문이 끼익하고 열렸다.

"그 위에 배고픈 사람 있어요?"

커다랗게 외치는 소리가 들렸다.

저런 바보 같은 놈.

"쉿."

내가 그에게 다시 상기시켰다.

"오, 네. 은밀해야 하죠."

그가 사다리를 올라왔다.

"제 신체가 반응하는 게 느껴져요."

그가 떠벌렸다.

"저는 운동을 우선으로 하고 있고 그 효과를 보고 있어요. 이제 그 효과가 손까지 뻗친 것 같아요. 점점 나아지는 것처럼 보여요."

나는 녀석의 짓무른 손을 떠올리고 싶지 않았다.

"뭘 가져왔나요?"

내가 물었다.

그가 메고 있던 가방에서 휴대용 물통을 꺼내 건넸다. 오래 걸린 것에 비해 그다지 묵직하지는 않았다.

"고마워요."

나는 단숨에 들이켰다. 그는 셔츠 안에서 커다란 빵 덩어리와 종이에 싸인 고기 한 조각을 꺼냈다.

"대부분 완두콩 수프를 먹고 있어요. 하지만 그건 가져오기 어려워요."

"언제 출항하나요?"

내가 물었다.

"지금 당장이라도 출항할 수 있다고 그랬어요."

대포의 빵 하는 소리가 멀리서 들렸다. 그가 움찔하더니 굴뚝 벽에 착 달라붙었다.

"아직 몇 킬로미터 떨어져 있어요. 하지만 점점 다가오고 있죠."

아버지의 지도를 떠올렸다. 러시아군이 벌 떼처럼 밀고 들어와 독일군과 우리 모두를 밟아 버리는 모습이 상상됐다.

그가 손목을 긁적거렸다.

"뭐 좀 물어봐도 될까요? 무기를 잘 다루세요?"

내가 고개를 끄덕였다.

"당신은?"

"정신을 더 잘 다뤄요. 철학 분야에서 흔히 '사상가'로 일컬어지는 종류의 사람이죠. 머릿속으로 모든 각도를 정확히 포착하는 걸 좋아해요. 관찰하는 거죠. 나는 보초병이에요."

"하지만 때때로 생각할 시간이 없을 때도 있죠. 그럴 땐 바로 행동부터 해야 하고요."

내가 그에게 말했다.

"저는 그렇게 생각하지 않아요. 물론 당신의 의견은 존중해요. 많은 사람들은 본능에 따라 행동하지만, 나는 그들이 틀렸다고 생각해요. 본능을 통해서는 약점과 감정에 휘둘릴 수밖에 없어요. 신중한 사고와 계획, 정신적 이해가 항상 가장 중요하죠."

녀석에게 주먹을 날리고 싶은 충동이 다시 일었다. 마지막 빵 조각을 삼켰다.

"굴복해야 할 장애란 존재하지 않아요. 깨부숴야 할 장애만 존재하죠. 나는 이 말에 대해 자주 생각해요. 물론 이 말이 익숙할 거예요. 아돌프 히틀러 총통 각하의 〈나의 투쟁〉은 당연히 읽었겠죠?"

그가 물었다.

"당신은 똑똑한 사람 같아 보여요. 그러니까 다른 사람들의 말을 외우는 것보다 당신 스스로 생각하는 게 더 나을 것 같아요."

"고마워요. 어머니는 항상 내 예리한 정신을 칭찬했죠."

그가 윗입술을 위로 말며 활짝 웃었다.

"물론 나도 스스로 생각해요. 하지만 총통 각하의 지혜는 말로 형언할 수 없는 힘을 갖고 있어요."

그가 더 활짝 웃더니 낭송을 하기 시작했다.

"성공의 제1 전제 조건은 힘을 끊임없이 휘두르는 것이다."

그가 나를 빤히 쳐다봤다. 동공이 확장돼 있었다.

"아름답지 않나요?"

대답하지 않았다. 목 뒤에 있는 짧은 털들이 곤두섰다. 이 녀석은 그냥 사병이 아니다. 녀석은 소시오패스다.

"간호사 여자를 본 적 있나요?"

내가 그에게 물었다.

"가서 데려올게요."

그가 의욕에 가득 차 대답했다.

"아니……."

하지만 내가 미처 말리기도 전에 그는 사다리를 재빨리 내려가 문밖으로 사라져 버렸다.

요안나

심호흡을 하면서 화를 가라앉히려 애썼다. 그가 어떻게 내게 이런 짓을 할 수 있을까?

내일 아침 나는 부두로 걸어가서 금발 머리 장교를 찾을 것이다. 그에게 나를 다른 사람과 혼동한 것 같다고 말할 것이다. 나는 플로리안에게 어떠한 종류의 의료 소견서도 쓰지 않았고 그것에 대해서 아무것도 모른다고 말할 것이다. 그 장교는 내게 독일계라고 말했다. 그의 말이 맞다. 독일은 스탈린으로부터 나를 구해 주었다. 이 신세를 어떻게 갚는다지?

"요안나."

어깨 뒤에서 희미한 목소리가 들렸다. 뒤를 돌아보자 에밀리아가 걱정 가득한 눈으로 나를 바라보고 있었다.

"안 돼요. 제발요."

내 생각을 읽은 걸까?

"실례합니다, 아가씨."

알프레트가 병실 입구 쪽에 서 있었다.

"어떤 신사분이 만나고 싶어 하세요."

"그는 어디에 있나요?"

내가 물었다.

"제가 모셔다드리지요. 코트를 가져오는 게 좋을 거예요."

알프레트를 재촉했지만 소용없었다. 배 안은 완전히 포화 상태여서 빨리 움직이기 불가능했다. 도대체 사람들을 얼마나 태운 거지?

"언제 볼 수 있어요?"

통로에서 어린 여자아이가 흐느끼며 말했다.

"울지 마, 아가야."

할머니가 말했다.

"네 가족 중에서 너 혼자 뽑혔으니 얼마나 운이 좋니. 엄마는 몇 년 후에 널 데리러 올 거란다. 두고 봐. 시간은 빨리 갈 거야."

울고 있는 여자아이는 10살이나 11살 정도로 보였다. 어떻게 혼자 힘으로 살아갈 수 있을까?

"알프레트, 사람이 엄청 많네요. 일부 승객들은 다시 내리게 하겠죠? 그렇지 않아요?"

내가 물었다.

"아뇨. 이미 8천 명이 넘는 사람들을 태웠고 계속 더 태우고 있다고 들었어요."

8천 명? 이 배의 수용 인원은 1,500명도 채 안 될 것이다. 우리는 4인용 객실을 지나갔다. 10명도 넘는 사람들이 빽빽이 들어찬 채 잠을 청하고 있었다. 여행 가방과 짐 꾸러미가 천장까지 쌓여 있었다.

"이곳은 그래도 괜찮은 편이에요. 오늘 오후에 300명이 넘는 여성 해군 부대원들이 도착했어요. 그들은 배의 맨 아래쪽에 배치를 받았죠. 물을 뺀 수영장 안에요."

나는 산부인과 병실에 있을 수 있어서 정말 다행이라고 생각했다. 산부인과 병실에는 개인 공간이 있고 비교적 조용했다.

우리는 인파를 헤치면서 계단을 향해 나아갔다. 사람들이 구명조끼를 입고 있어서 공간이 더 빽빽했다.

우리는 계단을 올라갔다. 공기가 차가워졌다. 나는 코트를 입었다. 알프레트가 갑자기 나를 멈춰 세우더니 자신의 입술에 손가락을 갖다 댔다. 우리는 계단에 선 채로 뒤에 있던 몇 명이 지나가기를 기다렸다. 그런 다음 그가 계단 옆 벽에 있는 작은 문을 열더니 내 코트 소매를 끌어당겼다.

우리는 작은 방으로 들어갔다.

"여기가 어디죠?"

내가 물었다.

"굴뚝 안이에요."

"쉿."

위에서 소리가 울렸다. 위를 올려다보니 플로리안이 실내 사다리를 잡고 내려오고 있었다.

"알프레트, 잠깐 자리 좀 비켜 줄 수 있어요?"

내가 말했다.

플로리안

요안나가 내 뺨을 때렸다.

내가 반응을 보이지 않자 요안나가 다시 손을 치켜들었다. 이번에는 내가 그녀의 팔을 붙잡았다.

"어떻게 감히……."

그녀가 씩씩거렸다.

"무슨 말이에요?"

내가 물었다. 그녀가 얼굴을 내 얼굴에 바짝 갖다 댔다.

"무슨 얘기인지 알 텐데요. 편지를 위조했잖아요. 코흐 지도관이 날 임명했다고 했다면서요. 그들이 내게 어떤 짓을 할지 알고나 있어요?"

내가 그녀의 팔을 놔줬다.

"무슨 일이에요?"

그녀가 두 팔을 허공에 내질렀다.

"그 금발 머리 나치, 당신이 말한 사람 말이에요. 그가 당신을 찾아서 산부인과 병실에 왔었어요."

"그에게 뭐라고 말했나요?"

"아무 말도 하지 않았어요. 아무것도 모른다고 했어요."

말의 속도가 점점 빨라졌다.

"하지만 그가 당신의 신분증을 봤다고 했어요. 당신이 코흐 지도관의 사자이고 코흐 지도관이 '나를' 당신의 간호사로 임명했다고 하던데요!"

"쉿. 사병이 듣고 있을 거예요."

"당연히 그러겠죠."

그녀가 속삭였다.

"그는 자신이 영웅이라고 생각해요. 당신이 총통을 위해 수행하는 첩보 임무를 자신이 돕고 있다고 생각하죠."

"저 녀석은 영웅이 아니에요. 그와 거리를 둬요."

"당신은 우리를 엄청난 위험에 빠뜨렸어요. 이건 불공평해요. 에바는 당신이 스파이라고 했어요. 잉리트는 당신이 도둑이라고 했고요. 그때 그 말을 믿었어야 했는데."

어떻게 해야 하지? 그녀가 나를 고발할 수도 있다.

정말 그녀가 그렇게 할까?

요안나

우리는 서로를 응시하며 서 있었다.

"알고 싶은 게 뭐예요?"

플로리안이 말했다.

"정말로 코흐 지도관을 위해서 뭔가를 운반하고 있나요?"

"아뇨. 나 자신을 위해 뭔가를 운반하고 있어요. 예술 작품이에요."

"예술 작품을 훔친 건가요?"

"아뇨. 나치가 훔쳤죠."

자신이 나치로부터 예술 작품을 빼돌렸다고 말하고 있는 건가?

"수수께끼 같은 말은 그만 해요."

그가 한숨을 쉬더니 나지막이 말했다.

"나는 예술 작품 복원가예요, 요안나. 예술 작품을 보수하고 복원하죠. 그래서 애초에 징집되지 않았던 거예요. 쾨니히스베르크에 있는 박물관에서 일했어요. 박물관 관장과 그의 고객들을 위해 예술 작품을 보존하고 포장했죠. 하지만 그들이 나를 이용하고 있었다는 걸 알아 버렸어요."

"그래서 그들에게 복수하려고 예술 작품을 훔친 건가요?"

"단순히 그냥 '예술 작품'이 아니에요. 대단히 귀중한 작품이죠."

그가 잠시 말을 멈췄다.

"퍼즐을 영원히 미완성으로 남겨 둘 조각 하나를 가져왔다고만 해 두죠."

하나도 이해가 가지 않았다. 어쨌든 나는 연루되고 싶지 않았다.

"당신은 당신의 조국과 가족을 사랑하나요?"

그가 물었다.

"물론이죠."

내가 그에게 말했다.

"나도 마찬가지예요. 세상 어딘가에 여동생이 살아 있어요. 나는 동생에게 남은 전부예요. 동생을 매일매일 생각해요. 아버지는 지도를 만드셨죠. 아버지는 히틀러를 암살하려 시도한 사람들을 위해 일하셨어요. 그래서 나치는 내 아버지를 죽이고 우리 집에 청구서를 보냈죠. 처형 비용을 청구했죠. 이해되나요? 내 아버지를 살해해 놓고 돈을 내라고 한 거예요. 만약 스탈린이 당신이 사랑하는 누군가를 죽이고서 비용을 내라고 요구한다면 기분이 어떨 것 같아요?"

"그만 해요."

"그래요. 당신은 매우 도덕적이죠. 폴란드 소녀와 소녀의 아기를 산부인과 병실에 숨겨 주고 있고요."

"목소리 낮춰요. 그건 다른 문제예요. 당신도 잘 알잖아요. 에밀리아는 희생자예요. 에밀리아를 도와줘야만 해요."

내가 말했다.

"그건 중요하지 않아요. 만약 그들이 당신이 폴란드인의 정체를 숨기고 배에 태워서 독일인의 자리 하나를 빼앗았다는 사실을 알아낸다면, 당신은 그대로 끝장이에요. 우리 둘 다 목에 칼이 들어와 있어요. 하지만 나는 당신을 고발하지 않을 거예요. 신발 시인도 우리를 고발하지 않을 거예요. 나는 스파이가 아니에요, 요안나. 나는 다른 누군가를 위해서 일하지 않아요. 나는 나 자신, 내 가족, 나와 같은 사람들을 위해서 일해요. 만약 누군가가 사실을 알아낸다면 나 혼자서 편지를 위조했고 당신은 그것에 대해 하나도 모른다고 말할 게요."

"만약 그들이 당신의 말을 믿지 않는다면요?"

내가 물었다.

"내가 직접 보여 주면 돼요. 내 노트를 꺼내서 내가 당신의 편지를 보고 서명을 위조하기 위해 어떻게 연습했는지 보여 줄 거예요."

"무슨 편지요?"

그가 잠시 말을 멈추더니 숨을 깊이 들이마셨다.

"저택의 부엌에 당신이 남겨 뒀던 쪽지요. 내가 가져갔어요."

"내 쪽지를 가져갔다고요?"

나는 사람들이 그 저택에서 쪽지를 읽고 내 이름을 발견할까 봐 몹시 걱정했었다. 그런데 플로리안이 내내 그것을 가지고 있었다는 것이다.

"당신을 위해서 그 쪽지를 가져온 거예요."

"자기 자신이나 잘 지켜요. 그 군인이 코흐 지도관에게 당신에 대해 전보를 쳤다고 말했어요."

이 순간, 갑자기 문이 열리면서 알프레트가 핼쑥한 얼굴을 불쑥 들이밀었다.

"방해해서 죄송해요. 화장실에 가야 하는데 잠시 보초 자리를 비워도 될까요?"

"그럼요. 막 떠날 참이었어요."

에밀리아

배가 부자연스러운 소리로 가득 찼다. 철문이 철커덩하고 닫히는 소리, 공허한 발소리들, 절박한 외침들.

자연과 농장, 이러한 모든 것들이 너무 멀게만 느껴졌다.

나는 클라이스트 가족을 위해서 열심히 일했다. 클라이스트 부인은 내가 하는 모든 일이 엉망이라고 우겼지만 내게 청소와 요리, 잼 만들기를 더 못 시켜 안달이었다. 농장의 가장자리에 있는 저온 저장고는 내가 제일 좋아하는 곳이었다. 더운 날이면 야외에 사과 상자를 놓고 앉아서 시원한 바위에 등을 기댔다. 아우구스트는 집에 있을 때면 나를 위해 선반을 수리해 줬다. 엘제는 근처에서 어슬렁거리면서 장미꽃잎 잼을 한 입만 달라고 애원했다.

엘제의 잘못이 아니다. 하지만 나는 궁금했다.

엘제가 한 번이라도 그것에 대해 생각해 봤을까? 그들이 뜰을 가로질러 나를 질질 끌고 갈 때 내 뒤꿈치가 땅에 새긴 긴 자국을 기억할까? 내 머릿속에서 그러는 것처럼 내 비명이 엘제의 머릿속에서도 울릴까?

아니면 아마 나처럼, 엘제도 모든 것을 잊어버리려 애쓰면서 장미꽃잎 잼 한 입에 대해서만 생각할지도 모른다.

플로리안

그녀가 진실을 말하고 있는 걸까? 장교가 정말 코흐 지도관에게 연락을 했을까? 아니면 그녀가 몹시 화가 나서 나를 겁주려고 그렇게 말하는 걸까?

모든 사람이 잠이 들 한밤중까지 기다렸다. 알프레트가 나를 굴뚝으로 안내할 때 통로에 화장실 시설이 있는 걸 눈여겨봐 뒀다. 나는 배낭을 메고 머리를 숙인 채 작은 출입문 밖으로 조용히 빠져나왔다.

사람들은 있을 수 있는 모든 곳에 자리를 차지하고 있었다. 요안나를 만나기 위해 산부인과 병실로 향했다. 만약 그녀의 말이 사실이라면 동이 트자마자 나를 잡으려는 군인들이 배로 들이닥칠 것이다.

병실 안을 살짝 들여다봤지만, 그녀는 보이지 않았다. 폴란드 소녀는 잠들어 있었다. 소녀의 품에 아기가 안겨 있었다. 나는 부상병 병실로 걸어갔다. 침통한 풍경이 눈앞에 펼쳐졌다. 매트 위에 누운 부상병들이 빽빽하게 나란히 줄지어 있었다. 요안나는 가까이에 있는 한 군인을 돌보고 있었다. 조용한 어둠 속이라 그들의 말이 쉽사리 들렸다.

"그런데, 결혼반지를 끼고 있지 않군요?"

군인이 말했다.

"네. 하지만 애인이 있다고 말했잖아요. 움직이지 말고 가만히 있어요. 붕대를 마저 감아야 하니까요."

"당신의 애인이 되게 해 줘요. 오늘 밤만이라도."

군인이 애원했다.

나도 모르게 주먹이 쥐어졌다.

"부탁이에요. 치료를 끝내야 해요."

요안나가 단호하게 말했다.

군인이 그녀를 계속 성가시게 굴었다. 그는 부상을 입지 않은 팔로 그녀의 팔을 붙잡았다.

"제발요. 내게 가볍게라도 입 맞춰 줘요."

"이봐."

미처 의식하기도 전에 말이 튀어나왔다.

"왔군요. 막 당신에 대해 말하려던 참이었어요. 거의 끝났어요."

요안나가 말했다.

나는 군인들의 눈을 피하기 위해 통로로 다시 걸어 나갔다.

요안나도 부상병 병실에서 걸어 나왔다.

"원하는 게 뭐예요?"

"저런 일이 자주 일어나요?"

내가 물었다.

"그들은 의식이 흐린 상태예요."

그녀가 지친 얼굴로 한숨을 쉬며 머리를 귀 뒤로 넘겼다.

"바빠요. 원하는 게 뭐예요?"

뭘 원하느냐고? 나는 어서 전쟁이 끝나고 그녀에게 데이트 신청을 할 수 있기를 원한다.

"알아야겠어요. 정말 그 장교가 코흐 지도관에게 전보를 쳤다고 말했나요?"

내가 물었다.

그녀가 나를 올려다봤다. 그녀의 표정을 읽을 수가 없었다. 나는 그녀의 눈이 아름답지 않고 나는 그녀에게 키스하고 싶지 않다고 속으로 되뇌었다. 그녀가 나를 빤히 쳐다봤다.

"정말 그가 코흐 지도관에게 연락했다고 말했나요?"

내가 되물었다.

"그래요."

마침내 그녀가 속삭였다.

알프레트

해가 뜨기도 전에 논쟁이 시작됐다. 구명 뗏목, 구명조끼, 날씨 따위에 대한 것이었다. 소란 때문에 정신이 불안정해졌다. 나는 E 갑판에 내려가서 물 빠진 수영장 안에 있는 수백 명의 숙녀를 살피는 게 좋겠다고 생각했다. 배의 맨 아래는 상당히 따뜻했다. 숙녀들이 편안함을 위해 군복을 벗고 있지는 않을지 궁금했다. 그들은 카드 놀이를 하고, 잠을 자고, 머리를 빗고, 옹기종기 모여 앉아 수다를 떠는 등 평범한 여성들이 하는 행동들을 즐기고 있었다. 그들을 관찰하는 일은 대단히 흥미로웠고 나는 한 시간, 아니 두 시간 정도 더 숨어서 내 연구를 발전시키기로 마음먹었다.

오전 10시, 군인들 한 무리가 E 갑판으로 몰려오는 통에 내 연구는 중단되고 말았다. 여자들은 어쩔 줄 몰라 허둥거렸다. 그들은 특정한 승객 한 명을 찾고 있다고 했다. 내 실력을 발휘할 절호의 기회였다. 나는 그늘 밖으로 걸어 나와 군인들에게 다가갔다. 지휘관은 태양처럼 눈부신 금발 머리와 잡티 하나 없는 새하얀 피부를 지닌, 더할 나위 없이 훌륭한 우수 표본이었다.

"좋은 아침입니다, 장교님. 도움이 필요하신가요?"

장교는 내 갑작스러운 등장에 깜짝 놀란 것처럼 보였다.

"아침 내내 우리를 훔쳐봤어요."

여자 중 하나가 말했다.

"해롭지 않아요."

다른 여자들이 깔깔댔다.

나는 나 자신을 놀림감 삼아서 그들을 웃기고 싶지 않았다. 갑자기 이 재미없는 여자들이 혐오스러웠다. 멍청하고 역겨운 여자들.

"누굴 찾고 계세요? 남자 몇 명이 여기에서 서성거리는 건 봤어요."

물을 뺀 수영장 안에서 한 여자가 말했다.

"어떻게 생겼나요?"

장교가 수영장의 가장자리에 한쪽 무릎을 꿇고 앉았다.

"키가 크고, 긴 갈색 머리에, 민간인 옷을 입고 있소. 셔츠에 핏자국이 있고. 이름은 플로리안 베크. 아마 사람들 눈을 피해 숨어 있을 거요. 코흐 지도관이 그에게 전갈을 보냈소."

여자들은 나를 향해 깔깔거린 게 얼마나 큰 실수였는지 곧 깨닫게 될 것이다. 마침내 훈장을 받을 날이 코앞으로 다가왔다. 나는 목을 가다듬었다.

"실례합니다, 장교님. 제가 그 전갈을 당사자에게 전달할 수 있을 것 같은데요."

장교가 뒤돌아 나를 힐끗 봤다.

"너한테 얘기한 것 아냐. 꺼져."

여자들이 킥킥거렸다.

그들은 나를 비웃으면서 무시하고 있었다. 익숙한 분노가 치밀었다.

나는 이 장교를 위해 일하지 않는다.

나는 내 아버지를 위해 일하지 않는다.

나는 오직 한 분만을 위해 일한다.

그분.

"하일 히틀러!"

나는 오른팔로 공중을 가른 후 경례를 외쳤다. 그런 다음 휙 돌아선 후 자리를 떴다.

요안나

아기를 에밀리아의 품에 안기고서 에밀리아 귀에 속삭였다.

"리히터 박사님에게 통역해 줄 라트비아 사람을 구했다고 말했어. 내 말을 믿는 것 같아."

에밀리아는 안심하지 않는 것처럼 보였다. 나는 자세를 바로 한 다음 원래의 목소리 크기로 물었다.

"아기 이름은 생각해 봤어?"

에밀리아가 미소를 지으며 고개를 끄덕였다.

"할린카요."

"할린카. 아름다운 이름이야."

내가 말했다.

"엄마의 이름이 할리나였어요. 하지만 아빠는 항상 엄마를 할린카라고 불렀죠."

내 아버지에 대해 생각했다. 소비에트가 얼마나 오랫동안 우리 조국을 점령하고 있을까? 에바는 점령이 10년이나 지속될 수 있다고 말했다. 그럴 리가 없다.

그때 부츠의 딱딱한 발걸음 소리가 들렸다. 금발 나치가 병실 안으로 들어왔다.

"좋은 아침이야, 리트빙카? 출항할 준비는 됐나?"

"지금 당장 출항해도 돼요. 뭐가 필요한가요?"

"당신은 항상 그렇게 심각한가?"

그가 나를 향해 어슬렁어슬렁 걸어오면서 물었다.

"방금 E 갑판에 갔었는데. 수영장에 있는 여자들은 훨씬 더 친절하더군."

"아마 나만큼 바쁘지 않은가 보지요."

"나도 바빠."

그가 나치 특유의 테가 넓은 군모를 벗어서 팔 아래 끼웠다.

"아직 당신의 환자인 플로리안 베크를 찾는 중이야. 코흐 지도관으로부터 답신이 왔거든."

그가 나를 빤히 쳐다봤다. 그는 혼자였고 느긋했다. 만약 플로리안을 체포할 작정이었다면 서둘러 여기저기 수색을 하고 여러 명의 군인들과 함께 있었을 것이다.

"어떤 메시지인가요?"

내가 물었다.

"오, 관심이 있군. 그래?"

그가 물었다.

호기심이 타올랐다. 나는 마지못해 내가 지을 수 있는 최고의 미소를 지어 보였다. 그를 구슬려서 자세한 내용을 알아내야 했다.

"간호사는 항상 자신의 환자에게 관심이 있는 법이죠."

"나도 당신의 환자가 될 수 있나?"

그가 물었다. 그의 강한 자부심이 거슬렸다. 이런 유형의 남자는 벽에 있는 액자를 보면서 그림을 감상하는 대신 유리 표면에 비친 자신의 얼굴을 본다.

나는 억지로 시시덕거리면서 그에게 가까이 다가섰다.

"간호사와 얼마나 의사소통을 잘하는지 한 번 볼까요. 그 메시지를 읽어 주세요."

그가 주머니에서 종잇조각을 꺼내서 읽기 시작했다.

"베크가 내게 즉시 연락하도록 하라. DRL이 죽었다고 말하라. 열쇠 필요. 긴급."

메시지를 머릿속으로 반복하며 외웠다. 나는 그에게서 물러나서 에밀리아를 향해 다시 돌아갔다. 코흐 지도관이 직접 메시지를 보냈다. 플로리안의 말은 거짓말이 아니었다.

"그래서?"

장교가 말했다.

"당신이 베크 님에게 직접 전달하는 게 더 나을 것 같네요."

"맞아. 하지만 그자가 사라진 것 같아."

"내가 말했잖아요. 그가 한자호에 타고 싶어 했다고요."

"한자호는 지금 출항 중인데?"

"글쎄요, 그렇다면 장교님이 기회를 놓친 것 같은데요?"

플로리안

프로이센 사람. 요안나는 나를 이렇게 불렀다.

나는 흰색 바탕에 검은색 독수리가 그려져 있는 프로이센의 깃발을 떠올렸다. 프로이센 왕국과 프로이센의 4천만 국민들에게 어떤 일이 벌어졌을까? 프로이센의 역사는 13세기까지 거슬러 올라가지만, 이제 프로이센은 군홧발에 짓밟혀 버렸다. 그러나 피로 쓴다고 해서 과연 역사가 사라질 수 있을까?

큰 소리가 울렸다. 그 소리에 깜짝 놀라 굴뚝 안에 있는 선반에서 떨어질 뻔했다. 가슴이 쿵쾅거렸다.

비상경보인가? 공습경보인가?

경적이었다.

마침내 배가 출항하려 하고 있었다.

철로 된 벽의 이음매를 통해 밖을 내다보다가 이내 후회했다. 밖에서는 몸서리쳐지는 광경이 펼쳐지고 있었다. 그러한 참담함은 처음 봤다. 부두에 남겨진 사람들은 배에 타려고 제정신이 아니었다. 일그러진 얼굴로 괴성을 지르고 간절히 애원했다.

아기 엄마들은 아기를 상갑판에 있는 승객들에게 던지려고 했지만 충분히 높게 던지지 못했다. 아기들은 배의 옆면에 부딪치고 바닷속에 빠졌다. 여자들은 비명을 지르면서 아기를 뒤따라 바다로 뛰어들었다. 한 남자는 여자처럼 옷을 입고 배에 오르려다 보초병에게 들켜 두들겨 맞고 있었다.

나는 위에서 그 모두를 지켜봤다. 그들이 배에 타지 못하면 죽게 될 것이라고 울부짖고 소리치는 모습을 보자 가슴이 아팠다. 구스틀로프호는 그들에게도 유일한 희망이었다.

나는 이런 나 자신이 못 미더워 고개를 흔들며 배낭을 꽉 움켜잡았다.

구스틀로프호는 나에게도 유일한 희망이었다.

그리고 나는 성공했다.

알프레트

안녕, 내 작은 로레!

우리가 마침내 이 지옥 같은 항구를 출발했다고 알릴 수 있어서 기뻐요. 부두에 있는 무자격자들의 울부짖음을 뒤로하고 오후 12시 20분경, 트랩을 일제히 위로 올렸어요. 우리는 항구를 빠져나와 바다를 가르며 킬로 향하고 있어요. 마치 삼지창을 가진 포세이돈처럼 의기양양하지요. 하지만 날씨 때문에 항해가 만만치 않을 전망이에요. 바람이 맹렬하게 불고 있어요. 우리는 대단히 포악한 눈보라와 싸우고 있어요.

유감스럽게도 출발이 순조롭진 않았어요. 배의 수용 인원보다 10배나 되는 사람들이 배에 타고 있어요. 상관은 우리가 닻을 끌어 올릴 때 항구에 5만 명 정도 되는 피난민들이 여전히 남아 있다고 추정했어요.

피난민들은 비명을 지르고 울부짖으면서 태워 달라고 애원했어요. 나는 〈돈키호테〉에 나오는 지혜로운 말로 그들을 위로하려고 이렇게 외쳤어요. "죽을 때까지는 그 모든 게 삶이다!" 하지만 이 말도 그들에게 위로가 되진 않는 것 같았어요.

나는 한니발 탈출 작전에 참여하게 된 게 매우 자랑스러워요. 생각하고 싶지도 않지만, 나의 아버지라고 불리는 그 남자도 지금의 나를 본다면 자랑스러워할 거예요. 사람들은 연합군의 유명한 탈출 작전들을 이야기하죠. 하지만 이제 한니발 작전이 곧 역사책들을 지배할 거예요.

역사책 이야기가 나와서 말인데, 그냥 생각만 해 봐요, 로레. 당신의 연인이 곧 훈장을 받을 거예요. 독일 역사의 기록 속에서 공식적으로 인정받는 거지요.

오, 이런 배가 상당히 많이 움직이네요. 흔들리고 있어요. 일시적인 거라고 믿어요. 선원들이 곧 배를 안정시킬 거예요. 반드시 그래야만 해요. 나는 강철 같은 체질이라 괜찮지만, 틀림없이 다른 승객들은 이런 상태를 40시간 동안이나 견디지 못할 거예요.

나는 앞으로 상체를 숙인 채 군화 위에 토했다.

에밀리아

시간이 지날수록 속이 점점 더 메스꺼워졌다. 요안나는 상갑판에서 바람을 쐬기엔 너무 춥고 바람이 많이 분다고 했다. 요안나는 그 대신 물에 적신 시원한 수건으로 발을 감싸 줬다. 도움이 됐다. 다른 사람들은 나보다 뱃멀미를 더 심하게 했다. 아기는 세상모르고 잠을 잤다. 수개월의 도망 길 동안 원 없이 흔들린 덕분이었는지, 바다의 흔들림이 자장가라도 되는 것처럼 얌전해졌다.

이렇게 될 줄 몰랐다. 출산이 우리 둘 다를 죽일 것이라고 확신했다. 엄마에게 그랬듯이 말이다. 하지만 어떤 이유에서인지 전쟁의 잔인한 겨울이 다섯 차례나 지났는데도 나는 아직 살아 있다. 아기를 품에서 고쳐 안았다. 무슨 일이 일어나고 있는 걸까? 그동안 내가 징후를 잘못 해석한 걸까?

징후는 6년 전에 내게 나타났다. 1년 중 낮이 가장 길다는, '세인트존의 밤'이었다. 엄마는 밤에 모닥불, 노래, 춤을 즐기는 세인트존의 축일을 사랑했다. 전통에 따라 여자아이들은 꽃과 양초로 화관을 만들었다. 해 질 녘에 여자아이들은 촛불에 불을 붙이고 자신이 만든 화관을 강 아래로 띄워 보냈다. 전설에 의하면 자신이 만든 화관을 하류에서 되찾아 오는 남자아이와 결혼한다고 했다. 엄마가 돌아가신 해에 이웃의 언니들과 함께 꽃과 양초로 화관을 만들었다. 나는 엄마가 가장 좋아하는 꽃들로 골랐다. 히비스커스, 장미, 양귀비, 말린 허브.

화관들을 강물에 띄운 후에 언니들은 모닥불을 둘러싸고 춤을 췄다. 나는 내가 만든 예쁜 화관을 따라가기로 마음먹었다. 꽃과 양초가 불 위에서 느리게 회전하며 떠내려가는 모습을 보면서 강을 따라 풀밭을 맨발로 터벅터벅 걸어갔다. 상당히 멀리 걸어왔을 때였다. 내 화관이 갑자기 강물 아래에 있는 어떤 것에 걸려 튀어 올랐다. 그러더니 강 한복판에서 멈춰 버렸다. 양초 중 하나가 꽃 위로 넘어졌고 허브에 불이 붙었다.

나는 풀밭에 앉아서 내 화관이 활활 불타고 가라앉는 것을 지켜봤다. 가라앉는 화관은 조용히 내 운명을 결정짓고 있었다.

모든 것이 다 끝장날 것이라고 생각했다. 하지만 이제, 나는 징후가 잘못된 것일지도 모른다고 생각하기 시작했다. 나는 매우 열심히 싸웠고 매우 많은 것을 이겨 냈다. 기사를 만난 이후로 뭔가가 바뀌었다. 그가 내 불타는 화관을 강물에서 건져 올리고 나를 구원한 것일지도 모른다. 폴란드에서 세인트 플로리안은 불의 전사이다.

몇 년 만에 처음으로 사람들이 나를 돌봐 줬다. 나를 보호해 줬다. 나는 할린카를 내려다봤다. 느낄 수 있었다. 할린카는 나의 것이다. 나는 할린카의 것이다. 할린카의 완벽한 볼과 손가락은 분홍색이다. 내 털모자와 똑같은 분홍색. 기사가 한 말이 맞았다. 할린카는 나, 나의 가족, 그리고 폴란드의 일부이다.

가능성을 고려해 봐야 한다.

마침내 폭풍이 등 뒤까지 바짝 쫓아왔는지도 모른다.

플로리안

나는 굴뚝 안에서 몸을 떨며 기다렸다. 부두의 출항 장면에 몸서리를 치면서. 배가 사나운 너울을 가르고 지나가면서 크게 흔들렸다. 위장이 위로 쏠렸다가 다시 아래로 내려갔다. 앞으로 일어날 일에 대해 생각해 봐야 했다.

내가 떠날 때 호박 방은 비밀 지하실에서 여러 상자에 나눠 담겨 포장됐다. 그리고 그 지하실까지 가는 지도와 지하실의 열쇠는 내 부츠 굽 안에 있다. 오직 세 명만이 지하실의 위치를 알고 있다.

나. 랑게 박사. 코흐 지도관.

나는 아버지의 지도를 떠올렸다. 그리고 독일 북부의 해안에 위치한 킬을 머릿속에 그려 봤다. 킬은 덴마크에서 대략 100킬로미터 떨어져 있고 내 여동생을 보낸 고모할머니 집에서 80킬로미터 밖에 떨어져 있지 않다. 만약 내가 거기 갈 수 있다면 나는 전쟁이 끝날 때까지 고모할머니의 헛간에 호박 백조를 숨겨 둘 작정이다.

'만약.'

이는 어떠한 사건에도 휘말리지 않고, 의심받지 않고 무사히 킬에 내려야만 한다는 뜻이다. 만약 그 금발 머리 장교가 코흐 지도관에게 내가 구스틀로프호에 타고 있다고 말했다면 킬에서 누군가가 나를 기다리고 있을 수도 있다. 배가 너무 심하게 흔들려서 새로운 신분증을 위조하는 것은 힘들다. 바로 이때 뭔가가 기억났다.

나는 배낭을 뒤져서 그것을 발견했다. 폴란드 소녀가 숲에서 죽였던 독일 군인의 신분증이었다. 킬에 도달하면 부상병으로 위장해 배에서 내릴 수 있을지도 모른다.

하지만 그렇게 하려면, 다시 한번 요안나의 도움이 필요하다.

알프레트

화장실에는 모두 사람이 있거나 오물로 더러웠다. 나는 승객들이 벗어 놓은 구명조끼와 코트 더미를 넘어서 부상병 병실로 비틀거리며 걸어갔다. 배 안은 지독하게 덥고 사방의 토악질 때문에 악취가 났다. 아까 우연히 들은 바로는 배에 만 명 이상의 승객이 타고 있다고 했다. 사병들은 잠복해 있는 잠수함들을 피하려면 지그재그 코스로 배를 몰아야 하는 건 아닌지, 항해등을 켜야 하는지에 대해 논의했다. 나는 너무 메스꺼운 나머지 참견할 정신이 없었다.

부상병 병실에 들어가자, 간호사가 군인들을 돌보고 있었다.

"본인 입원을 위해 왔습니다. 즉시 빈 침대로 안내해 주세요."

내가 알렸다. 다리가 떨리기 시작했다.

"오, 알프레트. 뱃멀미에 시달리고 있군요. 안됐네요. 하지만 이 병실은 부상병을 위한 병실이에요."

반감이 치밀어 뱃속이 부글거렸다.

"저도 부상병이에요. 적에 의해 체질이 파괴됐어요. 바다라는 적에게요."

"항해가 처음인가요?"

간호사 여자가 물었다.

"맞아요. 그리고 이 항해가 내 마지막 항해가 될 거라고 맹세해요."

"떨쳐 버리게. 상갑판으로 올라가서 바람을 좀 쐬. 수평선을 쳐다 봐."

간이침대에 누운 한 장교가 말했다.

"도움이 될 거예요."

간호사 여자가 동의했다.

"젠장."

부상병이 말했다.

"이 녀석한테 오냐오냐하지 말아요. 뱃속의 점심 좀 잃었다고 징징댄다고요? 나는 팔을 잃었어요."

나는 그가 있는 쪽으로 힘겹게 몸을 틀었다.

"킬까지 무사히 이동하는 일이 제게 달려 있다는 사실을 고려한다면, 동료 전우에게 약간의 연민이라도 보여야 할 것 같군요. 장교님. 이 일을 잊지 않겠습니다."

나는 부상병 병실에서 걸어 나온 후 통로에 푹 쓰러져 벽에 기댔다.

사랑하는 하넬로레에게,

이처럼 선택의 갈림길에 설 때마다 인간의 진실성에 의문을 품지 않을 수 없습니다. 당신이 이해할 수 없는 말을 하는 거라면 용서해 주세요. 그렇지만 같은 목적을 위해 같은 편에 서 있다면 최선을 다해 서로를 도와야 하는 것 아닌가요? 거리에서 간단한 게임을 할 때와 마찬가지죠. 기억나나요? 당신은 짧은 주름치마를 입고 머리에는 녹색 리본을 매고 있었죠. 게임은 금방 끝이 났어요. 당신의 어머니가 금세 당신을 불러들였기 때문이죠. 하지만 로레, 그 찰나의 순간 동안 우리는 같은 목적으로 하나가 되었어요. 목적과 원칙은 항상 중요하죠.

나는 가끔 사람들이 자기편에 있는 사람들을 돕지 않거나, 심지어 환영도 하지 않을 때면 정말 당혹스러워요. 하지만 더 이해가 안 가는 건 사람들이 반대편에 있는 사람들을 환영할 때예요. 이런 생각을 해 본 적이 있나요, 하넬로레? 당신의 어머니와 아버지와 관련해서 이런 생각을 해 봤나요? 당신 어머니의 완벽함이 그녀의 판단 때문에 어떻게 좀먹었는지 말이에요. 예전에 나는 당신의 어머니에게 왜 당신의 아버지와 결혼했는지 물었어요. 그녀가 어떻게 대답했는지 아나요? 그녀는 매우 이상한 말을 했어요.

"그 사람을 사랑하기 때문이지."

요안나

"약속해요."

그가 원래 이런 식으로 말했었나? 이 말 뒤에 숨겨진 뭔가가 있는 걸까? 그래서 내가 그걸 느낀 걸까? 아니면 그저 나의 한심한 외로움이 가위를 들게 만들었을까?

내가 산부인과 병실과 부상병 병실 사이를 종종거리고 있을 때 플로리안이 나타났다. 그가 아직 배에 타고 있다는 사실에 내심 기뻤다. 왜 어떤 사람에게는 계속 화를 내는 게 어려울까?

"부탁이에요. 몇 분 안 걸릴 거예요. 약속해요."

그가 웃으며 말했다.

나는 재빨리 그의 뒤를 따라서 계단으로 갔다. 그는 한 번에 두 계단씩 성큼성큼 뛰어 올라갔다. 무거운 배낭을 메고서도 민첩했다. 우리는 계단 옆에 있는 작은 출입문으로 기어들어 갔다. 굴뚝으로 올라가는 사다리가 있었다.

"정말 이렇게 하고 싶은 게 확실해요?"

내가 물었다.

"지금 할 수 있는 최선이에요."

그가 출입문에 등을 기댔다.

"누군가가 열려고 할 때를 대비하는 거예요."

"발을 옮겨요."

내가 그에게 말했다. 나는 그의 다리 사이로 들어섰다.

"좋아요. 이제 약간 키를 내려요."

그가 출입구에 등을 댄 채로 어깨와 허리를 움직이며 다리를 옆으로 쭉 미끄러뜨렸다.

"얼마나요?"

"최대한 많이요."

손가락 사이로 그의 머리를 한 움큼 잡고서 뿌리 쪽이 팽팽해지도록 잡아당겼다. 그렇게 해야 머리카락을 자르기 더 쉬웠다. 그의 머리카락은 숱이 많고 부드러웠다.

"머릿결이 좋네요."

그에게 말했다.

그가 손을 뻗더니 손가락 사이로 내 머리카락을 미끄러뜨렸다. 그가 눈을 감았다.

"시작하는 게 좋겠어요."

왼손으로 그의 머리카락을 한 움큼 잡고 오른손에 든 가위로 싹둑 잘랐다. 그가 눈을 뜨고서 내 손가락 사이에 매달린 머리카락 움큼을 봤다. 우리는 동시에 웃음을 터뜨렸다.

그의 머리카락 대부분을 자른 다음 최대한 두피에 바짝 붙게 다듬었다. 귀 근처는 상당히 어려웠다. 나는 가능한 조심하려고 애썼다. 그가 양손으로 내 허리를 잡았다. 우리 둘 사이에 안전거리를 확

보하려는 걸까?

"걱정하지 말아요. 키스하진 않을 테니까. 일하느라 정신없어요."

내가 놀렸다. 그는 대답하지 않았다.

"그래서 말인데."

그가 어색하게 말을 꺼냈다.

"리투아니아에 가 본 적이 있어요."

그가 솔직하게 굴고 있었다. 나도 솔직해지기로 했다.

"알아요."

내가 그에게 말했다.

"헛간에서 만난 첫날 밤, 내가 당신 몸에서 파편을 꺼냈을 때 말이에요. 그날 당신이 이런저런 얘기를 했어요."

그의 얼굴이 어두워졌다.

"정말요?"

"당신은 리투아니아를 한 번 가 본 적이 있다고 말했어요. 그리고 아니를 찾기 위해서 빨리 회복해야 한다고 말했어요."

"아, 그렇군요. 나쁘진 않네요. 아니가 내 여동생이라는 사실을 이미 당신에게 말했군요."

나는 고개를 끄덕인 다음 그의 머리카락을 더 짧게 잘랐다.

"그리고 당신은 내가 아름답다고 했어요. 그리고 당신이 춤을 잘 춘다고 말했고 내게 남자 친구가 있느냐고 물었어요."

"이런, 그건……. 좀 부끄럽네요."

그가 말했다.

"당신은 의식이 흐린 상태였어요. 자신이 무슨 말을 하는지 알지 못했죠."

나는 고요함과 내 허리를 감싸고 있는 그의 손을 의식하면서 머리카락을 계속 잘랐다. 마침내 그가 입을 열었다.

"내가 그 말들을 했던 그날 밤……. 당신도 내게 뭔가를 얘기했나요?"

나는 가위질을 멈추고 그를 쳐다봤다. 내가 고개를 끄덕였다. 그의 손가락들이 내 등을 지그시 눌렀다. 그가 나를 더 가까이 끌어당겼다. 그런 다음 한층 더 가까이 끌어당겼다. 나는 그의 귀에 입을 댔다. 그리고 자그맣게 속삭였다.

"내가 살인자라고 말했어요."

플로리안

그녀 허리가 내 손안에 있었다. 그녀 입술이 내 귀에 있었다. 그리고 바로 그때 그 단어가 그녀 입에서 흘러나왔다.

살인자.

나는 머리를 뒤로 젖히고 큰 소리로 웃었다.

"그쪽 귀는 멀쩡한 귀인데. 당신이 '살인자'라고 말한 것처럼 들리네요."

그녀는 아무 말도 하지 않고 나를 빤히 쳐다봤다. 그녀의 두 눈에 눈물이 차올랐다. 뭐야? 농담이 아닌 건가?

"나는."

그녀가 천천히 말을 시작한 후 길게 숨을 내쉬었다.

"내 사촌을 죽였어요."

나는 눈이 휘둥그레졌다. 그녀가 고개를 끄덕였다. 눈물이 그녀의 뺨 위에 후드득 떨어졌다.

"내……, 내 사촌 리나는, 리나는 나와 제일 친한 친구였어요. 우리가 리투아니아로부터 도망칠 때 아버지는 어떤 것도 남기지 말고 누구에게도 말하지 말라고 신신당부했어요. 하지만 나는 리나에게 작별 인사도 하지 않고 떠날 수가 없었어요."

눈물이 요안나의 뺨 아래로 흘러내렸다. 그녀의 호흡이 흔들렸다. 그녀가 우는 모습을 보고 있자니 고통스러웠다.

"나는 리나에게 편지를 썼어요. 아버지가 반 소비에트 그룹에 가입했기 때문에 우리 가족이 스탈린의 숙청 목록에 올랐다고 설명했죠. 나는 그 편지를 우리 집 요리사에게 주면서 그녀에게 그걸 부쳐 달라고 부탁했어요. 그런 말들을 편지에 쓰면 절대 안 됐었는데. 우리가 도망친 후에 비밀경찰들이 들이닥쳐서 우리 집을 뒤집어엎었어요. 그리고 아버지의 비밀 연락원이 내 편지가 소련 비밀경찰에게 들어갔다고 알려 줬어요."

"요리사가 당신의 편지를 넘긴 건가요?"

"그래요. 어머니 말씀으론 아마 그녀도 자신을 보호하려고 그런 걸 거래요. 소비에트가 우리를 찾아왔을 때 우리는 이미 도망치고 없었죠. 하지만 내 편지를 보고 리나의 집이 어딘지 알아냈고 우리 대신 그들을 잡아갔어요. 아버지의 비밀 연락원이 리나의 이웃과 편지를 주고받았어요. 모두 체포돼서 시베리아로 강제 추방당했대요."

요안나는 눈물을 훔쳤다.

"2년 전에 이웃이 암호로 적힌 편지를 보냈어요. 삼촌이 굴라그에서 고문을 당하고 돌아가셨대요."

나는 그녀를 내 쪽으로 끌어당겼다. 퍼즐의 조각이 다 맞춰졌다. 요안나는 사촌이 시베리아로 끌려간 일에 죄책감을 느끼고 있었다.

"그때가 언제예요?"

내가 속삭였다.

"4년 전이요. 1941년 6월."

그녀가 울먹였다.

들은 바로는 스탈린이 시베리아 강제 노동 수용소에서 잔혹한 고문을 한다고 했다. 요안나의 사촌은 아마 죽었을 것이다. 나는 그녀에게 위로가 될 무언가를 말해 주고 싶었지만, 이런 일에는 영 재능이 없었다.

"어떻게든 탈출했을 거예요. 아직 살아 있을 거예요."

요안나의 얼굴이 밝아졌다.

"그렇게 생각해요?"

그녀가 물었다. 그녀는 눈을 꾹꾹 누르며 눈물을 닦았다.

"너무 죄책감이 들어요. 내 짧은 생각이 리나 가족의 삶을 빼앗았어요. 당신이 내 여행 가방에서 발견한 그림은 리나가 그린 거예요. 재능이 매우 뛰어났고 이제 막 미술 학교에 입학할 참이었어요."

"모두 지나간 일처럼 이야기하지 말아요. 그녀도 곧 리투아니아로 돌아올 거예요."

확신에 찬 말이 그녀에게 위로가 되는 듯했다.

우리는 말 없이 서 있었다. 그녀의 정직함과 죄책감. 이것들 때문에 그녀가 더욱더 좋아졌다. 그녀의 눈물을 닦아 주었다. 그녀는 내 머리카락을 다시 자르기 시작했다.

"킬에 도착하면 뭘 할 건가요?"

그녀가 물었다.

'당신에게 키스할 거예요.' 이렇게 말하고 싶었다.

"어디 보죠. 첫 번째로, 체포되지 않도록 노력해야 해요. 두 번째로, 여동생을 찾아서 전쟁이 끝날 때까지 지켜 줄 거예요. 당신은요?"

"어머니와 연락을 해서 가족 소식을 알아볼 거예요."

그녀가 이발을 다 끝내고 내 어깨에서 머리카락들을 털어 냈다.

"다 됐어요. 프로이센 사람. 멋지게 됐다고 생각해요. 면도칼로 더 다듬어도 돼요."

내 두 손은 여전히 그녀의 허리에 있었다. 나는 그녀의 목에 걸려 있는 호박 펜던트를 응시했다.

"플로리안이라고 불러요. 프로이센 사람이라고 하지 말고. 알았죠?"

그녀를 가까이 끌어당겼다.

"그리고 난 의식이 흐린 상태가 아니었어요."

내가 속삭였다.

"나는 당신이 아름답다고 생각해요. 잠시 쉬었다 이따 만나요."

내가 그녀에게 말했다.

"여기에서 9시 30분에 만나요."

그녀는 잠시 생각하는 것 같더니 이내 미소 지으며 고개를 끄덕였다. 그녀가 출입문을 향해 움직였다.

"화가 나서 당신에게 말해 주지 않으려 했는데. 그 금발 머리 장교가 배가 출항하기 전에 들렀었어요. 코흐 지도관에게서 전보가 왔대요."

내가 고개를 확 치켜들었다.

"이렇게 적혀 있었대요. '베크가 내게 즉시 연락하도록 하라. DRL

이 죽었다고 말하라. 열쇠 필요. 긴급.'"

그녀가 손을 뻗어서 내 뺨을 만졌다.

"9시 30분에 봐요."

요안나는 작은 출입문 밖으로 미끄러지듯 빠져나갔다.

배 속의 장기들이 배배 꼬이는 것 같았다. 랑게 박사가 죽었다. 누가 그를 죽였을까?

다음은 내가 될 것이다.

에밀리아

요안나가 돌아왔다. 미소를 띤 채로. 기사를 만나고 온 걸까? 새들은 짝을 지을 때 깃털의 색이 더 강렬해진다. 기사와 요안나에게서 그 비슷한 것이 느껴졌다. 우리가 항구에 도착한 이후로 그들의 깃털 색이 변했다. 그들 사이에 뭔가 일어나고 있었다.

배의 흔들림이 더 심해졌다.

"바깥 날씨가 점점 더 안 좋아지고 있어. 안에 있어서 다행이야."

요안나가 천장을 쳐다보며 말했다.

스피커에서 활기찬 노래가 흘러나왔다. 그러다가 갑자기 음악이 멈추더니 아돌프 히틀러의 기념일 라디오 방송이 나왔다. 정확히 12년 전 오늘인, 1933년 1월 30일에 히틀러는 독일 총리로 임명되었다. 스피커에서 흘러나오는 히틀러의 고함치는 독일어는 알아듣기 어려웠다. 하지만 나는 한 문장을 알아들었고 그러자마자 온몸이 부르르 떨렸다.

"무력한 거위는 여우에게 잡아먹힐 수밖에 없습니다."

알프레트

음악실에 있는 피난민들 사이에 철퍼덕 주저앉았다. 위장에서 끊임없이 올라오는 헛구역질 때문에 목구멍이 불타는 것처럼 쓰라렸다.

내 발치에서 작은 여자아이가 늘어진 곰 인형을 가지고 놀고 있었다. 그런데 아이가 놀이를 멈추더니 한참 동안 나를 빤히 쳐다봤다.

"멍청한 계집애, 다른 사람을 빤히 쳐다보는 건 무례한 짓이야. 특히 지금 나 같은 상태에 있는 사람한텐 더욱 그렇지."

내가 아이에게 알려 줬다.

여자아이는 킥킥거리더니 곰 인형의 허리를 구부리며 토하는 흉내를 냈다.

"오, 그렇게 재밌니?"

나는 단추로 만든 곰 인형 눈을 잡아 뜯어 버렸다.

플로리안

떠돌이 소년이 잘 있는지 살펴보기 위해 A 갑판으로 내려갔다. 소년은 신발 시인의 허벅지를 베개 삼아 잠들어 있었다.

"머리를 잘랐군. 지체 있어 보이는데?"

노인이 웃음을 터뜨렸다.

"잠깐 앉아서 쉬게. 배가 우리 대신 움직이고 있으니까."

"네. 적어도 직접 걸을 필요는 없네요."

내가 말했다.

"하지만 기억하게나. 에머슨 시인이 이렇게 말했지. 신발이 닳도록 걸어야지만 여행의 힘이 우리 몸으로 스며든다고."

그가 고개를 끄덕인 후 윙크를 했다.

"삶의 지혜는 구두장이에게 가장 큰 은혜를 베풀어 주지."

우리는 아무 말 없이 앉아 있었다. 나는 이 친절한 남자를 존경한다. 왜 나는 이 남자 같은 사람의 수습생이 아닌 랑게 박사 밑에서 일한 걸까? 만약 처음부터 아버지의 말을 들었다면 어떻게 달라졌었을까? 나는 소년을 가리켰다.

"당신을 만나다니 저 아이는 운이 좋아요."

"아닐세, 운이 좋은 건 나지. 저 아이가 날 계속 움직이게 만든다

네."

나를 보던 그의 얼굴이 부드러워졌다. 그가 손을 내밀었다.

"하인츠라고 하네."

그가 말했다.

나는 그와 악수를 했다.

"플로리안입니다."

그는 내 손을 잡고서 잠시 나를 응시했다.

"아이들과 젊은이들. 자네들은 불운한 사람들이지. 이 전쟁은 너무 많은 미래를 말살해 버렸거든. 부모님은 아직 살아 계시나?"

그가 물었다.

내가 고개를 저었다.

"그럴 거라 생각했어. 자네도 떠돌이 소년이구만."

그가 내 무릎을 토닥거리며 말했다.

"킬에 도착하면 소년을 적십자에 데려다줄 건가요?"

내가 물었다.

"견딜 수 있을지 모르겠어. 나는 할아버지 노릇을 하는 게 꽤 맘에 들어. 녀석의 코트에 꽂혀 있던 베를린 주소를 가지고 있어. 녀석을 직접 데려다주고 어떻게 되는지 지켜봐야지."

그가 한숨을 쉬었다.

"하지만 베를린이 얼마나 버틸 수 있을지 누가 알겠나. 자넨 다른 가족은 없나?"

그가 물었다.

"아니라는 여동생이 하나 있어요. 3년 동안 못 봤죠. 만나게 되면 알아볼 수나 있을지 모르겠어요."

"알아볼 거야. 자네의 발이 여동생이 있는 쪽으로 자네를 이끌 걸세."

노인은 상체를 뒤로 젖히고서 '릴리 마를렌'의 멜로디를 흥얼거렸다. '릴리 마를렌' 그 노래를 들으니 요안나가 생각났다.

"결혼하셨나요, 하인츠 씨?"

내가 물었다.

"나는 내 인생의 사랑과 55년을 함께 보냈다네. 작년 7월에 그녀를 떠나보냈지."

그가 소년을 가리켰다.

"자신이 사랑하는 모든 것을 이 전쟁이 앗아 갔다고 생각하는 바로 그 순간, 누군가를 만나게 되고 자신이 아직 어떤 것을 베풀 수 있다는 사실을 깨닫게 되지."

"무슨 말씀인지 알겠어요."

내가 손목시계를 쳐다보며 말했다.

"그럴 거라 생각하네."

그가 미소를 지었다.

"그리고 그녀는 그럴만한 가치가 있는 사람이야."

요안나

9시 15분.

15분. 15분만 있으면 플로리안을 만난다. 그가 나한테 너무 어린 것은 아니라던 에바의 말이 떠올라 미소를 지었다. 에바가 한자호에서 편안하기를 바랐다.

쾅!

배가 갑자기 크고 거칠게 기우뚱했다. 머리가 벽에 부딪혔다. 전등이 깜박거렸다.

에밀리아가 바닥에 나동그라졌다.

무슨 일이지?

쾅!

완전한 암흑이 찾아왔다. 여자들이 비명을 질렀다.

쾅!

날카로운 경보가 울려 퍼졌다. 갑자기 산부인과 병실 전체가 배의 앞으로 기울어졌다. 흐릿한 비상등이 켜지기 시작했다.

에밀리아

쾅!

내 몸이 침대에서 내동댕이쳐졌다.

바닥에 부딪쳤다.

쾅!

사방이 칠흑같이 새까맸다. 나는 앞으로 기었다. 아기가 보이지 않았다.

요안나를 소리쳐 불렀다.

쾅!

비명.

유리 깨지는 소리.

경보가 울리는 소리.

알프레트

우리는 해안에서 25해리 떨어진 곳에 있었다.

쾅!

무언가가 배에 충돌했다.

저게 뭐지?

쾅!

또 다른 폭발. 암흑. 숨 쉴 수가 없었다.

쾅!

겁에 질린 비명이 머리를 가득 채웠다. 몸이 기우뚱했다.

배가 기울어지고 있었다.

배의 앞부분이 가라앉고 있었다.

플로리안

쾅!

신발 시인과 내 몸이 세게 부딪혔다.

노인이 내 팔을 붙잡았다.

“기뢰에 부딪힌 건가?”

그가 속삭였다.

쾅!

작은 소년이 몸을 뒤척이며 깼다.

“할아버지?”

“그래, 그래. 할아버지 여기 있다.”

노인이 재빨리 소년의 구명조끼 끈을 조였다.

쾅!

그제야 알았다.

어뢰였다.

요안나

나는 어쩔 줄 몰라 하며 서 있었다. 벤트 박사와 리히터 박사는 어디에 있지? 바닥에서 비명을 지르는 한 임신부를 일으켜 세웠다. 그녀는 공포에 사로잡힌 채 내 팔을 움켜잡았다.

"제발. 도와줘요!"

그녀가 애원했다.

에밀리아는 할린카를 단단히 붙잡았다. 할린카를 베갯잇으로 싼 다음 재빨리 침대 시트로 할린카를 돌돌 말았다. 에밀리아가 나를 쳐다보고 소리를 질렀다. 손가락으로 위를 가리키고 있었다.

배가 더 기울어졌다. 병실 안에 있는 모든 물건이 미끄러지기 시작했다. 내 팔을 움켜잡은 임신부의 손톱이 내 피부로 파고들었다.

에밀리아가 갑자기 움직이기 시작했다. 에밀리아는 코트를 입고 분홍색 모자를 쓴 다음 구석에서 구명조끼를 입더니 단단히 동여맸다. 에밀리아는 포대기로 싼 아기를 한쪽 팔에 안고서 다른 쪽 팔로는 구석에 쌓여 있는 구명조끼를 사람들에게 던졌다. 나는 자유로운 팔로 구명조끼를 집은 다음 임신부에게 입혔다.

"모두 침착하세요."

내가 말했다.

"벤트 박사님이나 선장이 지시를 내릴 때까지 기다립시다. 곧 방송할 거예요."

"안 돼요!"

에밀리아가 미친 듯이 몸부림치며 소리 질렀다.

"코트 입어요. 위로 올라가야 해요. 당장!"

에밀리아는 우리가 추운 갑판 위로 올라가야 한다고 소리쳤다. 에밀리아는 배가 가라앉고 있다고 말하고 있었다.

에밀리아

활활 타면서 물 아래로 가라앉는 화관의 모습이 눈앞에 보였다. 통로의 소음이 점점 더 커졌다.

나는 여자들에게 소리쳤다.

"서둘러요! 코트를 단단히 입어요. 추위가 우리를 죽일 거예요."

한 명이라도 듣고 있을까? 내 말을 이해하는 걸까? 우리가 금속 컨테이너에서 빠져나가야 한다는 걸 깨닫지 못한 걸까?

구스틀로프호는 작은 도시의 인구보다 더 많은 사람을 태웠다. 나는 배의 여러 층을 생각했다. 수천 명의 승객이 갑판으로 밀려 올라갈 것이다. 계단은 꽉 막힐 것이다. 아무도 민첩하게 움직이지 않았다. 나는 병실 안을 여기저기 뛰어다니면서 비둘기처럼 꾸물거리는 그들의 등을 사정없이 찰싹찰싹 때렸다.

요안나는 지휘부의 지시를 기다리고 싶어 했다. 어림없다. 지금 당장 움직여야 한다.

나는 작디작은 아기를 내려다봤다. 눈을 커다랗게 뜬 채로 내 눈을 빤히 보고 있었다.

아기가 울기 시작했다.

알프레트

비상등이 깜박거렸다. 한 사병이 피난민 인파를 뚫고 뛰어다니면서 구명조끼를 입으라고 소리쳤다.

"무슨 일입니까?"

내가 그에게 소리쳤다.

"어뢰 공격이에요. 러시아 잠수함이에요."

우리가 러시아 잠수함에 어뢰 공격을 받았다고?

순식간에 배가 더 기울었다. 기울어진 바닥을 따라 갖가지 물건들이 미끄러지기 시작했다.

음악실에 있던 그랜드 피아노가 빠르게 굴러떨어지더니 곰 인형을 갖고 있던 여자아이를 으스러뜨렸다. 귀에 거슬리는 비명이 터져 나왔다. 승객들은 비명을 지르고 울부짖으면서 과일처럼 으깨진 여자아이를 도우려고 애썼다.

뜨거운 욕지기가 목구멍으로 치솟았다.

근처에 앉아 있던 여자가 내게 자신의 아기를 내밀면서 쉿소리를 질렀다.

"도와주세요! 어떻게 해야 하죠?"

그녀가 나에게 손을 뻗었다.

나는 짓이겨진 여자아이 발치에 있던 구명조끼를 머리 위로 입었다.

"당장 떠나는 게 좋을 거요."

그녀에게 말했다.

그리고 서둘러 계단으로 향했다.

플로리안

통로가 승객들로 꽉 막혀 있었다.

"어뢰 공격이에요! 잠수함이 배 아래에 있어요."

누군가가 외쳤다. 공포가 확 타올랐고 사람들은 다급하게 서로를 밀치고 고함을 쳤다.

배낭을 등에 멨다. 그리고 떠돌이 소년을 위로 들어 안았다.

"배를 떠나야 하는 건가요?"

소년이 물었다.

"그래. 내 허리를 다리로 꽉 잡아. 놓치지 마."

"할아버지!"

소년이 소리쳤다.

"그래, 그래. 할아버지 여기 있어."

"우리 동전 챙겼어요?"

소년이 외쳤다.

"그럼. 챙겼다마다."

머릿속으로 배의 구조를 떠올렸다. 우리는 앞쪽 다이닝 홀인 A 갑판에 있었다. 요안나와 만나려면 위로 갑판 두 층을 올라가야 한다. 그런 다음 상갑판으로 올라가야 한다. 우리 아래에 있는 4개의 층에 대해서 생각했다. 배가 더 기울었다. 미칠듯한 비명이 어두컴컴한 통로를 갈랐다. 우리는 곧 갇힐 것이다.

"서둘러."

노인이 소리쳤다.

"잠깐, 플로리안. 자네 구명조끼는 어디 있나?"

경보가 계속 날카롭게 울려 댔다.

"제 앞에서 걸어가세요. 필요한 경우 제가 들어 올릴 수 있게요."

떠돌이 소년은 내 앞쪽에 매달려 있었고 등에는 내 배낭이 있었다. 우리는 사람의 바다를 헤치면서 계단을 향해 나아갔다. 소년은 내 목에 매달려서 다리를 내 배에 감고 양 발목을 걸어 잠갔다.

인파가 넘쳐나는 바람에 계단에 있는 소화기가 사람들에게 부딪혔다. 소화기가 떨어지면서 사방으로 거품이 튀었다. 사람들이 거품에 미끄러져 넘어지기 시작했다. 다른 사람들은 그들을 밀치거나 밟으며 지나갔다. 어둠 속 발밑에서 몸들이 으드득거리는 게 느껴졌다. 머리카락 사이에서는 떠돌이 소년의 헐떡거리는 숨이 느껴졌다. 나는 앞에 있는 신발 시인을 위로 밀어 올렸다. 사람들은 내 등을 움켜잡고 할퀴었다. 나는 앞으로 몸을 기울여 균형을 잡으려고 애썼다. 바로 그때 어깨 쪽에 뭔가가 끌어당기는 힘이 느껴졌다.

배낭의 한쪽 어깨끈이 툭 하고 끊어졌다.

요안나

스피커에서 치직 소리를 내며 안내 방송이 나왔다.

"침착하세요. 상갑판으로 질서를 지키며 올라오세요."

벤트 박사가 산부인과 병실로 뛰어 들어왔다.

"방송에서 하는 말 듣지 말아요. 임산부들을 상갑판으로 데려가서 구명보트에 태워요. 빨리!"

"뭘 챙겨가야 할까요?"

내가 여행 가방 쪽으로 움직이며 물었다.

"아무것도! 그냥 구명조끼만 챙겨요. 서둘러요!"

임산부들을 모아서 병실 밖으로 데리고 나왔다. 통로는 이미 사람들로 넘쳐나고 있었다. 에밀리아는 어디 있지? 얼음같이 찬 바닷물이 부츠 안으로 스며들었다.

"에리카!"

절박해 보이는 한 남자가 날카롭게 악을 썼다.

"에리카, 어디 있어?"

배는 앞쪽으로 기울어졌고 동시에 항구가 있는 왼쪽으로 기울어졌다. 계단은 불편한 각도로 기울어져 있어서 오르기 어려웠다. 어린아이의 시체가 계단 근처에 짓이겨져 있었다. 걸음을 멈추고 아이의 시체를 수습하려 했지만 밀려드는 사람들 때문에 앞으로 나아갈 수밖에 없었다.

수천 명의 날카로운 비명이 계단을 가득 채웠다.

"우리 모두 익사할 거예요!"

한 여자가 울부짖었다. 아래쪽 어딘가에서 총소리가 울렸다. 계단에 있는 사람들 속에서 공포가 점점 더 부풀어 올랐다. 나는 움직이고 있었지만 사람들에게 이리저리 밀려 내가 걷고 있는 게 맞는지 알 수 없었다. 사람들은 계단을 오르면서 서로서로 타고 올라갔다. 약한 사람들은 뒤로 넘어져서 사람들의 발아래로 빨려 들어갔고, 다시는 몸을 일으키지 못했다.

계단은 사람들로 숨 쉴 틈 하나 없이 빽빽이 들어찼다. 배는 바다로 더 깊이 기울어졌다. 그 여자의 말이 맞았다.

우리 모두 익사할 것이다.

알프레트

기울어진 통로를 따라 비탈 아래로 달려 내려갔다. 차디찬 바닷물이 무릎까지 출렁거렸다. 작은 소년이 수영을 하며 지나갔다. 승객들 모두가 반대 방향으로 가는 것처럼 보였다. 하지만 나는 그들이 모르는 것을 알고 있다. 통풍관 안에 내부 사다리가 있다. 사람들을 밀치면서 가던 길로 나아갔다.

"도와주세요."

누군가가 내 뒤에서 외쳤다.

나는 통로의 끝에 이르렀다. 그때 갑자기 또 다른 사병 하나가 나타났다. 그가 내 셔츠를 움켜잡았다.

"서둘러, 모든 사람을 객실에서 나오게 한 다음 상갑판으로 올려보내야 해!"

그가 말했다.

"상황이 얼마나 심각한데?"

내가 물었다.

"어뢰 세 발을 맞았어. E 갑판, 기관실, 그리고 선수에 있는 객실들이 파괴됐어."

E 갑판. 수영장이 있는 곳. 여성 해군 보조 부대원들이 E 갑판에

있다. 사병들의 침상은 선수 객실들에 있다.

마루를 지지하던 나무가 딱 하고 부러지는 소리와 못이 휙휙 빠지는 소리가 울려 퍼졌다.

"배가 가라앉고 있어."

사병이 말했다.

"할 수 있다면 코트를 구해."

나는 그를 따라서 위층의 산책 갑판으로 올라간 후 구명조끼를 입느라 씨름하고 있는 한 여자 옆에서 코트를 슬쩍했다.

사병은 잠겨 있는 객실 문을 때려 부수기 시작했다. 그는 사람들을 계단 쪽으로 보냈다.

"어서! 이 사람들을 내보내!"

그가 내게 소리쳤다.

"알았어. 모두 서두릅시다."

내가 혼잣말을 했다. 그러고는 문을 열었다.

한 여자와 아이가 피투성이인 채로 바닥에 쓰러져 있었다. 객실 한가운데에는 한 해군 장교가 총을 머리에 대고 서 있었다.

나는 그 순간 그 모습에 매료되어 그를 지켜봤다. 정말 실행할까?

그가 갑자기 몸을 돌리더니 총을 내게 겨눴다.

나는 뒤돌아 통풍관으로 다시 뛰어갔다.

나는 머리 회전이 빠른 사람이다. 머리를 쓰자.

어뢰 공격 : 약 9시 15분.

배의 수용력 : 1,463명.

배에 탄 승객 수 : 10,573명.

구명보트 : 22개.

하지만 바로 이때 잊고 있던 사실이 기억났다.

구명보트 10개가 사라졌다는 사실이.

에밀리아

상갑판으로 올라갔다. 눈보라가 휘몰아쳐 얼굴을 아프게 때렸다. 아기를 꽉 안았다. 바람이 후려치며 우리를 밀어냈다. 구스틀로프호의 뱃머리는 이미 수면 아래로 잠겼고 배는 좌현 쪽으로 기울어지고 있었다. 얼어붙은 상갑판은 미끄러웠고 얼어붙어 희미하게 빛났다. 나는 쭈그리고 앉아서 할린카를 안고 기어가기 시작했다. 폴란드어로 속삭이면서. '아가야, 울지 마.'

칠흑 같은 밤이었다. 바다는 화를 내며 파도를 거세게 휘몰았다. 거대한 파도가 연이어 배를 덮쳤다. 한 사병이 조명탄을 쐈다. 조명탄은 높이 솟아올랐고 곧이어 새빨간 별똥별이 눈 내리는 하늘을 밝혔다. 제정신이 아닌 승객들은 계단에서 상갑판으로 나오자마자 급히 내달렸다. 그리고 그들은 얼어붙은 상갑판에서 미끄러져 바닷물 속으로 빠져 버렸다. 그 모습이 마치 인간 빗방울 같았다.

사람들이 울부짖었다. 싸워 댔다. 사병들이 고함을 쳤다. 한 여자는 도와달라는 소녀의 애원을 무시한 채 발로 걷어찼다.

움직임을 멈추고 할린카의 부드럽고 따뜻한 몸을 더 바짝 안으며 더 깊이 쭈그리고 앉았다. '사랑스러운 작은 아기 오리들' 노래를 부르면서 상갑판에 있는 금속 철책에 한쪽 팔을 걸었다. 배가 바닷속으로 더 깊이 잠겼다.

사병들은 좌현에 있는 구명보트들을 사용하기 위해 꽝꽝 얼어붙은 밧줄을 당기느라 안간힘을 쓰고 있었다.

우현에 있는 구명보트들은 수면에서 멀리 높이 매달려 있기 때문에 아무 소용이 없었다.

하지만 나는 구명보트를 찾고 있지 않았다.

나는 기사를 찾고 있었다.

플로리안

우리는 상갑판까지 올라갔다.

"절 꽉 잡으세요."

노인에게 소리쳤다.

"잠깐만. 바닥이 미끄러워. 우리 신발로는 미끄러질 거야."

신발 시인이 외쳤다.

"기어가야 해."

수많은 사람이 얼어붙은 상갑판 위로 올라왔다. 한 남자가 달리기 시작했다. 그의 두 발이 바닥에 미끄러졌다. 그의 몸은 공중에서 붕 날아가 배의 철책에 부딪혀 등이 두 동강 나더니 바다로 튕겨 나갔다.

나는 하나의 구명보트가 오직 절반만 찬 채로 수면으로 내려가는 것을 봤다. 두 명의 사병이 그 안에 있었다. 바람과 파도가 얼굴을 후려치는 통에 움직이기는커녕 제대로 앞을 보기도 힘들었다. 사람들은 구명보트로 재빨리 기어간 후 서로 밀치고 싸우며 보트 안으로 뛰어들었다. 누군가가 뒤의 밧줄은 잘랐지만 앞의 밧줄은 그대로 배에 묶여 있었다. 구명보트는 홱 뒤집혀서 대롱대롱 매달렸다. 안에 타고 있던 사람들이 깊고 검은 바다로 쏟아져 버렸다.

죽음의 비명이 한쪽 귀를 가득 채웠다. 들리지 않는 한쪽 귀는 분리된 느낌이었다.

"자네 구명조끼는 어디 있나?"

신발 시인이 떠돌이 소년을 꽉 움켜잡고 내게 소리쳤다.

나는 여태 숨어 있었다. 그러니 당연히 구명조끼를 지급받지 못했다.

일부 승객들은 구명보트를 기다리는 대신 배 밖으로 뛰어내렸다. 셀 수 없이 많은 시체가 구명조끼를 입은 채로 바다에 둥둥 떠다녔다.

"우리 여자애들을 찾아야 해. 도대체 어디 있는 거지?"

신발 시인이 말했다.

요안나

매서운 눈보라가 몰아치는 상갑판 위로 올라갔다.

계단에서 에밀리아를 놓쳐 버렸다. 에밀리아를 소리쳐 부르면서 분홍색 모자를 애타게 찾았다. 벤트 박사와 리히터 박사는 이미 상갑판에 도착해서 부상병들을 구명보트에 태우고 있었다. 나머지 임신부들을 그들에게 데려갔다. 그들이 내게 구명조끼를 던져 주었다. 나는 구명조끼에 양팔을 뀐 다음 끈을 단단히 묶었다.

"제발요."

한 여자아이가 내게 울부짖었다.

"제 사촌 동생이 아직 아래층 갑판에 있어요. 제발 제가 사촌 동생 찾으러 가는 걸 도와주세요."

여자아이의 사촌 동생이라. 수천 명의 사람이 아직 아래층 갑판에 갇혀 있었다.

배가 갑자기 신음을 내더니 더 심하게 기울어졌다.

"보트에 타. 지금 당장!"

여자아이에게 소리쳤다. 그러고선 아이를 구명보트 쪽으로 데려갔다.

계단 근처에 있는 금속 철책을 움켜잡았다. 커다란 굉음이 우르

룽거렸다. 거대한 고사포가 상갑판을 가로질러 미끄러져 내려갔다. 고사포는 철책을 뚫고 방금 내려진 구명보트를 박살 냈다. 고사포, 구명보트, 구명보트에 탔던 모든 사람이 순식간에 수면 아래로 가라앉았다.

속에서 비명이 터져 나왔다.

알프레트

상갑판까지 올라가는 데 성공했다. 모두 비명을 지르고 있었다. 비명은 이성적이지 않다. 승객들이 철책과 구명보트들을 향해 발버둥쳤다. 울부짖고, 고함치고, 도와 달라고 애원하는 것을 지켜봤다. 살려 달라고 애원하는 것을.

음악에 맞춘 것처럼 장면이 흘러갔다. 사람들은 필사적인 눈으로 나를 쳐다봤다. 같은 춤을 추듯이 동시에 나를 향해 손을 뻗었다.

'살려 주세요. 살려 주세요. 살려 주세요.'

미끄러운 갑판 위를 기어갔다. 부상을 입은 여자가 내 발목을 움켜잡았다.

"제발, 도와주세요!"

그녀가 악을 썼다. 눈물 때문에 화장이 번져 있었다.

내가 고개를 끄덕였다. 맞아, 엉망이 된 얼굴을 수리하려면 도움이 필요하겠군.

공포가 내게 움직이라고 명령했다. 하지만 그럴 수가 없었다. 혼돈이 내 집중력을 흩뜨렸다. 반응하는 대신 관찰하게 만들었다. 내 팔이 움직이기 시작했다. 그리고 눈에 보이지 않는, 죽음의 오르골의 손잡이를 돌렸다. 마음 한편으로 멜로디가 끝나지 않기를 바랐다.

선장이 승객들과 함께 구명보트에 타고 바다로 내려가는 걸 봤다. 바로 그때 이성이 큰 소리로 말했다. 우리 선장이 떠나고 있다면 당연히 나도 떠나야지.

구명보트. 그래, 구명보트를 타야겠다.

손에 있는 물집들이 터져서 피가 났다. 승객에게 훔친 모직 코트에 손을 쓱쓱 닦았다. 그러고선 구름 떼 같은 사람들을 밀치면서 철책을 향해 나아갔다. 바로 그 순간 신병, 노인, 소년이 보였다.

신병이 소리치고 있었다. 목에 핏줄이 불거져 있었다. 그는 얼굴을 일그러뜨리며 온 힘을 끌어모아 단 하나의 단어를 울부짖고 있었다.

요안나.

플로리안

몇 안 되는 남은 구명보트들이 빠르게 채워지고 있었다. 끈 하나가 떨어진 배낭이 어깨에서 흔들리는 바람에 자꾸 미끄러지고 균형을 잃었다.

군중 사이에서 분홍색 모자를 발견했다. 그런 다음 요안나를 봤다. 폴란드 소녀는 아기를 안고 요안나의 뒤에서 기어가고 있었다. 인파를 헤치고 그들을 향해 나아갔다. 알프레트가 내 쪽을 향해 느리게 기어 왔다.

"요안나, 에밀리아, 서둘러요! 여자와 어린이가 우선이에요."

내가 외쳤다.

요안나가 뒤를 돌아보더니 폴란드 소녀를 발견하곤 소녀를 꽉 잡았다.

"서둘러요!"

내가 요안나에게 다시 소리쳤다.

"먼저 보트에 타요. 에밀리아가 아기와 함께 타는 건 내가 도울 테니."

"꼬마를 데려가."

신발 시인이 인파 틈으로 떠돌이 소년을 세게 밀면서 소리쳤다.

"제발, 데려가 주게."

그가 애원했다.

"할아버지!"

소년이 비명을 지르며 신발 시인에게 돌아가려고 몸부림쳤다.

한 사병이 요안나가 사다리를 타고 내려가 구명보트에 타는 것을 도왔다. 그리고 요안나가 아기를 향해 손을 뻗었다. 하지만 폴란드 소녀는 거부했다. 소녀는 내게 흔들리는 보트에 타라고 손짓했다.

사람들이 밀치고 지나갔다. 보트가 차기 시작했다.

"가! 어서 보트에 타!"

내가 소리 질렀다.

"에밀리아는 당신만 믿어요."

요안나가 소리쳤다.

"당신이 아기를 데리고 내려가기를 원하고 있어요."

"젠장."

나는 알프레트에게 배낭을 건넸다.

"잠깐 맡아 줘요."

신발 시인이 내 머리 위로 구명조끼를 던졌다. 나는 폴란드 소녀로부터 아기를 받아 안은 다음 사다리를 타고 보트로 내려갔다.

"사람이 너무 많아요."

누군가 소리를 질렀다.

"보트가 뒤집힐 거예요."

"한 명만 더."

사병이 말했다.

“잠깐만요! 안 돼요!”

내가 고함을 쳤다.

“일행이 더 있어요.”

“한 명.”

“에밀리아, 서둘러!”

요안나가 소리쳤다.

에밀리아는 위에서 우리를 빤히 보더니 떠돌이 소년을 밀어서 보트로 떨어뜨렸다. 배와 연결돼 있던 밧줄이 끊겼고 보트는 바닷물로 떨어졌다.

에밀리아는 아직 상갑판에 있다.

나는 에밀리아의 아기를 안고 있다.

알프레트도 아직 상갑판에 있다.

그는 내 배낭을 안고 있다.

요안나

우리가 탄 구명보트가 시커먼 바다로 떨어졌다.

나는 에밀리아를 향해 소리를 질렀다.

플로리안은 자신의 배낭을 향해 소리를 질렀다.

거대한 파도가 잇달아 우리를 때리고 흔들었다. 한 여자가 무릎에 토했다. 배가 수면 아래로 더 깊이 미끄러져 내려가면서 우르릉 무거운 소리를 냈다. 떠돌이 소년은 구명보트에 서서 배를 향해 작은 두 팔을 뻗었다.

"할아버지!"

소년이 울부짖었다.

"할아버지!"

백발이 보였다.

"지금 갈게, 클라우스!"

위에서 소리가 울렸다. 신발 시인이 배 밖으로 뛰어오른 후 순식간에 바다로 빠졌다.

"할아버지!"

내가 비명을 질렀다.

신발 시인은 우리 구명보트 근처 바다에 빠졌다. 플로리안이 내게 아기를 건넨 다음 신발 시인의 뒤를 따라 바다로 뛰어들려 했다. 그 순간 거대한 파도가 우리 보트를 내동댕이쳤고 플로리안은 비틀거리다가 노를 고정하고 있는 핀 위로 쿵 하고 넘어졌다. 떠돌이 소년이 플로리안의 코트를 붙잡았다. 보트가 거칠게 내던져졌다.

"배를 저어요. 배가 가라앉으면서 우리를 집어삼킬 겁니다."

누군가가 소리쳤다.

"기다려야 해요."

떠돌이 소년이 미친 듯이 바다를 살펴보면서 말했다.

"우리 할아버지를 기다려야 해요."

"하인츠!"

플로리안이 암흑을 향해 소리쳤다. 감정이 북받쳐서 목소리가 갈라졌다.

"하인츠, 거기 있어요?"

하지만 신발 시인은 다시 나타나지 않았다.

갑자기 플로리안이 내 팔을 붙잡았다.

"동전 뭉치. 동전 뭉치를 허리띠에 묶고 있었어요. 내겐 자신의 구명조끼를 줬고요."

"할아버지! 안 돼요. 제발, 할아버지."

떠돌이 소년이 흐느꼈다.

시인. 우리의 선량한 신발 시인. 우리의 할아버지. 암흑 속 유일한 우리의 빛. 그가 떠났다.

알프레트

구명보트가 바다에 떠 있었다. 나는 그 안에 타지 못했다.

작동되는 구명보트가 하나도 남지 않았다.

어떤 사람들은 구명보트들을 뒤따라 바다로 뛰어들었다. 그러나 나는 점프를 잘 못한다.

점프하는 게 무섭다.

비명. 울음소리. 총소리.

배가 바닷속으로 더 깊이 미끄러졌다.

바로 그 순간, 누군가가 나를 살살 잡더니 홱 잡아당겼다.

얼마 전에 아기를 낳은 어린 라트비아 여자가 괴성을 지르면서 나를 잡아끌었다. 배는 점점 더 크게 기울었고, 내 공포도 점점 더 커졌다. 나는 소녀의 뒤를 따라 더듬더듬 기어 내려갔다. 등이 너무 무거웠다. 우리는 얼음으로 서로 붙어 버린 두 개의 구명 뗏목을 향해 나아갔다. 소녀가 상갑판에서 뗏목을 떼어 내기 위해 미친 듯이 발길질을 하기 시작했다. 마침내 뗏목 하나가 헐거워졌다. 뗏목에 탄 소녀가 나를 끌어내려 뗏목 위에 태웠다.

그리고 우리는 미끄러져 내려가기 시작했다.

에밀리아

구명 뗏목은 강판으로 돼 있고 커다란 부낭이 앞뒤 양쪽 끝에 달려 있었다. 나무 널빤지들이 뗏목을 가로질러서 쭉 뻗어 있고 그 사이에 그물망이 있었다. 배가 더 기우뚱하면서 우리가 탄 구명 뗏목이 미끄러지기 시작했다. 꽝꽝 언 언덕을 미끄러져 내려가는 겨울 썰매처럼 갑판을 가로질러 좌현 쪽으로 미끄러져 내려갔다.

배의 금속 벽이 긁히는 소리가 났다. 사람들이 비명을 질렀다.

나는 그물을 단단히 붙잡았다. 구명 뗏목은 무사히 바다로 나아갔다.

뒤에서 물건들이 첨벙거리며 바닷속으로 굴러떨어졌다. 짐 꾸러미들, 빈 구명 뗏목들, 시체들.

빽빽한 구명보트가 근처에 떠 있었다. 바닷속에서 죽어가고 있는 사람들이 구명보트 가장자리에 매달려서 필사적으로 그 안으로 올라타려 했다.

"제발요."

한 10대 소년이 애원했다.

"너무 추워요. 제발 태워 주세요."

그가 구명보트 가장자리를 꽉 붙잡고 발버둥을 쳤다.

"너무 사람이 많아. 뒤집힐 거야."

보트에 탄 사람들이 소리 질렀다.

"그러면 제 손이라도 따뜻하게 해 주시겠어요? 제발, 도와주세요."

그들은 소년의 손을 따뜻하게 해 주지 않았다. 그 대신 소년의 손가락을 마구 때렸고 결국 소년은 손을 놓은 채 몇 개의 작은 물방울을 남기고 수면 아래로 스르르 사라졌다.

"이리 와요!"

바닷물 속에 있는 사람들에게 소리쳤다.

"구명 뗏목에 자리가 있어요."

바로 그때 거대한 파도가 구명 뗏목을 들어 올렸고 가라앉는 배로부터 우리를 멀리 떨어뜨려 놓았다.

인간이 바다나 하늘보다 더 강하다고 믿었다니 얼마나 어리석은가. 구명 뗏목 위에서 아름다운 바다가 입을 쩍 벌리고 강철로 된 거대한 배를 집어삼키는 것을 지켜봤다.

요안나

아기.

떠돌이 소년.

어떻게 해야 하지?

플로리안

폴란드 소녀.

내 배낭.

둘 다 어디 있는 거지?

에밀리아

기사.

그에게 내 아기가 있다.

나는 그가 구원자가 되리라는 걸 알았다.

알프레트

시체들이 색종이 조각처럼 바다에 흩뿌려져 있다.

정말 훈장을 받을 수 있을까?

플로리안

배의 아주 일부만이 수면 밖에 남아 있었다. 사람들은 철책을 잡고 매달렸고 그들의 다리는 걷잡을 수 없이 흔들렸다. 유리로 에워싼 산책 갑판은 수백 명의 승객이 갇혀 꽉 차 있었다. 그들은 유리창을 주먹으로 때려 댔다. 안에 차 있는 물은 점점 더 높아졌다. 한 용감한 사병이 배 위에 중심을 잡고 서서 도끼로 유리창을 내리치며 사람들을 구출하려 애썼다. 그러나 유리창은 꿈쩍도 하지 않았다. 그는 도끼를 더 힘껏 휘두르다가 결국 균형을 잃고 바닷속으로 떨어졌다. 우리는 공포에 질린 채 유리 뒤의 사람들이 익사하는 것을 보고 있을 수밖에 없었다.

구스틀로프호의 선미 근처에는 구명보트 하나가 떠 있었다. 그 안에는 선장과 사병 몇 명이 타고 있었다.

수천 구의 시체가 우리 구명보트 주위를 떠다녔다. 나는 하인츠 씨와 내 배낭을 가진 사병을 허겁지겁 찾았다. 그때 우리 구명보트 옆에서 한 소녀가 허우적거리며 날카롭게 소리를 질렀다.

나는 구명조끼를 벗어서 소녀에게 던져 줬다.

"손을 잡아."

내가 소녀에게 말했다.

"안 돼요!"

우리 보트에 있는 한 여자가 고함쳤다.

"보트가 뒤집힐 거예요!"

나는 일어서서 몸을 기울였다. 구명보트도 수면 쪽으로 기울었다. 모두 비명을 질렀다. 나는 손을 쭉 뻗어서 소녀의 머리채를 움켜잡았다. 소녀는 내 팔을 꽉 붙잡았고 나는 소녀를 구명보트 안으로 끌어당겼다. 물에 흠뻑 젖은 소녀는 진이 다 빠진 채 우리 발치에 나동그라졌다.

모피 코트를 입은 한 여자가 내게 소리를 질렀다.

"당신에겐 그럴 권리가 없어요! 당신은 우리 모두를 위험에 빠뜨렸어요!"

"닥쳐요!"

내가 고함을 쳤다. 분노로 온몸이 부들거렸다.

"들려요? 닥치라고요!"

순식간에 모두 조용해졌다. 떠돌이 소년은 눈물 젖은 얼굴을 팔에 묻었다. 요안나가 서 있는 내게 손을 뻗었다.

나는 요안나 옆에 털썩 주저앉아서 머리를 푹 숙인 채 손으로 머리를 감쌌다.

운명이 내 뒤를 쫓고 있다.

그것의 총구가 내 이마에 닿아 있었다.

요안나

어두컴컴한 허공이 비명으로 가득 찼다. 바람 때문에 눈과 진눈깨비가 옆으로 불며 우리 얼굴을 때렸다. 우리 근처의 한 구명보트는 울부짖는 여자들과 아이들로 빽빽했다. 플로리안이 그들을 보고서 벌떡 일어섰다.

"노를 저을 사람이 필요해."

내가 아기를 안지 않은 다른 손으로 그의 코트를 붙잡았다.

"여기 있어요."

내가 그에게 애원했다.

"제발, 플로리안. 나와 함께 있어요."

"내가 갈게요."

모피 코트를 입은 여자의 남편이 일어섰다. 모피 코트를 입은 여자가 소리를 지르며 남편을 막았지만, 그는 그 보트를 향해 용감하게 뛰어들었다.

우리는 시커먼 바다 위에 떠 있는 채로 수천 명이나 되는 사람들이 바다에서 죽어 가는 기괴한 모습을 똑똑히 목격할 수밖에 없었다. 나는 아기를 꽉 안고 두 눈을 감았다. 수많은 장면이 연달아 떠올랐다. 심하게 기울어진 갑판. 한 여자가 자신의 아기를 아래에 있는 군인에게 던진다. 군인이 손을 뻗는다. 하지만 아기를 놓친다. 아기가 강철로 된 구명보트에 부딪친 후 바닷속으로 굴러떨어진다. 수천 명의 사람이 필사적으로 배에서 뛰어내리고 허우적거리고 바닷물을 꿀꺽꿀꺽 삼킨다. 바닷물이 입과 콧구멍을 가득 채우고 폐를 망가뜨린다. 높은 파도, 성난 바다, 눈 그리고 바람.

내게 입맞춤을 해 달라고 조르던 그 부상병은 시체가 되어 우리 옆을 떠다녔다. 구명 뗏목의 그물이 그의 머리를 옥죄고 있었다. 도움이 필요한 사람이 너무나 많았다. 그런데 아무것도 할 수 없었다. 차가운 바닷물은 그들의 심장에 즉각적이고 치명적인 압박을 가할 것이다. 그들은 저체온증으로 죽을 것이다. 사람들을 돕는 대신, 나는 눈앞에서 대참사가 펼쳐지는 걸 속수무책으로 지켜볼 수밖에 없었다.

죄책감이 내 뒤를 쫓고 있다.

나는 그것의 포로다.

에밀리아

새하얀 파도가 구명 뗏목들이 모여 있는 곳으로 우리를 내던졌다. 구명 뗏목들은 대부분 비어 있었다. 배가 어뢰에 공격을 받은 지 채 1시간도 지나지 않았다. 구명조끼를 입은 수천 구의 시체들이 눈을 크게 뜨고 얼어붙은 채 바다 위를 떠다니고 있었다. 가라앉는 배 근처에서 구명보트들의 그림자가 보였다. 우리는 다른 구명보트들보다 배에서 훨씬 더 멀리 떨어져 있었다. 사병은 바닷물에 구토를 했다. 나는 그의 팔에서 배낭을 벗겼다. 그는 내게 고마워한 다음 구명 뗏목의 가장자리 저편으로 더 멀리 몸을 내밀었다.

나는 기사의 가방을 가지고 있다.

기사는 나의 아기를 데리고 있다.

기사는 자신의 가방을 되찾길 원할 것이다.

나도 내 아기를 되찾길 원한다.

고통이 가슴을 찢었다. 나는 아기를 원한다. 나는 내 아기를 원한다.

배에서 뭔가 연이어 터지는 소리가 육중하게 들렸다. 압력을 이

기지 못하고 배의 뼈대들이 뒤틀려 부러지는 소리였다. 둥근 고물이 하늘을 향해 수직으로 섰다. 사람들은 철책에 매달린 채 비명을 질러 댔다. 어떤 사람들은 아래로 곤두박질쳐 죽음을 맞이했다. 바다에 잠긴 배에서 폭발이 일어났다. 순식간에 배 전체에 불이 붙었다. 활활 타는 눈 부신 불빛의 화염이 바다와 기괴한 장면을 밝게 비추었다. 반짝이는 거대한 배를 응시했다. 깊은 하품 소리 같은 신음이 파도를 건너 나한테까지 메아리를 보냈다. 그러고 나서 빛이 사라졌다. 배는 시커먼 바닷속으로 완전히 사라져 버렸다. 수천 명이 갇혀 있는 거대한 강철 도시가 바다 밑바닥으로 가라앉고 있었다.

정적이 흘렀다. 바람 소리와 파도 소리 말고는 아무 소리도 나지 않았다. 우리가 탄 구명 뗏목은 위로 올라갔다 내려왔다를 반복했다. 파도가 뗏목을 휘감고 찰싹거렸다. 울부짖는 소리가 어둠 너머에서 들려왔다.

내 옆에는 한 젊은 여자가 구명조끼를 입은 채 고요히 떠 있었다. 그녀의 치마는 그녀를 원형으로 둘러싸며 들려 있었다. 그녀는 죽은 팔을 뻗은 채로 느리게 빙글 돌았다. 설탕 가루처럼 작은 눈송이가 그녀의 검은 머리 위에 흩뿌려져 있었다. 의치 한 세트가 나무 조각 위에 놓인 채 흘러가다가 어둠 속으로 사라졌다.

구명보트들이 너무 멀리 있어서 소리를 지를 수도 없었다. 우리에겐 노도 없었다. 노를 저을 수 있는 무언가를 찾기 위해 물 위를 샅샅이 훑었다. 우리 주위에 까닥거리고 있는 것은 죄다 작은 아이들의 시체뿐이었다. 아이들은 몸에서 머리가 가장 무겁다. 아이들은 머리 무게 때문에 구명조끼를 입은 채 바닷물에 거꾸로 처박혀 있었다. 파도가 칠 때마다 작은 시체들이 구명 뗏목에 부딪혔다. 나는 익사한 수백 명의 아이들에 둘러싸여 있었다.

아이들의 머리는 물속에 처박히고 작은 발은 허공에 들려 있었다.

작은 아기 오리들이 머리를 물속에 잠그고 있네.
머리를 물속에 잠그고 있네.

내게 내려진 벌이었다. 명예를 잃어버렸다. 모든 것을 잃어버렸다.

수치심이 내 뒤를 쫓고 있다.

수치심이 사방에서 나를 에워싸고 있다.

알프레트

나의 천사, 하넬로레

어두컴컴한 밤이에요. 어디서부터 얘기를 꺼내야 할지 모르겠군요. 지금 나는 발트해에 떠 있는 구명 뗏목 위에 있어요. 나의 배, 빌헬름 구스틀로프호, 그녀가 가라앉아 버렸어요. 우리는 1월 30일, 점심시간에 고텐하펜을 떠났어요. 완벽한 출항 날짜라고 생각했어요. 1월 30일은 배의 이름을 따온 사람인 빌헬름 구스틀로프의 생일인 데다 히틀러 총통 각하가 정권을 잡은 기념일이기도 하거든요.

만 명 이상의 승객들을 태우고 항해가 시작됐어요. 그래요, 만 명이요. 나는 처음부터 뱃멀미에 시달렸어요. 치명적인 멀미에 복무를 중단할 수밖에 없었죠.

독일의 킬 지역을 향해 몇 시간 항해한 후, 내 손목시계로 확인한바 밤 9시 15분, 어뢰 세 발이 우리 배를 명중했어요. 배가 가라앉기 시작했죠. 비상벨이 울려 댔고 우리는 구명보트가 있는 곳으로 몰려갔어요. 승객들은 맹렬한 공포에 사로잡혔죠. 당신에게 그 장면을 상세히 알려 주면 안 될 것 같아요. 어두운 통로를 달려가는데 마치 울퉁불퉁한 매트리스 위를 뛰어가는 느낌이었어요. 내가 제일 싫어하는 거죠. 하지만 이내 내가 밟고 지나는 게 시체들로 된 양탄자라는 걸 깨달았어요. 세 번의 폭발은 배만 파괴한 게 아니었어요. 승객들도 파괴했죠. 나는 통로에 서 있는 한 여자아이에게 비키라고 했어요. 여자아이가 꼼짝도 하지 않자 나는 여자아이를 살짝 밀었어요. 여름 복숭아처럼 생긴, 여자아이의 동그란 머리가 굴러떨어졌어요. 여자아이는 얼굴의 반을 잃어버렸어요. 그 생각을 떨칠 수가 없어요. 당신은 여기에서 그런 잊을 수 없는 참상을 목격하지 않아도 돼서 얼마나 감사한지 몰라요.

침몰은 6분도 채 걸리지 않았어요. 구스틀로프호는 자신을 깊은 발트해의 밑바닥으로 끌고 내려갈 거예요. 내 생각에 연중 이때쯤이면 바다의 수온이 4도 정도 될 거예요. 인간의 몸이 이러한 추위 속에서 생존하기란 불가능하죠. 그러니까 지금 물속에 있는 수천 명의 사람은 분명히 모두 죽을 거예요. 구명조끼를 입고 있다 하더라도 말이죠. 다행히 나는 어린 라트비아 여자와 함께 구명 뗏목에 자리를 잡았어요. 그녀의 갓난아기는 구명보트에서 잡아채 갔어요. 계속 거대한 파도가 치고 있고 나는 뱃멀미에 시달리는 상태라 구명 뗏목 너머로 계속 토하고 있어요. 군복이 더러워졌어요. 군화 한 짝도 어디 가 버렸고요.

이런 어둠과 죽음의 한복판에 떠 있다 보니 이것저것 생각하게 되고 자꾸 솔직해지게 되네요. 나는 지금 견딜 수 없는 진실과 마주하고 있어요.

로레, 어떻게 하면 내가 당신을 진정으로 사랑할 수 있을까요? 나는 당신을 사랑할 수 없어요. 사랑해서도 안 돼요. 당신이 그런 말을 한 이후에, 그렇게 무례하게 동네 모든 사람에게 외친 이후에 말이지요.
하지만 사랑의 열병은 지속됐고 말로 표현할 수 없는 방법으로 나를 이끌고 있어요. 아마도 이게 공포를 막아 주고 있는 것 같아요.
그래서 나는 거기에 매달려요.
공포가 내 뒤를 쫓고 있어요. 공포는 우리가 무장 해제하고 가장 마음을 놓을 때 우리를 에워싸죠. 그러고 나면 우리는 결정을 내려야 할 수밖에 없어요.
나는 올바른 결정을 내렸어요. 나는 당신을 도우려고 애썼어요.
나는 장막을 거두고 당신을 밖으로 데리고 나오려고 노력했어요.
하넬로레, 당신의 결정은 잘못된 결정이었어요.

플로리안

"배가 가라앉았어요."

요안나가 이를 딱딱 맞부딪치며 말했다. 속삭이는 듯한 목소리가 간신히 나왔다.

나는 우리 구명보트에 타고 있는 50명 정도 되는 사람들을 세 보았다. 우리는 더 많은 사람을 태울 수 있었다.

신발 시인.

폴란드 소녀.

죽은 사람들.

사방이 뻥 뚫린 바다의 추위가 우리를 죽일 것이다. 작은 소년을 큰 소리로 부른 후 내 무릎 위로 끌어당겼다. 몸을 돌려서 구명보트에 있는 벤치에 양쪽으로 다리를 벌리고 올라앉았다.

"똑같이 해요."

내가 요안나에게 말했다.

"아이들을 우리 둘 사이에 둡시다. 아기를 코트와 블라우스 밑으로 안아요. 피부와 닿게요."

요안나는 아기를 안고서 나와 마주 보도록 몸을 틀었다. 나는 최대한 그녀에게 가까이 움직였다. 그녀의 몸에 내 팔을 두르고서 아이들을 추위로부터 지키려 했다. 우리의 머리가 맞닿았다.

"들려요?"

요안나가 속삭였다. 가느다란 목소리가 겁에 질려 있었다.

나는 고개를 끄덕이고 다치지 않은 귀를 그녀 쪽으로 돌렸다.

"너무 추워요. 누군가가 우리를 위해 와 줄까요?"

그녀가 물었다.

사방이 온통 암흑뿐이었다. 달은 끔찍한 장면을 견디지 못하겠다는 듯이 구름 뒤에 숨어 버렸다. 넓디넓은 바다를 쭉 훑어봤다. 수천 구의 시체가 조용히 둥둥 떠 있었다. 아이들이 너무나 많았다. 내가 구명보트로 끌어 올린 소녀도 이미 죽어 있었다. 새파랗게 질린 얼굴로 숨이 끊긴 채 우리 발치에 널브러져 있었다. 나치는 이 침몰을 어떤 식으로 세상에 알릴까? 하지만 바로 그때 뭔가가 뇌리를 스쳤다.

그들은 이 침몰에 대해 알리지 않을 것이다.

"누군가가 우리를 위해 와 줄까요?"

요안나가 되물었다.

"그럼요. 반드시 우리를 구하러 올 거예요."

내가 거짓말을 했다.

러시아 잠수함들이 아직 이 지역에 있다. 그러니 대부분의 배들은 이곳을 피해 우회해 갈 것이다.

내가 가지고 도망친 모든 것들은 배낭 속에 있다. 신분증, 위조한 서류들, 노트, 그리고 호박 백조. 도주, 은신, 거짓말, 살인. 무엇을 위해 그 모든 걸 했을까? 복수의 끝없는 순환. 고통으로 고통을 해결하려 했다. 왜 그랬을까?

그 이상한 사병은 구명보트에 타지 못했다. 그는 배에 남겨졌지만 보트가 한 대도 남아 있지 않았다. 나는 부츠를 내려다봤다. 굽이 아직 멀쩡했다. 지도와 열쇠도 무사할까? 하지만 그게 중요할까? 구명보트 바닥에 있는 틈 사이로 물이 천천히 스며들어 왔다. 귀중한 보물은 결국 발트해 바닥에서 운명을 달리하게 됐다.

나도 마찬가지다.

호박 방이 저주를 받았다는 말은 맞는 것 같았다.

몇 주 동안 도망 다니며 있을 수 있는 모든 결말을 상상했다. 내가 죽을 수 있는 모든 상황을 헤아려 봤다. 섬뜩하고 무서웠다. 나는 어떻게 나 자신을 방어할 것인지 그리고 어떤 무기를 사용할 것인지 신중하게 계획했다. 하지만 이건 한 번도 상상하지 못했다.

자신이 결국 바다에 무릎 꿇고 말 것이라는 사실을 인정하게 되는, 이 고통으로부터 나를 어떻게 방어하겠는가.

요안나

시커먼 바닷물이 구명보트에 철썩거렸다. 사방에서 눈이 펄펄 내리고 있었다. 암흑 속에서 플로리안은 내게 여러 가지 것들을 이야기해 주었다. 플로리안은 어머니에 대해 이야기했고 자신이 얼마나 어머니를 그리워하는지, 그리고 아버지와 관련된 실수를 얼마나 가슴 아파하고 있는지를 이야기했다. 그는 많은 사람과 많은 장소들에 대해 이야기했다. 그가 지금 이런 것들에 대해 이야기하는 이유는 우리가 죽을 것이라고 생각하기 때문이었다.

나는 나의 어머니에 대해 생각했다. 생존해 있는 유일한 가족일지도 모르는 외동딸에 대해 걱정하면서, 딸이 도착하기만을 기다리고 있는 어머니를. 어머니는 어떤 식으로 뉴스를 듣게 될까? 모두가 대형 선박인 타이태닉호와 루시타니아호의 이야기를 알고 있을 것이다. 나는 물 위에 떠 있는 수천 구의 시체들을 바라봤다. 이건 규모가 훨씬 더 크다. 만 명 이상의 사람들이 구스틀로프호에 탑승했었다. 침몰의 소름 끼치는 세부 사항들이 전 세계 신문에 나올 것이다. 이 비극은 오랫동안 연구될 것이고 전설로 남을 것이다.

나는 잘생긴 도둑에게 감싸 안긴 채로 그와의 사이에 고아 소년과 갓난아이를 안고 앉아 있었다. 에밀리아가 차디찬 바람을 맞으며 구스틀로프호의 갑판에 서서 자신의 아기를 플로리안에게 건네던 모습을 떠올렸다. 에밀리아는 구명보트에 탄 우리를 내려다보고 있었다. 에밀리아의 금발 머리가 분홍색 털모자 아래서 나풀거렸다.

"한 명만 더."

사병은 이렇게 말했다.

대부분의 사람이라면 그 '한 명'이 되기 위해 처절히 싸웠을 것이다. 자신이 그 '한 명'이 되어야 한다고 윽박질렀을 것이다. 하지만 에밀리아는 자기 자신을 희생하면서 떠돌이 소년을 구명보트 안으로 밀었다. 에밀리아는 지금 어디 있을까? 구명보트에 탔을까? 나는 겁에 질려 있었지만, 용감했던 에밀리아를 떠올렸고 소리 내어 울기 시작했다.

어머니가 보고 싶었다. 어머니는 리투아니아를 사랑한다. 어머니는 자신의 가족을 사랑한다. 전쟁은 어머니의 삶으로부터 마지막 하나 남은 사랑마저 앗아가 버릴 셈인가.

우리가 겪은 끔찍한 고통을 어머니가 자세히 알아야 할 필요가 있을까? 내 고향 비르자이에도, 아버지와 오빠가 은신하고 있다는 숲속 지하 벙커에도 이 소식이 전해질까?

요안나 빌카스, 당신의 딸, 당신의 여동생. 그녀는 이제 바다의 소금으로 돌아가요.

우리는 파도에 따라 오르락내리락하면서 암흑 속에 떠 있었다. 구명보트에 탄 한 여자가 30분마다 시간을 알려 주었다. 바다에서는 더 이상 첨벙거리는 소리가 들리지 않았다. 오직 작은 울음소리가 메아리로 퍼졌다. 우리는 하늘에서 끝없이 내리는 눈을 맞으며 조용히 앉아 있었다.

우리는 기다렸다.

우리는 표류했다.

바로 그때 머리카락 사이에서 플로리안의 얼굴이 느껴졌다. 플로리안이 내 머리에 입을 맞추고 있었다. 그는 내 머리에 입을 맞추고 내 귀에 입을 맞추고 내 코에 입을 맞췄다. 내가 그를 올려다봤다. 그가 두 손으로 내 얼굴을 감쌌다.

"불빛이 보여요. 배가 오고 있어요."

그가 속삭였다.

알프레트

사랑하는 하넬로레,

암울한 소식뿐이고 무척이나 춥네요. 몸을 따뜻하게 하기 위해 하이델베르크의 여름을 떠올려 봅니다. 거기서 당신을 처음 봤죠. 이제 여기에서도 당신을 볼 수 있어요. 당신의 까만 머리가 포근한 빨간 스웨터 위로 흘러내린 모습을. 고향에서 나는 많은 것들을 봤어요. 하지만 대부분의 사람은 나의 타고난 관찰력을 인정하지 않았어요. 그 대신 사람들은 내 순진무구한 어머니와 마찬가지로 내가 제과점에서 일하기에 적합하다고 우겼어요. "어떻게 사람을 판단할 때……." 지금은 나머지 말이 생각나지 않네요. 사람들은 내가 생각이 많다는 건 알았지만, 내게서 그 생각을 듣고 싶어 하지는 않았어요. 나는 생각 이상의 것을 가지고 있었어요. 내게는 이론과 방안이 있었어요. 내가 길에서 그것들에 대해 당신에게 이야기했을 때를 기억하나요? 당신은 뭔가를 깨달은 듯한 얼굴로 달려갔죠. 아마 다른 사람들에게 이야기해 주려 그랬겠죠.

히틀러 총통 각하, 그분은 내 이론을 이해할 거예요. 그리고 나도 그분의 이론을 이해하죠. 병든 자, 약한 자, 열등한 자를 보호하는 것은 합리적이지 않아요. 그래서 내가 히틀러 유소년단 녀석들에게 당신의 유대인 아버지에 대해 말한 거예요. 내가 도우려고 애썼다는 거 알겠죠, 하넬로레? 당신의 어머니는 유대인이 아니잖아요. 나는 당연히 당신이 어머니는 유대인이 아니라고 말할 거라고 생각했어요. 그리고 당신도 유대인이 아니라고 말할 거라고 생각했어요. 당신은 그만한 지각이 있으니까요.

하지만 당신은 다르게 결정했죠.

몇 년이 지난 지금도 우리의 마지막 대화를 떠올리면 혼란스러워요. 기억나나요? 나는 생생히 기억나요. 나는 그들이 당신을 체포해서 데려갈 때 당신의 집 앞으로 뛰어나갔어요. 그들에게 당신의 절반은 지배자 민족이라고 말했죠. 당신은 걸음을 멈추고서 휙 돌아 나를 똑바로 바라봤어요.

"아니요."

당신이 소리쳤어요. 그러고 나서 엄청나게 큰소리로 외쳤죠.

"나는 유대인이에요!"

당신의 말이 건물들 사이로 울려 퍼지고 거리를 타고 내려갔어요.

"나는 유대인이에요!"

나는 모든 사람이 당신의 외침을 들었으리라 확신해요. 거의 자부심을 느끼는 것처럼 들렸어요. 그리고 어떤 이유에서인지 모르겠지만, 이 말은 마치 머리카락이 배수구를 막고 있는 것처럼 지금까지도 내 뇌리에 꽉 박혀서 떠나지를 않아요.

"나는 유대인이에요!"

에밀리아

우리는 매우 오랫동안 떠내려왔다. 이따금 멀리 희미한 불빛들이 보이는 것 같았지만, 파도가 우리를 너무 멀리 데려와서 정확히 구분할 수가 없었다. 배를 어뢰로 공격한 러시아 잠수함은 어디에 있을까? 우리 밑에 있을까? 나는 기사의 배낭을 몸 앞에 꽉 안고 바람을 막았다. 그의 배낭을 가지고 있으니 그와 가까이 있는 기분이 들었다. 그는 좋은 사람이다. 그에 대해 생각하는 것만으로도 몸이 따뜻해졌다.

동이 틀 때까지 기다려야만 한다. 얼마나 걸릴까? 7시간? 8시간?

나는 할 수 있다. '내가 갈게, 할린카.'

사병은 한참 뭐라고 떠들다가 토하다가를 반복했다. 그는 손가락으로 나를 가리키면서 히틀러에 대해 말했다. 그는 계속 나를 하넬로레라고 부르고 있었다. 소름이 끼쳤다. 그는 소름 끼치는 사람이었다. 그의 눈 뒤에는 어떤 표정이 있었다. 나는 그 표정을 본 적이 있다. 클라이스트 부인의 표정과 닮아 있었다.

추위 때문에 그의 말이 느려지고 발음이 불분명해졌다. 그는 의식이 흐려진 상태였다. 그는 허공에 주먹질을 하면서 '유대인'이라는 말을 반복했다. 그 말을 들으니 르보프에 사는 다정한 친구들 라헬과 헬렌이 생각났다. 숲으로 가서 노래를 부르며 버섯을 따던 일, 자두를 넣고 경단을 빚은 다음 밀가루와 설탕을 살살 뿌리던 일. 그들이 너무나 그리웠다.

사병이 훈장에 대해 이야기하기 시작했다. 그의 훈장. 갑자기 그가 기사의 배낭 안에 훈장이 들어 있다고 주장했다.

"내 훈장을 훔쳐 갔어? 너 도둑이었어?"

그가 추위에 정신이 나간 채 물었다. 그가 내 쪽으로 기어 와서 배낭을 움켜잡았다. 나는 그의 손을 찰싹 때렸다. 그가 더 집요해졌다.

내가 그에게 소리를 질렀다. 내 말을 듣더니 그의 얼굴이 일그러졌다.

미처 알아채지 못했다. 나는 폴란드어를 하고 있었다. 더 이상 게임을 하는 게 지겨웠다. 이제 다 무슨 소용이란 말인가?

"나는 독일인이 아니에요. 폴란드인이죠."

내가 소리쳤다.

그가 움직임을 멈추더니 혼란스러워하며 내 앞에서 뒤뚱거렸다.

"뭐라고? 폴란드인이야?"

"나는 폴란드인이에요!"

내가 소리쳤다.

그가 나를 향해 손가락을 정신없이 흔들었다.

"추잡한 폴란드인. 이 거짓말쟁이! 마침내 조국에 이바지할 수 있게 됐어. 나는 영웅이에요, 하넬로레!"

그가 고함을 쳤다.

그가 나를 바닷속으로 밀치려고 했다. 나는 남아 있는 온 힘을 다해 그를 걷어찼다. 그가 구명 뗏목 위에 나동그라지더니 뭔가를 읊조리기 시작했다.

"영웅, 영웅."

그가 몸을 일으켜 세워 쭈그리고 앉더니 눈을 가늘게 뜨고 앞으로 몸을 내밀었다. 그리고 암송을 하기 시작했다. 아니 노래를 부르는 건가?

"폴란드인, 매춘부, 러시아인, 세르비아인, 사회주의자."

그가 숨을 들이마신 다음 입을 앙다물더니 내게 침을 뱉었다. 그러고선 다시 노래하기 시작했다.

"그만 해요, 제발."

내가 애원했다.

그는 멈추지 않았다. 그가 내 팔을 움켜잡았다. 나는 저항하며 그를 할퀴었고 그는 계속 노래를 불렀다.

"스페인 공화주의자, 노동조합원, 우크라이나인……."

그가 노래를 잠시 멈추더니 갑자기 벌떡 일어섰다.

"유-고-슬라비아인!"

그는 신발을 신지 않은 한쪽 발이 얼어붙은 바닥에서 미끄러지면서 넘어졌고 구명 뗏목의 강철 모서리에 이마를 세게 부딪쳤다. 잠시 꼼짝도 하지 않고 누워 있더니 다시 천천히 움직이기 시작했다. 그가 자신을 일으켜 세웠다. 얼굴이 온통 피범벅이었고 갑자기 호기심이 가득 한 눈빛을 하며 눈을 크게 떴다. 그가 입술을 열어 말을 했다. 그가 속삭일 때 입에 작은 미소가 어렸다.

"나……, 비."

그의 몸이 심하게 떨렸다. 그는 심각한 부상을 입은 상태였다. 나는 손을 뻗어 그를 안정시키려 했지만, 그가 내 손길에 크게 움찔하면서 몸을 홱 움직였다.

그는 균형을 잃고 뒤로 넘어가 바닷속에 빠졌다.

잠깐 첨벙거리는 소리가 들렸다. 하지만 얼음장 같은 바닷물이 금세 그의 비명을 삼켜 버렸다.

그러고선 사방이 고요해졌다. 오랫동안 귀를 기울였다. 스스로를 영웅이라 일컫던 그가 죽었다.

나는 혼자였다.

또다시.

나는 암흑 속에서 배낭을 껴안고서 할린카에게 노래를 불러 줬다. 이따금 뭔가가 떠다니는 게 보였다. 어느 정도 지나자 파도가 조금 잔잔해졌고 파도는 나를 품에 안고서 위아래로 흔들며 얼러 주었다. 나는 동이 틀 때까지 얼마나 남았는지 궁금해하다가 깜빡 잠이 들었다가 깼다. 태양이 내 몸을 따뜻하게 해 주는 모습을 상상했다.

조금만 더 있으면 된다.

매우 컴컴했다. 몸이 편안하면서도 묵직했다.

너무 피곤했다.

호흡이 느려지고 얕아졌다. 그렇게 나른한 건 태어나서 처음이었다.

바로 그때 뭔가가 보였다. 조심스레 눈을 깜박였다. 여전히 거기에 있었다. 그렇다. 뭔가가 물살을 가르면서 나를 향해 다가 오고 있었다. 서서히 더 밝아졌다.

불빛이었다.

요안나

플로리안의 말이 맞았다. 불빛은 배였다. 구명보트에 타고 있는 사람 중 아직 힘이 남아 있는 사람들은 탐조등을 향해 필사적으로 팔을 흔들었다. 플로리안은 구조선을 향해 노를 저었다.

아기가 꼼지락거렸다. 떠돌이 소년이 나를 올려다봤다.

"배가 우리를 구조하러 오고 있어."

내가 소년에게 말했다.

"할아버지도 배에 타고 있어요?"

소년이 물었다.

사병들이 배의 측면에 커다란 그물망을 펼쳤다. 나는 내게 그물망을 잡고 올라갈 힘이 아직 남아 있는지 알 수가 없었다. 추위 때문에 손이 얼어붙어 감각이 하나도 없었다.

"등반 잘하니? 클라우스?"

플로리안이 떠돌이 소년에게 물었다.

소년이 고개를 끄덕였다.

구명보트가 미친 듯이 까닥거리면서 구조선 옆에서 위로 치솟았다. 플로리안이 구명보트에 서서 그물망을 단단히 붙잡았다. 두 명의 군인이 사람들이 올라가는 것을 돕기 위해 재빨리 내려왔다.

"신생아가 있어요."

플로리안이 그들에게 말했다. 군인들이 내게서 아기를 받아 위로 옮겼다. 그다음으로 아이들이 올라갔고, 나머지 어른이 올라갔다. 나는 구명보트에 남아 있는 사람들의 맥박을 확인했다. 코트 없이 온몸이 젖은 다섯 명은 저체온증으로 사망한 후였다.

금세 나와 플로리안 둘만이 남았다.

"당신 먼저 올라가요."

그가 말했다.

"내가 뒤에 있을게요."

내 손가락은 너무 얼어 있었다. 움직일 수가 없었다. 나는 그물망의 좌우를 이은 밧줄들에 팔꿈치를 지탱하고 다리의 힘을 이용해 위로 올라갔다. 거의 꼭대기까지 갔을 때였다. 갑자기 미끌미끌한 밧줄 위에서 발이 미끄러져서 뭔가를 찼다.

플로리안이 소리를 지르는 게 들렸다. 나는 비명을 질렀고 무언가가 그물망을 홱 잡아당기는 걸 느꼈다.

갑판에 있는 사병이 손을 뻗어서 나를 붙잡았다.

"계속 올라와요."

그가 명령했다.

"내려다보지 말아요."

"플로리안!"

내가 소리를 질렀다. 아무 대답이 없었다.

"플로리안!"

사병이 배의 가장자리 너머로 몸을 구부리더니 내 어깨를 붙잡고서 갑판 위로 잡아 올렸다. 순간적으로 나는 고개를 돌려 아래를 내려다봤다.

플로리안이 없었다.

플로리안

떨어지고 있었다. 거품이 떠 있는 시커먼 물이 내게 달려들었다. 그물망을 꽉 잡았다. 온몸이 비틀렸다. 어깨가 펑 하는 소리를 내며 탈골됐다.

손이 미끄러지는 게 느껴졌다.

손가락이 풀리면서 바닷속으로 처박혔다. 영하의 바닷물이 칼로 피부를 쑤시듯 내 안으로 파고들었다. 가슴에서 고통이 치솟았다가 팔까지 퍼졌다. 몸이 밑으로 내려가고 또 내려갔다.

방향감각을 잃었다.

모든 것이 시커멨다.

어느 쪽으로 가야 올라갈 수 있지? 수면이 어디지?

숨이 찼고 머리가 핑핑 돌았다.

바로 그때, 수면 위에서 내게 외치는 그녀의 목소리가 들렸다.

"차요! 발을 차요!"

그녀가 내게 외치고 있었다. 갑자기 목소리가 매우 가까워졌다. 따뜻했고 바로 옆에서 말하는 것 같았다. 내 양쪽 두 귀 모두에.

"발을 차요!"

위로 올라가자. 그래, 알았어.

위로.

머리가 수면 위로 솟았다. 공기를 들이마시자 순간적으로 숨이 막혔다.

"저기!"

한 사병이 외쳤다. 그들이 나를 구명 뗏목 위로 끌어 올리자 어깨가 고통스러운 비명을 질렀다.

요안나

해군 사병들이 플로리안을 구명 뗏목 위로 끌어 올렸다.

"플로리안!"

내가 소리치며 배의 난간을 넘으려 했다.

"거기 있어요. 곧 데려올 거예요."

한 사병이 말했다.

플로리안이 위를 올려다봤다. 플로리안이 내게 갑판에 그대로 있으라고 손짓했다. 플로리안의 뒤를 따라 바닷물로 뛰어들었던 두 명의 용감한 사병들이 플로리안을 그물 위로 밀어 올렸다. 그들은 플로리안을 밀어서 난간을 넘게 했고 플로리안은 갑판에 쿵 하고 쓰러졌다.

떠돌이 소년이 플로리안 위로 몸을 던지고 흐느끼며 울었다.

"난 괜찮아. 클라우스. 그냥 조금 춥고 젖은 것뿐이야."

"당장 그를 따뜻하게 해야 해요."

내가 말했다.

사병들이 서둘러 플로리안을 하갑판으로 옮겼다. 나는 재빨리 플로리안의 차가운 옷을 벗기고 그를 커다란 담요로 둘러쌌다.

"내가 기대했던 장면은 아닌데요."

그가 씩 웃으며 조용히 말했다.

"쉿."

내가 담요를 단단히 여민 후 그에게 입을 맞췄다. 사병들이 그에게 마른 옷들을 가져다줬다.

사람들이 앞에서 뛰어다니며 잃어버린 가족의 이름을 불러 댔다. 한 남자는 미친 것처럼 머리를 잡아 뜯으며 닭과 닭 차에 대해 쉴 새 없이 떠들었다.

사병 한 명이 승객들 사이로 걸어왔다.

"이 배는 무슨 배인가요?"

플로리안이 그에게 물었다.

"당신들은 T-36에 의해 구조되었어요. 독일 어뢰정이죠."

배 밑에서 폭발이 일어났다. 사람들이 비명을 질렀다.

"진정해요. 우리는 지금 폭뢰를 발사하고 있어요. 아직 러시아 잠수함들이 이 지역을 돌아다니고 있어요."

잠수함들. 우리는 아직 위험에서 벗어나지 못했다.

그들은 우리에게 따뜻한 음료와 수프를 주었다. 온기가 퍼지자 온몸이 따끔거리고 욱신거렸다. 떠돌이 소년은 다리와 발의 통증 때문에 울었다. 그리고 '할아버지'를 찾으며 울었다. 아기는 에밀리아를 찾으며 칭얼댔다. 우리는 바닥에 담요를 여러 장 깔고 그 위에 서로 가까이 웅크리고 앉았다. 추위를 달래기 위해서였다.

플로리안이 아래로 손을 뻗어서 내 손을 잡았다.

"당신 목소리를 들었어요."

"네?"

"내가 물속에 있을 때요. 당신이 발을 차라고 소리치는 걸 들었어요. 고마워요."

그를 올려다봤다.

무슨 소리를 하는 거지?

플로리안

요안나는 내 어깨에 머리를 기댄 채 아기를 안고 있었다. 작은 소년은 내 다치지 않은 팔 아래에서 담요를 두른 채 잠들어 있었다. 용감한 구조 대원들은 배를 정확히 이동시켜 바닷물 속에서 사람들을 건져 냈다.

나는 내가 죽을 것이라고 확신했었다.

아기는 잠들어 있다. 폴란드 소녀는 어디에 있을까? 구조되었을까? 잠들어 있는 떠돌이 소년을 쳐다봤다. 하인츠 씨가 소년의 신분증과 베를린 주소를 가지고 있다.

하인츠 씨.

우리의 신발 시인, 우리의 친구. 우리의 할아버지. 나는 가슴을 휘젓는 감정을 애써 억눌렀다.

사병들이 구조된 사람들 사이를 걸어 다녔다. 그들은 승객들에게 말을 걸고 질문을 하고 지시를 내렸다. 요안나가 눈을 뜨고서 나를 올려다봤다.

"모든 사람에게 이름과 정보를 묻고 있어요. 독일의 뤼겐섬에 있는 자스니츠 항구로 간대요."

그녀가 내 손을 꽉 쥐었다.

고개를 숙여서 그녀의 머리에 입을 맞췄다. 그런 다음 벽에 등을 기대고 두 눈을 감았다.

나의 이름과 정보.

나는 누구인가?

나는 요안나와 아이들을 내려다봤다.

나는 누가 되고 싶은 걸까?

에밀리아

부엌 창문에서 레이스 커튼이 펄럭거렸다. 오늘의 산들바람은 덧문을 꼭 열어 놓아야 하는 그런 산들바람이다. 오래된 죄와 슬픔 조각들을 가져가 버릴 것만 같은 산들바람이다. 햇살이 창문을 뚫고 들어와 창문틀에 있는, 호박꿀이 든 유리병을 환하게 비췄다. 나는 차가운 밀가루 부대 안에 손을 집어 넣어 밀가루 한 움큼을 도마 위에 뿌린 다음 밀가루 반죽을 치대기 시작했다. 라헬과 헬렌이 교회당에 갔다가 차를 마시러 오기로 했다. 그 애들이 가장 좋아하는, 장미꽃잎 잼을 바른 도넛을 보면 좋아서 어쩔 줄 모를 것이다. 남은 건 아버지가 내일 아침 식사로 드시겠지.

탁자 옆에서 뭔가가 움직였다.

"다 보여, 할린카."

내가 웃음을 터뜨렸다. 딸아이가 얼굴을 빼꼼 내밀었다.

"뭘 가지러 살금살금 온 거야?"

내가 물었다.

"예쁜 빵."

할린카가 킥킥거렸다. 할린카의 속삭임은 아름다웠다. 상상만으로도 내 작은 새와 항상 함께 있을 수 있었다.

"접시를 가져오렴."

내가 할린카에게 말했다.

할린카가 벽장으로 달려가서 접시를 가지고 돌아왔다. 이미 군침을 삼키고 있었다.

할린카가 접시 위에 설탕을 솔솔 뿌리는 동안 나는 빵 한 조각을 두툼하게 잘랐다. 빵 조각 위에 버터를 듬뿍 바른 다음 할린카에게 건넸다. 할린카는 버터가 묻은 면을 아래로 설탕 위에 살짝 눌렀다. 그런 다음 천천히 떼어 내며 들어 올렸다. 설탕 한 알이라도 놓치지 않으려는 듯 조심스러웠다.

할린카는 자신이 완성한 예쁜 빵을 가지고 부엌 뒷문으로 갔다. 뒷문은 울타리가 없고 야생화가 가득한 뒤뜰로 늘 활짝 열려 있었다. 딸아이가 위아래로 폴짝폴짝 뛰기 시작하자 다시 밀가루 반죽을 하기 시작했다.

"엄마, 그들이 돌아왔어요!"

할린카가 앞뜰로 뛰어갔다. 할린카의 실루엣이 희미해지다가 반짝이는 햇빛 속으로 사라졌다.

나는 급히 현관문으로 달려갔고 황새들이 하늘 높이 나는 모습을 간신히 놓치지 않았다.

"봤니? 에밀리아?"

나는 고개를 끄덕이며 목소리를 향해 고개를 돌렸다.

아름다운 엄마가 내 남동생과 함께 뜰을 가로질러 걸어오고 있었다.

"봤니, 아가야? 그들이 집에 돌아왔구나."

엄마가 속삭였다. 그리고 활짝 웃었다. 엄마는 내게 입을 맞춘 후 잼이 든 유리병을 건네고서는 부엌으로 걸어갔다. 나는 따뜻한 문틀에 기대어 서서 황금빛 열기가 온몸을 감싸는 걸 즐겼다.

유리병 뚜껑을 열고 장미꽃잎 잼의 향을 음미했다. 나의 전쟁은 매우 길었고 나의 겨울은 매우 추웠다. 하지만 나는 마침내 무사히 집에 왔다. 그리고 아주 오랜만에 처음으로 더 이상 두렵지 않았다.

플로리안

현관 앞 베란다에 앉아 있었다. 차가워진 두 손이 덜덜 떨렸다. 공포는 결코 완전히 사라지지 않았다. 하지만 해가 지나면서 조금씩 멀어져 갔고 기억의 조류는 바다로 미끄러져 빠져나갔다. 공포는 주로 밤이 되면 되돌아왔다. 하지만 요안나가 항상 옆에서 공포를 쫓아 줬다.

그러던 어느 날, 20년도 더 지난 후에 편지 한 장이 도착했다.

나는 공포가 내게 미치지 못한다고 생각했고 이제 남은 것은 오직 고통스러운 기억뿐이라고 생각했었다. 도망쳤고 숨으려고 애썼다. 하지만 아무 소용이 없었다.

그리하여 운명은 봉투 속에 담긴 채로 대양을 건너 내게로 흘러온 것인가. 나는 답장을 해야 할지 오랫동안 고민했다. 그리고 마침내, 답장했다.

그리고 이제 또 다른 봉투가 도착했다. 발신인 주소가 같았다.

답장.

대답들. 나는 숨을 깊이 들이마신 다음 봉투를 찢어서 열었다.

1969년, 4월 25일

보른홀름, 덴마크

친애하는 플로리안에게,

당신의 답장을 받고 얼마나 기뻤는지 몰라요. 24년이라는 오랜 세월이 지난 후라 이상하게 들릴 게 분명하지만, 당신을 계속 알았던 것처럼 느껴진답니다. 그래요, 당연히 답장을 하기까지 많은 시간과 많은 고민이 필요했을 거예요. 나도 답장이 늦어진 것에 대해 사과할게요. 독일어에 도움이 필요했거든요. 마음 한편에서는 당신이 답장을 하지 않을까 봐 두려웠어요. 나는 실제로 첫 번째 편지를 부쳐야 하는지에 대해 매우 오랫동안 고민했어요. 편지가 당신에게 잘 도달할지 궁금하기도 했죠. 나는 신문에서 그 기사를 읽은 바로 그날 편지를 썼어요. 처음에는 그저 흥미로운 이야기인 줄만 알았어요. 미국의 젊은 수영 선수가 하계 올림픽에 간절히 출전하고 싶어 하는데 그녀가 선상에서 태어났기 때문에 국적이 문제가 된다는 기사였죠. 그 수영 선수, 할린카가 직접 이렇게 말하는 걸 신문에서 읽었을 때 내가 얼마나 충격을 받았을지 상상이 가나요?

"내 생모는 전쟁 동안 침몰한 독일 배인 빌헬름 구스틀로프호에 타고 있었습니다. 배가 가라앉는 와중에 내 엄마는 나와 내 오빠 클라우스를 구했습니다. 나는 엄마가 매우 용감했다고 들었습니다. 우리는 그녀가 폴란드인이고 이름이 에밀리아라는 사실밖에는 모릅니다."

생모의 이름은 에밀리아였어요.

물론 우연의 일치일 수도 있었죠. 하지만 그 기사에서 당신과 요안나의 이름을 보는 순간 나는 알아챘어요. 에밀리아, 플로리안, 요안나. 이건 우연의 일치가 아니었어요. 나는 미국에 사는 지인에게 도서관에 있는 전화번호부에서 당신의 집 주소를 찾아 달라고 부탁했죠. 그녀는 정말 고맙게도 그렇게 해 줬어요.

당신의 편지에서, 당신은 내가 지인에게 어떤 정보를 조금이라도 드러내지는 않았는지 조심스럽게 물었었죠. 안심하세요. 절대 그렇게 하지 않았으니까요. 또한 당신은 어떻게 된 일인지를 물었죠. 당신이 알고 싶어 한다니 정말 감사하게 생각해요. 그리고 이 사실이 당신에게 평안을 가져다주기를 바랍니다.

그녀는 2월에 도착했어요.

남편인 닐스는 저녁 그물을 확인하러 해안에 나간 참이었어요. 꽤 오래 지났는데 돌아오지 않길래 나도 따라 나가 봤어요. 그때 그 감정을 설명하기가 쉽지 않군요. 구명 뗏목이 우리 땅의 해안가를 똑똑 두드리고 있는 모습을 봤을 때 감정을요. 마치 그녀가 조심스레 노크하고 있는 것처럼 보였어요. 우리에게 자신을 들여보내 주겠냐고 물어보면서요.

오랫동안 셀 수 없이 많은 물건이 해안가로 떠내려왔어요. 보른홀름섬의 박물관에는 그러한 물건들이 가득 있죠. 하지만 이건, 당연히 달랐어요. 그녀는 대부분의 빈 병들과 뗏목들이 그러하듯이 공유지 바닷가에 도착하지 않았어요. 그녀는 우리에게 바로 왔어요. 모래로 뒤덮인 우리 뒷마당으로요. 조류와 악천후를 모두 견뎌 내고요.

귀신 이야기 같고 무섭게 들리겠지만, 사실이에요. 그리고 지금까지도 이유를 정확히 설명할 수가 없어요. 우리는 앉아서 밤새 난롯불을 바라보며 생각했어요. 많은 의문이 들었죠. 분홍색 털모자를 쓰고 있는 이 사랑스러운 어린 소녀는 어디에서 왔을까? 얼마나 오랫동안 여행했을까? 어떤 고생을 했을까? 그리고 당연히 그녀의 가족에 대해 생각했죠. 누가 이렇게 어여쁜 딸을 잃어버렸을까?

우리는 잠을 이룰 수가 없었어요. 우리는 컴컴한 밤, 침대에서 빠져나왔어요. 커다란 배낭이 난롯불 옆에 있었고 닐스가 그걸 부엌으로 가져왔죠. 우리는 가방 안에 든 물건들 모두를 꺼내서 테이블 위에 놓았어요. 아무것도 앞뒤가 맞지 않았어요. 하지만 닐스가 당신의 작은 노트를 발견했어요. 글씨가 너무 작아서 돋보기 없이는 읽을 수가 없었죠. 적힌 말들이 온통 수수께끼 같았어요. 우리는 당신의 작은 스케치들, 서명들, 그리고 당신의 가족과 요안나에 대한 간단한 소개가 마음에 들었어요.

하지만 우리에게 필요한 것은 노트의 가장자리에 적혀 있었어요.

에밀리아. 분홍색 모자. 폴란드.

우리는 몇 년 후에 구스틀로프호 침몰에 대한 스웨덴의 기사를 접하고 나서야 당신이 '빌리 G'라고 적은 게 '빌헬름 구스틀로프호'를 의미했다는 걸 알게 됐어요. 우리는 구스틀로프호가 만 명이나 되는 사람들을 싣고 있었다는 사실을 알고서 충격받았어요. 9천 명 이상이 죽었다는 사실도요.

당신의 에밀리아는 그들 중 하나였죠.

우리는 독일에 연락을 취했어요. 하지만 그들은 에밀리아가 군인이 아니라는 이유로 아무 관심도 없었어요. 적십자에도 연락을 취했어요. 만약 우리가 작은 상자에 대해 언급한다면 많은 사람들이 관심 가질 거라는 걸 잘 알았어요. 그래서 그렇게 하지 않았죠. 우리는 누군가가 에밀리아를 찾기를 바랐어요. 전쟁의 전리품이 아니라요.

24년이 지났지만, 지금도 우리 집 현관에서 노크 소리가 들릴 때면 여전히 가슴이 철렁해요. 하지만 지금까지 단 한 명도 오지 않았어요. 이 이야기를 할린카에게 해 줄지 말지 결정하는 일은 당신과 요안나에게 맡길게요. 그리고 당신이 요청한 대로 당신의 배낭에 있던 물건들은 땅에 잘 묻었어요.

친애하는 플로리안, 나는 이제 늙었고 닐스는 이미 세상을 떠났어요. 당신의 친절한 편지를 받고 나니 마음이 평온해졌어요. 클라우스, 할린카, 당신과 요안나, 그리고 둘 사이에 생긴 아이가 미국에서 모두 다 함께 살고 있다는 사실을 알고 나서 말이지요. 당신이 이 새로운 인생을 위해 얼마나 분투했을지 진심으로 알 것 같아요. 구스틀로프호의 침몰은 역사상 가장 끔찍한 해양 재난이지만 여전히 세상은 이 사건에 대해 아무것도 모르고 있어요. 나는 궁금해요. 이러한 현실이 바뀔까요? 아니면 이 사건 역시 전쟁에 의해 파묻힌 또 다른 비밀로 영영 남을까요?

당신은 에밀리아가 당신의 구원자이고 에밀리아가 당신의 마음에 항상 남아 있다고 편지에 썼어요. 플로리안. 에밀리아는 내 마음속에도 항상 남아 있답니다.

전쟁은 재앙이에요. 가족들을 산산조각 내죠. 하지만 죽은 사람들을 꼭 잃어버렸다고만 볼 순 없어요. 우리 집 근처에는 오래된 나무 다리 아래 작은 시냇물이 흐르고 있어요. 세상에서 가장 아름답고 안락한 곳이죠.

그리고 그곳에 에밀리아가 잠들어 있어요. 에밀리아는 안전해요. 에밀리아는 사랑받고 있어요.

애정을 담아,

클라라 크리스텐센

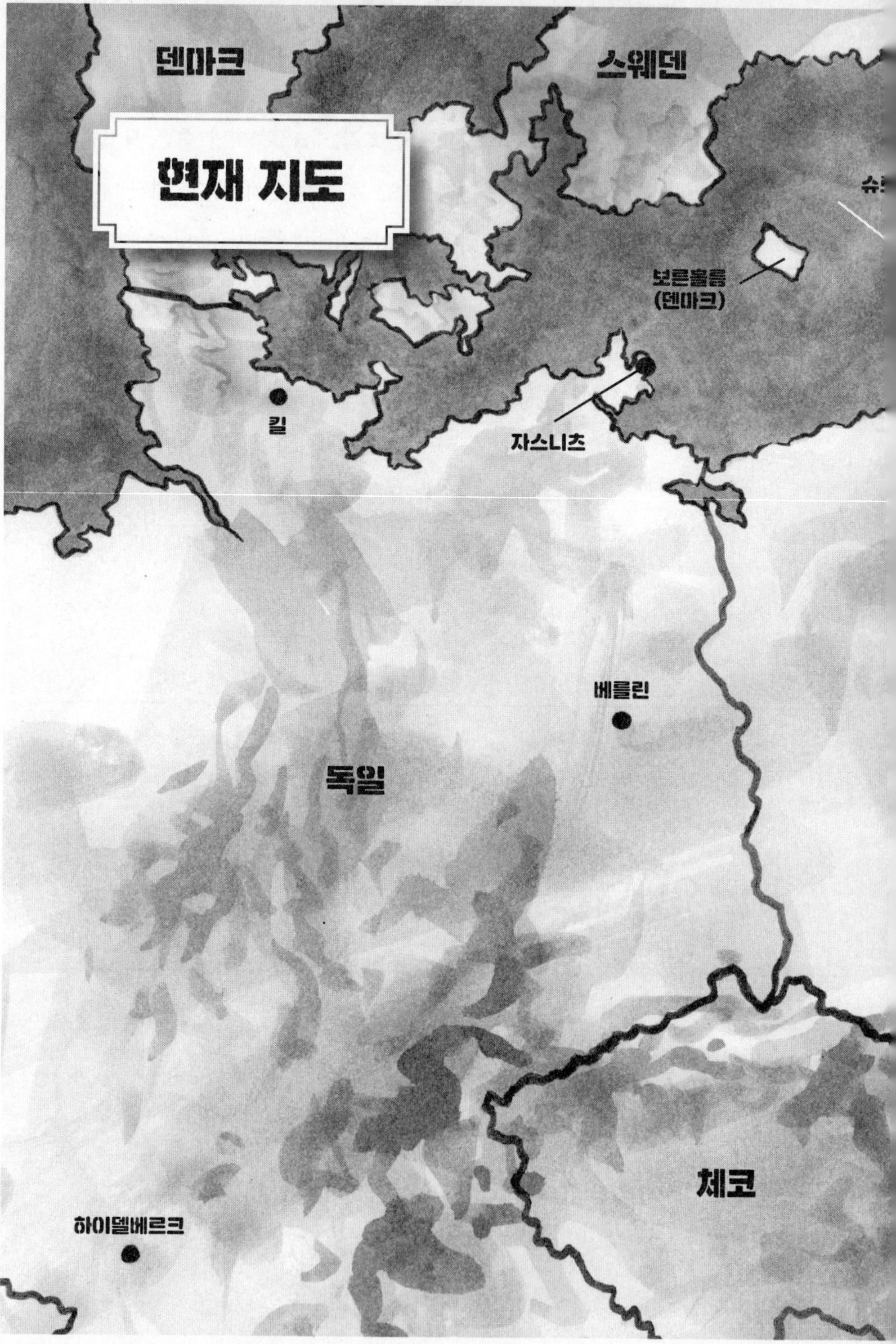
현재 지도
덴마크
스웨덴
보른홀름
(덴마크)
킬
자스니츠
베를린
독일
체코
하이델베르크

라트비아
비르자이
발트해
리투아니아
러시아 영토
빌헬름
구스틀로프호
소베츠크
발티스크
카우나스
고이아호
체르냐홉스크
빌뉴스
칼리닌그라드
그디니아
프롬보르크
마야코브스코야
벨라루스
폴란드
바르샤바
리비우
우크라이나
슬로바키아

이 책은 역사 소설이다.

그렇지만 '빌헬름 구스틀로프'호, '호박 방', '한니발 작전'은 모두 실제 존재했던 것들이다.

'빌헬름 구스틀로프'호의 침몰은 해양 역사상 가장 많은 생명을 앗아 갔으며 '타이태닉'호와 '루시타니아'호 침몰 사고보다 훨씬 더 많은 사망자를 낳았다. 하지만 놀랍게도, '빌헬름 구스틀로프'호에 대해 들어 본 사람은 거의 없다.

1945년 1월 30일, 소련 잠수함에 어뢰 4기가 장전된다. 각 어뢰에는 헌정의 대상이 쓰여 있었다.

조국을 위하여. 소련 인민을 위하여. 레닌그라드를 위하여. 스탈린을 위하여.

어뢰 4기 중 3기는 발사되어 '빌헬름 구스틀로프'호를 파괴했고 9천 명에 가까운 사람들의 목숨을 앗았다. '스탈린을 위하여'라고 적힌 어뢰는 발사관 안에서 이상이 생겨 발사되지 못했다. '구스틀로프'호에 타고 있던 승객들은 대부분 민간인이었고 그 중 약 5천 명은 아이들이었다. 유령선이라고 불리기도 하는 '구스틀로프'호는 현재 폴란드 해안 근처 해저에 잠자고 있다. 고딕체로 커다랗게 쓰인

이름을 지금도 수중에서 선명히 볼 수 있다.

'한니발 작전'은 러시아 병력으로부터 군인들과 민간인들을 빠르게 철수시켰다. 리투아니아인들, 라트비아인들, 에스토니아인들, 독일인들, 동프로이센과 폴란드에 살고 있는 사람들 모두가 피난을 떠났다. 그리고 내 아버지의 사촌들도 그들 사이에 있었다.

요안나의 어머니처럼, 내 아버지도 난민 수용소에 머무르며 리투아니아로 돌아갈 날만을 기다렸다. 하지만 발트해 연안의 난민들은 반세기를 기다린 후에야 조국으로 돌아갈 수 있었다. 강제로 피난을 떠나야만 했던 사람들 대부분은 낯선 나라에서 새 삶을 개척해야 했다. 피난민들은 걷고 또 걷고, 낡은 열차에 몸을 싣고, 바다를 건너 도망쳤다.

'한니발 작전'이 실행되는 동안 '빌헬름 구스틀로프'호만이 침몰한 것은 아니다. 소련 잠수함에 의해 'SS 게네랄 폰 슈토이벤'호 또한 침몰했고 약 4천 명이 목숨을 잃었다. '고이아'호의 침몰은 약 6천 5백 명의 생명을 앗았다. '틸베크'호와 '카프 아르코나'호는 유대인 포로들을 수송하고 있었다. 이 배들은 영국 공군 전투기들에게 폭격을 당해 침몰했고 7천 명이 넘는 사람들이 목숨을 잃었다. 1945년, 단 한 해에 2만 5천 명이 넘는 사람들이 발트해에서 죽은 것으로 추정된다. 수개월 동안 발트해 해안 곳곳에 시체들이 떠다녔다. 심지어 오늘날까지도, 어떤 잠수부들은 이 거대한 바다 무덤 근처에 가면 아직도 강한 기운이 느껴진다고 전한다.

한때 '세계 8번째 불가사의'로 불렸던 '호박 방'은 전쟁 도중 자취를 감췄다. '호박 방'은 1944년에 마지막으로 목격됐다. 많은 보물 사냥꾼들이 '호박 방'을 찾아 나섰고 이들 중 일부는 탐험 동안 끔찍한 운명에 맞닥뜨렸다. 수십 년 동안, '호박 방'의 일부 조각들이 발견됐다고 보고됐지만, 아무도 정확한 행방을 알지 못한다. 가공할 학살을 자행한, 에리히 코흐가 1980년대까지 폴란드 교도소 안에서 살아 있던 이유는 그가 '호박 방'의 행방에 대해 알고 있기 때문이었다고 주장하는 기사도 있었다. 그렇지만 누가 진실을 알겠는가? 사람들은 '호박 방'이 고성 아래에 숨겨져 있다고도 하고, 숲속에 있는 지하 벙커 안에 잠자고 있다고도 하며, '빌헬름 구스틀로프'호에 실린 채 배와 함께 침몰했다고도 한다.

제2차 세계 대전에 관한 이야기들은 수도 없이 많다. 전투, 정치, 죄책감, 책임에 대해 많은 이야기가 기록되어 있다. 최종 승리는 '고통'이 거두었다. 관련된 국가들은 모두 고통을 겪어야만 했다. 이 소설을 쓰면서 무력한 아이들과 십 대들에 대한 생각이 떠나지 않았다. 국경 이동, 인종 청소, 복수심에 불타는 정권의 무고한 희생자들. 수십만 명의 아이가 제2차 세계 대전 동안 고아가 되었다. 버려지거나 가족과 헤어진 채로 이들 혼자 전쟁과 사투를 벌여야 했다. 자신들이 벌이지도 않은 사건들에 책임을 져야만 했다. 많은 아이가 말로 표현할 수 없는 참극을 겪어야만 했고 어떤 아이들은 생전 처음 보는 사람들에게 기적 같은 도움을 받기도 했다. 나는 이 소설에서 아이들과 청소년들의 이야기를 다루었다. 서로 다른 국가 출신인 아이들의 눈을 통해서 전쟁을 바라보았다. 자신이 사랑하는 모든 것을 뒤에 남겨 두고 떠나야만 했던 아이들이다.

많은 사람들에게 전쟁은 고국의 의미를 재정립했다. 극중 캐릭터 에밀리아의 고향인 폴란드의 르보프는 현재 우크라이나의 땅이다. 플로리안이 살았던 동프로이센의 틸지트와 쾨니히스베르크는 현재 러시아의 소베츠크와 칼리닌그라드로 바뀌었다. 동프로이센의 많은 지역은 현재 폴란드의 영토이다. 요안나의 조국인 리투아니아는 50년 넘게 소련의 점령을 받다가 1990년에 독립을 되찾았다.

모든 나라는 숨겨진 역사를 갖고 있다. 수많은 이야기가 그것을 경험한 사람들에 의해서만 기억되고 있다. 전쟁 동안 서로 반대편에 섰던 국가들의 독자들은 세계 곳곳에서 전쟁에 관한 이야기들을 읽고 토론을 나눈다. 역사는 우리를 갈라놓았지만 책을 통해 우리는 이야기, 공부, 추모 안에서 하나가 될 수 있다. 책은 과거로부터 배우고자 애쓰는 사람들을 한데 모아 준다.

역사를 어떻게 기억해야 할지를 결정하는 것은 무엇일까? 역사의 어떤 요소들이 기억되고 기록되는 걸까? 만약 역사 소설에 관심이 생겼다면, 관련된 사실, 역사, 회고록, 개인 증언들을 더 찾아보기 바란다. 이것들은 역사 소설이 앉아 있는 '거인의 어깨'이다. 생존자들이 세상을 떠날 때 진실이 사라지도록 내버려 두어서는 안 된다.

그들의 목소리에 귀 기울여야 한다.

- 루타 서페티스

아무도 기억하지 않는

초판 인쇄 2018년 11월 26일 | **초판 발행** 2018년 12월 3일

글쓴이 루타 서페티스 | **옮긴이** 안진희
펴낸이 양정수 | **편집진행** 박보람 | **디자인** 구민재page9 | **마케팅** 양정수
펴낸곳 도서출판 노란상상 | 등록 2010년 1월 8일 (제 2010-000027호)
주소 서울시 양천구 목동동로 293 현대41타워 910호
전화 02-797-5713 | **팩스** 02-797-5714 | **전자우편** yyjune3@hanmail.net

ISBN 979-11-88867-15-8 43840

※이 책의 국립중앙도서관 출판사도서목록(cip)은
e-CIP 홈페이지(http://www.nl.go.kr/ecip)에서 이용하실 수 있습니다.
(CIP제어번호 : CIP2018035615)

※책값은 뒤표지에 있습니다.